U0693359

藍色暢想

孙晶岩 / 著

人民出版社

山水篇

SHANSHUI PIAN

山水是乳汁

桂林山水以独特的魅力引来了无数文人墨客。早在明代，徐霞客就来到桂林，他在桂林和阳朔整整待了一个多月，足迹遍布那里的山水洞穴，终于写出了四十多篇游记。

人们来到桂林，往往不会忘记漓江。漓江仿佛一条绿色的玉带，蜿蜒萦绕在青山之间。山水相依，风景如画，江作青罗带，山如碧玉簪，从桂林至阳朔的八十三公里的水路，我目不暇接地盯着两岸的美景，九马画山、黄布风光、浪石览胜……竟然一点也不觉得累，百里漓江真是百里画廊啊！

走在阳朔的街道上，只见一幢幢老屋发出思古之幽情，一块块青石板诉说着岁月的沧桑。山也幽幽，水也幽幽，整座县城依山傍水，仿佛是一幅水墨画。县城里有一些洋妞儿，听说是当年到桂林旅游被这里的山水所迷醉，自愿嫁给阳朔的小伙子。她们舍弃了大洋彼岸的富庶生活，只为了能够生活在这仙境般的世界里，桂林的魅力由此可见一斑。桂林的秀美山川令我流连忘返，桂林的文化品位更令我怦然心动。这里不仅有闻名遐迩的山水文化，而且还有历史悠久的史前文化，精妙绝伦的水利文化，诗文并重的摩崖文化，古色古香的藩王文化，名扬四海的抗战文化。

我曾经在西安看到过古代碑林，也曾在荣成看到过现代的将军碑林，但是令我震撼的则是桂林的桂海碑林。桂林有一千五百多件摩崖石刻，上起南朝，下至民国，年代可谓久矣。这些石刻有题名，有题记，有诗词，有曲赋，内容涉及古代一千七百多年的政治、经济、军事、文化和民族关系等，是一部活的历史教科书。那幅《元佑党籍碑》，是反映宋王朝内部党籍之争的历史见证。那幅《静江府城池图》，是目前全国仅有的一块反映宋代桂林城的摩崖城图。

在一个阳光明媚的下午，我来到了位于尧山脚下的靖江王陵。靖江王陵是朱明王朝分封在靖江（桂林）历代诸王的陵园，素有"岭南第一陵"之称。靖江王陵背靠尧山，山峰酷似座椅，左右两侧群峰林立，错落有致，正前方奇峰耸峙，山峰间形成了天然的陵口，景致深邃。

靖江王从册封到灭亡共存在了二百八十年，有十四人先后承袭了王位，其中有十一个王埋葬在尧山。这十一个王的陵园加上其他藩戚王室的墓群，就构成了一个方圆百里、极富江南特色的墓群——靖江王陵。靖江王陵的建筑布局呈长方形，中轴线上序列有陵门、中门、享殿和地宫。这种布局使我想到了陕西的乾陵。陵墓的正前方与尧山遥遥相对的是旗山和鼓山，旗山仿佛是一面三角形的古代战旗，鼓山似乎是一个圆形的战鼓。这两座山使我想起了击鼓而战旗开得胜的场面。靖江王陵是全国最完整的藩王墓群，考察这座墓群，不仅仅是看到这里奇特的风水，更重要的是可以研究明代的藩封制度，感受封建王朝等级森严的礼制制度。

旅游不能只见山水，不见文化，山水是一种乳汁，人文是一种文化，徐霞客既开了中国地理考察的先河，同时也为后人留下了丰富的文学养料。徐霞客的游学精神不正是我们今天所需要的吗？

海 草 房

　　每个人的心中都藏着自己的田园梦，我的家乡位于山东荣成海滨一座古老的渔村，那里有一种极富地方特色的民居——海草房，属于非物质文化遗产。

　　我的爷爷曾经是一名远洋轮船上的海员，凭着精湛的航海技术漂洋过海到过英国，对大海充满了感情。英国人要提拔他当船长，他说我不懂英文，还是回家乡吧。

　　70多年前，爷爷买来上乘的石材和木料，从浅海打捞海草，带领全家人自己动手在家乡盖了五间海草房，房屋结构颇为奇特，青花石古朴，青砖厚拙，海草素雅，门窗和房梁都是自己手工制作，屋里设计了一个地窖，冬天可以储存蔬菜、水果，山墙上还镶有"拴马环"，可以拴牲口。

　　我的爷爷、奶奶、伯伯、爸爸和姑姑当年就居住在这个渔村，这是我们家的根，是血脉的源头。爷爷热爱荣成，用当海员的积蓄供养三个孩子读书，三个孩子就是从这里参加革命，考取大学，成为领导干部和工程师。

　　最爱是故乡，我回乡探亲时曾经在这里居住过，海草房外表粗犷朴拙，其实冬暖夏凉，非常宜居，我特别喜欢住家乡的海草房，睡农村的土炕，吃家乡的饭菜。越是民族的东西就越是世界的。这栋祖宅洒下了我祖先的汗水，承载着我祖先的心血，彰显着我祖先的智慧，记录了我祖先的印迹。

　　可是近年来，全国到处都在刮破坏古村落、拆毁古民居的风，冯骥才亲口告诉我从2010年至今，每天有80—100个古村落从中国的版图上消失，听了他的话，我忧心如焚。拆毁古村落之风甚盛，我们家乡也未能幸免，一些人嚷嚷着赶紧拆掉海草房。经历几十年的风风雨雨，年久失修，我家的老宅屋顶有些漏雨，院落有些破败，我打算回故乡收拾祖宅，有人劝我你不会烧柴锅，不习惯旱厕，更不习惯没有洗澡设备，农村的房子有啥好住的，干脆扔在那里等待旧村改造算了。

我对这个建议投了否决票，我深知并不是每一座老宅都值得重塑，但我家的老宅不同，它珍贵就在于那是古渔村的海草房。建筑是凝固的音乐，无声的语言，历史的回眸，在原始石块或砖石块混合垒起的屋墙上，有着高高隆起的屋脊，屋脊上面是质感蓬松、绷着渔网的奇妙屋顶。当您走进山东省荣成市的渔村，就可以看到这些以石为墙，海草为顶，极具地方特色的宛如童话世界中草屋的民居。灰褐色的干海草层层叠压，自然弯曲下垂，苫成50度角的屋顶，酷似人字形，有的用渔网绷紧海草，宛如女人头上的发网。屋脊高耸，远远高于普通的砖瓦房，外墙多以大块的天然石头辅以青灰砖砌成。

这是荣成沿海地区的传统民居，砌青砖为墙，苫海草为顶，至今已有1000多年的历史，是世界上最具代表性的生态民居之一。这种建筑早先在胶东海滨比比皆是，随着城镇化进程的加快，农村青年人向城市的迁移，人们保护古村落观念的淡泊，生态民居已经濒临萧条，在中国并不多见，尤其是某些人看不起民族的、传统的民居，整天嚷嚷着拆掉海草房，毁掉古村落，进军大城市，统统村上楼，海草房已然成为历史文物了。

如今会苫海草的师傅已经年逾古稀，再不挖掘，这门手艺很快就会失传。因此，我要做的事情不是简单地重塑老宅，而是要保护非物质文化遗产，保护古村落。我把想法向表弟和盘托出，谢天谢地，表弟这个清华大学建筑系的高材生，在德国柏林工业大学攻读建筑学博士时看到了大量欧洲人保护古建筑、古村落的先例，我们一拍即合，决定忙里偷闲回家乡干一件傻事。

考虑到家人对这所祖宅的深深眷恋，所有的设计思路尽可能地以保留原有建筑风格为主，在不失原有海草房风格的前提下，用现代设计的元素，还原海草房的外形构造，同时逐步梳理、优化老宅内部各功能区域间的空间组合，达到最适宜居住的改造目的。有人劝我只要有钱，在哪儿不能买新房子，干啥非要住那个破房子？我说：有钱可以买到豪宅，却买不到祖先的记忆，家乡的味道，自然的生态。我执意回家乡修房，表弟和他的建筑师朋友成为我最坚定的同盟军，我们义无反顾地杀回了老家。

老宅是破旧的，因多年无人居住，敞开的院落里、屋子里堆放着散乱的碎石，墙体严重剥落，尤其是红砖砌成的部分，在海风的侵蚀下变得残缺衰败，最具特色的海草屋顶也因为缺少人烟而显出些许憔悴。是啊，房子盖了是给人住的，失去了人烟的房屋就像糟了心的莲蓬，终有枯萎的一天。

改造老宅碰到了两个最大的难题：一是长时间无人居住导致整体建筑老旧破损，屋顶、外墙、门窗等部位均须修缮；二是内部居住功能不完善，缺少现代化厕所、厨房等基本的功能空间，难以满足现代都市人的生活需要。看着破败的院子我心里惶恐：这房子修得成吗？

表弟却坚定地说："晶岩姐，你放心，多旧的房子，我都能修建好！"

我们首先从堂屋入手，北屋是老宅的主体部分，也是被重点关照、需要保留海草民居最原汁原味儿的那部分。开始，我们担心堂屋顶梁有虫蛀或腐朽的风险，没想到打开查看，发现顶梁保存完好，历经 70 年依然完好无损，可以承受一个成年人直立行走的重量，尤其是看到顶梁上斧子打磨过的痕迹，海草苫叠的讲究，我仿佛嗅到了爷爷汗水的芳香。爷爷做事特别认真，我家的老宅不是豆腐渣工程，看到他设计的屋顶、砌的砖墙、苫的海草和盘的土炕，我理解了什么叫作独具匠心。

人的生命是一根链条，爷爷万万想不到几十年后，他的后代会在翻修房屋时检验他的施工质量，翻修老宅正是生命链条的延续，表弟在屋顶木梁上加了一层防腐措施，并用砂纸重新打磨处理，顿时旧貌变新颜。这是我们与祖先的对话，对文化的传承。

第二个难题是作为屋顶的主要原料，海草已然很难寻到，这种天然的建材取于自然，却在过多的人为活动中濒临绝迹。朋友出主意这些年大拆海草房，村民家有存货。我们四处搜寻，终于搜集到足够的海草，但新的问题又来了，海草尚可寻，工匠杳无音。家乡的海草房大都是几十年前老辈人所盖，在年轻人向城市外流与传统建筑迭代的双重冲击下，苫海草这项传统工艺正面临失传的危险。我不死心，向家乡的朋友询问，期待能够遇到理解我的人。原以为朋友会埋怨我异想天开，没想到他的声音震得听筒嗡嗡作响："孙老师，我太理解您了，人家都在大拆海草房，您却要重盖，您是在保护非物质文化遗产，我一定帮助您！"

朋友是学美术的，画家和建筑学家对于传统民居古朴的建筑有着特殊的感悟，温暖的话语像海风吹拂着我的心田，在朋友的帮助下，我们找到了擅长苫海草的工匠，成功地完成了海草屋顶的翻新，并在里面铺了两层木板进行加固和隔离。修缮期间有很多人赶来看苫海草，赞不绝口。通过与工匠的交流，我们逐步深入了解了这门工艺，愈发在内心深处萌生使命感——重现几近失传的民居，让海草房重新被人知晓、被人居住，而不仅仅是博物馆里的一个模型。

屋顶修缮后，我们着手开始进行外墙与门窗的修复。这座老宅的外墙大体由基石、青砖与红砖三种建材构成，为了维持老宅原貌，最为理想的是青灰老砖，但目前在农村很难找到，我们无奈只能用新的青砖来代替。

考虑到防潮功能，我们用硅藻泥来涂抹墙面，效果不错。门窗用什么材料？我主张用木门木窗，土就土得掉渣儿，和海草房顶相得益彰。表弟坚持用断桥铝，说可以保护房屋的私密性，防潮、防虫蛀，能够有效适应海滨环境，无人居住时也能保持建筑的坚固。敲锣卖糖，各干一行，最终我还是采纳了表弟的建议，他是建筑学行家，听行家的！

院落内外，我们都以鹅卵石铺地，一来可以控制杂草，二来可以光脚在上面走，按摩脚心穴位，三来鹅卵石铺地防滑效果好，四来美观好看。

老宅院子里藏着一口具有几十年历史的老井，虽然村里已经用上了自来水，我们还是保留了这口老井，并且复原了压水机，希望让来这里生活的孩子体验一下以前居住在这里的人是如何打水的，告知他们生活的不易，从小养成勤俭节约的好习惯。老宅的厢房屋顶原来是平顶，便于晾晒粮食。由于房屋的功能发生变化，表弟重新设计了一个休闲观景屋顶，可以通过南院墙的楼梯直接登上去，既增加了院内的竖向空间，又增加了院子的趣味性。屋顶上铺了一层白石子，并用铁格栅固定。家乡的村落自然生态极好，没有雾霾，无花果和酸枣树探头探脑地伸进屋顶平台，傍晚我们坐在那里乘凉喝茶，海风习习，笑声阵阵，树影婆娑，抬头仰望星空，海上升明月。海上的月亮离人很近，仿佛是一个巨大的金盘悬挂在头顶，金黄耀眼，伸手就能摸到；银河好像一条注入牛奶的河流在眼前流淌，我分明看到了牛郎与织女相会的鹊桥；久违的星星明亮清晰，调皮地眨着眼睛，星光灿烂，真想抓一把星星攥在手里把玩，那是不可多得的享受。

房子建好只是万里长征走完了第一步，室内装潢非常关键。表弟用桑拿板吊顶，并挂上极具设计感的灯具。客厅地面全部采用仿古地砖，美不胜收。我和表弟来到北京高碑店仿古家具一条街，不停地淘宝，买了一堆朴拙的木质家具，既体现了厚重、沉稳的老宅文化特质，又保留了农村质朴、简约的室内风格。细节决定成败，我非常重视细节，隔三差五地去逛市场，窗帘选择蜡染布，草编挑选山东农家风格的造型，海螺、海星、海草、剪纸、蒲团、玉米、辣椒、布艺鱼……我们的老宅就是一首甜蜜的诗歌，一个温暖的巢穴，一瓶陈酿的老酒。

我们修建了两个卫生间，安装了抽水马桶，还建了两套太阳能洗澡设备，一个在室内，一个在室外，从海边游泳归来，站在自家院子里淋浴冲洗沙子，享受阳光、沙滩、海浪的抚慰，别提有多惬意了。我们还建了厨房，烹饪农家饭菜，将保存乡土特色与满足现代生活需求结合得十分完美。房子修建得很漂亮，所有来参观的宾客都竖起大拇指，书法家朋友给我们赠送了书法作品，画家朋友送来了画作，我还淘了几个瓷瓶摆放在堂屋里，煞是好看。

房子修好后，我们来到了爷爷、奶奶的坟前，向老人家禀报。我们修海草房的行动正是为了纪念爷爷奶奶，寻根问祖，保护非物质文化遗产。

据考察，自新石器时代到 20 世纪中期，海草房一直是荣成沿海民居的首选，是荣成沿海极其古老的民居标本。它与这里的人类繁衍、自然变化、社会变迁、朝代更替有直接的关系，与荣成的政治、经济、文化、海防、城乡建设等发展密不可分。每一幢海草房都有一些鲜为人知的生动故事，每一幢海草房都是一段荣成居民居住生活历史的见证。这个在荣成沿海特殊的自然环境、特殊的生态资源、特殊的人文历史所产生和延续下来的民居形态及其精神内涵，是一笔珍贵的文化遗产。

村落是中华民族最古老的家园。难以数计的物质的、非物质的文化遗产都在村落里，中华民族文化的基因、根性和多样性都在村落里，保护古民居可以为传统村落留住"乡愁"。坐在老宅里，查阅荣成历史，听家乡人讲述荣成渔村的变迁，其乐融融。

现在越来越多的古村镇在商业开发中变味儿了，失去了原来的面貌。随着城镇化进程加快，传统村落在消失。我们反其道而行之，修缮的不只是海草房，而是百年的历史和乡愁，我要探讨的正是渔家的海洋文化。

我们的努力得到了回报，海草房是夏天消暑的最佳居所，房子建好后，我和妹妹、妹夫、表弟、外甥成了老宅的第一批客人，大家回归自然，笑逐颜开。表妹从美国回国探亲，我带她到老宅居住，深切体会到海草房的妙处，三伏天不用开空调仍然凉爽宜人。我们玩海岛、游海滩、戏海水、吃海鲜，乡亲们这个送上一把新摘的蔬菜，那个送上一盆新鲜的无花果，我在老宅里用家乡饭款待表妹，她高兴地合不拢嘴，还拍摄了老宅的视频，说要带给美国的朋友看看。

我家附近有个天鹅湖，每年冬天，有上千只天鹅从西伯利亚前来过冬，天鹅很精明，哪里生态好就往哪里飞，不需要签证和护照，家乡人热爱飞禽走兽，没有人去伤害它们，我和朋友驱车去天鹅湖看望成群结队的"凌波仙子"，别提有多惬意了。

自从我家修缮了老宅后，周围一些原来打算拆掉海草房的人家也纷纷仿效，很多人家都重新加固了房顶，我们在院子里种了石榴树，挂上渔网等渔具，归真返朴。老宅影响了当地领导，他们亲自到我们村看望，我苦口婆心地对他们说："从官方到民间，保护传统村落的意识还不够强，也容易受外界干扰。咱们千万不要拆掉海草房，中国不缺少高楼大厦，缺少的是传统民居，北京拆掉了四合院和胡同，老北京的味道没有了；荣成如果拆掉了海草房，荣成的味道就会消失，我在老宅里能够感受到原生态的美，一定要保护古村落！"

面朝大海，春暖花开，老宅是诗意的栖居，乡村是灵感的源泉。文化的传播是心灵的传播，作为一个中国作家，我最大的愿望是保护好中国的文化遗产，把中国文化做精、做深、做细，让中国文化走向世界！

山坳上的圣地

应邀到延安参加读书讲课活动，我坐在飞机的舷窗下，痴情地望着脚下的土地，银燕在延安上空盘旋，我看到了一道道沟来一道道川，看到了"延安新区"的字样，脑海里蓦然蹦出了六个大字：山坳上的圣地。如烟的往事一幕幕在我记忆的荧光屏前闪现。

与一座城市结缘仿佛是命中注定，我与延安的缘分始于42年前，当时，延安的交通非常落后，不通火车，但我却执意要在寒冬腊月去延安看望北京101中学在那里插队的同学们。

也许，这与我的家族有一种红色基因相关。1937年，为了抗日，我的姑父和4个小伙子一起，从家乡胶东骑自行车到延安投奔红军大学，姑父成为陕北公学第一期学员，加入中国共产党，后来又到抗日军政大学学习。在土黄色的窑洞前，听毛泽东把红色的道理宣讲。毛泽东要求他们一是当学生，二是当先生，三是当指挥员，姑父抗大毕业后回到胶东抗日根据地，播撒革命火种，枪林弹雨戎马一生，成为开国将军。这红色基因使我对延安充满美好的想象，我以为那里到处都是山丹丹，到处都是清凌凌的河水蓝莹莹的天。我一遍遍地吟诵着贺敬之的诗句："几回回梦里回延安，双手搂定宝塔山。"

1976年冬天，我冒着严寒从西安搭乘一辆拉土豆的卡车来到黄龙县，再设法从黄龙县直奔延安。坐在汽车上，我的心像出笼的鸟儿一样欢快。汽车在弯弯曲曲的山路上颠簸着，一道道山来一道道川，我没有见到山丹丹，映入眼帘的是一片片贫瘠的黄土高坡和一群群贫穷的庄稼汉。

伍志毅是我儿时最好的闺蜜，我参军后，她读完高中，本可以留在北京，却执意要到延安插队落户。她和其他插队的同学走的时候很轰动，《北京日报》还报道了她们的事迹。到了枣园，我见到了同学们，急忙拿出从西安出发时带的两瓶肉末雪里蕻，那是为了防止晕车而准备的，同学们像见到美味佳肴似的一抢而光。我的心涌出了深深的歉疚，此次延安之行，本打算给延安的同学带一些礼物，由于交通不便，我没有从西安买礼品，心想只要兜里装上人民币，到延安再买也不迟。可我万万没有想到，到了延安后，我走进一家家商店，看到的是空空荡荡的货架，我有生以来第一次尝到了有钱买不到东西的滋味儿。现在，唯一能够犒劳同学们的，就是这两瓶不是礼物的肉末雪里蕻了。幸好放了很多肉，幸好炒了很多很多，使得我那群几个月不知肉味儿的同学们，好歹打了一顿牙祭。

我在延安枣园的窑洞里住了一段时间，扎扎实实地做田野调查，发现在较为富裕的枣园，老乡家里都没有电视机、收音机，家用电器就更谈不上了。家家户户墙上有一个喇叭，播送着最高指示和革命歌曲。进了窑洞，迎面是炕，灶台在炕的一角，炕上摆着一溜木箱，箱子旁是几床被子。判断一个家庭是否富裕，箱子的多少、被褥的多少、灶台的质量和房屋的粉刷情况，是一个重要依据。遗憾的是，我去过的多数人家，房间都是黑黢黢的，炕上戳着一两个破木箱，仅有的两床被褥很旧，炕席也是残缺不全的。

在知青点做饭，才晓得枣园的知青们一日三餐只有午餐才能吃到干粮，所谓干粮就是黄米饭、高粱米和玉米面馍馍。知青们在中午填饱饥肠辘辘的肚子，好去应付下午繁重的体力活儿。早晚两顿只能喝稀粥，大多是小米粥和玉米面糊糊。枣园在当时延安的生活水平线上属于中上等，可就是这么个中上等的地方，人们都填不饱肚子，那么中等、下等的地方，人们的生活水平就可想而知了。

在枣园，女知青一天最高挣八个工分，也就是八毛钱。一个人天天出满勤，一个月能挣24元钱，一年下来能落个200元钱。一个知青一年能分500多斤毛粮，经过加工后，只能落下300斤净粮，平均一天只能吃几两粮食，这对于干繁重体力活的知青来说，显然是填不饱肚子的。枣园没有煤，烧煤要到延长县去拉，知青们驾驶着拖拉机，后面拖一个拖斗，来回要跑两天路才能拉到煤。由于路途遥远，资金匮乏，冬天只能拉两趟煤，煤就显得格外金贵。我去延安时，志毅怕冻坏我，一个劲儿地烧煤，我不由分说从炉灶里撤出煤，和她一道挨冻。

有个叫庙沟的生产大队，男女老少辛辛苦苦干上一年，年底时却分不到一分钱，主要原因是拐沟沟里交通不便，没有副业，土壤贫瘠，山地亩产只有100多斤。

延安是黄河中游水土流失最为严重的地区之一，水土流失面积为2.88万平方公里，占总面积的78%。在那段日子里，我转遍了枣园的沟沟坎坎，看到的是一块块贫瘠的黄土，一群群贫穷的庄稼汉，一张张像油画《父亲》主人公那样的饱经沧桑的脸，一件件油渍麻花的黑色的老羊皮袄，我为延安的贫穷而感到揪心。

1973年，周恩来总理陪同外宾访问延安，看到延安的贫穷，心疼得直掉眼泪。周总理语重心长地说，我一听插队青年谈起延安的情况，心里就非常难过。我们做具体工作的，怎样向毛主席交代？全国解放20多年了，北京这样好，延安却那样，怎么行呢？怎么对得起延安人民？周总理还说：陕北是个好地方，改变面貌的计划一定要实现，要把延安搞得繁荣昌盛。周总理看到延安地区知青办的同志，高兴地说："下乡知青归你管啊？那我就拜托你啦！"

周总理去延安那年，经过延河时没有桥，汽车走河滩时陷到泥潭里动不了。延安的老百姓知道后，自发地抬着汽车过河。周总理走后，延安新修了一座延河大桥，老百姓亲切地称为"总理桥"，身在北京的周总理永远忘不了延安人民，延安人民也永远忘不了周总理。

第一次到延安，我伫立在延河大桥上痴痴地凝视着宝塔山。我觉得延安的风水特别好，凤凰山、清凉山、嘉陵山三山对峙，延河、南河两水环绕，藏风聚气。那时候，延河大桥和宝塔山是延安的标志性建筑，也是南来北往的人照相必选之地。

42年前，结束了枣园的社会调查，闺蜜伍志毅骑着一辆破旧的自行车从枣园驮着我到延河大桥旁乘车。我虽然没有搭上知青末班车，但我深深地理解我的这些同龄人。42 年前的延安之行深深地烙在我的记忆里，这是一种深刻的延安情结，这情结使十几岁血气方刚的我，写下了《中国向何处去》的论文；这情结使大学教师兼作家的我，利用寒暑假迈开双腿，只身向中国的贫困县走去，出版了 63 万字的长篇报告文学《山脊——中国扶贫行动》，我要探索山坳上的中国的命运，发现扼住贫困咽喉的双手。

2002 年夏天，应中石油邀请，受中国作家协会委派，我开始撰写西气东输工程的长篇报告文学。中石油李克成书记对我说："孙作家，黄土塬上发大水，把我们的管道冲跑了好多根，你赶紧到现场采访。"

我心急火燎地赶到陕北延川县和子长县，看到华北油建、大庆油建和新疆油建的石油人正在那里苦干，我抓拍了很多洪水的照片，采访了一些石油人，这是我第二次来到延安。

2002 年深秋，我第三次来到延安，亲眼看到西气东输管道经过子长县的钟山石窟，石油人故意将管线改道，宁肯多绕路也要保护国家文物。在子长县李家岔镇的阳道峁村，我和大庆油建毛立平经理一起访贫问苦，那里的乡亲很穷，最穷的一家一年只收入 1000 元。为了西气东输工程，石油人向农民征地，很多窑洞前画着一个大大的红色圆圈，上面写着一个"拆"字。将心比心，我理解面朝黄土背朝天的农民对于土地的感情，出于对延安的情感，我在书中写道："一个阳道峁扒了 138 孔窑洞，征地的活儿真不是人干的。"

我和毛立平正聊着，突然看到一群孩子排着队走了过来，我高兴地喊道："陕北娃。"我扛着沉重的照相机跑过去给孩子们照相，孩子们显得很惊慌。我的心一阵酸楚，孩子们可能从来没有照过相，更没有见过这么洋气的大炮筒子。我用陕北话说："娃娃，莫害怕，阿姨特别喜欢你们，给你们拍些照片，带到北京去登在报纸上。"

语言是沟通的桥梁，也许是我的陕北话起了作用，孩子们不再躲闪，逐渐跟我亲近起来。在我的导演下，他们居然高兴地齐声喊着"茄子"，我抓拍了那兴奋的瞬间。

毛立平问我："孙老师，您是陕北人吗？"我笑着说："不是，我祖籍山东，在北京长大。"他诧异地问道："那您的陕北话为啥说得那么地道？"我感慨地说："我在西北当过兵，1976年就到延安采访过，那时候延安比现在穷多了。"他不解地问道："您给这些孩子照相干什么？"我说："几年前我写长篇报告文学《山脊——中国扶贫行动》，采访了很多乡村学校和山区的穷孩子，我觉得这些陕北娃很可爱。"他热心地问："您想不想去看看乡村学校？"我爽快地回答："当然想。"

他把车停在路边，关切地对我说："这里的山路不好走，您当心点。"

汽车在一条管沟旁停下，我们三步并作两步爬了上去，只见两孔窑洞摇摇欲坠，里面的桌椅破旧不堪，四壁黢黑，光线暗淡。我拍摄了一些教室的照片，心里很不是滋味儿。毛立平感叹道："孙老师，这些课桌还没有20年前我上小学时使用的课桌好呢。"我问道："你上的是农村小学？"他说："是的，我在黑龙江虎林县上的小学。"我幽默地说："那是杨子荣打过仗的地方。"我看到这孔窑洞前也写着红色的"拆"字，问道："这所学校也要拆吗？"他说："要拆，我们已经给农民发了赔偿款，孩子们要到新的学校上学了。他们上学要走很远的路，平时很少能吃到肉，就吃土豆、白面、杂粮和蔬菜。"

也许是共同的扶贫情结拉近了我们之间的距离，毛立平的话匣子打开了，滔滔不绝地告诉我高家沟有个12岁的男孩儿叫牛娃，学习成绩很好，可他的父亲干农活儿摔断了腿，家里没了强劳力，牛娃辍学了，大庆油建项目副经理李晓红心里很难受。在高家沟，一至四年级的孩子在本村上学，五六年级的孩子到阳道峁小学念书，初一就要到李家岔镇去念书。从高家沟到阳道峁有20公里的山路，孩子们上学要走四五个钟头。星期五中午孩子们放学从学校往家走，走到晚上五六点钟才能到家；星期天中午再从家里往学校走，天擦黑了才能走到学校，晚上七点钟全校点名。

一个星期天的下午，孩子们结伴向阳道峁小学走去。牛娃站在山梁上，眼巴巴地望着别人的背影，难过地掉下了眼泪。李晓红见状马上把牛娃抱到汽车上，坚定地说："孩子，我送你去上学！"

他开着车一直把牛娃送到阳道峁小学，递给老师 300 元钱，诚恳地说："老师，我是大庆来延安施工的，请您收下这孩子吧！"

毛立平讲的牛娃的故事深深地打动了我，我也和石油人一道给辍学的穷孩子捐款，资助他们念书。我采访子长县时，牛娃正在阳道峁小学念五年级。

第四次去延安充满了戏剧性，2003 年，中国遭遇了非典，满大街都是白色的口罩，非典重灾区的帝都更是成了戒备森严之地。

我们下榻在延安宾馆，当天晚上，宾馆服务员半夜三更来敲门让我们这些来自北京的人次日清晨到医院抽血、照 X 光片子，会务组的人看我是个女作家，采访很累，就用中央电视台男记者的名字把我住的房间顶替了。

6 月 10 日上午，延水关隧道前红旗招展锣鼓喧天，场面非常壮观，我亲眼看到中石油管道公司李伟书记和延川县县委书记一起启动了封堵延水关隧道的水泵，一股清水向隧道涌去，黄河穿越成功了！石油人挥舞着红旗欢呼雀跃。当天晚上，中央电视台在《新闻联播》栏目里报道了这一新闻，我和李伟等人在延安举杯庆贺，眼眶里闪烁着泪花。

延川县位于黄河中游，陕晋大峡谷中段的西岸。天下黄河九十九道弯，黄河在延川县境内弯道最多，形成了 5 个典型的太极 S 弯。延水关黄河隧道位于陕西省延水关和山西省永和关之间，全长 518 米，像一条潜龙悄悄地从黄河河床底下穿过，这条隧道我曾经深入采访过，当时渗水严重，巨大的水柱把我的安全帽砸得噼啪作响，尽管我穿着雨衣、雨裤、雨靴，身上还是淋湿了。我站在齐腰深的水里采访，见证了石油人穿越黄河的艰难，今天见到他们的胜利果实，怎么能不令我兴奋呢？我和李伟见缝插针来到延河大桥，我为她拍摄了照片，她的身后是滚滚的延河水，远处是巍峨的宝塔山，她心情愉快笑容灿烂。这张照片她特别喜欢，镶嵌在镜框里放在办公室；我也喜欢这张照片的构图，出版长篇报告文学《中国动脉》时，特意把这张照片收录在书里。

2006 年 5 月，为了纪念毛泽东《在延安文艺座谈会上的讲话》发表 64 周年，中国作家协会在延安举行学习毛泽东讲话，作家深入生活座谈会，我应邀参加会议，第五次来到延安。这次，全国来了一些大腕作家，我们参观了杨家岭、枣园、鲁迅艺术学院，我被选为代表在大会上发言，在延安谈作家深入生活，感到特别亲切。

会议间隙，我专程寻访了新华社和《新中华报》旧址，新华社的前身叫红色中华通讯社（简称红中社），1931年11月7日在江西瑞金成立，她是中华苏维埃共和国临时中央政府的机关通讯社，1935年10月，随中共中央长征到陕北。1937年1月，红中社改名为新华通讯社。

1939年2月，《新中华报》与新华社分立后，《新中华报》为中共中央机关报。延安有个南门和北门，我们熟知的新华书店是在延安诞生的，1939年9月1日，新华书店在延安北门外正式开业，毛泽东亲笔为新华书店题写了店名。

延安的南门位于延河大桥附近，当年进延安城，必须经过南门，我姑父高锐就是抗战年代骑着自行车从西安经过南门进入延安腹地的。

新华广播电台也是在延安创建的，1940年3月，周恩来从莫斯科带回延安一台广播发射机，党中央决定成立广播电台，由周恩来挂帅筹建。1940年底，延安新华广播电台在延安西川王皮湾村诞生了，从此，中国共产党有了自己的语音喉舌。延安的清凉山，千真万确是中国新闻广电出版事业的摇篮啊！

2017年4月，中国共产党思想理论资源数据库延安中心和中共延安市委宣传部邀请我到延安学习书院举办"悦读延安"读书会，读书节期间活动较多，在几个邀请单位中，尽管我多次去过延安，但我还是毫不犹豫地选择了延安。延安是革命的圣地，红色的摇篮，老区人民特别淳朴，能够到延安谈读书是作家的荣耀。

这是我第六次来到延安，下榻在枣园宾馆，人生真是一场轮回，第一次到延安，我住在枣园，这次到延安，我仍然住在枣园，所不同的是枣园宾馆的条件比当年我住过的窑洞真是鸟枪换炮了。我们不顾旅途疲劳，现场为读者进行读书指导。新落成的延安学习书院座无虚席，我们侃侃而谈，几百名观众不时爆发出热烈的掌声。

延安学习书院位于延安新区北区西北角，建筑面积为 6397.5 平方米，是一个沉降式建筑，共有三层，地上一层建筑面积为 1650 平方米，地下两层建筑面积为 4750 平方米，主要功能分为阅读、展览、展示、交流、影院、会议、培训、观景等。走上台阶是一个宽阔的平台，放眼望去，延安新区尽收眼底。五年来，新区文化基础设施有了巨大的变化，延安大剧院、学习书院、文化广场、延安博物馆等建筑相继开工，为民服务中心入驻办公，延安大剧院、学习书院投入使用，桥沟连接线道路工程竣工通车，北京路、韩琦路、瑞金街等 21 条市政道路全部建成通车，长征南路、必成路等 4 条新增市政道路前期准备工作已经完成，市政基础设施配套日臻完善，新区城市形象初步形成。革命摇篮的延安老城，因为新区的开发建设焕发出青春的光彩。

延安是红军的落脚点，1936 年 9 月，红一方面军在哈达铺正式改称中国工农红军陕甘支队。9 月 20 日，历史让中央红军选择了陕北。当时，毛泽东派侦察连长梁兴初去搞点"精神食粮"。在哈达铺一个小小的乡邮所，梁兴初找到几张旧报纸。毛泽东翻阅着《大公报》，敏锐地捕捉到陕北也有红军的信息，他果断拍板，改变原先在川陕甘建立根据地的计划，决定到陕北与刘志丹的队伍会合，把红军长征的最后落脚点放在陕北。陕北人淳朴善良，为人正直，性格豪爽，朴实憨厚，博大包容，红军经历千辛万苦到达吴起，延安以博大的胸怀接纳了红军。中央红军当初约 6000 人，随之而来的红二、红四方面军约 35000 人，加上本身就在陕北的徐海东的十五军团，陕甘宁边区一下子增加了近 10 万人。这么多人要填饱肚子不是一件容易的事，1937 年，延安供养着中央和边区政府的 3 万人，毛泽东的队伍在延安不是短暂逗留，而是一待就是十年，从 1937 年 1 月 13 日至 1938 年 11 月 20 日，他们在凤凰山住了一年零十个月；后来敌机来轰炸，毛泽东和党中央紧急搬迁到易于隐蔽的杨家岭，在那里住了五年；从 1943 年 10 月至 1945 年 12 月，搬迁到枣园住了两年零两个月；最后，又搬迁到王家坪住了一年。毛泽东在延安发起大生产运动，他亲自种菜。在食不果腹的日子里，延安人民用小米养育了红军，养育了共产党，延安是红色的圣地，革命的摇篮，是共产党的福地。

延安也是中国革命和进步文化的中心，中央红军经过两万五千里长征到达陕北后，中共中央呼吁结束内战一致抗日，大批沦陷区和大后方的进步青年和文化人士奔赴延安，肩负着培养抗战文艺干部和文艺工作者重任的鲁迅艺术学院在中国的西北角崛起，沙可夫任院长，吕骥任副院长，毛泽东亲自到鲁艺讲课，题写校训，当年的延安真是名人荟萃，音乐家有吕骥、冼星海、郑律成、马可，画家有古元、华君武、力群，摄影家有石少华，文学家有沙汀、艾青、丁玲、萧军、卞之琳、陈荒煤、刘白羽、陈学昭、严文井、马烽，演员有崔嵬、于蓝、王昆……从此，开启了革命文艺教育的新纪元。大型歌剧《白毛女》，秧歌剧《兄妹开荒》，京剧《逼上梁山》……荒凉偏僻的延安，文化生活竟然如此丰富多彩。

文化是一座城市的灵魂，延安是一座有文化的城市，当年，各路文化大咖投奔延安，延河之滨集合着一群中华民族优秀的子孙；今天，延安是黄土高原上最年轻的城市，延安新区展现着延安作为"中华民族圣地""中国革命圣地""历史文化名城"的风貌。

2016年10月15日晚，第11届中国艺术节开幕式在延安大剧院举行，延安大剧院已经成为新区和延安的新的地标性建筑。望着昔日的延安评剧院旧址，对比气派的学习书院和延安大剧院，感慨万千。当年我到延安时，延安的高楼寥寥无几；现在，延安的高楼大厦鳞次栉比，房价都涨到4000多元一平方米。中国剪纸有1500年的历史，我喜欢剪纸，收集了河北蔚县、河北武强、山东烟台、陕西延安、四川德阳等地的很多剪纸，这次去延安，我又见到了漂亮的延安剪纸，上面是一个长辫子姑娘手拿犁耙和铁锹在劳动，旁边是几只公鸡，活蹦乱跳，栩栩如生。我还见到了红色的安塞腰鼓，热闹的子长秧歌，分外喜庆，这些都是西部片里的重要元素。

42年前，我见过延安的荒沟野岭，对延安昔日的贫穷记忆犹新。

42年后，我看到新区的一马平川，对延安今天的变化感触极深，真是翻天覆地，旧貌变新颜啊！

养育革命的人不应被革命所遗忘，延安，你永远是我心中的一盏明灯！

送你一块绿地毯

我是在阳春三月来到这个世界上的，在我 23 岁生日那天，3 月 12 日被定为中国的植树节。从此，我生命的根仿佛又和葱绿的树苗一起埋入祖国的大地，作为重新诞生了一次，而我的生命便属于了绿。

海滨城市烟台以她蓝色的双臂拥抱了我，我的心又谛听着生命的喧响，因为海是生命的摇篮。海的喧哗、风的絮语、树的低吟、鸟的鸣叫，是大自然的歌，也是我的梦。

20 岁时，我乘坐一辆拉土豆的卡车，到延安去寻找我的梦。延安的贫穷出乎我的想象，坐在枣园那简陋的窑洞里，我迫不及待地问我的中学同学史尔刚："解放这么多年了，怎么这里还是这样荒凉？陕北这种地形很适宜种植果树，为什么不多种些树呢？"打算在黄土高坡扎根的尔刚耸了耸肩膀："也许是当年过分强调开荒，乱砍滥伐，破坏了生态平衡，这里水土流失严重，没有人提到绿化的事。"听着这平静的语调，我的心也有一种情愫在流失。我带着深深的眷恋和沉沉的遗憾离开了那块黄土地，但是我常常梦见那黄土上笼罩着一个绿色的梦，连那庄稼汉赤红的眼睛也漾着绿色的笑意。

外出游学，我把视点瞄到了峨眉山、三峡、黄果树瀑布。要到带野味儿的地方去，这野味儿就是不曾染指的绿。

峨眉山真是一个天然博物馆，自下而上，亚热带、温带、亚寒带植物呈垂直带谱，共有 3000 多种。我最感兴趣的是峨眉山的冷杉和杜鹃花。冷杉像一位风度翩翩的王子，潇洒英俊；杜鹃像一个亭亭玉立的少女，脉脉含情。在海拔 3000 多米的峨眉山，冷杉刺破青天，杜鹃悄然怒放，那是生命的怒吼，灵魂的傲啸。

三峡充满了美丽的传说，登舟远眺，挺拔峻峭的瞿塘峡、苍翠欲滴的巫峡尽收眼底。我的心沉浸在"两岸猿声啼不住，轻舟已过万重山"的意境里。突然，湖北青滩的滑坡惊醒了我的遐思。我端起照相机，抢拍了滑坡的残骸。一个好端端的青滩镇，刹那间整个滑了下来，就像一块绿茵茵的地毯，被蛀虫咬了一个大洞。绿色是生命的象征，摧残绿就是扼杀生命。滑坡有水位增高冲刷堤坝，山岩被酸雨侵蚀以致风化的因素，但更重要的是长江两岸人们无计划地乱采石所造成的。激流险滩的西陵峡再也唤不起我的游兴，看到长江的生态平衡遭到破坏，我的心在为她哭泣。

儿子的画得意洋洋地登上了总后幼儿园的橱窗。每当我经过那里，总要痴痴地凝视着儿子的杰作。他画的是两只小兔在吃草，那草画得好绿好嫩，把我的心都染醉了。刚满三岁的儿子，对大自然的向往是如此强烈，因为我的梦给了他。我喜欢带着儿子到郊外散步，教他辨认植物、观察山水，因为光有一颗绿色的因子还远远不够，他还应该在大自然的母体内再一次孕育。

那片苍凉、浑厚的黄土地时时敲打着我，如果是在远古时代，刀耕火种、黄土飞沙还有一种朦胧的美感。可是，地球已经飞进 20 世纪 90 年代，面对着巨大的文化落差，西风瘦马、黄土飞沙岂不愧对我们的祖先？我们生活在地球村里，看看我们的邻居们吧，绿色的植被覆盖着鲜花盛开的国土，不少城市完全就是一座花园城。绿化是一个国家文化艺术环境的缩影，也是一个民族整体文化素质的写照。

大自然是生命的摇篮，绿树是人类的朋友。无私的绿树吸进二氧化碳，呼出氧气，净化了空气，缓解了温室效应，延长了人的寿命。热爱自然就是热爱生命，种植绿树就是种植福祉。我种着树，还呼唤着朋友。

我终于明白了为什么自己偏偏在植树节那天来亲吻这个世界。我多想变成一只种植鸟，把绿色的种子撒遍大地。同时，牵着我的儿子，让他在我的飞翔中向大地播撒着绿的颜色。我多想对地球深情地说："母亲哟，请接受您的儿女献来的绿地毯！"

热带风情迎面扑来

兴隆热带植物园位于海南省万宁市兴隆镇，属于热带季风气候，年平均气温 22.4 度，四季如春。海南省共有 3000 多种植物，其中兴隆热带植物园就保存有 2300 多种独具特色的热带、亚热带植物，是一个集科研、科普、生产、加工、观光和种质资源保护为一体的综合性热带植物园。

猴年新春，我和朋友一道来到兴隆热带植物园游览，一进门我就被空中花园所吸引。所谓空中花园就是将蝴蝶兰等花卉绑定在荔枝树上，久而久之，蝴蝶兰就和树融为一体，仿佛长在了树上，颇为奇特。还有鸟巢蕨，也是绑在荔枝树上，之所以选择荔枝树做载体，是因为这种树比较高大，便于其他植物附着。

接着就看到一排排荆条状的植物垂吊在眼前，酷似一道帘幕，这是锦屏藤，出生时嫩芽呈粉红色，老了枝条就变成土黄色，人们送给它一个浪漫的名字——一帘幽梦。

一棵高大的树下有两块不起眼的大石头，这种石头有什么讲究吗？原来这不是石头，而是一种药用植物，叫作"海南地不容"，将其切片敷在身体上可以消炎止痛，食用可以预防肿瘤。

园区有 12 类植物：热带香辛料植物、热带饮料植物、热带果树、热带经济林木、热带观赏植物、热带药用植物、棕榈植物、热带水生植物、热带濒危植物、热带珍奇植物、热带沙生植物和蔬菜作物等。

兴隆热带植物园充分利用自身科技优势，以科学研究、产品开发、科普示范的模式，其中有四大特色植物：

一是香草兰，亦称"食品香料之王"。属于藤本香料植物，原产地是墨西哥。

其成品香荚兰豆含有 200 多种芳香成分，是各类高档食品和饮料的配香原料，国际公认的上乘香水法国香水，主要成分就是从香草兰果荚里提炼的，这是一种药用植物，欧洲人曾经用它治疗胃病、补肾、解毒等。

二是胡椒，亦称"香料贸易传奇"。胡椒科胡椒属于攀援藤本香辛料植物，原产地是印度，已经有 2000 多年的栽培历史。成熟果实是白胡椒、黑胡椒和青胡椒的制作原料，有强烈的芳香辣味，用作食品调味剂、防腐剂和医药上的健胃剂、利尿剂等。黑胡椒适合做牛排，味道颇佳。

三是可可，亦称"巧克力之母"。梧桐科可可属于多年生小乔木，原产地是南美洲的热带雨林。果实长在可可树主干和主枝条上，这是热带植物典型的茎生现象。可可豆加工成可可粉和可可脂，可用作饮料和制作高级巧克力糕点和冰淇淋等食品。这里还开通了观众体验区，游客可以自己尝试制作巧克力，我买了兴隆植物园自己制作的巧克力，的确味道独特，而且耐高温，在海南 30 多度的高温下只融于口，不融于手。

四是咖啡，亦称"世界三大饮料之首"。茜草科咖啡属于多年生灌木或者小乔木，原产地是非洲。咖啡豆经过烘炒磨碎后即成咖啡饮料，可以提取咖啡碱做麻醉剂、利尿剂、兴奋剂、强心剂。咖啡能够促进人体的新陈代谢，延缓衰老过程，兴奋神经，驱除疲劳。我们品尝了这里的咖啡，有一种奇特的芳香。

周恩来总理来到兴隆热带植物园喝过咖啡后赞叹道："我喝过世界上很多地方的咖啡，觉得味道还是咱们中国海南省兴隆植物园的咖啡最地道。"

兴隆热带植物园以绿色植物为主线，各种奇特的热带植物花木组成一幅幅美丽的图画，龙船花、蟹爪兰、黄丽鸟蕉、炮仗花、火炬姜、蝴蝶兰、蝎美蕉令人目不暇接，千子蕉属于芭蕉科，一棵树上结着几十个绿色的芭蕉，使人想到多子多福，煞是喜人。我很喜欢朱蕉，这是一种颜色鲜艳的植物，热烈多情，在绿叶的掩映下显得分外妖娆；我也喜欢旅人蕉，这是马达加斯加的国树，顶天立地，形状仿佛一把巨大的芭蕉扇，散发着热带风情。还有紫红色的神秘果，果肉含有神秘果素，可以改变人的味觉，吃过神秘果后再吃任何酸的食物都会觉得是甜的，这真是一种好果子，糖尿病人不能吃糖，吃了神秘果，不吃糖也觉得其他东西都是甜味儿，用神秘果制成满足糖尿病人甜味需要的变味剂，可以造福糖尿病患者。

这里还有很多热带水果，比如面包果、榴莲、莲雾、蛋黄果等。面包果是长在树上的"面包"，切片煮或者炸，当水果吃，口感类似面包。我刚刚出版反映北平抗战的长篇报告文学《北平硝烟》，里面描写了八路军战士在抗战年代没有东西吃，只好吃树叶、野菜、树皮的故事，1942 年，由于日寇的封锁和扫荡，晋察冀边区粮食奇缺，聂荣臻司令员发布了"树叶训令"：禁止八路军采摘村庄附近的树叶，树叶要留给老百姓吃，宁可饿肚皮也不能与民争食；1939 年，在平西根据地，树叶都被吃光了，萧克司令员命令挺进军战士：第一层树皮不能动，要让老乡扒，部队只能扒第二层树皮吃。第二层树皮全是木质纤维，哪里咽得下去？由于吃不饱，挺进军官兵大多十分消瘦，营养不良，面呈菜色。我想如果面包果能够长在晋察冀边区和平西根据地该有多好，抗战年代就不会有人饿死了。红色娘子军的战士不会饿死，她们生长在热带，弹尽粮绝时至少可以吃面包果和椰子，椰子有肉也有水，这些热带水果也起到了杀敌的作用。

植物园里还有一些果实名称叫作水果却不能食用，比如铁西瓜，是一种长在树上的西瓜，不能吃，成熟后切开可以当瓢用。我还见到了龙血树，这种树能够存活 6000—10000 年，所以称为"不老松"，这树名很吉利，我在不老松前拍摄了一些照片，讨个好彩头。

植物园里到处都是椰子树和槟榔树，海南人说椰树是哥哥，槟榔树是妹妹，一个粗壮，一个苗条，属于棕榈科。还有一种树个体比椰子树高，树干两头粗、中间细，这是大王棕，也叫导弹树，因为形状类似于导弹而得名。大王棕也属于棕榈科，棕榈科的特点是树干有一圈圈的横道。

仔细观察椰子，会发现上面有眼睛和嘴巴。海南岛有一个美丽的传说，椰子是海南人的祖先骆王的头变的。在很久很久以前，海南岛西部有一个部落首领叫骆王，他带领人打了胜仗后，在一次庆典中被一伙叛徒砍下脑袋挂在一棵小树上。仅在一夜之间，这棵小树便疯长了四五丈高，骆王的头变成坚硬椰果，椰叶就是骆王的头发，树干便是骆王的身躯。骆王总是低头看着下面的世界，椰子成熟后会自行脱落，椰子就砸向坏人。

椰树主要有绿椰、黄椰和红椰三种，椰子树树干笔直，无枝无蔓，巨大的羽毛状叶片从树梢伸出，撑起一片伞型绿冠，椰叶下面结着一串串圆圆的小宝宝似的椰果，吟唱着幸福梦幻曲。我喜欢黄椰和红椰，椰汁味道甜美；植物园还有一种泰国金椰，椰汁和果肉清香甘甜，沁人心脾。一棵高大的绿色乔木横陈在眼前，这是见血封喉，属于桑科，是世界上木本植物中最毒的一种树。乳汁中含有多种有毒物质，人畜食用后，会在 40 分钟至两个小时内毙命。植物园里既有树龄长的树，也有远古时代的树，比如桫椤，是 1.8 亿年前的树种，真是历史悠久。还有大果榕，也叫海南无花果，可以吃。

兴隆热带植物园创建于 1957 年，占地面积 32 公顷，是中国热带农业科学院热带香料饮料作物研究所开发、管理的一个对外开放的旅游实体。依山傍水，是我国热带地区十分重要的科研、科普、生产示范基地和物种基因库，也是海南重点旅游路线，素有"热带风景明珠"之称，我 25 年前第一次到海南采风就知道这个宝地。这里是国家 AAAA 级旅游景区，漫步在海南兴隆热带植物园，葱郁绿海，芬芳果香，啾啾鸟语，绚丽多姿的热带植物令人神清气爽目不暇接。记得20 世纪 60 年代，刘少奇主席和陈毅外交部长访问印尼时专程参观过兰花展，我觉得兴隆的地名也很吉利，在兴隆看热带植物，可以看到东南亚一带乃至全世界的热带植物，这些热带花卉树种在我国其他植物园是见不到的，美不胜收，惊为天人。

细节决定成败，这里的服务很贴心，园区设有休息区、商场、餐饮区、医务室，腿脚不灵便的游客可以乘坐电瓶车参观，在这里，有专职的植物讲解员，用风趣的语言向我讲述植物的宝贵知识，我品尝到香浓的咖啡，清冽甘甜的香草兰茶，饱览了千奇百怪的热带植物，身心得到极大的享受。如果你不慎崴脚或者发病，医务室的医务人员会给你及时的治疗；甚至连卫生间的标识，都是用中文、英文、俄文和韩文四种文字来标注，细心程度由此可见一斑。

　　植物园集中体现了绿色生态环境给人们带来的经济、社会效益，为促进海南热带旅游、农业资源的开发和建设，促进海南热带高效农业、旅游业持续发展作出积极的贡献。植物是人类的朋友，我爱兴隆热带植物园里的热带风情！

西双版纳植物王国探秘

我是在植树节那天出生的，与植物有天然的缘分，我寻访过北京植物园、海南兴隆热带植物园、庐山植物园、厦门植物园、杭州植物园……当西双版纳呈现在我的眼前时，我迫不及待地向那片香喷喷、湿漉漉的红土地扑去，赴一场与热带雨林的约会。

远古时代，西双版纳是古地中海的一部分，由于地质历史上的喜马拉雅造山运动，青藏高原隆升，古地中海西退，沧海桑田的变迁使得这个地区形成了高温高湿的季风气候，分布着大片的热带雨林，具有极其丰富的动植物资源，被誉为云南动植物王国的皇冠。

在西双版纳勐腊县的罗梭江畔，在葫芦岛上，有一个中科院西双版纳热带植物园，她是国家 AAAAA 级景区，是中国户外保存植物最多的植物园。众多奇妙的植物、奇特的花卉、奇异的果实都在向我招手，等待我的来临。

西双版纳境内的植被被划分为 8 个植被类型，38 个群系。植被类型有热带雨林、热带季雨林、亚热带常绿阔叶林、落叶阔叶林、暖性针叶林、竹林、灌木林、草丛等，呈镶嵌分布。

隆冬时节，中国的北方已经万木萧瑟，而西双版纳由于地处热带，植物一片葱茏。这里有最重的植物铁力木，有最轻的植物木棉树，有最毒的植物见血封喉，有最情深的植物相思豆，还有优雅的棕榈，飘逸的翠竹，倔强的苏铁，青葱的榕树。在热带植物园里，我看到了首任园长蔡希陶教授亲手种植的龙血树，长得格外茂盛。

西双版纳热带雨林有丰富的竹类资源，共有 90 多种，占全国的 18%。龙竹、甜竹、香竹在全州广泛栽培，大多数种类的竹笋都可以食用。

在树木园里生长的吊瓜树有一种红色的果实，果形硕大，可达1.5—3公斤，吊挂枝头长久不落，倒挂金钟，深情向绿荫吐露；在国树国花园里生长的火烧花花冠是橙黄色至金色，常常在老茎和侧枝上怒放，像火一样尽情燃烧，爱意向蓝天倾诉，故曰火烧花；在水生植物园里生长的王莲颇像一艘艘绿色的小船，这是世界上最大的莲叶，直径可达3米以上，是一种能够载人的水中叶子；在奇花异卉园，长着一种神秘果，这是周总理从加纳共和国带回来的国礼，它像一枚红色的精灵，悄然将人的味蕾麻木，可以改变人的味觉，当你吃过神秘果后再吃酸的东西，感觉都是甜的；这里还有一种跳舞草，受到声波刺激时，嫩叶会随之连续不断地上下摆动，犹如飞行中轻舞双翅的蝴蝶，恰似舞台上轻歌曼舞的姑娘，因而得名；这个园子里还有巨花马兜铃，这种花朵散发出来的怪味儿和花瓣的斑点能够将昆虫引诱到囊中，昆虫误打误撞在花朵里关了一段时间，使劲儿扑腾，全身就沾满花粉，使出吃奶的劲儿逃脱后，飞向另一个刚刚开放的花朵，重新授粉。

在热带雨林，有一种箭毒木，见血封喉，据说凡是被涂有箭毒木汁液的毒箭射中的野兽，上坡的跑七步，下坡的跑八步，平路的跑九步就必死无疑，当地人称之为"七上八下九不活"。雨林中还有一种叫作"血苋"的草，搓揉它的茎叶，就会有酷似血的汁液溢出，还有一种会流血的树叫作龙血树；这里还有一种老虎须，是稀有的观叶观花植物，花朵为紫褐色至黑色，形状独特，为植物界罕见。花基部可生出数十条紫褐色丝状物，颇像老虎的胡须，因而得名。除了热带雨林，在野生区还有沟谷雨林，独特的植物奇观只有在西双版纳才能尽情领略。

在南药园里，有一种黄色的植物叫作落地生根，它身体的任何一个部分，只要一掉落在地，便能生根成长。这里还有一种猫须草，因为长得酷似猫的胡须的雄蕊而得名。

在荫生植物园里，有一种粉红色和橙色的花朵，美如玫瑰，亮丽如瓷，是跟随"神六"飞船飞上太空的花卉，它也许曾经为月宫里的嫦娥伴舞，它一定曾经陪伴杨立伟、景海鹏、刘洋等人在太空遨游。

还有一些美丽的观赏植物，比如姜花、象牙参、闭鞘姜等，可供盆栽或者布置在庭院中。提到姜科植物，人们往往会想到我们平时吃的生姜，其实，生姜仅仅是姜科植物大家庭的一员，姜科植物有很多是著名的药材和香料植物，比如阳春砂仁、益智、姜黄等，具有芳香健胃、祛风活络的功效。

西双版纳是花草的世界，树木的海洋。大自然里充满了智慧和乐趣，花草树木与居住在这里的各族人民息息相关，用竹木盖房子，做家具和生产工具，是司空见惯的平常事；用树枝树叶传递信息，用奇花异草传情求爱，用树皮造纸，用贝叶棕叶片刻经……都是人们精神生活的必需。有林才有水，有水才有田，有田才有粮，有粮才有人。人与自然的和谐相处，西双版纳堪称典范。这里的森林覆盖率达到 90% 以上，真是生态学与生物多样性研究基地，热带植物的大本营。

热带雨林中的一些高大乔木，底部延伸出奇特的根基，形如板墙，称为"板根"。板根通常是辐射伸出，最大的板根能够延伸十多米长，十多米高，既奇特又壮观，称为板根现象。桑科榕树属的一些树种在热带森林里常以绞杀方式称雄霸道，杀死寄主，取而代之，是热带雨林中的"绿色杀手"。当动物把植物的种子携带到树木的枝杈或树皮的裂隙上后，这些种子便会萌发，幼小的榕树能产生不定根，行为就像附生植物一样，随着榕树的不断长大，它的不定根互相交叉、融合，逐渐将寄主树木包住勒紧，致使寄主树木营养亏缺而枯死，这种情形称为绞杀现象。

热带雨林非常潮湿，一些树木会从茎干或枝节上长出不定根或气生根，从空气中吸收水分和养分逐渐长大下垂，当它们触及土壤后，就会继续增粗增多，成为支柱根，支柱根越来越多，越来越大，形成独木成林的奇观。支柱根兼有吸收养分和支撑树干的双重功能。

板根现象呈现出奇异的板墙，老茎生花把殷切的托举融注；绞杀现象高喊着取代寄主，独木成林汇聚成树的瀑布。空中花园放飞心的梦想，圣诞椰子彰显爱的礼物；多花脆兰靠雨水来传粉，热带雨林将神秘扮幽谷。旅人蕉风姿绰约给游人解渴，望天树物竞天择将竞争回顾。海南黄花梨半个世纪才长了碗口粗，大果紫檀是世界上最昂贵的红木。贝叶棕宛如济公和尚的蒲扇，无忧花仿佛心理医生的叮嘱。龙血树酷似青青的活血圣药，萼距花好像淡淡的粉色云雾。

　　占世界陆地面积 7% 的热带雨林，生长着全球一半以上的植物。西双版纳生长的 5000 多种植物中，竟然有 1000 多种可以做药材。西双版纳热带植物园既是热带生物学家向往的科研基地，也是花鸟画家的朝圣地。每年有数以千计的画家来西双版纳植物园写生。这是东南亚面积最大的植物园，这是中国植物最丰富的植物园，集科研、科普、观光旅游为一体。西双版纳是树的世界，花的海洋，鸟的天堂，果的归宿。漫步热带植物园中，我不仅可以与大自然亲密接触，认识神奇的热带植物世界，更能尽情领略旖旎的热带风光。当大自然邂逅心灵，迸发出耀眼的火花；当神秘园走进心灵，与真善美亲密拥抱。

　　西双版纳是以傣族为主的多民族聚居地，多民族与热带雨林相互作用，相互影响，创造了丰富多彩的民族森林文化。这里有观赏植物、药用食用植物、宗教信仰植物、文学艺术植物，向世人展示了西双版纳丰富的人与植物、人与自然和谐相处的传统知识和文化。

烟台的海

大海是一部永远读不完的书。如果你有幸出生在海边，你的血脉里就有了白浪般的激情，你的骨子里就有了蓝天般的狂想。

在大海边生活了九年的我挥泪告别了烟台这座美丽的小城，在首都北京栖身了。大都市的霓虹灯固然令人炫目，然而我的眼前却始终汹涌着奔腾的海浪。童年的记忆已经牢牢地渗进了我的血液里，我总觉得没有海的生活是艰涩乏味的。以至于我隔三岔五总想去看望大海，以求得海的抚慰，海的滋养。

后来，我长大了，当了作家，1997年，阔别烟台30年后我又一次来到烟台，我迫不及待地去寻找童年的踪迹。我找到了南山路上的教堂，找到了我就读的南山路小学，找到了位于坤山路北面的烟台市委幼儿园，找到了进德路20号。可是那个大院已经拆迁，只剩下院子的西墙还在。一切都是那样熟悉和亲切，触景生情，我猛然醒悟我和这块土地的脐带永远不会剪断。

今天，我和中国作家采风团的朋友一道来到了烟台山。烟台山是烟台在不同历史时期屈辱与抗争、悲壮与胜利的见证。迎面是一群人在扭秧歌，他们边扭边唱，好不热闹。树上挂着一张张纸，上面有相亲人的照片和情况简介。原来，这一天是11月9日，"11·9"是好日子，烟台山万人相亲会在这里举行。"11·9"寓意着天长地久，这一天结婚的人特别多，到处是身穿婚纱的新娘和衣冠楚楚的新郎。牵手百年灯塔，缘定今生。朱秀香部长告诉我：烟台山相亲会使几百对有情人终成眷属。

拾阶而上，一座抗日烈士纪念碑映入眼帘。1945年，在解放烟台的战斗中，共歼灭日伪军1500多人，有89位八路军将士壮烈牺牲。为了纪念在解放烟台的战斗中英勇献身的抗日英雄，烟台市人民政府于 1946 年在烟台山忠烈祠西侧修建了这座抗日烈士纪念碑，我就是在这座纪念碑前宣誓加入少先队的。当时觉得这座碑很高大，现在觉得有点矮，原因是我长大了。

烟台山顶有一块巨大的燕台石，每逢"八九燕来"之时，成群结队的燕子栖息在这里，成为方圆百里一道独特的风景。燕台石由此而得名。

我们登上了烽火台，这个烽火台是明洪武三十一年在烟台山上设立的，用狼粪做燃料。狼粪点燃后烟直着往上冒，很远都能看得清。遇到敌情，白天点狼烟，夜里举火把，向附近的烽火台通报敌情。久而久之，人们就把烽火台称为"狼烟台"，把设立"狼烟台"的山称为烟台山，烟台也因此而得名。

烟台山保存着亚洲最密集、保护最完整的近代外国领事馆建筑群，是烟台乃至整个中国近代史的见证和缩影。我们参观了烟台开埠陈列馆、中国京剧艺术馆和冰心纪念馆。在冰心纪念馆门口，望着冰心先生的雕塑，我想起了 25 年前的一桩往事：当时，我出版第一本散文集《海梦》，冰心先生亲自为我的散文集题字："当好女军人，做名女作家"。

冰心先生对女作家是非常关心的，读她写烟台的作品，我觉得特别亲切。我和冰心先生一样在烟台度过了童年时光，烟台的海给人的感觉是开阔高远。冰心先生说"童年的印象和事实，遗留在我的性格上的，第一是我对于人生态度的严肃，我喜欢整齐、纪律、清洁的生活，我怕看怕听放诞、散漫、松懈的一切。第二是我喜欢空阔高远的环境，我不怕寂寞，不怕静独，我愿意常将自己消失在空旷辽阔之中。因此一到了野外，就如同回到了故乡。第三是不喜欢穿颜色鲜艳的衣服。第四是喜欢爽快、坦白、自然的交往，很难勉强自己做些不愿做的事，见些不愿意见的人，吃些不愿意吃的饭。第五是我一生对于军人普遍的尊敬，军人在我心中是高尚、勇敢、纪律的结晶，关于军队的一切，我也都感兴趣"。冰心先生说的这五点我颇有同感。

烟台的海极有韵味，机敏善感，沉着多思，海的大脑永远是在思索。烟台的海在陆地的北边，夏天多刮南风，所以夏天烟台的海滨大多风平浪静，像一只温顺的羊羔。烟台的海是一幅浪漫的油画，海浪柔柔地抚摸着你，海风轻轻地吹拂着你，望着那匹波光粼粼的蓝锦缎，你会品味到恬静舒适的滋味儿。烟台临海却不潮湿，沙滩细腻光洁，海水清澈滩浅，极少惊涛骇浪，是天然的海滨浴场。我喜欢静静地坐在海边痴痴地眺望大海，谛听海的喧哗、风的絮语。这种痴痴的对望使我读懂了大海的语言，大海的心思，领略到天人合一的境界。烟台的海给人的感觉不是轻飘飘的，它潜移默化地教会你严肃认真，有社会责任感和使命感，有积极的人生态度。

烟台的海极有个性，桀骜不驯，刚直不阿。烟台的海不是一只任人宰割的羔羊，他的脊梁永远不会弯曲。冬天，烟台的海偶尔会变得乖戾，海发怒时，像一只暴躁的雄狮，把天地搅得天昏地暗。我的幼儿园毗邻海滨，我童年时见过海啸。狂风把海水卷得腾空而起，足有几层楼那么高。肆虐的海涛在空中打了个旋子，又重重地摔向海面，发出凄厉的狂叫，这使童年的我理解了动如猛虎的含义。烟台的海开阔人的胸襟，陶冶人的性情，赋予人诗人气质，赐给人一颗爱心。从小受到这片海域的滋养，女孩子会有家国天下的襟怀，懂得博大与宽厚，不会钩心斗角，小肚鸡肠。

烟台的海养育的女人缺少脂粉气，我年轻时也不喜欢穿颜色鲜艳的衣服，酷爱天蓝色和绿色，一身国防绿装点了我的青春。外出旅行女人大多喜欢买漂亮的衣服和昂贵的化妆品，而我却喜欢买书、买砚台、买玉石和工艺品。

烟台的海把心灵向世界敞开，情感的脉络纯洁无瑕晶莹剔透。烟台的海不理会"见人只说三分话，不可全抛一片心"的处世哲学，把一片爱心撒向天涯海角。烟台的海教会人坦白爽快自然，一辈子不说违心的话，做违心的事。

刚柔相济，将女性的温柔与男性的雄健奇妙地糅合在一起，这就是烟台的海的魅力。从两岁起，父母就经常带着我到第一海水浴场眺望大海。清晨，东边是灿烂的朝霞，西边是美丽的烟台山，北边是浩瀚的大海，脚下是五颜六色的贝壳和金色沙滩。晚上，烟台山上的灯塔神秘地眨着眼睛，远处的灯光星星点点，形成一道优美的弧线，仿佛一颗颗夜明珠，撒在了狭长的海岸线上。

烟台的海是绝妙的心理医生，大都市的喧闹，人世间的烦恼，只要到了海的面前，全部荡然无存。我是倚靠着巍峨的南山，枕着北海的波涛长大的，在这片海水里学会了游泳。仁者爱山，智者乐水。观山观海观天下，烟台的美在于山海之间。烟台的海给人的感受不是妩媚，而是刚毅。金沙碧浪如梦境，得到烟台海洋滋养的女人会有一些男人情怀和军人情结。25 年前冰心先生是文坛泰斗，而我是无名小辈，她之所以给我题字，既有对女作家的关心，又有对女军人的情意。她的题字鼓励了我，使我在文学的羊肠小道上艰难地跋涉了 30 年。

品读烟台，我觉得热情、真诚、包容就是这座城市的滋味儿。热情令人激情燃烧，真诚令人心里温暖，包容令人兼收并蓄。热情、真诚、包容都是海洋的性格，烟台的这种滋味儿与开埠文化密切相关。海纳百川，博采众长。少一些嫉妒，多一些祥和；少一些争斗，多一些奋斗。我怀念烟台的海，我永远是海的女儿。

青岛蒙太奇

金秋时节，我来到海滨城市青岛采风，下榻在八大关附近。作为帆船之都，音乐之岛，影视之城，青岛被誉为是"天然摄影棚"，有100多部影视剧在这里拍摄。美丽的风景，宜人的气候，影视明星的摇篮，青岛人独有的热情，令人心醉。

八大关静谧的小路，东海路蜿蜒曲折的海滩，"五四广场"红色的"五月的风"的雕塑，奥帆中心现代的游艇、帆船，小青岛琴屿飘灯的景观，极目楚天舒的意境，金沙滩辽阔的碧海金沙，啤酒街国际啤酒节的风情，迎宾馆欧式风情的德国总督府旧址，天主教堂高耸入云的十字架，小鱼山路上的文化名人故居一条街，老城区的爆炒海螺、蒸锅海鲜、开海虾水饺、吕氏疙瘩汤、船歌饺子，中国海洋大学老校区古色古香的教学楼，中山公园里繁茂的植被，信号山上鸟瞰青岛的观景台，中国最早的海洋生物陈列科研机构青岛水族馆的奥妙，海底世界的神奇，栈桥海天一色的风景，湛山寺的晨钟暮鼓，黄岛的蓝天碧海……走进你的每一处风景都如诗如画，扑向你的每一朵浪花都如梦如歌。

八大关

到青岛的第一天，我就来到八大关浏览。八大关位于青岛太平山南麓，太平角与汇泉角之间。八大关不是八个关口，而是十条以中国古代著名关隘命名的马路，即韶关路、宁武关路、紫荆关路、山海关路、居庸关路、临淮关路、正阳关路、函谷关路、嘉峪关路、武胜关路，这些道路沿着汇泉湾和太平湾形成方圆数公里的海滨风景区。

八大关是青岛历史文化名城文脉的重要载体，凝结着丰富的认知和审美价值，体现了城市史、文化史、建筑史、艺术史与中外文化关系史的多重景深。

八大关最大的特点是在马路两旁栽种了各具特色的树木，行道树因路而异，与各色建筑相映成趣。比如：居庸关路银杏挺拔，嘉峪关路五角枫叶似火，临淮关路龙柏列队，正阳关路玉兰紫薇夹道，紫荆关路雪松成行，韶关路碧桃吐艳，宁武关路枫树海棠缤纷，山海关路梧桐牵手，函谷关路梧桐引凤，武胜关路梧桐蔽日……真是"看花辨时，闻香识路"。八大关的路跌宕起伏，峰回路转，顺应地势修建了若干花园，形成海上花园的景观。

我下榻的住处名曰"山海楼"，我很喜欢这个名称，登山则情满于山，观海则意溢于海。造物主太偏爱青岛人了，八大关的美丽在于山海之间，山海环境和欧式建筑的完美统一，这种独特的景观风貌使得八大关成为不可复制的范本，五花八门的建筑风格集中展示了当时东西方建筑艺术的流变轨迹。

八大关始建于 20 世纪 20 年代，建筑多为独立院落别墅，以欧陆式近代建筑风格为主，被誉为"万国建筑博览会"。这里作为别墅区而成为城市记忆珍贵的一部分，当之无愧是建筑艺术、历史文化和城市生态的黄金地带，著名建筑有"花石楼""公主楼""蝴蝶楼"，1996 年被列为国家级文物保护单位，2005 年被评为"中国最美城区"。

八大关是多元文化融合的象征，是一座没有围墙的建筑艺术博物馆，开放而包容。这里有 320 多栋建筑，融合了五湖四海的建筑风格。参与设计建造的外国建筑师来自俄国、英国、法国、德国、美国、丹麦、希腊、西班牙、瑞士、日本等国家，这些建筑向世人传递着多元的建筑思想和艺术实践，花石楼就是其中最耀眼的一颗星。

花石楼又名莱比池别墅，由中国建筑师刘耀宸等设计，原业主是侨居上海的俄国著名的报业商人莱比池。这座极具代表性的城堡式建筑，其外观融合了罗曼和哥特式建筑风格，内部设计体现了巴洛克和洛可可式的艺术魅影。由于楼的主体是由花岗岩砌成，又加上滑石装饰，滑石与花石谐音的缘故，故称"花石楼"。

这栋包含欧洲四大经典建筑风格的古堡式建筑，一层为会客室、办公室和餐厅；二层为主卧室、副卧室，南面的主卧室伸向大海，躺在床上可以从正东、东南、正南、西南方向的彩色玻璃窗眺望大海；三层为咖啡厅、书房和客房；地下一层为厨房和佣人住房。二楼和三楼都有一个晾台，二楼的晾台望南面的海，三楼的晾台可以看见东面和南面的海，塔楼为瞭望台和观海台。蒋介石和宋美龄曾经在这里居住过，新中国成立后，董必武、陈毅等国家领导人也曾经在这里居住过。

公主楼是八大关建筑群中的一座瑰宝，为北欧田园别墅，由俄国设计师尤力甫设计并建造，他根据安徒生童话的内容精心设计，楼房呈绿墙红瓦，窗户上摆满花盆，房屋周围点缀拇指姑娘、美人鱼、皇帝的新衣、大提琴等安徒生童话里的元素，造型简洁、流畅、精巧，在蓝天和绿树的映衬下显得高贵典雅，别具一格。据史料记载：20世纪30年代初，丹麦阿克瑟王子偕妻子玛格丽特公主曾经访问青岛，公主楼与这次访问在青岛留下许多美丽的故事，给现代的人们平添了一份追溯历史的兴致和浪漫的遐想。

青岛是一个令人心静的城市，红瓦绿树碧海蓝天宛如一幅油画，镶嵌在我的记忆里。在青岛的电影史上，洪深、孙瑜、崔嵬被誉为"影坛三杰"，他们都在青岛生活、工作过。洪深是中国电影和话剧的先驱，他的《劫后桃花》是以自己家庭在青岛的经历为蓝本写成的剧本。孙瑜在青岛编写了电影《青岛之波》，崔嵬在青岛拍摄了电影《青春之歌》和《海魂》。

至今，在青岛取景拍摄的影视作品已经超过100多部。比如电影《海魂》《青春之歌》《白求恩》《宋庆龄和她的姊妹们》，电视剧《黑洞》《中国式离婚》《大染坊》《青岛往事》等。电影《劫后桃花》1935年在八大关、太平角、丹山一带取景；电影《风云儿女》在八大关拍摄；电影《海魂》在栈桥取景；电影《青春之歌》在崂山仰口海滨开拍，林道静跳海的镜头就是在这里拍摄的；电视剧《黑洞》里很多镜头是在前海一带拍摄的，标志性的建筑是五四广场的五月的风的雕塑；电视剧《中国式离婚》里的中山路有很多老房子，剧中男女主角的家在江苏路一带。

八大关环境优雅，临淮关路两侧是池塘，荷花吐艳，非常漂亮。这里是青岛人拍摄婚纱照的绝佳场地，每次我经过那里，都会看到很多身披婚纱的新娘在那里拍照。一打听，5000元钱负责拍50张婚纱照，提供6套婚礼服装，大海、教堂、别墅、绿树、红瓦……蓝天绿树映衬着美丽的婚纱，一对新人在那里摆出各种姿势拍照，浪漫极了。

我喜欢八大关的味道，经常在那里散步，海浪和松涛交汇，诞生大量的负氧离子；音乐和美景融合，焕发迷人的诗情画意，我静静地坐在长椅上沉思，体会幽静的滋味，感悟生命的多彩。

文化名人故居一条街

青岛是一个名人荟萃之地，许多在中国近代史上拥有声誉的文化名人都在青岛居住过，王统照、王献唐、毛汉礼、冯沅君、陆侃如、老舍、华岗、朱树屏、刘知侠、束星北、沈从文、杨振声、张玺、洪深、闻一多、赫崇本、康有为、梁实秋、萧军、萧红、童第周、舒群、熊希龄、周叔迦、宋春舫……这些名家见证了青岛发展的历史。

走出中国海洋大学鱼山校区的东门，就来到小鱼山文化名人故居街区，这里是中国历史文化名街，有康有为故居、洪深故居、沈从文故居、毛汉礼故居、宋春舫故居、闻一多故居、赫崇本故居、梁实秋故居、童第周故居、冯沅君、陆侃如夫妇故居等。名人故居是城市的文脉，我仔细地端详着名人故居，位于福山支路5号的康有为故居是一栋黄色、咖啡色相间的楼房，现为山东省重点文物保护单位，也是青岛第一座全面修复并辟建为博物馆的文化名人故居。故居始建于1899年，原为德国总督副官、海军上尉弗莱海顿·利利恩可龙的宅邸，也是青岛最早的德式建筑之一。

1923年6月，康有为先生在此地居住，题名为"天游园"。康有为自称"天游化人"，青岛正是他亲近自然、感怀宇宙的一个充满种种可能性的精神磁场，一场与高山、大海、长空的对话。康有为曾经这样评价："青岛之红瓦绿树、青山碧海，为中国第一……恐昔人之仙山楼阁亦比不及，诗文不足形容之。"

大同一梦君先觉，康有为是近现代文化先驱，国学大师，资产阶级维新变法领袖，学贯中西，足迹遍布全球，是"睁开眼睛看世界"的代表人物。他曾经在这里会见朋友，故居里保留有很多他的墨宝；1927 年 3 月 31 日在此逝世，这里承载着康有为先生的生活和艺术情感，蕴含着中国现代文化的丰富内涵，是百年青岛的一盏人文之灯。

沈从文是湖南凤凰人，1931 年曾经在国立青岛大学任教。他住在青岛福山路 3 号，位于马路的西面，故居是一栋黄色的欧式小楼，院子用花岗岩砌成高大的围墙，黑色的大铁门很沉重，有点深宅大院的味道。走进铁门是高高的台阶，登上台阶就是他的故居。这栋小楼飘散着墨香，当年他在这里奋笔疾书，完成了《边城》《三个女性》《月下小景》等文学名著。

洪深是江苏武进人，现代作家、电影戏剧家。1934 年秋任山东大学外文系主任。他住在青岛福山路 1 号，与沈从文家隔一个院子，楼房是相同的模样。他在青岛这栋古色古香的德式小楼里完成了中国第一部电影剧本《劫后桃花》，由胡蝶主演。

梁实秋故居在青岛鱼山路 33 号，在马路的东面，独立的一栋橘黄色的二层小楼，灰色门窗，没有高台阶，比较简朴，与沈从文、洪深故居近在咫尺，我突发奇想：这三个文人在此居住时一定有交集，也许他们经常在这条马路上相遇，也许他们一同登上附近的小鱼山观海听涛，也许他们在写作闲暇会互相串门，一本正经地探讨文学。

童第周是浙江鄞县人，生物学家、教育家，曾任中国科学院副院长、中国科学院学部委员。1934 年至 1937 年，在青岛任国立山东大学生物系教授。他的故居在中国海洋大学西门附近，鱼山路 36 号。

冯沅君是河南唐河人，陆侃如是江苏海门人，现代作家、教育家。1947 年，这对夫妇受聘于国立山东大学任教，著有《中国诗史》等著作。他们住在鱼山路 36 号，与童第周是邻居。

束星北是江苏江都人，理论物理学家、海洋物理学家和教育家。是我国早期从事量子力学、相对论研究物理学家之一，他也住在鱼山路 36 号，这里真是群星荟萃。

闻一多先生故居就在中国海洋大学的校园里，他曾经担任青岛大学文学院院长兼中文系主任。附近的福山支路还有熊希龄故居和周叔迦故居，熊希龄是教育家和慈善家，曾任中国红十字会会长；周叔迦是佛学家和佛教教育家，1929 年在青岛开办佛学研究社，后与叶恭绰等人倡导修建了湛山寺。

小鱼山街区是我国文化名人故居分布最集中的区域之一，是中国现代海洋科学发祥地和中外建筑艺术集萃地，彰显着人文与自然、古典与现代、东方与西方相融的城市生态，这是一种具有启示意义的海洋人文景观，2012 年被评为中国历史文化名街。

为什么小鱼山街区会吸引这么多的文化名人在此居住？这与国立山东大学有关，中国海洋大学校址的前身是国立山东大学，一百多年来，这所誉满海内外的百年名校，历经山东大学堂、国立青岛大学、国立山东大学、山东大学等历史发展时期，迁徙分合、春华秋实，成为中国现代大学教育的重要发祥地和文化科教的重镇。国立山东大学是百年山大辉煌历程的一个重要阶段。名校出名师，谈笑有鸿儒，往来无白丁。另外，当年的青岛小鱼山是富饶之地，靠近海边，交通方便，风景秀美。这里的房子多为德式建筑，适合知识分子居住。当年的青岛名人灿若群星，蔡元培先生是青岛水族馆的创始人之一，老舍、洪深、沈从文、梁实秋、冯沅君是中国著名作家，蔡元培、童第周、束星北是著名科学家，闻一多、熊希龄是著名教育家，除此以外，还有胡适、臧克家、郁达夫、芮麟、吴伯箫、王统照、苏雪林、柯灵等著名的作家和学者，都在青岛居住过，这串人才链聚集在一起，可以互相激发，互相交融，互相学习。

写到这里，我不由得想起了西南联大，我曾经专程到云南昆明寻找西南联大旧址。在那块红土地上，集合了梅贻琦、钱穆、陈寅恪、闻一多、冯友兰、马约翰、费孝通、钱伟长、周培源、杨振宁、李政道、邓稼先、王希季、汤用彤、潘光旦、梁启超、王国维、沈从文、梁思成、林徽因、徐志摩、钱钟书、朱自清、穆旦、袁复礼、刘文典、金岳霖、罗庸、蒋梦麟、华罗庚、陈省身、吴大猷、孙立人、赵九章、孙云铸、王力、陈岱孙、蒋南翔等一大群文化精英。这些国学大师、科学家、作家、教育家等历史文化名人影响了中国近百年的文化。这些名人中我曾经接触过费孝通和钱伟长，写过费孝通、钱伟长、钱穆、朱自清、马约翰和孙立人。

同样，青岛文化名人一条街也是名人荟萃，他们卓绝超然，在艰苦中让人读懂什么是中国风骨，在国难中让人们理解什么是家国情怀。在风雨飘摇的年代，青岛文化名人一条街的名人起到了思想启蒙、文化启蒙和教育启蒙的作用。

青岛有着悠久的革命历史，"五四运动"的导火索是青岛的主权问题。自1897年德国占领青岛后，中国人民就一直为收回青岛主权而努力。1914年日本取代德国占领青岛后，引起全国人民强烈反对。1918年11月第一次世界大战结束，1919年1月，在法国巴黎"和平会议"上，中国作为战胜国出席会议，提出了收回青岛主权等正当要求，却遭到英、法、美、日等国的拒绝，并强行将青岛主权转让给日本。消息传来，全国震惊，北京学生于5月4日举行游行示威，强烈要求拒绝签约，高呼"誓死力争青岛主权""还我山东，还我青岛"等口号。学生的爱国行为得到全国人民的支持，在举国反对声中，中国北洋政府被迫拒绝在巴黎和会上签字，粉碎了日本企图永久侵占青岛的阴谋。在中国人民的英勇斗争下，终于在1922年12月12日收回了青岛主权。

据说，2008年北京奥运会前夕，国内有几座城市竞争奥帆赛的场地，有关专家到青岛考察，登上小鱼山后，周边美丽的景观尽收眼底，马上拍板把奥帆赛的场地定为青岛。

小鱼山景区所属气候带为温带海洋性季风气候，因受海水影响，空气湿润，温度适中，四季分明。小鱼山是一座古典风格的山头园林，主要建筑有览潮阁、拥翠亭和碧波亭，全部以绿色琉璃瓦覆盖房顶，连接建筑的曲廊壁上镶有以聊斋故事为主题的大型壁画。其壁饰、雕栏、额枋都饰以山的象形文字和鱼的图案，整个设计将亭、廊、阁有机地结合起来，使自然美、建筑美与艺术美融为一体。小鱼山的山标是两条鱼篓拥着一座山，我是双鱼星座，看到这个山标觉得很亲切。我在小鱼山巅流连忘返，俯瞰青岛，只见红瓦绿树，碧海蓝天，尽收眼底；放眼远眺，蔚蓝色的大海波涛汹涌，栈桥、琴岛历历在目，蔚为壮观。我喜欢青岛这座城市，喜欢这条文化名人故居街，一遍又一遍去寻访，感受文化名人的气息。

历史文化街区是历史文化名城的有机组成部分，是特殊类型的文化遗产，又是广大民众日常生活的场所，需要具备历史要素、文化要素、保存状况、经济文化活力、社会知名度、保护与管理等六大标准，青岛文化名人一条街当之无愧。

栈 桥

人常说如果没有去过栈桥，就不算来过青岛。栈桥与小青岛公园隔海相望，与海军博物馆近在咫尺，全长 440 米，桥面宽 8 米，由北段的引堤、中段的透空桥和南段的岛堤以及上部的回澜阁组成，从海岸边探入青岛湾。

我去过很多次栈桥，仍然意犹未尽。回澜阁原来设计为一座高两层的亭式建筑，为了便于游客观赏海景，一层设计为敞开式，后来征求市民意见，重新设计，建成了我们今天看到的两层楼阁式。回澜阁建成后，吸引了全国各地的人前来观看，这座重檐八角阁也成为中国建筑史上具有纪念意义的一座建筑。

1936 年，评选"青岛十景"，以栈桥为主景的"飞阁回澜"成为其中的第一景，现在青岛啤酒的商标就是栈桥回澜阁的图案。

栈桥是青岛的象征，五湖四海的游客都喜欢以栈桥为景点拍摄照片。栈桥以其独特的风景为文人墨客喜爱，1915 年，著名学者劳乃宣做七律《海滨步歌》：斯须转足登栈桥，直到沧波渐深处。云开月出万家明，水天一白疑将曙。

1933 年王统照写道："新建成的栈桥，深入海中的亭子像一座灯塔。水声在桥下面响得格外有力。"

1935 年作家苏雪林写道："这座栈桥，位于青岛市中部之南海边沿，正当中山路的终点，笔直一条，伸入青岛湾，似一支银箭，射入碧茫的大海……"闻一多用充满诗意的笔调描述："伸出海面的栈桥……海天的云彩永远是清澄无比的，夕阳快下山，西边浮几道鲜丽耀眼的光，在别处你永远看不见的……"

著名作家萧军和萧红曾经在青岛居住过，萧军晚年在《犹记栈桥风雨夜》中回忆他1937年从栈桥乘船逃往上海时的情形："栈桥风雨流亡夜，雪碎冰崩浪打礁，逋客生涯随去住，荆榛前路卜飘摇"，来纪念那段刻骨铭心的记忆。

远远望去，回澜阁红色的柱子、黄色的琉璃瓦，与周围蓝色的海水、绿色的松树组成一幅优美的画卷，令人不忍离去。

著名剧作家洪深在《劫后桃花》剧本中这样描述青岛："青岛，即胶州湾，山富树果，海有渔盐，人民安居乐业，原是富庶安乐的地方，海滨帆樯林立，山边百花齐放。"

栈桥的对面是小青岛，位于青岛湾内，距离海岸720米，面积1.2公顷，有防波堤与陆地相接。其形如琴，又名琴岛。岛上绿树葱茏，山岩秀丽，高处有白色灯塔，是船只进出胶州湾的重要标志。夜幕降临，塔上灯光远射，给人无限幽深之感。这就是有名的"琴屿飘灯"，被誉为青岛十景之一。小青岛的灯塔属于青岛德国建筑群，1900年，德国人建造了小青岛的灯塔，1914年日德战争中严重受损，日本占领期间改建后恢复发光。塔身为八角形石砌结构，塔高12米，射程12海里，主要作用是为进出胶州湾和青岛港的船舶提供助航服务。

小青岛的山上有一个鱼雷洞库，始建于1941年，当年日军为了将小青岛用作军事目的，打通了山体，设立鱼雷军火库。现在，岛上仍然存在的轻便铁轨就是历史见证。

从栈桥往西，过了胶州湾海底隧道，就到了黄岛，那里是新区，绿化得非常好，高楼大厦鳞次栉比，金沙滩金沙耀眼，银沙滩一望无际，海是天然良港，珠贝铺满地，海鲜堆如山。

青岛真是一个宝地，螃蟹大虾应有尽有，啤酒醇香回味无穷，海尔电器称霸一方，帆船之都得天独厚。一座没有雾霾的城市，这是上帝对青岛人的馈赠。

中国海洋大学

20 世纪 30 年代，国立山东大学的海洋学科就已名扬海内外，被誉为"远东第一"。

1958 年，山东大学从青岛迁往济南。1959 年，原山东大学海洋、水产、地质三系独立，成立山东海洋学院。1988 年更名为青岛海洋大学，2002 年更名为中国海洋大学。

1936 年，青岛海滨生物研究所落成，青岛成为中国近代海洋科研、教育、科普文化的发源地。

走进中国海洋大学西校门，迎面是一栋米黄色和豆沙色相间的古色古香的教学楼，叫作"六二楼"，是中国海洋大学食品科学与工程学院。这栋楼始建于 1921 年，建筑面积 9166 平方米，为日本第一次侵占青岛时的日本中学校舍。1945 年抗战胜利后，收为原国立山东大学校舍。此后，长期作为海洋大学的校办公楼和医学院教学楼。1949 年 6 月 2 日青岛解放，为了纪念这一天，1950 年将其改为"六二楼"。

我母亲是威海人，姥爷毕业于齐鲁大学医学院，新中国成立前担任威海东海医院院长，母亲全家人都热爱大海，依恋大海。我的小姨 20 世纪 60 年代从上海考入青岛海洋学院（中国海洋大学）海洋生物系海洋生物专业，前途无量。母亲很高兴，每个季度从自己微薄的工资中拿出一部分钱寄给妹妹读书。

我来到中国海洋大学科学馆大楼，这是一栋德式建筑，豆沙色的石头砌成墙，墙上爬满爬山虎，楼门口松柏森森。这里是中国海洋大学海洋生命学院，也是中国海洋大学生命科学与技术学部、联合国教科文组织中国海洋生物工程中心、国家生命科学与技术人才培养基地，其生物科学是山东省品牌建设专业。

走进大楼，看到大厅里悬挂着几个海洋专家的画像，林绍文是海洋生物学家，中国水产学主要奠基人；方宗熙是遗传学家，中国海洋生物遗传学和育种学的奠基人；曾呈奎是藻类学家，中国海藻学奠基人；童第周是胚胎学家，中国实验胚胎学奠基人；郑柏林是海藻学家，中国大型海藻研究的奠基人之一；李嘉泳是胚胎学家，中国无脊椎动物胚胎学的奠基人之一；李冠国是生态学家，中国海洋生态学奠基人之一；高哲生是动物学家，中国海洋无脊椎动物学奠基人之一……这些园丁可能都教过我的小姨。在教学楼前的绿草坪上，我还看到了方宗熙的半身铜像，一所大学为自己杰出的学科带头人塑像，令我敬佩。

从科学馆海洋生命学院往东走是水产馆，这栋大楼建于1903年，建筑面积是5865平方米，为德国侵占青岛后建造的俾斯麦兵营营房，属于德国新哥特式建筑。1914年后成为侵华日本兵营，1924年后先后为私立青岛大学、国立青岛大学、国立山东大学校舍。1937年再度被日军占领，1945年抗战胜利后成为美军兵营。1949年全国解放后成为山东大学校舍。这栋楼1980年叫人民馆，后改名为水产馆。

这是水产学院，这里的水产养殖学是国家级特色专业、海洋无脊椎动物养殖学是国家级教学团队，水产养殖学专业是国家级创业型人才培养模式试验区，水产科学实验教学中心是国家级实验教学示范中心；水生生物学是山东省重点学科，渔业资源学科和捕捞学是国家重点学科。中国海洋大学鱼山校区是老校区，新校区搬到青岛东部的崂山区，叫作中国海洋大学东校区，毗邻青岛大学，校舍很现代。

海洋是一门深奥的学问，海洋生物学、海洋生态学、海洋地质学、海洋水产学、海洋食品学、海洋海岸带研究……中国的海洋大学都以省市地名命名，比如上海海洋大学，海南海洋大学，唯独青岛海洋学院改名为中国海洋大学，学科带头地位和学术水平，由此可见一斑。

作为中国近代海洋科研、教育、科普文化的发源地和学术高峰领军地，青岛当之无愧！作为中国蓝色经济区的龙头，青岛任重道远！青岛是一杯老酒，需要细细地品味；青岛是一首老歌，需要深沉地吟唱。

我登上了辽宁舰

蒹葭苍苍，白露为霜，秋天是海滨城市青岛最美的季节，我们解放军红叶诗社采风团应邀来到了美丽的青岛，走近航空母港，登上了盼望已久的辽宁舰，与广大官兵进行文学联谊活动。

辽宁舰的海军官兵列队鼓掌欢迎我们的到来，我们先走进会议室，迎面是一行醒目的大字"永远忠诚，永争第一"。我们聆听了辽宁舰杨繁军政委介绍舰队的情况，观看了关于辽宁舰的汇报片子，与航母文学社的骨干进行了座谈交流。张心舟社长代表红叶诗社向官兵赠送了全套《红叶》杂志、部分书籍和红叶证章，我向官兵们赠送了自己的长篇报告文学《北平硝烟》《西望胡杨》《中国看守所调查》等书籍，受到热烈欢迎。杨繁军政委向采风团全体成员赠送了舰帽，令我们万分激动。

接着，杨政委就带领我们穿越舷梯登上甲板，天公作美艳阳高照，雄伟的航母巍然停泊在海面上，海鸥围着舰艇展翅飞翔，仿佛一幅壮美的油画。高耸的舰岛护送着银燕凌云，宽阔的甲板迎接着归来战鹰；粗壮的阻拦索时刻坚守着使命，灵巧的鱼雷诱饵向敌舰发起冲锋。舰上有歼–15战斗机，这可是飞机中的战斗机。看到我国自己制造的首艘航母如此壮观，我的心欢跳雀跃，既有欣喜激动，更有自豪兴奋。

当兵的人对我军现代化的舰艇充满了感情，我们兴高采烈地在飞行甲板上做着起飞的手势，我喊了一声"走起"，杨政委笑着说："不是走起，是走你。"

韩国的鸟叔有个风靡全球的江南style，我们这个手势戏称航母style，在杨繁军的导演下，我们做得相当规范，辽宁舰的摄影师立刻给我们抓拍下来。也许是航母 style 太精彩了，引得海鸥这些自由的精灵飞向甲板，在我们的头顶盘旋环绕。我们的姿势虽然很酷，但是实战时可没有这么浪漫，飞机起飞时喷出的尾焰温度能够达到 1800 度，可以把一个人轻易融化掉，这就是海军战士的付出。接着，我们容光焕发在甲板上合影，又来到飞机库里观看战士们训练，满怀深情与水兵们促膝谈心。

这次采风的主题是文学交流，航母文学社的海军官兵以兴趣为牵引，写了1000 多首诗歌，出版了诗集《你的名字叫辽宁》。会议室里，一场名为"我的名字叫辽宁·诗意青春诗歌朗诵会"开始了，主持人郑堃、任颖琦身穿白色的海军服、脚蹬白色的皮鞋登场，显得风姿绰约。我们认真倾听官兵们朗读自己写的14 首诗歌，观看了水兵马吾列提表演的精彩的哈萨克族舞蹈，欣赏了李家文唱的歌曲《前进吧，辽宁舰》，精湛的诗词，优美的舞蹈，嘹亮的歌声，给我们带来了极大的艺术享受。

辽宁舰的官兵 40% 是硕士和博士毕业，士官中也有很多大学毕业生，文化水平很高，他们写的都是现代诗，表达了自己对军营、军舰的热爱，对人民的忠诚。这些诗文采飞扬，充满了兵味儿，令人心动。

该我们这些老兵上场了，张心舟社长率先登场朗读了红叶诗社社长李栋恒中将给辽宁舰全体官兵的题词，又朗诵了自己写的歌颂辽宁舰的诗歌；女诗人王琳第二个登台朗诵了自己写的诗《登辽宁舰》，她还把这些诗词写成书法作品，赠送给辽宁舰的全体官兵。

接下来，我登台先朗诵了红叶诗社副社长高立元将军名为《写给辽宁舰上的女兵战友》的诗，又朗诵了自己即兴写辽宁舰的词《卜算子·辽宁舰放歌》：

梦里沐新阳，染就风华路。海阔天高任飞跃，军港青春铸。铁血映深蓝，红叶群芳护。飒爽英姿守海疆，豪迈秋声赋。

接着，诗人王子江、刘庆霖、沈华为、姚天华、卢冷夫、李海涛、刘相法也相继走上舞台，分别朗诵了自己的诗作，既有古典诗词，也有现代诗词，热情洋溢，功力深厚。现场气氛十分热烈，赢得一片暴风雨般的掌声。

有文化的军队才有战斗力，诗词歌赋是中国传统文化的缩影，写诗是用跳跃的思维、唯美的心境来描写世界。辽宁舰的官兵身在甲板，胸怀全球，热爱诗歌，他们在政委李东友的带动下，成立了航母文学社。解放军红叶诗社是全军最权威的诗社，成立三十年来发表了上万首讴歌祖国、讴歌军队的好诗，出版了多部诗集，在全军和全国有很高的威望。红叶尽是心头血，唱出人间绕梁音。长期以来，解放军红叶诗社团结引领了全军一大批文学爱好者，与航母文学社有着密切的联系。

登辽宁舰，我们不仅把优秀的诗歌奉献给舰员，更重要的是把先进文化的火焰在航母播种。通过文学交流，我们发现了很多来自军营一线，洋溢着生活激情，紧紧地触摸时代的好诗，这些诗歌既是对舰员火热生活的高歌吟诵，也是对航母光荣使命的真情礼赞。大家商定要辅导水兵们学会写古典诗词，精心组织编辑。

诗歌朗诵会刚刚结束，舰员们就拿来文房四宝请我们题字。擅长书法的王琳用行书为大家题写了"逐梦深蓝"四个大字，一个中尉请她题写"永争第一与儿梓潼勉之"，他的儿子叫梓潼，他要和儿子比赛，自己在军舰上争先创优，儿子在学习上争第一；一个上尉请她题写"家和万事兴"，她问原因，上尉说："我老婆脾气不好，老爱发火，以后她再发火我就手指条幅让她息怒。"

看到舰员们如此喜爱书法，我抑制不住激动的心情，挥毫用颜体楷书写下几张条幅"云鹤高飞"，被官兵们一抢而光。军港的夜静悄悄，海涛伴着歌声一浪高过一浪，我们两位女将挥毫泼墨，让书法国粹在军港开花生根。

天南海北最亲是当兵的人，采访团的同仁纷纷与舰员们聊天，女中校郭志芳是山西人，在舰上某部门任教导员，谈起家事，她说自己家在海南，孩子今年七岁，上舰已经七年，只能把孩子托付给丈夫照料。为了守卫祖国的海疆，她忍受着常年与骨肉分离的痛苦，每逢过节都会偷偷地掉眼泪。她的一番话令大家唏嘘不已。郭志芳是个才女，她写的诗歌《蓝色的回忆》《甲板这贪婪的风》给我们留下了深刻印象。

张鑫玲是一位年轻漂亮的女兵，1991年出生于内蒙古通辽市，2013年大学毕业后分配到南海舰队，后来辽宁舰到我军三大舰队挑选人才，把她选调到辽宁舰，她在舰上已经整整工作了三年，去年光荣入党。她心很细，看到张若青老师年事已高，行动不便，寸步不离地搀扶着张老师，体贴周到，格外暖心。

27岁的杨莉是安徽六安人，她的生活场景总是和大山大江大海相伴。从大别山区来到了山城重庆，重庆大学安全专业硕士毕业，又从嘉陵江畔来到了航母港湾。她爱舰如家，喜欢诗词、书法和绘画，有一天，她在书店看到一本插图很美的书，上面画的粉红色的月季花非常漂亮，可一看书的价格是672元人民币，只好忍痛割爱。她想高昂的代价能阻止我拥有，却不能阻止我向往和欣赏。她闲来喜欢作画，还珍藏了朋友媛姐画的油画。她的网名叫叶泊，使人想起那句古诗："姑苏城外寒山寺，夜半钟声到客船"。叶泊就是夜泊，半夜停泊在静静的军港，这就是她的生活轨迹。叶泊汪洋，鲸落有时，看看她的业余爱好，就知道她的精神世界有多么丰富。这些都是小打小闹，她真正过硬的是安全业务，全力以赴做好本职工作。

辽宁舰上的女兵身高大多在1.65米以上，英姿飒爽，风华正茂，阳光靓丽，不施粉黛，我最欣赏她们的眼神，那是我们那批女兵特有的清纯、热情、真诚、倔强的眼神，从她们身上，我仿佛看到了当年的自己。这些女兵虽然年轻却巾帼不让须眉，她们每天早晨六点起床锻炼身体，完成严格的军事训练，还跟随航母出海远征，亲眼看到在南海举行的航母军事演习；辽宁舰首次对香港市民开放，她们目睹香港市民登上舰艇热泪纵横的感人场面，自豪感油然而生。

辽宁舰是个大学校，舰上的生活丰富多彩，官兵们不仅有文学社，还成立了健身者联盟、骑行俱乐部、桅下书院学习书法篆刻。辽宁舰是一个小社会，有甲板、机库、卧室、电视台、医疗室、餐厅、超市、洗衣房、理发室、邮局、银行、图书馆、阅览室、健身房、篮球场，非常方便。官兵一专多能，厨师经过严格培训，中餐师技艺高超，面点师可以做出 70 多种点心，餐厅 24 小时营业，吃流水席。我们品尝了辽宁舰的伙食，土豆烧牛肉、水煮鱼、宫保鸡丁、鸡蛋炒黄瓜，色香味俱全，尤其是炖的老母鸡汤，味道特别鲜美，里面还加了中药，富有营养，喝起来胃特别舒服。丰盛的伙食有利于健康，官兵们身体个个健壮如牛。我们与战友边吃边聊，觉得水兵灶的伙食赛过山珍海味。

辽宁舰是一座海上城市，舰上的每一个人都承载着一份重任，为和平而坚守。要想守卫祖国的海疆，我们必须有大国利器，辽宁舰正是这样的利器。夜幕降临，我依依不舍地离开了辽宁舰，告别时，我和官兵们紧紧握手拥抱。再见了，辽宁舰，愿你鹏程万里，永争第一！

白云为我铺大道

金风送爽，玉露生凉，丁酉之秋，我们解放军红叶诗社采风团来到了青岛北部战区海军航空兵某舰载直升机团，近距离接触了海军航空兵新型"直八""直九"舰载直升机，与官兵进行形式多样的文学联谊活动。

一个阳光灿烂的上午，舰载直升机团的官兵列队欢迎我们的到来，我向官兵们赠送了自己的长篇报告文学《重绽芬芳》《珍藏世博》等书籍，受到热烈欢迎。该团是我军历史上第一支舰载直升机部队，也是一支功勋卓著的部队，他们飞大洋闯南极，伴舰出访五大洲，随舰护航亚丁湾，出色完成我国首次南太平洋打捞远程运载火箭数据舱、西北高原空运核弹头、首次南极科考建站、亚丁湾护航以及环太平洋军演等重大任务百余次，填补了中国航空史上30多项空白，为我国海洋开发和维护海洋权益作出了突出贡献。建团53年，多次被总部、海军表彰为"基层建设先进单位""军事训练一级单位""从严治军先进单位"，两次被海军党委荣记集体二等功。

陪同接待我们的该团政治处原副主任胡宝良是一位副师职海军大校飞行员，刚刚握别蓝天，光荣停飞。他文武双全，上天能飞行，下地能做思想政治工作；在他32年军旅飞行生涯中，曾经6次走出国门，参加出国培训、亚丁湾护航、随舰出访、和谐使命以及环太平洋军演等重大任务，从一名海军舰载直升机飞行人员的视角亲身见证了中国海军从近海走向深蓝的历史性跨越。工作之余，他喜欢写作、摄影，上千篇作品发表在军地媒体上，是该团"海鹰诗词小组"骨干成员。他和当时即将上任的政治处主任张海涛、场站政委霍贺鹏热情地带领我们在机场参观，我们兴高采烈地向机场走去，迎面看到草坪上矗立着"舰载飞天向大洋"七个红色的大字。走近机场停机坪，只见银色的舰载战鹰在灿烂的阳光下熠熠生辉，身穿深蓝色的机务官兵整齐列队，英姿勃发，十分英武。我们热情地与他们合影留念，心中涌出对祖国海空守卫者的无限崇敬。

我爱这祖国的蓝天，晴空万里阳光灿烂，白云为我铺大道，雄鹰伴我飞向前。胡宝良向我们详细地介绍着"直九"型舰载直升机的构造和性能。直升机对于我并不陌生，为了采写南海石油，我曾经乘坐直升机盘旋在南海上空，直升机灵巧轻便，可以降落在钻井平台和房顶上。今天，我登上了现代化的舰载直升机，坐在机舱里听他讲述部队执行护航、海上搜救等重大任务的故事，心情格外激动，我仿佛见到了他驾驶战鹰在无垠的蓝天上飞翔的场景。

从机场归来，胡宝良副主任和梅嘉干事又陪同我们参观了团史馆，迎面是一幅邓小平同志的题词："你们一定要把知识学到手，把技术练到家，为开创舰载机先河贡献力量。"

走进馆内，一面红色的锦旗映入眼帘，这是海军党委授予该团飞行一大队的锦旗，上面绣着"海空先锋大队"六个金黄色大字。在荣誉栏内，我们还看到了海军党委表彰该团在亚丁湾索马里海域执行护航任务中，功绩显著，给予记二等功的奖状。

该团装备的舰载直升机是中国海军航空兵独特的装备，能随舰执行反潜反舰、远洋护航、战斗输送等任务。官兵们狠抓军事训练，先后完成"直八"直升机夜间着陆上平台训练、"直九"直升机夜间着陆战斗舰训练等高难度科目，完成得都非常到位。官兵们决心随时准备为祖国和人民去战斗，他们的标准是平时担当急难险重，战时决胜远海大洋；他们的训练目标是反潜精，攻舰准，救护快，输送强。团史馆挂着无数锦旗和奖牌，述说着这支英雄部队的辉煌业绩。他们任凭风云动，奋飞不迷航，明知涌浪险，偏向深海行；勇做开拓者，誓争第一名，令人振奋，给采风团成员留下了深刻印象。

该团非常重视军营文化建设，专门组织一些爱好诗词的官兵成立了"海鹰诗词小组"，传承海空先锋精神，续写先锋文化诗篇。北海舰队女诗人张若青与该团官兵感情深厚，她经常带领驻青海军部队干休所喜爱诗词的老首长、老干部来到该团，送字画，朗诵诗歌，与其亲密互动。2009 年该团首次执行亚丁湾索马里海域护航任务出航前，张若青一行亲自来到团里，英姿飒爽大声朗读自己亲手写的诗词为即将出征的官兵们壮行。该团直升机组随"烟台"舰从亚丁湾返航归舰时，红叶诗社副社长张心舟和张若青等人一道来到青岛某军港欢迎其凯旋。

一张照片吸引了我的眼球，那是一个飞行员飞行归来，见到自己襁褓中的儿子，他抱着儿子开怀大笑，而儿子却被这个陌生的"叔叔"吓得哇哇大哭，这就是军人的奉献和光荣。

诗友相见分外热情，参观完毕，我们来到会议室，与官兵代表座谈。我们观看了舰载直升机团的汇报短片，聆听胡宝良副主任介绍团队组建以来完成重大任务的情况，与海鹰诗词小组的骨干进行座谈交流。张心舟副社长和诗人沈华维、王琳朗诵了自己写的诗词，王琳还把这些诗词写成书法作品赠送给官兵们。

随后，该团场站政委霍贺鹏向我们表示热烈的欢迎，海鹰诗词小组成员张海涛、黄奎、梅嘉、李志军、刘智睿、高世栋、徐成光同志分别朗诵了自己的诗作，抑扬顿挫，声情并茂，既有现代诗，也有辞赋，水平较高。

穿过军装的人都不会忘记生命中曾经有过一段当兵的岁月，他和青春、激情为伍，和理想、勇敢相伴，我们都熟悉军号、军歌、军旗、军装、军营、军人，一首军歌能唤起我们青春的记忆，一声军号能沸腾我们的满腔热血。这种军人情结使我们对军人创作的诗歌有着特殊的感悟。

红叶诗社采风团全体同志被该团精美的诗词所感动，当即决定精心组织编辑，在下期的《红叶》杂志上为该团的诗歌爱好者做一期专号。"海鹰诗词小组"成员胡宝良专门为建军 90 周年写的一首新诗《我知道，我永远是军人》，道出了一名老海军、老飞行人员的爱国爱军情怀；年轻军官高世栋曾经在西安当过兵，他写的《西都赋》深深地吸引了大家："庚寅八月，余至西安，睹古城之遗彩，览绮秀之河山，叹关中之物华，赏古都之盛宴，不可备述……"文字之华美，令人叹服。我们热情地向他建议这首赋起点很高，但是需要修改，结尾应该高昂一点，与"一带一路"结合起来，不失为一首好赋。

这次到舰载直升机团采风，我们既看到了我军现代化的装备，严格的军事训练，也看到了官兵们的文化素养有了很大提高，精神面貌大改观。我们坚定了文化自信，一定要把红叶之火播撒在全军部队的每一个角落。

回到北京，我心潮起伏，欣然赋诗：

七律　舰载直升机团感怀

护航舰队展长鹰，壮志凌云缚巨龙。

红日朝霞出劲旅，蓝天碧海映旗旌。

擒鲨猎豹三军动，踏浪扬帆万里行。

浩瀚苍穹飞羽翼，中华崛起保和平。

留住乡愁就是留住根

几个文学家、美术家、书法家在北京雅集，探讨留住乡愁的话题。著名新闻理论家、作家梁衡老师深有感触地说："我国文物单位保存最好的衙门有四级，第一级国家级最大的衙门就是故宫；第二级总督级的衙门就是保定的直隶总督，那里出过几十任总督，例如曾国藩、李鸿章；第三级州一级的衙门叫州署，就是我的家乡山西霍州；第四级县一级的衙门在河南南阳内乡县。"

梁衡老师的家乡属于山西临汾地区，位于霍山脚下，传说尧舜禹曾经在那一片生活过。他们村叫作下马洼村，相传是唐太宗李世民率兵打仗曾经在这里下马而得名。这个古老而美丽的小村里有一条沟、三条大河、十几眼泉水，农民住窑洞，窑洞冬暖夏凉。

梁衡家的房子是砖窑，就是砖包着土，他小时候淘气，和泥巴、放羊时趴在羊肚子底下喝奶的事情都干过。农民与土地有着千丝万缕的联系，土有吸收阳光的特点，农民住土窑洞很舒服。他家门口有棵大槐树，院子里有两棵香椿树，香椿树的特点是根在地下走很远，生命力很强。他的家乡有一个文昌阁，一座文笔塔和一个砚台池，重视文化建设。

他为什么想写乡愁？因为对童年时的乡村记忆深刻，他家的土炕上有香椿芽从炕缝里钻出，他小时候生病撒娇不吃饭，母亲从树上采几片香椿叶，再到鸡窝里捡几个新下的鸡蛋，给他做香椿炒鸡蛋，那种香味儿永远记在脑海里，是任何国宴都没法替代的。小时候留下了很多美好的记忆促使他去写作，为什么叫作乡愁，不叫乡喜，就是儿时普遍存在非常美好而现在消失了的东西，回忆起来有一种淡淡的忧伤。他的家乡山西很美，可惜老挖煤，煤挖走了地下水就漏掉，土地就裂缝，把耕牛的腿都别住了，这就是资源的流失，环境的破坏，这种记忆没有山西农村生活是不可能体验到的。

我最近正在整理自己的散文集，便向梁衡老师请教怎样写好散文。他深有感触地说："写散文讲究五个字'形、事、情、理、典'，形就是形象，马致远的'枯藤老树昏鸦，小桥流水人家，古道西风瘦马，夕阳西下，断肠人在天涯。'这首小诗虽短，却包含了十一个形象；事就是事实，要讲好一个故事；情就是要以情感人，一切景语皆情语；理就是文章要讲道理，要有哲理；典就是肚子里的知识，读的书体现到用典，但又不是死板地用典，李清照的词《一剪梅》'才下眉头，却上心头'，用的就是暗典。"

一切情结皆心结，好的乡愁有一种悲剧的美。梁衡老师送给我一本散文集《树梢上的中国》，书的扉页上写着："在伐木者看来，一棵古树是一堆木材的储存；在科学家看来，一棵古树是一个气象数据库；在旅游者看来，一棵古树是一幅风景的图画；而在我看来，一棵古树就是一部历史教科书。"

他擅长写古树，写过左公柳、铁锅槐、沈公榕等。我对他说："我认识一个朋友叫作吕顺，他是北京古树文化交流中心主任，行万里路自费拍摄了近万幅古树的照片，从中精选350幅出版了《中华古树神韵》摄影集，这个人很了不起。"

梁衡老师说他也认识吕顺，吕顺还去过他家，送给他古树的摄影集。我说吕顺也去过我家，送给我好几本古树的书。物以类聚，人以群分，共同的朋友、共同的爱好拉近了我们之间的距离，梁衡老师问我为什么喜欢树？我说我是植树节那天出生的，跟绿树有一种天然的缘分，我发表过很多写植物园和绿化环保的文章，比如描写海南兴隆植物园的《热带风情迎面扑来》，描写庐山植物园的《绿的感悟》，描写云南西双版纳植物园的《热带植物的探秘之旅》，描写武夷山自然保护区的《武夷山散记》，描写肇庆鼎湖山自然保护区的《北回归线上的绿宝石》，描写南海东岛的《南中国海的一颗绿色明珠》，描写抨击雾霾的《我们只有一个地球》，等等，我荣获的第一个文学奖就是散文《送你一块绿地毯》，是写绿化环保题材的。梁衡老师语重心长地对我说："你应该写人文森林，要深层次地从文化角度挖掘。"

人文森林是梁衡老师提出的新概念，读了他的散文，我特别佩服。他的故乡文化底蕴深厚，山西是中国的地上文物大省，晋祠、云冈石窟、应县木塔、平遥古城、尧庙等比比皆是，他居住的村子里就有古塔和寺庙，这些文物潜移默化地影响了他的艺术感觉。

梁衡老师的散文写得很棒，有 67 篇作品收录到中小学课本，是中国文学作品入选教材第一人。他的家乡人非常重视文化建设，霍州专门成立了梁衡研究会，学校有一个图书馆，拿出一层楼作为梁衡研究会办公地点。家乡打造一人成景的效果，叫梁衡文化村。下马洼村口有一个南潭泉，静静流淌，特别清凉。有一年，梁衡的父亲病重，不省人事要入殓了，当时天气炎热，特别干旱，有人说临走前给他洒点泉水凉一凉吧，接着就把一罐南潭泉的泉水洒在他父亲身上，没想到他的父亲慢慢地睁开了眼睛，一罐凉水救活了他的父亲，真是一件奇事。所以，梁衡对南潭泉有着深厚的感情，那是他父亲的救命泉啊！

后来，这眼泉水干枯了，梁衡有感而发写了《南潭泉记》，过去那么美好的东西现在没有了，写乡愁就要把有价值的东西撕裂开来给读者看。当地人读后感到很震撼，决定重修南潭泉，这就是一文成景，一篇散文救活了一个景点。

他的散文《夏感》只有 666 个字，是写儿时下马洼村的感觉，但是感情非常真挚，家乡人把《夏感》刻在石头上，作为一个教学景点。他们县是档案先进单位，搜集了很多名人档案，甚至把梁衡老师的小学毕业证都找到珍藏起来。

他还写了《晋祠》《跨越百年的美丽》《觅渡，觅渡，觅何处》《青山不老》《壶口瀑布》《把栏杆拍遍》《方志敏》等散文，都给人留下了深刻的印象。

留住乡愁就是留住根，我也曾在《光明日报》《北京文学》《荣成时讯》等报纸杂志上发表过乡土题材散文《海草房》、报告文学《我的乡村家园》《中国新农村启示录》等作品，对美丽乡村建设有很多想法。我的散文《海草房》严厉批评荣成有人乱拆海草房等破坏非物质文化遗产的行为，社会影响很大。看到我的文学作品能为新农村建设出力，得到老百姓的拥护，我特别开心。

经过梁衡老师的点播，我顿悟散文的境界一是要有思想，二是要写得美，散文贵意境，学然后知不足，我马上重新修改散文，力争把精品奉献给读者。

鼓浪屿走笔

在第 41 届世界遗产大会上，中国申遗项目——"鼓浪屿国际历史社区"通过了世界遗产大会的终审，成功列入世界文化遗产名录，成为中国第 52 项世界遗产项目。

踏上鼓浪屿的土地，我发现这里有一种神奇的美，岛上没有工业，没有任何机动车辆，没有大气污染，空气清新得醉人，景色美丽得迷人。每天早晨五点多钟，我被岛上啾啾的鸟鸣吵醒，听着婉转的鸟之声，仿佛在欣赏一曲动听的音乐。我一骨碌爬起来，走到窗外，在晨风中梳妆，映入眼帘的是一幅优美的油画：寂静的海湾，海水像天鹅绒般的平静丝滑，几艘轮船停泊在海中，阳光在沙滩上闪耀，菽庄花园里的钢琴博物馆近在咫尺。

鼓浪屿的岩石

美丽的景致仿佛是一针兴奋剂，使我天天都有一种好心情，今天兴致勃勃地去爬日光岩、皓月园，明天意犹未尽地去玩菽庄花园、观海园，后天神采飞扬地去逛孔雀园、海洋博物馆，大后天兴高采烈地去游古避暑洞，浏览摩崖石刻……

过去只晓得南京是石头城，到了鼓浪屿才深深体会到：到了上海看人头，到了南京看墙头，到了厦门看石头。厦门古代有 24 景，涉及"岩"的就有 13 景，如云顶岩的"洪济观口"，万寿岩的"万寿松声"，虎溪岩的"虎溪夜月"，万石岩的"万石朝天"，都是非常有名的景点。鼓浪屿的海岸线蜿蜒曲折，岩石浑然天成。闻名遐迩的日光岩就是一块直径 40 多米，被海水冲刷得光溜溜的巨石。鼓浪屿在厦门的西南部，早晨太阳一起床，最先照到日光岩，这里曾经是一片苍茫的大海，鼓浪屿的诞生和日光岩的形成都是冰山时期一种地壳运动的结果。闽南出奇石，沧海变桑田，鼓浪屿有很多圆滚滚的花岗岩。日光岩也叫作晃岩，位于鼓浪屿龙头山顶端，海拔92.68米，雄踞鼓浪屿最高峰，真是一石凌空，天下皆小。龙头山隔着鹭江与厦门的虎头山遥遥相望，形成龙虎镇海之势。明末清初，民族英雄郑成功曾经在龙头山安营扎寨，率师东渡，驱逐了荷兰侵略者，收复了宝岛台湾。

站在龙头山下仰望日光岩，只见迎面的峭壁上有四个红色的繁体字——天风海涛，这是许世英于1915年题写的。在这幅字的下面，还有两行红色的题刻，右边写的是"鼓浪洞天"；左边写的是"鹭江第一"。字写得苍劲飘逸，为清朝道光年间进士林诚的真迹。

我信步漫游，突然看到一块岩石上写着三个红色的大字"英雄岩"。我抚摸着英雄岩，一种悲壮袭上心头。英雄岩旁边是英雄园，我来到英雄园纪念室，突然发现门口的牌匾上写着"高锐"两个字。定睛细看，鼓浪屿英雄园纪念室几个大字的确是姑父的字迹。回到北京，我到姑父家拜访时提起此事，姑妈说："晶岩，解放鼓浪屿战斗是你姑父那个部队打的，打得可艰难了。"

我向姑父刨根问底，他才向我讲述了那段难忘的往事。1949年9月，上级下达解放厦门的作战任务：第31军担任从厦门岛西北部登陆突破，协同第29军从北部登陆后，攻坚厦门守敌，同时由91师担任攻取鼓浪屿的任务。这个战斗任务不同以往，我军虽然在渡江战役中有过乘木帆船训练和渡江的经验，但因为是第二梯队，没有敌前登陆战斗的经验。

我姑父高锐时任解放军31军91师师长，率领部队参加了解放鼓浪屿的战斗。1949年10月15日傍晚6点，31军的两个主攻团91师271团和93师277团四个一梯队营的船队，扬帆从海沧湾、沙坛湾逆风行舟，分别驶向鼓浪屿。船队出江口进入海湾后，东北风越刮越猛，战士们和船工奋力拼搏，行进到距离岸边200米左右时，鼓浪屿的国民党守敌开始以猛烈的火力阻拦。晚上9点30分，突击船队开始单船零星抵滩登陆，由于风浪大，大部分船只没能在预定的突破口抵滩，整个登陆部队在滩头遭受重创。敌人的子弹就在姑父身边飞，海风怒吼，波涛汹涌，但他毫不退缩，身先士卒，率领战士驾驶船只向鼓浪屿冲锋。鲜血染红了海水，他们冒着敌人的炮火前赴后继。10月17日拂晓，解放军战士第三次向鼓浪屿发起进攻，终于在鼓浪屿北面登陆成功，夺下了鼓浪屿岛，俘虏了1400名国民党官兵，姑父身上至今还有战争中留下的伤疤。

每当姑父回忆起这次战斗，心里总是充满悲伤与悔恨，他觉得这次战斗正值不利于航海的台风季节，就潮汐和登陆点来说，91师有很多经验教训应该汲取。

我参观了鼓浪屿英雄园纪念室，查阅了战史，觉得91师佯攻鼓浪屿的战斗虽然伤亡惨重，但是造成了敌人的误判，调虎离山，达到了上级要求吸引敌人注意力，调动敌人，保障主力登陆厦门的目的。世界上没有先知先觉的军事家，都是从战争中学习战争。姑父的可贵之处在于打了胜仗不居功自傲，总是谈论别人的长处；打仗走了弯路不推诿，从自己身上找原因，认真总结经验教训，所以他才能所向披靡，成为特别能打仗的将军。

鼓浪屿山有名岩，岩有名洞，洞有名泉，真是出门见石，踏石走路。龙头山上有日光岩，皓月园旁有鼓声洞，菽庄花园旁有国姓泉，用这里的水泡出的茶叶都别有一番风味儿。置身在风景如画的日光岩下，突然觉得我叫了几十年的晶岩，今天才算是真正回到了岩石的故乡。

鼓浪屿既有风花雪月，也有铁马冰河。当我们看到那些千奇百怪的岩石时，不能忘记鼓浪屿有很多岩石是用烈士的鲜血染红的。

鼓浪屿的名人

我徘徊在岛上，发现了很多名人旧居。美丽幽静的毓园横陈在我的面前，毓园亦称"梨仔园"，因为这里曾经有一片茂盛的梨树林而得名。我国著名的妇产科专家、现代妇产科医学的奠基人林巧稚女士出生于鼓浪屿一个普通的教师家庭，她把毕生的精力献给了祖国的妇产科医学事业。为了纪念这位优秀的鼓浪屿的女儿，厦门市政府决定在她的家乡为她树立一尊雕像，建造一座纪念馆。她当年在岛上的毓德女子学校念书，这所学校是现在的厦门外语学校的前身，校址就在附近，因此这座纪念馆称为"毓园"。我对毓这个字充满感情，因为我出生在烟台毓璜顶医院，毓有养育及林木茂盛的意思，毓园浸透厦门人对林巧稚大夫的敬仰和爱戴。

我信步走到鼓浪屿人民体育场，看到运动员们在绿茵场上飞奔。100多年前，英国人把足球这项新兴的运动带到了鼓浪屿，1898年岛上成立了第一支足球队，这也许是中国最早的足球队，体育场前伫立着我国体育事业的奠基者、著名体育教育家马约翰的半身铜像，这位出生于鼓浪屿的体育名人，自幼家境贫寒，5岁丧母，7岁丧父，是个孤苦伶仃的穷孩子。穷人的孩子早当家，他以优异成绩考取上海圣约翰大学。由于从小喜欢运动，练就了一副好身体。

1910年，马约翰被选派参加全国第一届运动会，一举夺得了880码跑的金牌；1914年，他开始在北平清华学校（清华大学前身）教授体育。后来，他两次到美国进修体育，获得硕士学位，成为中国历史上第一个体育教授。新中国成立后他担任了国家体委委员、全国运动会总裁判长。他50多年如一日，像一根蜡烛，在体育教育领域燃烧着自己，照亮别人。为此，清华大学设立了"马约翰体育奖励基金"，并为他塑造了两尊半身铜像，一尊伫立在他所任教的清华大学，一尊陈列在他家乡的厦门博物馆里。鼓浪屿人为了更好地纪念他，便把厦门博物馆里的那尊铜像迁移到鼓浪屿体育场门前，每当人们经过那里，都能看到这位老人宽阔的前额和慈祥的笑容。岛上的体育名人不止马约翰一个，他的儿子马启伟是北京体育学院院长，著名排球专家。上海体育学院院长陈安槐也是鼓浪屿人。

漫步在岛上，悦耳的钢琴声此起彼伏。这里的人们有热爱音乐的传统，钢琴进入鼓浪屿有100多年的历史，岛上5000户家庭中，居然有500多架钢琴，人均拥有钢琴密度居全国之冠。岛上有100多户音乐世家，有30多户人家举行过家庭音乐会。因此，鼓浪屿也被誉为"音乐之乡""钢琴之岛"。岛上建有音乐学校，有设备高档的音乐厅，每隔半个月就要举办一次音乐会。著名钢琴演奏家殷承宗、许斐平、中国首位留美音乐博士、中国交响乐团总监兼首席指挥陈佐煌等音乐家，都出生在这个小岛上。

我来到了鼓浪屿音乐厅的后面，在茂盛的古榕、香椿树的掩映下有一栋英式住宅格外引人注目，这就是大名鼎鼎的林语堂故居。林语堂是我国现代著名散文家、小说家，出版过《剪拂集》《大荒集》《我的话》《暴风雨中的树叶》等著作。1895 年，林语堂出生于龙溪，他的父亲是一个乡村牧师，十岁时林语堂来到鼓浪屿美国归正教会办的养元小学读书，后来又到浔源书院念书。谁能想到这位乡村牧师的儿子日后能成为中国的一代文豪呢？

林语堂故居、黄奕住故居、林巧稚故居、秋瑾故居、林尔嘉故居、马约翰故居、殷承宗旧居、许斐平旧居、陈佐煌旧居，甚至连当代女诗人舒婷，岛上也有她的旧居。我应邀来到舒婷位于鼓浪屿中华路 13 号的家做客，她的家门脸很小，楼间距很窄，但屋里陈设古朴，散发着书香之气。这是一栋老房子，舒婷就坐在这里听着鼓浪屿的涛声和琴声写作。

我带去了鲜花和水果，这是舒婷的最爱。也许是水果触动了她的神经，她快人快语讲述了一件趣事："我儿子在北京师范大学上学，我到北京送他上学时，连续几天背着一大堆水果去看他，同学们看我穿着普通，脚蹬旅游鞋，问我儿子：你妈是不是卖水果的？"

舒婷的话令我捧腹大笑，这些八零后愣头青，他们学诗歌一定读到过《致橡树》，他们无论如何也想不到，这首脍炙人口的诗歌正是那个"卖水果的大妈"写的。我说："舒婷我真羡慕你，鼓浪屿的地图上都有你家的标志，鼓浪屿太尊重爱护作家了。"舒婷高兴地笑了，她说鼓浪屿确实特别尊重作家。

我端详着她家的老宅，感慨地说："这里住得很拥挤，其实鼓浪屿的建筑有些已经陈旧了，但是没有人随便拆掉，这是对建筑的爱护，也是对历史文化的保护，鼓浪屿人的素质很高。"

她说："我住的是婆婆家的房子，确实已经很旧了，前几年掉下一块瓦还砸伤了我的头，我们这里的人对古建筑感情很深，从不乱拆乱盖。"

我的心涌出深深的感动，一所故居就有一段故事，鼓浪屿不仅是一座美丽的海上花园，更是一块文化积淀深厚的沃土。地灵人杰，鼓浪屿用母亲般的乳汁，哺育了一代名流。

鼓浪屿的音乐

鼓浪屿素有"音乐之乡""钢琴之岛"的美誉，当我第一次乘坐轮渡跨越鹭江，首先映入眼帘的就是模仿钢琴造型的码头。这架钢琴伴着鼓浪屿的波涛，弹奏着悦耳的迎宾曲。

我所下榻的宾馆的左前方就是菽庄花园里的钢琴博物馆，杏黄色和白色相间的屋顶呈斜坡状，既醒目又别致，远远望去酷似一架钢琴。杏黄色的上半部屋顶仿佛是钢琴键盘上的黑键，而白色的下半部分屋顶又似乎是钢琴上的白键。

钢琴在音乐史上有着重要的独特地位，明朝万历年间，外国传教士将管风琴带进了澳门，1601 年，意大利传教士利玛窦将两架羽管键琴带到北京，献给明神宗。明神宗选派了四个乐师跟澳门圣保罗教堂的传教士学习弹奏钢琴，这是中国历史上第一个西洋钢琴学习班，标志着西洋钢琴艺术正式传入中国。

鸦片战争以前，鼓浪屿只是一个小渔村。当时，福建南曲在闽南很兴盛。福建南曲也叫"南音""南管"，是一种历史悠久的民间音乐。曲调大多很古朴，节拍也很舒缓，流行于闽南、台湾等地。清朝康熙年间，李光地做了大学士，他非常喜欢闽南音乐，在他的倡导下，南乐到了登峰造极的地步。

与此同时，巴赫正在把十二平均韵律用到钢琴曲的创作上，这种律制是为了转调方便而设立的，近代的键盘乐器、竖琴等都是依照这样的律制来定弦的。1722 年，巴赫创作了《十二平均律钢琴曲集》，对推广这一律制起到了积极的作用。换句话说，康熙时期盛行的南乐和巴赫的西方古典音乐是同时起步的。中华传统文化根深蒂固，鼓浪屿正是东西方文化碰撞、交融的前沿阵地。

19 世纪中叶，外国传教士进入厦门，在岛上建起了教堂，这些传教士大多都有良好的音乐修养，他们用管风琴把音乐带到了鼓浪屿。20 世纪初，现代钢琴才传入厦门，鼓浪屿的教堂、教会学校、教会医院很多，学琴的人自然也很多。开始，岛上的人听不懂西方古典音乐，传教士们就自娱自乐。后来，他们从教妇女和儿童入手，在这里传播福音。慢慢地，岛上的人开始接受西方古典音乐，殖民文化本来想用音乐把鼓浪屿人带入上帝的天堂，却阴错阳差地把这批人引入了音乐的殿堂。

20世纪50年代，中国的老百姓还在过着紧日子，而侨乡鼓浪屿的钢琴拥有量就到500多架，这在当时是相当惊人的。物质是基础，正因为有了钢琴和音乐老师，岛上才诞生了大量的钢琴家和音乐家。20世纪20年代的中国第一位著名女指挥家周淑安、20世纪30年代的著名歌唱家林俊卿、20世纪50年代的著名钢琴家殷承宗、20世纪60年代的许斐星、20世纪80年代的许斐平、20世纪90年代的陈佐煌、许兴艾等人，都是我国著名的音乐家，他们有的蜚声中外乐坛，有的多次在世界艺术节、音乐比赛中获奖。

鼓浪屿人以音乐为骄傲，现在岛上仍然保留着每两个周末举行一次高水准音乐会的传统。我在岛上逗留期间，正好赶上郑小瑛率领女子爱乐乐团来这里演出。郑小瑛是福建人，对鼓浪屿感情很深，她指挥乐队在鼓浪屿浓郁的文化氛围中演奏，自然感慨颇深。演出时整个音乐厅座无虚席，前来聆听音乐会的人们西装革履、衣裙鲜艳，仿佛来出席一场盛大的庆典。

鼓浪屿人非常热爱自己的家乡，原籍鼓浪屿的胡友义先生是一位钢琴收藏家，现在旅居澳大利亚。他酷爱收藏钢琴，一生中共收藏了30多架古钢琴。他把这些古钢琴运回家乡，在菽庄花园的听涛轩建立了一个钢琴博物馆，这是中国唯一的一个钢琴博物馆，这些来自英国、美国、德国等地的钢琴，向世人展现着世界钢琴发展史，对传播钢琴音乐知识、促进中外文化交流，起到了重要的作用。

鼓浪屿的建筑

鸦片战争后，厦门被列强辟为"五口通商"的口岸，蓝眼睛的洋人来到这里，一眼就相中了风光旖旎的鼓浪屿。1902年，鼓浪屿被定为"公共租界"，英国、美国、法国、德国、日本、西班牙、葡萄牙、荷兰、奥地利、挪威、瑞典、菲律宾等国家都在岛上设立了领事馆，开办了洋行、医院、学校和教堂。1941年底，日本人独占了鼓浪屿。抗日战争胜利后，鼓浪屿才结束了 100 多年的殖民统治的屈辱的历史。

鼓浪屿是闽南的一角，当年中华基督教会请外国传教士来岛上传播福音，他们从乞丐穷人入手，替人治病，把西洋文化注入闽南人的心田。闽南昔日是穷山恶水，山上有毒蛇出没，山区居住着客家人。闽南人大多是移民，根子在中原。当年这些中原人为了躲避战乱向福建沿海迁徙，他们从中原地区带来了新的文化的火种，也带来了中原的建筑观念和建筑技术。早期的鼓浪屿的建筑，与我国传统的建筑一脉相承，封闭的院落布局，严谨的中轴对称，两边翘起的屋脊是典型的闽南建筑特色。著名景点菽庄花园就采用了我国传统的园林建筑手法。

中原人能够在闽南这样一个陌生的地方扎根相当不易。闽南是一个多神崇拜的地方，福建莆田境内的湄洲岛是海上女神妈祖的故乡，也是妈祖文化的发祥地。神作为一种精神崇拜已经深入到闽南人的心里。

闽南的华侨很多，华侨多的地方早先大多是穷地方，家乡穷得过不下去了人们才背井离乡到南洋当苦力，中国人吃苦精神强，他们凭着自己辛勤的劳动创造了财富，很多苦力奋斗成了海外富商。富商富了之后总要衣锦还乡，用在海外赚的洋人的钱在家乡盖房子。这些华侨大多是晋江等地的人，尽管他们未必都是鼓浪屿人，但他们回家盖房子却不约而同地相中了鼓浪屿。闽南人家族很团结，朱熹理学在这里很兴盛，闽南的家庙、家祠很多。

鼓浪屿面向海洋，前面是蔚蓝色的大海，背后是闭关锁国的故土，呼唤蓝色文明，20 世纪初叶到海外谋生就成为一股潮流。岛上 75% 都是华侨，很多东南亚华侨都把鼓浪屿当作一个家园。20 世纪 20 年代，华侨们出于振兴民族经济的考虑，回乡投资兴业成为一种时尚。华侨们在海外赚了钱，也纷纷在岛上建造洋楼别墅，他们在不同的国家看到了不同的建筑，便把可心的建筑图纸带回家乡。他们既受到中国传统文化的熏陶，也受到欧美和东南亚文化的影响。正是由于这些原因，才使得鼓浪屿成了一座有着不同国家风格不同建筑特色的"万国博物馆"。

鼓浪屿来过不少外国人在岛上的教会学校教学生们商务、物理、化学、四书五经、圣经、书法、绘画、英文记账，他们全都用英文讲课，当年传教士们播撒的种子现在都发芽开花，中学为体，西学为用，鼓浪屿本身就是东西方文化碰撞、交融的地方。

你看那些带有中国传统风格的庙宇，你看那些有着闽南建筑风格的翘角屋脊，你看那些有着红色圆顶八道棱线，顶窗呈四面八方十二向，置于八角平台上的"八卦楼"，你看那些中西合璧的别墅，你看那些古色古香的教堂，你看那些欧洲城堡式、北欧田园别墅式、东南亚风格建筑艺术品，哪一处不展现着建筑艺术的魅力，哪一处不闪烁着求异思维的光芒？

鼓浪屿是闽南民居与维多利亚洋楼的联姻，是南乐与西洋音乐的融汇，是优雅的曲径与深邃的窄巷的沟通，是黄色土壤与蓝色大海的拥抱。鼓浪屿是厦门的一扇文化之窗，鼓浪屿的街道是适合人们漫步的，这些建筑可以阅读，值得品味。鼓浪屿的建筑景观是一部中华民族近代史的缩影，通过鼓浪屿的建筑，我们可以领略世界不同的文化，可以更好地了解世界这个大舞台，这是一笔宝贵的文化遗产。

最近，上海静安区巨鹿路888号一栋漂亮的优秀历史建筑被违规拆掉，我特别心疼。历史建筑与历史文化名城是结合在一起的，世界很多国家非常重视对历史建筑的保护，人家要的就是富有个性的建筑，建筑的外立面不得随意改动。即使需要修缮也要修旧如旧；而我们很多城市都发生过上海巨鹿路888号的悲剧，北京的四合院被拆掉，天津的古建筑被拆掉，我的老家威海荣成的民居海草房被拆掉，这是对历史的践踏，对文化的亵渎。相比之下，鼓浪屿保存完好的风格各异的建筑，注重文化传承，给全国人民上了一堂爱护历史建筑生动的一课。

海口骑楼老街

海口骑楼老街主要是指得胜沙路、博爱北路、中山路、新华路、长堤路等五条老街，是海口这座城市的重要发源地。骑楼老街覆盖面积约 2 平方公里，总长 4.4 公里，共有大大小小的三四层高的骑楼建筑近六百栋。

我来到了海口骑楼老街，看到了骑楼风貌展示馆、南洋文化展示馆、文领馆、大亚酒店、天后宫、冼夫人纪念馆、国新书院、邱氏老宅、西天庙、武圣庙、老海关、钟楼，别有一番滋味儿在心头。

骑楼老街，是海口市一处最具特色的街道景观。2009 年 6 月 10 日，首届"中国历史文化名街评选推介"活动在北京揭晓，海口骑楼老街以其唯一性、独特性荣获首批十大"中国历史文化名街"称号。

海口的骑楼老街建筑群初步形成于 20 世纪 20 年代至 40 年代，其中最古老的建筑四牌楼建于南宋，距今有 700 多年历史。骑楼的历史与海口早期的对外开放息息相关，晚清时期，海口是当时全国对外开放的口岸之一，也是海南岛对外开放的窗口，在南洋谋生的人腰包鼓了，开始回家乡投资建设。1849 年，最早的骑楼在水巷口、博爱北路一带的四牌楼街区建成，整片骑楼街区就是从这里延伸开来，逐渐形成了规模。

海口骑楼街区的发展源于海上贸易与航运的发展，当时海口海运航线可到达曼谷、吉隆坡、新加坡、西贡、海防以及我国香港、厦门、台湾、广州、北海等地，因而活跃于东南亚与大陆沿海区域的商户和劳工成为传播南洋文化的载体，也将各地的建筑风格和样式带到海口，形成了海口骑楼建筑欧亚混合的城市风貌。

南洋骑楼老街文化展示馆位于海口中山路 35 号，这里是海口骑楼老街的文化平台，也是海南文人、学者聚集的高地。在这里你不仅可以看到海南的名人介绍，还可以看到民国时期骑楼老街的老照片等文献资料。海口骑楼是东南亚炎热地区的一种常见的建筑，这种建筑形式的雏形是古罗马时期的"券廊"，曾经盛行于地中海南欧一带，今天仍然可以看到。

27 年前我曾经在广州看到过骑楼，骑楼相当于店铺的公共外走廊，有着可供行走的地板，遮挡风雨的顶盖，游客可以全天候逛街，商家可以时刻招揽生意，于是，人气、财气、风气便在骑楼间凝聚。梅子成熟的季节，南方时常多雨，走在大街上，雨说来就来，骑楼的妙处一来可以躲雨，二来可以遮阳，实在是炎热地区一种很好的建筑。

海口骑楼建筑是华侨从欧亚和南洋带回来的，具有浓郁的欧亚文化特征，建筑风格呈现多元化的特点，既有中国古代建筑风格的模板，又有西方建筑风格的影子；既是南洋文化建筑及装饰特色的投射，又是印度、阿拉伯建筑风格的印证。骑楼的建筑风格多姿多彩，窗楣、柱子、墙面造型、腰线、阳台、雕饰风韵独特，尤其是在外墙体上浮雕的花纹有百鸟朝凤、双龙戏珠、喜鹊登枝、海棠花、腊梅花、牡丹花等中国传统雕刻艺术，仿哥特式、南洋式、古罗马券廊式、仿巴洛克式、仿伊斯兰风格式、中西合璧式……真是风格多样，争奇斗艳。

建筑是城市的眼睛，骑楼老街是海口市的祖屋。这里拥有众多的老字号商铺，环顾四周："厚丰号""广源兴""顺丰隆""远东公司""广德堂""泰昌隆""全丰泰""宝丰堂""信龙""会昌兴""梁安记""余永记""蔡升记""云旭记""何兴记"……每一块牌匾都透着浓浓的中国文化，每一个店铺的名称都饱含着先人殷切的期望，目前一共恢复了 62 块老字号牌匾，帮助游客了解老街的历史文化。这条街上不仅有商店，而且还有银行、邮局、药铺、旅店、书店，这些老字号使我感到莫名的亲切。

对于世代居住在这里的老海口人来说，骑楼是 80 年前，先人们下南洋、闯西洋、到东洋，赚到钱后，用见过的最漂亮的建材建成的家。华侨们感受着海外的新鲜风尚，把一整套南洋骑楼样式照搬回了家乡，倾注着华侨的希冀和梦想。骑楼建筑具有独特的历史文化价值，至今青春魅力不减，成为海口市的文化符号，海口市民的精神家园。

骑楼建筑给人印象深刻的是临街建筑立面中用灰塑工艺完成的栩栩如生的浅浮雕。灰塑是一种以纸筋灰和草筋灰为主要原料，结合本土文化，以花鸟、草木和传统吉祥符号为主题，在铁丝、瓦片、竹片搭建的骨架上进行塑造的特殊工艺，灰塑材料主要由珊瑚礁和海螺组成，完成的浅浮雕不仅美观，而且耐久隔热，是岭南地区的传统建筑装饰工艺，具有重要的历史、文化价值。

在骑楼老街，有一些新的门脸：儋耳老味里的野灵芝、野蜂蜜、老盐、黑糖……老街文玩批发城里的古玩、老船长里的船木艺术、海南咖啡、海南茶，哆咪会馆里的茶文化，邱宅里的老房子，骑楼书屋里的书香，骑楼品客里的特色服装、爱上棉麻里的棉麻衣服、骑楼风情小吃城里的海南陵水酸粉、龚记臭豆腐、芒果肠粉、老盐百香果水、烤生蚝、椰子冻、椰子饭、无名小店里的珍珠项链和椰雕……老街各具特色的商品和手工艺品，充满着热带海岛的气息。我很欣赏一些店铺的名称，椰语堂是海南风味名小吃一级品牌名店，海口是椰城，椰语堂里卖海南清补凉的各种小吃，多么富有诗意。

走进自在咖啡厅，发现小店布置得十分雅致，里面是一个庭院，建有戏楼，上面写着"自在"两字。戏台的前身是海口富商张天元的私宅，于1931年建成，1973年毁于台风。2014年复建，选择原址旧料，依照古法工艺，修旧如旧，现为海口市琼剧团驻骑楼老街定点演出点。

骑楼老街还有一些铜雕，有在中央银行门口打着算盘的银行职员，有在洋车上戏耍的孩子，有给女儿梳妆的妇人，有给顾客切椰子的小伙儿，有站在甲板上向亲人挥手告别的闯南洋者，有身背婴儿手搂幼子痴痴向大海遥望的母亲，有戴着眼镜、手拎西服、礼帽，坐在椅子上休息的归国华侨……每一尊雕塑都是一幅市井风情画，栩栩如生，令人过目不忘，浮想联翩。

骑楼老街在其漫长的历史过程中，积淀了大量的历史文化遗迹，历史人文色彩丰富多样，历史上有 13 个国家在这里开设了领事馆、教堂、邮局、银行、商会；中国共产党琼崖一大会址、中山纪念堂；西天庙、天后宫、武胜庙和冼太夫人庙，还有当时衣锦还乡的华侨富商为家乡建起的家族式连排骑楼，如邱氏祖屋、饶园等，八面来风在这里汇聚，海滨邹鲁从这里延伸。

当年赫赫有名的海口最高楼——"五层楼"，如今在得胜沙路巍然矗立。它是在 20 世纪 30 年代初，由时任越南西贡市汇理银行董事长的文昌籍乡亲吴乾椿，用从南洋运回来的石料、木材修建起来的。作为当时海口最大最豪华的旅馆，它一度是海口的标志性建筑，经营过大剧院，放映过电影。

从博爱北路至新华北路，有一条长 300 多米、宽 12 米的道路叫作中山路，这是海口骑楼老街著名的道路，原名"还海坊"，北门外路，后改为大街。1924 年拓宽后改为中山路。据说该路中段建有一座凉亭，孙中山先生来海口时，曾在此凉亭歇息，为了纪念孙中山，将该路命名为中山路。

在老街，还曾经生活过一个清朝格格爱新觉罗·恒容，她由北京辗转来到南国，经宋庆龄牵线，嫁给了孙中山的中文秘书、33 岁的海南文昌籍青年林树椿，这个皇家格格从此开始了颠沛流离的人生之路。

孙中山先生去世后，林树椿带着改名为赵秀英的格格回到了文昌老家，他们在乡村里生活了大半年后，离乡去了天津。等赵秀英随着丈夫再次回到海口时已经 40 多岁。林树椿是个律师，刚正不阿，受人尊敬。他患胃病需要沉香入药，因为拮据没钱买，是善良的海口人悄悄地送来救命的药引子。后来林树椿失业，和妻子开起了酱油铺。格格陪着丈夫度过了风风雨雨，在海口这座荒凉的城市当夜校的普通话教师，默默地传播中国文化。酱油铺倒闭后，格格在骑楼老街开了家北方饭馆，用一双巧手在灶台前忙碌，每天出售馒头、大饼之类的北方面食，她把根扎在了海口，也把北方的饮食文化带到了海南岛。

海口是一座开埠很早的城市，早在咸丰八年（1858 年），海口就被辟为对外口岸。民国十七年（1928 年），周成梅先生建议集资在海口建一座钟楼，以便统一全市时间。以总商会的名义发动海口商界、海外琼籍侨胞捐助，最后在海口大街天后庙广场（今中山横路）北端，海甸河畔长堤码头岸边建成。钟楼高五层，清水红砖墙身，顶端四周共筑八支箭镞尖角，具有欧洲哥特式建筑风格。

在海口这座没有冬天的小城，我用心倾听椰城生长的声音，在骑楼老街品味建筑的灵魂，去秀英港吹海风，奔假日海滩戏海浪，在人民公园赏琼剧，到万绿园放风筝，在农贸市场观察市井生活，把怀念寄寓古老的钟楼，把情感投向蔚蓝的大海，越发感到这座城市的清新与活力。我欣赏海南人的慢生活，生活节奏悠游而从容。

21世纪海口骑楼外滩风景线，新旧骑楼共生，今夕和而不同。骑楼是中国人海洋和商业意识的载体，是东西方文化交融碰撞的果实，这样的建筑与徽商建筑、晋商建筑不同，这是商业文明的绽放，是外来文化的融合，是文化遗产的展现。当北京大拆四合院，天津大拆老街，荣成大拆海草房时，海口能够保护这样一片独树一帜的建筑群，实在是英明之举。

文化最重要的社会功能是精神功能，保护老建筑、老城区、老名街，就是在传承中华文化之精华，就是在保护悠久的历史文化遗产。

走进周恩来的故乡

2015 年金秋，我们从祖国的四面八方来到美丽的淮安市，参加第七届"漂母杯"全球华文母爱·爱母主题散文诗歌大赛颁奖典礼，受到淮安市委领导及淮阴区宣传部领导的热烈欢迎。在 2000 余篇文章的角逐中，我的《抗战中的英雄母亲》荣获散文一等奖。

下午，主人陪同获奖者参观了周恩来故居和周恩来纪念馆。周恩来故居位于淮安市淮安区镇淮楼西北隅的驸马巷内，由东西相连的两个宅院组成，东宅院毗邻驸马巷，西宅院毗邻局巷。1898 年 3 月 5 日，周恩来就诞生在这里，取名"大鸾"。周恩来的名字似乎与飞翔有关，鸾是传说中凤凰一类的鸟，他的字叫翔宇，大鸾有鸿鹄之志，志在飞翔，他家院子里的一块太湖石上镌刻着两个红色的大字"腾飞"。

周恩来是中国的伟人，总觉得他的身上有一种温文尔雅的气质，这与他的经历有关。周恩来一生得到四个女人的哺育，一个是他的生母万冬儿，一个是他的嗣母陈氏，一个是他的乳母蒋江氏，一个是他的八婶母。在他婴儿时期小叔父周贻淦得了肺病，为了给病人冲喜消灾，父母把不满周岁的周恩来过继给小叔父为子。他 9 岁时生母万氏去世，小叔父也去世，就由嗣母陈氏抚养。陈氏是一个才学出众的女子，知书达理，爱好诗词、戏曲、小说和绘画，在思想和文化上给了周恩来良好的启蒙教育，周恩来幼年时就从母亲那里学会念方块字和古诗片段。后来，嗣母也不幸病逝，八婶母收养了他，开始独立生活。他的乳母蒋江氏勤劳善良，经常带着他在家里后院的菜地里种瓜浇水，讲述春种秋收的农耕知识，使得周恩来幼年就养成了热爱劳动的好品质，他在故乡度过了 12 个春秋，童年的经历在他的记忆中打下了深刻的烙印，影响了他的世界观和为人处世。

周恩来祖籍浙江绍兴，宋朝理学（道学）的创始人、《爱莲说》的作者周敦颐是周恩来的先人。后来他的曾祖父周光勋于 1839 年率领全家老小从绍兴迁居到江苏淮安山阳县（今淮安区）。绍兴出师爷，他的祖父周攀龙曾任淮安府师爷，阜宁、涟水县知县等职。

故居占地面积 1987 平方米，共有 32 间房。整个建筑为青砖灰瓦木结构的平房，是典型的明清时期苏北民居的建筑风格。这里主要有周恩来诞生地，读书房以及邓颖超纪念园等。

故居大门向北有三间坐东朝西的房屋，是周恩来童年读书的地方。由读书房间向西跨过一道方形腰门，是他父母居住的三间朝南房屋。他的嗣母陈氏、乳母蒋江氏居住在蝴蝶厅。院子里还有周恩来少年时汲过水的古井，劳动过的菜地和厨房，我们用水桶从古井里打了一桶水，尝了一口，清凉甘甜。

西宅院有"周恩来童年家世和故乡展览""周恩来外祖父万家字画展""开国总理大型图片展"和"周恩来八婶住房"。西宅后院有新建的"纪念周恩来书画苑"和"周恩来墨迹碑廊"。在庭院里，我见到了日本前首相田中角荣赠送的樱花树。

周恩来出生在三月，三月是播种的季节，他的生日一周后恰逢中国的植树节。周恩来故居的几棵树引起了我的兴趣，院子里有一棵观音柳，郁郁葱葱，分外茂盛。我仰望着观音柳，心中多了一份亲近，因为我和观音菩萨同一天生日。观音柳亦称三春柳，传说是观音老母净水瓶中的圣洁物，蕴含福禄吉祥，故名观音柳。观音柳具备松柏之质，枝条细长柔软，有杨柳之态，袅袅婷婷。茎叶熬水能治疗麻疹，也叫积善柳；因雨前树梢常常开出红殷殷的小花，故也称气象树。周总理故居的这棵观音柳躯干苍老健硕，生命力极强，虽历经百年沧桑仍生机盎然，长得比房子都高，因此又被称为长寿柳。院子里的那棵老榆树有 100 多年的树龄，陪伴着周恩来长大，见证了一代伟人的成长足迹。院子里还有一株素心腊梅，素心腊梅为腊梅中的上品。寒冬腊月，傲骨铮铮，纯黄的花蕊竞相开放，色泽明亮，浓香纯正，沁人心脾。这株腊梅亦称一品梅，是花中一品，周恩来官至一品，其德人之一品。

周恩来纪念馆由两组气势恢宏的纪念性建筑群、一个纪念岛、三个人工湖和环湖四周的绿地组成，占地面积40万平方米。馆区建有瞻台、主馆、周恩来生平业绩陈列馆、周恩来铜像广场和仿北京中南海西花厅、西花苑碑园等纪念性建筑，整体建筑造型庄严肃穆，形式朴实典雅。馆区还有岚山诗碑、海棠路、樱花路、五龙亭、怀恩亭等景点。

淮安是五河交汇之处，大江大河交汇之处必有大气象。我们下榻的国信大酒店就坐落于古黄河风光绿化带北侧，推开窗户就呼吸到古黄河的气息。夜晚，金风送爽，玉露生凉，好客的主人把我们带到里运河采风。里运河文化长廊是国家AAAA级景区，起于大闸口，止于堂子巷。里运河风光夜景堪称一绝，沿岸亭台楼阁掩映其间，画舫游船荡漾其中。夜幕给淮安披上了一层神秘的面纱，我们乘船置身在里运河，吮吸着丹桂的芳香，聆听着哗哗的水声，欣赏着美丽的风景，里运河上横跨着的一道道桥梁，在灯光的映衬下仿佛是一道道彩虹，把夜色衬托得格外美丽。我经不住美景的诱惑，站在船头一个劲儿地拍照，清江大闸到了，南船北马石碑到了，石码头桥到了，水渡口到了，大运河广场到了，常槃桥到了，水门桥到了，北门桥到了，清江浦楼到了，越秀桥到了，古运河闸口游船码头到了……五彩斑斓的画舫穿梭不停，两岸是灯火通明的大运河广场，古色古香的宝塔，望着万家灯火，我不由得想起了康熙的一首诗《晚经淮阴》："淮水笼烟夜色横，楼鸦不定树头鸣。红灯十里帆樯满，风送前舟奏乐声。"

是啊，在这样美的地方怎能没有乐声？我在大家的怂恿下唱起电视剧《红高粱》插曲，迎来阵阵掌声，真是人逢喜事精神爽，船在河中走，人在画中游。

看着五颜六色的灯光，我细细地品味着南船北马四个字，觉得很有味道。在我国古代，人们以车、马、轿、船等代步，速度很慢，受气候影响很大。气候对古代交通的影响主要反映在交通方式上——南方以船为主，北方以马为主。其原因是南方雨季长，雨量多，气候湿润，降水丰富，地表河网密布，船舶行驶十分方便。而北方雨季短，雨量少，多干旱、半干旱气候，草场广布，畜牧业发达，马匹除了提供乳肉产品外，又以其耐力好、速度快而被北方人民驯化为代步工具，成为北方大地的交通工具。"南船北车""南航北骑""南舣北驾""南棹北辕"亦是指此。淮安是我国的南北分界线，是南北交汇之地，历史上南人北上到此改骑马，北人南下到此改乘船，因此，"南船北马"在这里有特殊含义。

淮阴是千年古县，母爱之都，为了让我们更加深层次地感受母爱文化，第二天，主人又带领我们来到了漂母祠。古诗曰："天下滔滔久厌秦，英雄蛇鼠窜荆榛，少年豪横知多少，不及沙头一妇人。"

我看到漂母祠里有一座报恩亭，还有漂母墓，据说韩信早年贫穷，是一个无名小辈，是淮安的漂母每天用自己的饭菜接济了他，他发誓发达后厚报漂母。后来，他当上楚王，报效恩人，漂母去世后，他命令手下十万大军每人抓一把黄土带到淮阴，在漂母墓上填土，堆成了一座小山。

走出漂母祠，我们来到了爱心塔，参观了东方母爱文化博物馆。母爱是生命、是温情、是诗歌、是清泉、是阳光、是希望。有了母爱，生命才会延续；有了母爱，温情才会永久；有了母爱，诗歌才会浪漫；有了母爱，清泉才会甘甜；有了母爱，阳光才会灿烂；有了母爱，希望才会实现。母爱温暖着我们的心灵，母爱升华着我们的境界，有了母爱，我们敢走前人没有走过的道路，敢在大千世界披荆斩棘地打拼。

淮阴地灵人杰，英才辈出，这方水土养育了漂母、韩信、枚乘、枚皋、吴承恩、步骘、张耒、龚开、丁士美、周信芳以及周恩来等诸多历史文化名人，他们用自己的聪明才智为人类文明增添了绚丽色彩，为社会进步作出了重要贡献。

淮阴古迹众多，境内文化遗产密布，韩信故里、漂母祠、古清口、大运河、高家堰、康熙御坝、三闸遗址、枚乘故里、吴承恩故居、西游记博物馆、中国漕运博物馆、淮扬菜文化博物馆、淮安府署、河下古镇、郑文英墓等，各个历史时期、各种社会活动所创造的人文景观，如繁星拱照，让淮阴处处流光溢彩、熠熠生辉。千百年来，众多文人墨客游历淮阴，对淮阴深厚的历史文化积淀、繁荣的市镇风情和悠远的淮泗风光纷纷加以吟咏，其中不仅有李白、白居易、刘禹锡、李绅、杜牧、刘长卿、罗隐、温庭筠、苏轼、张耒、杨万里、文天祥等名家高手，还有隋炀帝、康熙帝和乾隆帝等三位皇帝，他们的诗词观照了淮阴非同寻常的发展历程，也为人们了解淮阴打开了一扇扇美丽的窗口。历史是淮阴的根，文化是淮阴的魂。

淮安是母爱的圣地，汉代漂母一饭千金的故事传颂至今。千百年来，漂母的博大情怀哺育了一代又一代淮安儿女，衍生出了厚重的爱心文化。作为一个母亲，作为一个女作家，我更加深切地感受到淮安母爱文化的博大精深，理解了为什么这片土壤会诞生伟人周恩来。

淮安是我的福地，在淮安我领略了母爱文化的深邃，饱尝了母爱文化的乳汁，感受到周恩来故乡人的热情，体会到地灵人杰的真谛。母爱让我们相聚，知恩图报，我们感恩淮安，把大爱撒向人间，以辛勤的耕耘为人民写作，以丰硕的成果回报淮安。

冬访唐古拉

青藏线上是"六月雪，七月冰，一年四季刮大风，九月就要把山封"。我选择冬天上线，是要亲眼看一看昆仑山在严冬里的脸颊。我谢绝了青藏兵站部首长为我安排的"三菱"越野车，而乘坐一辆四面透风的北京吉普车212匆匆上路。

如果说昆仑山像一株高大挺拔的白杨，那么可可西里山、巴彦喀拉山、阿尼玛卿山、唐古拉山，则都是它的枝杈。我们的吉普车向这棵白杨的树冠唐古拉山疾驰。茫茫戈壁、莽莽雪山，竟然见不到一个人影儿。赶到纳赤台时，几只像老鹰一样大的乌鸦迎面而来，这就是我们行车几十公里后见到的第一批生灵。

喝过清凉甘甜的昆仑泉，我们又沿着当年文成公主进藏的路线启程了。也许是含锶量极高的昆仑泉触发了灵感，经过昆仑山口、风火山口，自我感觉还可以承受。汽车在弯弯曲曲的山路上跳起了雪上迪斯科，我突然感到胸中一阵发闷。进入五道梁了。五道梁是青藏线上的百慕大三角，人一进来就难受。我强忍着不适，采访完五道梁机务站，便又登车赶路。

莽莽昆仑横空出世，为国山之祖，冰山之父。昆仑山千里冰封，万里雪飘，是长江、黄河的发源地。

黄河发源于昆仑山的支脉巴彦喀拉山北麓，而长江自各拉丹冬附近发源后就称为沱沱河。

我终于见到了长江源头。我跳下吉普车，在沱沱河大桥上不停地按动着快门，波光粼粼的沱沱河使我嗅到了母亲河的气息。当我尽兴地拍摄完照片，向沱沱河兵站走去时，突然感到一阵头晕目眩，脚下像踩着一团棉花似的轻飘飘。我仰望着"长江源头兵站"六个红色的大字，吃力地向兵站楼挪去。

沱沱河兵站的王润堂站长是一个身材敦实的大汉，性格粗犷热情。他像老朋友似的伸出了粗壮的大手："早就听说你要来，咋走到这会儿呢？"

几分钟的工夫，一碗香喷喷的面条就端上了桌，他打开一盒午餐肉罐头，一盒凤尾鱼罐头，像变戏法似的变出了几碟小菜。

他点燃了一支烟，诙谐地对我说："有些内地人来了，总说我们习惯了，没有高山反应。其实都是人，怎么可能没有高山反应呢？这个地方除了牦牛不反应，其他所有的人都有反应。"

"青藏线苦就苦在兵站和汽车部队，旺季我们平均每天接待七个车队。有一年夏天因为路坏了造成堵车，我们一天就接待过十七个车队。我们这儿都是些年轻娃做饭，晚上我们开完饭了，好电视也播完了。"

"有时候我们也发牢骚：全国九百六十万平方公里的地方，到哪儿不能折腾一阵，咱们怎么偏偏跑到这里来当兵？晚上两三点，全世界的饭馆都关门了，唯独沱沱河兵站的饭馆关不了门，我们得随时准备接待过往车队和行人。"

聊了一会儿，我的头像戴上紧箍似的疼痛难忍，本想吞下几片止疼药，又怕药片里的咖啡因损害脑细胞，只好无力地靠在桌子上。过了一会儿，一个面色红润，眉目清秀，长得有点像女孩子的战士轻轻地走了进来，热情地问道："作家同志，暖气烧得行吗？"

我笑着说："蛮好，谢谢你。你是这儿的锅炉工吗？"

他腼腆地说："是的，刚才我看到你们来了，赶紧跑下去烧暖气。"

我诧异地问道："这么说你们不是一天二十四小时全烧暖气了？"

他说："我们每天烧五次暖气，上午七点到九点半烧一次，中午十一点到一点半烧一次，下午五点到七点烧一次，晚上九点到十一点半烧一次，夜里三点到五点再烧一次。我们这儿的柴油少，不能可着劲儿地烧。但您大老远地从北京赶来，又赶上是冬天上线，我们不能让北京来的客人冻着。"

交谈中得知他叫周玉平，是湖北襄樊人。他的爷爷参加过抗美援朝，父亲是六十年代入伍的军人。他是家里的独苗苗，却偏偏恋上了军营。新兵训练一结束他就分到了沱沱河兵站。从敞篷卡车上跳下来,他头晕得仿佛在打旋子。住的是圆木房,小木屋四面透风,人待在里面也冻得透心凉。当时是烧煤砖,稍不警觉就会煤气中毒。他是瞒了年龄来当兵的,可军营和他的想象相差太远了。他有点后悔,十六岁的娃娃兵,一接到家信就偷偷地抹眼泪。慢慢地,他意识到自己太软蛋了。堂堂男子汉还哭鼻子,岂不是还不如昆仑山上的一棵草?他咬紧牙关,要在唐古拉山把自己磨砺成一块好钢。

青藏线是个大熔炉,周玉平在炊事班学烹饪,在格尔木大站教导队学开汽车,在西宁学水质检验、水净化处理,在广州锅炉厂学锅炉管理……他学的这些本事全都派上了用场,他当锅炉班班长,负责维修锅炉、暖气供暖。中午休息时,就开着卡车到20公里以外的开心岭煤矿拉水,回来后搞水质净化,兵站里的饮用水、洗脸水、汽车用水就全有了。下午回到兵站,又马不停蹄地去烧锅炉,还要焊接暖气、维修暖气管道。刚学电焊时两眼一抹黑,他冒着危险摸索着学。有一次焊接暖气管道,调整电焊机时将一把新钳子烧化了,他也被狠狠地电了一下。还有一次,成都军区某师的几百号人来到兵站,把几间闲置的平房占得满满的。这些平房的暖气平时是不烧的,长年失修,破得千疮百孔。周玉平想人家兄弟单位大老远来了,咱们不能让人家挨冻啊!于是,他急忙把暖气中的旧水放掉,脱下棉袄就去焊接暖气管道。他冒着严寒从下午四点一直干到晚上十点。

兵站里有一台旧锅炉,都用得老掉牙了。团里说报废算了,周玉平舍不得。他心里头拨拉着个"小九九":买一台锅炉要花13万元,咱们国家不富裕,能省就省一点吧。他把锅炉打开,带着两个兵就去焊接。经过几天几夜的苦熬,锅炉终于获得了新生,节约了上万元。当兵十年来,周玉平从来没有睡过午觉,汽车部队经常出现汽车钢板断裂,大梁、水箱坏了等故障,他挽起袖子就去修理。他把喝的苦水闷在肚里,从来不向家人诉苦。家里人问他:"你在部队干啥?"他搪塞说:"开车。"

他有二级驾驶员执照,说开车比说烧锅炉好听。每次给家里写信,地址都写沱沱河。他不敢写唐古拉,谁都知道唐古拉是地球的屋脊,他住在地球的屋脊上，家里人能放心吗？

他报考了西南政法学院法律系，参加律师资格考试，憧憬着将来能成为唐古拉山上的第一个律师。大学法律专业共有 14 门课程，他每天捧着书本啃到午夜。参加全国高等教育自学考试，他一下子就把《哲学》《中国法制史》《婚姻法》《国际法》《法学概论》5 门功课全部通过。他一鼓作气，准备当年下半年通过《刑法》《宪法》《逻辑学》三门课程。

干他这行的冬天走不了，只能夏天离开。可夏天又是维修季节，锅炉、暖气等需要他去修理，他总也休不成一个囫囵假。当兵 10 个年头了，他从来没有在家度过一个春节，他已经 27 岁了，部队规定志愿兵不准在驻地找对象，其实，允许找也找不到，哪个姑娘会住到唐古拉山巅？家里人给他在襄樊市介绍了几个对象，可那些姑娘一听说他在高原，又是个锅炉工，全都吓跑了。家里人为他的婚事愁得慌，想把他调到襄樊。他家是三代军人，他又是独生子，襄樊也有总后的部队，调他是有可能的。可他却没有这么做，他爱唐古拉，他的心已经拴在了唐古拉。

我笑着说道："小周，把你的学习笔记给我看看好吗？"

他转身回宿舍取笔记本，我将头无力地靠在墙上。这是我有生以来最艰难的一次采访，在军医学校读书时，教授曾告诉我：在缺氧 50% 的情况下，人的大脑细胞 80% 处于浅眠状态，20% 处于深眠状态，所以长期生活在高原的人显得木讷。经过一个多月的高原跋涉，在唐古拉山的采访中，我深深体会到脑细胞浅眠和深眠的滋味儿。经常是记着记着笔记，忽然头一阵眩晕，脑子里一片空白，只好请人家把刚才说的话再重复一遍。

周玉平捧着几十个笔记本走了进来，我的眼前一亮：好漂亮的本子啊！就是那种装帧精美的硬壳笔记本，里面用碳素墨水写着密密麻麻的字。锅炉专业、驾驶专业、水质净化专业、企业管理专业、法律专业、无线电专业……咦，怎么还有几本文学笔记？打开一看，里面工工整整地摘录着一些世界名著片段。还有一个灰色的笔记本，里面贴满五花八门的剪报，有文学的、历史的、艺术的、哲学的、军事的、佛学的……内容十分广泛。

我的心为之一颤，周玉平，一个 27 岁的唐古拉山上的大兵，在脑细胞长期处于浅眠和深眠的状态下，仍然坚持不懈地攻读文化堡垒，他的心中该藏着怎样一个生动的世界呢？

我轻轻地走到院子里，唐古拉的风硬邦邦地砸在了我的身上。我紧了紧皮大衣，在地球之巅深情地仰望那轮金黄色的月亮，唐古拉山上的月亮在羊群般的云朵里穿行，飘忽不定的云时而托着金盘似的月亮，时而搂着唐古拉的腰。天低月近，月亮里的桂树和玉兔显得格外清晰。

身边的沱沱河弹拨着生命的琴弦，一往情深地向东流去。黎明，又是一个新鲜的黎明。唐古拉的风梳理着我的头发，吹拂着我的衣襟。再见了，沱沱河！再见了，唐古拉！

我坐进了冰窖似的吉普车，身上穿着一件皮大衣，腿上裹着一件棉大衣，脚上蹬着一双大头鞋，还冻得瑟瑟发抖。车上的一箱健力宝已经冻成大冰砣，我在格尔木新买的一个蓝色的塑料脸盆被零下 40 多度的严寒彻底冻裂。高寒缺氧，连汽车也有高原反应，一路上抛了几次锚。每当汽车抛锚时，我就一个劲儿地埋怨自己：不听老人言，吃亏在眼前。当初听了青藏兵站部王根成部长的话，坐三菱越野车上线，既舒服又有暖气，不就不遭这份洋罪了？可每当汽车轮子转动起来，我又在心里敲着小鼓：多亏了这辆四面透风的北京 212 吉普车，要不，我到哪儿去体验高原汽车兵的艰辛？

我庆幸自己不是一个候鸟式的观光客。冬天拜访昆仑山，和青藏线人情感的距离一下子就拉近了。冬天翻越唐古拉山，我切身地感受到世界屋脊的苍凉和悲壮；冬天走进雪域高原，我深刻地理解了这块土地的浑厚和高大。

初升的太阳为昆仑山镀上了一层金色的光芒，离太阳最近的白雪是世界上最美的白雪，太阳使雪山更加灿烂，雪山使太阳更加辉煌。

翻过唐古拉，漫天飞雪就肆无忌惮地向我们扑来，吉普车在茫茫雪海里遨游。车上的雨刮器一个劲儿地摆动着，我把头探出车窗，两米以外的世界仿佛罩上了一层毛玻璃，一片苍茫。

经过藏北重镇安多、那曲，经过巍峨的白塔和仙境般的纳木错湖，经过闻名遐迩的羊八井地热群，终于扑进了日光城拉萨的怀抱。走进拉萨大站招待所客房还不到 5 分钟，桌上的红色电话便叮铃铃地响了起来。青藏兵站部王根成部长洪钟般的声音，震得听筒嗡嗡作响："晶岩啊，你总算到了！怎么样，这次上青藏线有啥感受？"

我调侃道："我最大的感受就是，好兵怎么都被您招来了？"

他憨厚地笑着说："嘿嘿，兵都是一样的，那是我们青藏线用心培养的。"

和王根成聊得越深，对这个"老高原"就越发敬重。他曾经参加过西藏平叛，在青藏线有过三次死里逃生的传奇式经历。他的可敬不仅仅是像骆驼草那样，在昆仑山顽强地生存了 34 年，更重要的是他具有一种远见卓识："知识就是力量，才能就是财富。"

他鼓励部下们冒尖，扶持部下们成才。军医杜智敏呕心沥血写了一部医学专著，苦于无处发表，王根成审阅了手稿后一拍大腿："我来帮助你！"

战士姚豫梅在全军演讲比赛中夺得一等奖，王根成高兴地拍着巴掌："好，给她记一功！"

青藏兵站部有一条铁的规矩：谁靠自学拿到了大专文凭，就给谁立功戴花。王根成带领青藏兵站部党委一班人攻下了大专文凭，昆仑山上的大兵们在主官们的率领下，向科学文化的堡垒发起了集团冲锋。

在青藏兵站部这个小小的师级单位里，捡煤渣长大、自小没见过照相机的贺凤龙，成了获得国际奖的摄影家；扎着两条小辫子稚气未脱的小妞儿吴红梅，成了获得全国歌唱大奖的歌唱家；只念了七年书的嵯峨山下的放牛娃张鼎全，成了上过央视《新闻联播》的全国闻名的作家；从祁连山下走来的羊倌儿曾多礼，成了著书立说的柴油机专家；顶着高粱花子长大的农村娃白锁儒，成了妙手回春的医生；踩着黄泥巴长大的伢子杨忠堂，成了技艺超群的厨师；军人之子周玉平成了多才多艺的"百事通"；干部子弟孔志毅成了漂流长江的探险家……

这是一片跃马扬鞭的疆场，这是一块催人冒尖的沃土。

昆仑山是一个磁场，昆仑山是一个熔炉。不绝对是好兵都上了昆仑山，而是昆仑山养育了一代好兵。

坐在飞机里倚窗鸟瞰，我的目光深情地吻着下面的山水景物。昆仑山在悄悄地长高，从海底三万米长到海拔六千米。昆仑山的军营在悄悄地长高，今天的昆仑山上的大兵也在悄悄地长高，他们在继承父辈光荣传统的同时，又汲取了现代科学文化的新的基因。

放眼远眺，湛蓝的天空和晶莹的白雪交相辉映，绘制了一幅蔚为壮观的大写意山水画卷。

牧云庵画村

　　牧云庵，一个富有诗意的地名。这是一个村庄，位于山东省荣成市石岛山西南，三面群山环抱，南临浩瀚大海，风水极好。村子占地两平方公里，有 379 户居民，921 人。

　　清康熙十七年（1678），牧云庵始祖宋文灿由今天的乳山市南泓村迁到荣成石岛在此建村，因为当地有一座姑子庙，所以叫作"姑子庵"。清朝雍正十三年（1735），文登和荣成分治，此地隶属于荣成县。因为村北有个牧牛场，高山峡谷，周边临海，常年云雾缭绕，故名牧云庵。

　　牧云庵建村至今已有 300 多年历史，胶东出能人，小小的村庄民间绘画和剪纸艺术却历史悠久，小有名气。村里传统绘画艺术起源于明清时期，20 世纪 40 年代逐渐形成风气并呈现出独特的绘画风格。村里很多人擅长绘画，舞弄丹青蔚然成风，1987 年，被山东省美术家协会授予"画村"称号。村里有 1 位中国美术协会会员、3 名山东省美术家协会会员，30 多人考取专业美术学院，创作了各类美术作品 4000 多件，2016 年被山东省评为"第三批省级传统村落"。小村景色秀丽，民风淳朴，吴冠中等中国著名画家曾经到这里写生，吴冠中被村庄的美激发了灵感，画了一幅名为《强海健儿》的国画，一个渔民身穿黑外衣、白汗衫、绿裤子，肩扛渔具，意气风发地走在山路上，洋溢着渔家人的欢乐。

　　盛夏，我走进了画村，映入眼帘的是一条文化长廊，只见一块影壁墙上写着"牧云庵书画村"六个绿色的隶书，一排青砖砌成的墙壁上画着反映渔民生活的壁画，有海草房、打鱼归来、逢年有余、采蘑菇的女人、大鱼岛等，令人目不暇接。村委大门口的匾额上写着"牧云永昌"四个绿色的行书大字，风景如画的村庄在壁画的衬托下，显得格外淡雅宁静，富有文化底蕴。

村里有一片高大的松树林，一块大石头上镌刻着红色的篆书"静雅"，一群中老年人坐在树底的石桌、石凳上，吹着天然海风，呼吸着高浓度的负氧离子，品尝着新采摘的绿茶，悠然自得地打着麻将。我走进松树林，发现这里真是一个不用空调的天然氧吧，三伏天在这里休息，竟然没有一个人扇扇子。"自由呼吸，自在荣成"，是荣成提出的口号。在雾霾肆虐的中国，能够自由呼吸是一种幸福；在快节奏的当下，能够自在活着，体验慢生活是莫大的享受。

牧云庵村依山傍水，一条小河纵贯村庄南北，河里养着睡莲，非常养眼。山上的石头形态各异，栩栩如生，美不胜收。一方水土养一方人，真是村在画中生，人在画中游。荣成出石头，这里保留传统的青瓦石墙，村里建了很多石头房，土黄色的石头配上青瓦，浅棕色门窗，格调颇为雅致。村里设立了农民创作室、油画室和刀画室，门口种上绿色植物，牌匾上刻着"石岛牧云庵农民书画院""文贤居"的字样。

我走进画室，只见顶棚木板吊顶，四周的三屉桌上全部用蓝印花布覆盖，一块大画案上用墨绿色布覆盖，上面摆满文房四宝，显得古色古香。四周的墙上挂满字画，有画着海草房的《渔村艺韵》，有画着渔民手拎两条大鲅鱼的《大海的馈赠》，有画着渔民打鱼归来，妻子和女儿迎上前来的《家》，有画着渔民肩扛渔网归来的《暮归》……

我看到一群中老年农民画家在写生馆里画油画、练书法，心中感慨万千。是啊，陕西户县有个农民画乡，他们的画多是反映关中农村风情；而牧云庵农民的画，则多反映渔家的海洋文化。渔民的节日、渔民打鱼归来、渔船、渔具、荣成传统民居海草房等，我忍不住拿起画笔，在画板上画油画，周围的人一个劲儿地鼓励我。我问他们多长时间能够学会，他们说："您只要在村里待半个月，我们保证教会您画画。"

画画的人多为女性，多么恬静的场景啊，这些穿着普通的女人拿起画笔专心致志，如入无人之境，书画的熏陶使她们待人热情，举止端庄，谈吐高雅。如果没有书画的滋养，这些农村妇女也许在柴米油盐中度过，也许在家长里短中度过，也许在纸牌声声中度过，也许在邻里争吵中度过，但是书画勾住了她们的心，她们因书画改变了人生。她们的一幅画可以在网上卖五十到一百元不等，起到了书画致富的作用。

村里打造画家部落——民居创作室，有渔家民宅、十八学士四合院民居、丹青舍，等等。在保留北方传统石头房特色的基础上，统一改造装修，邀请书画名人来这里成立个人写生工作室，打造书画创作集中居住区。

在这个村，有渔民画家宋氏三兄弟，老大叫宋仁贤，是中国美术家协会会员、中国书法家协会山东分会员，山东省美协理事、山东画院及烟台画院高级画师，山东省第六、七、八届政协委员。他深受画村熏染，自幼酷爱绘画，自学成才，作品以渔民和大海为题材，富有浓郁的乡土气息，被誉为"渔民画家"。曾经连续五年参加全国美展，代表作《海岛女民兵》《海上劳模》等入选全国美展，有4件作品被中国美术馆收藏。他在国家级美展中展出25幅作品，在省级美展中展出120多幅作品，有20幅画获得省级以上美展大奖。

老二叫作宋仁梁，现任国际美术家联合会会员，中国书画家协会理事、研究员，山东省美协会员，山东油画学会会员，国家高级美术师。受哥哥影响，他自幼迷恋绘画，后师从著名画家周思聪、卢沉，作品以古代人物为主，兼攻山水花鸟画，代表作参加全国美展，并被中国美术馆收藏。他有200多幅画参加省级美展，2001年，在国家文化部主办的"国粹奖"大赛中，荣获金牌奖。他的长卷《百虎图》曾经在中央电视台和省级电视台做过绘画表演，还多次举办过个人画展。

老三叫作宋仁壮，担任石岛文化馆馆长。山东省美协理事、威海美协副主席。长期从事书画教育工作，扶植培养了"渔民画乡牧云庵"，作品多次参加全国书法大赛、中国齐鲁风情国际书画交流展、台湾海峡两岸书画展。多次获奖，部分作品被亚洲、欧洲、美洲地区的书画爱好者收藏。

在牧云庵村，有一个宋氏三兄弟画舍，里面挂满了宋氏三兄弟的绘画、书法、陶艺作品，在画村堪称一流。

在荣成，国家级非物质文化遗产项目是渔民开洋谢洋节，谷雨时分是威海渔民重要的传统节日，谷雨百鱼上岸，每到这一天，鱼虾便洄游到近海，一年一度的大海市正式开始。数百年来，每逢谷雨时节，威海沿海居民都要隆重纪念这个节日，进行传统的祭海、祭神、开洋、谢洋仪式。山东省级非物质文化遗产石岛渔家大鼓欢快地敲起来，锣鼓喧天，鞭炮齐鸣，渔民们摆桌献贡、烧香敬酒、虔诚祭拜，祈求风调雨顺，出海平安无事，归来鱼虾满仓。开洋就是开海捕捞，谢洋就是感谢海洋的馈赠，多么浪漫的名字，多么浪漫的形式，渔民开洋谢洋节体现着渔家的欢乐和自豪。大鱼岛是荣成开洋谢洋节主要举办地，牧云庵毗邻大鱼岛，农民画有很多取材于渔民开洋谢洋节的场景。

2016 年，荣成石岛挖掘画村传统文化和产业资源优势，启动"画村"建设，以村里的农民画家、剪纸绘画和石头房资源为基础，成立了"荣成石岛农民书画家协会"和"石岛牧云庵渔民书画院"，打造写生基地，渔乡画村记忆馆、书画摄影创作区，文房四宝一条街等特色功能板块，设立陶艺馆、书画摄影馆、剪纸坊等，建立了书画写生长效管理开发机制。

绿的感悟

我是在植树节那天来到这个世界上的，骨子里对绿色有一种超乎常人的感悟。世界第一大植物王国是巴西，那里的热带雨林闻名遐迩；第二大植物王国是印度尼西亚；第三大植物王国就是中国。

盛夏时节，我来到庐山采访。走进植物园，立刻就被优雅的环境和醉人的绿色所吸引。错落有致的山水景观，万紫千红的奇葩异草，终年不息的潺潺流水，赏心悦目的绿色长廊，令人目不暇接。但更令我敬仰的是这里有一群以园为家无私奉献的植物学家，他们在高海拔的庐山默默无闻地工作了几十年，把毕生精力献给了科学，献给了祖国。

在这里，静静地睡着三位中国植物界的功臣——胡先骕、秦仁昌、陈封怀，他们都是庐山植物园的创始人。胡先骕是江西新建人，辛亥革命前毕业于京师大学堂，学的是生物学。1912 年到美国加州大学留学，回国后在南京高等师范学校任教，20 年代初担任庐山森林局副局长。1923 年，他再次到美国哈佛大学攻读植物学，是中国留学生中第一个植物学博士。回国后到多所大学任教，后来创建北平静生生物调查所，这个调查所就是中国科学院动植物所的前身。接着又创建庐山森林植物园和云南农林植物研究所。

胡先骕惜才爱才，为庐山植物园引进了很多青年才俊，是中国植物学的奠基人。他为庐山力荐的第一位植物学专家是秦仁昌，秦仁昌是金陵大学的高材生，1926 年开始从事蕨类植物研究，1931 年在欧洲诸国标本馆工作，曾经在英国皇家园林丘园学习过植物学，回国后任北京静生生物调查所标本馆主任，被誉为"中国蕨类之父"。1934 年，胡先骕委派著名蕨类植物学专家秦仁昌赴庐山勘察园址，最终选定在含鄱口三逸乡一带建园。秦仁昌到庐山兼任植物园主任，负责创办庐山植物园。

陈封怀毕业于东南大学生物系，是静生所的骨干。1934 年，胡先骕派遣陈封怀赴英国爱丁堡皇家植物园，学习植物园的造园和报春花科植物分类。两年后学成回国，任庐山森林植物园园艺技师。陈封怀把西方建园的理念和东方造园的手法有机地结合起来，将文化元素和自然景观融为一体。

庐山森林植物园是以英国丘园和美国哈佛大学阿诺德树木园为样板，建设成的亚洲第一植物园。从 1934 年到 1938 年，是庐山植物园的第一个辉煌时期。当时中国很多著名的植物学家都云集庐山，大家白手起家，辛勤耕耘，有人开辟荒山，有人引种驯化，有人采集标本，有人管理浇水，四年里引种植物达 2800 多种，真是万紫千红、春意盎然。

1938 年 6 月，九江沦陷，庐山告急，日军的飞机在庐山狂轰滥炸，很多植物惨遭摧残。秦仁昌把 160 包珍贵的植物标本和图书资料寄存在庐山的法国学校里，结果被日本人搜走了。好端端的庐山植物园满目疮痍，秦仁昌只好率领员工撤往丽江成立庐山植物园丽江工作站。继续从事标本采集、高山花卉和蕨类植物研究。云南的植物太丰富了，一下子就把秦仁昌吸引住了，于是，他就留在云南大学工作。

抗战胜利后，陈封怀奉命回到庐山，主持植物园的重建。陈封怀对植物学事业有着执着的追求，他家学深厚，英文流利，涉猎广泛，酷爱诗画，平易近人，为庐山的植物学贡献了毕生精力。鼎鼎大名的庐山云雾茶就是他引种培育的。后来，他奉命创办武汉植物园和南京中山植物园，最后调到中国科学院华南植物研究所任所长。

置身庐山，映入眼帘的是一望无际的绿。庐山卉木蓊郁，多琪花瑶草，春夏艳发，至为美观。庐山既保存了金钱松、鹅掌楸、连香树、凹叶厚朴等古老的植物种，又有庐山毛蕨、庐山景天、牯岭山梅花、庐山黄杨等新品种。加上庐山植物园半个多世纪的大力引种，植物种类繁多，其中不乏名贵嘉卉，奇葩异草。庐山植物园是一座生态科学的宝库，千姿百态的植物令人流连忘返，每个人在这里都会有所收获，植物学家借助植物去叩响自然界的神秘大门，画家笔下总是缭绕着庐山的云山绿树，诗人们在庐山留下了很多脍炙人口的诗篇，旅行家在庐山会找到诗意的栖居。

庐山最常见的树是松树，共有 247 种野生松柏类。庐山有一个景点叫作"三宝树"，树木参天，高大挺拔，庐山的松树遍布山岭丘壑。台湾松、华山松、罗汉松、金钱松、马尾松、尘尾松、落羽松、五针松、白皮松，等等。庐山的松树形态各异，坐落在庐山月照松林处的松门别墅，是国学大师陈寅恪的家。陈寅恪写过一首诗《怀故居》："渺渺钟声出远方，依依林影万鸦藏。一生负气成今日，四海无人对夕阳。破碎河山迎胜利，残余岁月送凄凉。松门松菊何年梦，且认他乡作故乡。"

诗中流露出作者对庐山深深的怀恋。庐山植物园创始人之一的陈封怀，是陈寅恪的大哥陈衡恪之子。如今，在三老墓旁，又增添了一座陈寅恪的墓。墓碑是一块第四纪冰川石，石质非常坚硬。墓碑被松树、红槭树、金钱松、蕨类、金星桧、铺地龙、杜鹃花簇拥着。墓碑上面由黄永玉题写了"独立之精神，自由之思想"十个绿色的大字。

庐山是一个文人荟萃的地方，很多文人墨客都为庐山写下了脍炙人口的诗篇，这也许跟植物多有很大关系。庐山脚下的东林寺里有一个影堂，旁边有两棵高大的松树，松树旁有一块石碑，上面刻有"六朝松"三个字。这棵松树弯腰弓背笑容可掬，也称作"罗汉松"。据说是东晋名僧慧远亲手种植，至今已有 1500 年的历史。东林寺里还有一棵 600 多年的柳杉，气度非凡。

庐山的孑遗植物，也就是历经 300 万年前第四纪冰川遗留下来的植物，有金钱松、水杉、鹅掌楸等。20 世纪初，水杉在地球上濒临灭绝。1941 年，植物学家在湖北宜昌发现了一棵上千年的古树，他们把枝叶标本采集来让胡先骕去鉴定，证实是濒临灭绝的水杉。这是生物学界的一大突破。后来，庐山植物园引种了水杉，水杉枝疏叶细，阳光从枝叶缝隙间照射进来，在晨曦中形成优美的光环，扑朔迷离，美不胜收。水杉高大挺拔，直刺蓝天，像一个英俊的王子潇洒飘逸；庐山还引种了 300 多种杜鹃，这种花卉是一种观赏植物，浇水施肥要很精心。庐山植物园的杜鹃品种繁多，砖红杜鹃、百合花杜鹃、云锦杜鹃、大白花杜鹃、亮叶杜鹃、江西杜鹃、井冈山杜鹃、溪畔杜鹃、羊踯躅……色彩绚丽，悄然怒放，像一个亭亭玉立脉脉含情的公主。

植物的生长需要得天地之精华，庐山植物园现在有 3400 多种植物，"十一五"期间要达到 6000 多种。引进一个植物品种大概需要 3000 元，必须要成苗。植物是有语言，有形体，有血肉，有魂魄的。与植物对话，你会领略到生命的怒吼，灵魂的傲啸。

在庐山，有这样一对老人。男的叫作汪国权，女的叫作方育卿。1959 年，方育卿从华南农业大学昆虫专业毕业后，毅然决然地来到庐山搞昆虫学研究。她的恋人汪国权放弃了北京优越的工作环境，于 1962 年到庐山去追寻他的爱情。刚来时夫妻俩只有一间小屋，没有任何娱乐场所，没有电视、收音机，唯一的消遣就是手拉手到牯岭镇逛逛。他俩把一生中最好的光阴献给了庐山植物园，献给了他们的信仰，至今他们在庐山只有两间狭窄的小房子，屋子里没有像样的家具，残缺不全的书柜里，书籍堆到了天花板。世界上已经发现有 1000 多种蝶蛾，方育卿每天沉醉在昆虫的世界里，独自发现了 5 种蝶蛾。一天晚上，我在庐山散步，美庐景区周围的地灯发出五颜六色的光亮。汪国权突然兴奋地告诉我："你看到那个像蝴蝶一样的地灯了吗？那就是按照我夫人发现的蝶蛾模样制作的。"

听了他的话，我的心一阵颤抖。方育卿同昆虫打了一辈子交道，用毕生的心血写了一本《庐山蝶蛾志》；汪国权为了中国的植物学呕心沥血，他们久居深山远离享乐、埋头攻关、无怨无悔，把毕生精力献给了庐山，献给了中国的生态科学事业，他们是名副其实的中国牌知识分子。

回到驻地，我怀着激动的心情写下了这样一首诗：

古风　庐山抒怀

五老出云外，汉阳力擎天；花径圆春梦，三叠泻流泉。

芦林山影重，宝树鸟声喧；含鄱吞日月，江南第一山。

白鹿迎远客，跨江登庐门；良师忆旧岁，知己对酒樽。

如琴飘雅韵，天池映丹心；情牵在何处，牯岭有故人。

　　扑进江西的怀抱，满眼都是青山绿水。江西有庐山、井冈山、三清山、龙虎山等名山，有世界顶尖级的高山植物园。庐山植物园的绿是成千上万个植物学家、绿化工作者用心血换来的，江西的绿是成千上万个林农用汗水换来的。林业活起来，林农富起来，愿江西成为名副其实的绿洲，愿庐山的绿染遍华夏大地。

南中国海的一颗绿色明珠

童年的时候，我的父亲在中国驻埃及大使馆工作。从尼罗河畔飞来的照片上，总有着一些婀娜多姿的热带植物。看惯了北方白杨树男性的伟岸和刚劲，便觉得那些热带的棕榈树有着几分女性的温柔和妩媚。于是，在我稚嫩的心灵里，棕榈树便成了热带的象征，而热带则一定是一个神奇而美丽的地方。

27 年前的春天，我乘船来到三亚湾的东岛采访，这是一座名副其实的海上花园。岛上近 30 万棵椰子树、菠萝蜜、相思树、木棉、马尾松、台湾柳等热带植物铺成了一条绿色的地毯。望着这浓浓的绿荫，我不由得想起了第二次世界大战中发生的事：德国在战争中惨败了，但是老百姓却在防空洞里养花。这是一种多么强烈的热爱生活、自强不息的民族精神啊！一个爱护花草树木的人一定是一个热爱生活的人。在人烟稀少的荒岛上种树的人和在防空洞里养花的人一样，同样是生活中的强者。

我漫步在绿树成荫的岛上，听着斑鸠、黄鹂、云雀的歌唱，仿佛置身在颐和园后山的绿浪里。顺着弯弯曲曲的小路，我们来到了驻守在岛上的海南军区某部守卫营营部陈列室。一面面锦旗固然使我敬重，但那些贝壳做成的盆景却更使我怦然心动。战士们利用业余时间从海滩上捡来夜光贝、虎皮斑贝等五颜六色的贝壳，从海底里捞出千姿百态的珊瑚、龙虾，精心做成工艺品。看着这些精美的艺术品，我仿佛看到了战士们那颗充满青春活力的心。

潘妃爵教导员递给我一兜虎皮斑贝，尽管我手捧着珍贵的虎皮斑贝爱不释手，但还是乐呵呵地把它们分给了同来的伙伴儿。

我对潘教导员说："上帝把一颗明珠赐给了你们，在这样美的地方，作家会产生无尽的灵感。"

他憨厚地笑着说:"我们这个岛过去遍地是石头,满山光秃秃的,连鸟儿都不愿意落脚。人们给东岛送了不少雅号:火岛、风岛、鬼荒岛。60年代初期,刘少奇主席曾经来这个岛视察,看到这块不毛之地,心疼得快要掉泪了。他拍着战士的肩膀,语重心长地说:'这里是祖国的南大门,你们一定要把这个岛建成南海一枝花。'"

叶剑英元帅生前也曾来过这个荒岛,亲切地接见了岛上的官兵,还赋诗一首:持枪南岛最南方,苦练勤操固国防。不让敌机敌舰逞,目标发现即消亡。

守岛人把共和国领导人的嘱托牢牢地刻在了心上,他们用辛勤的汗水浇灌着绿荫。原营长符宏益当了十三年兵,把心都扑在海岛上。他自己掏腰包买来树种,带头植树造林。现任副营长龚仲义是1984年上岛的,至今已经在岛上干了七个年头了。他抽烟的钱可以省出来,种树的钱却不能挤掉。岛上缺水少土,没有树苗,他们就从岛外挖来树苗,从家中带来树种花籽儿,用钢钎铁锤凿山挖坑,换土施肥。他们从岩石的缝隙中掏出泥土,拌上海茶杂肥,让树苗静静地睡在松软的坑里,再肩挑手提将水一桶桶地倒进树坑,让树苗美滋滋地喝个够。

志愿兵刘傅坤昌,一个面色黝黑、说话爱脸红的小伙子拘谨地坐在我的面前。他出生在风景秀丽的广东省茂名市,家里有六个兄弟,他排行老五。眼下,三个哥哥每人买了辆汽车在深圳跑运输,一个哥哥和一个弟弟在家乡工作,哥儿几个都发了起来。在这个小康之家里,却偏偏出了他这么个死心眼儿的弟弟。1978年冬天,他一身戎装来到这个荒岛。那时候,岛上穷得叮当响,连喝的淡水都又苦又咸。遇上台风,船靠不了岸,他们只好啃两三天的萝卜干、南瓜叶、地瓜叶。

那是一个夕阳沉醉的黄昏,营长拉着他到海边遛弯。海边嶙峋的石头上,爬满了绿色的海裙菜。"这东西的生命力可强了。"营长顺水捞起一棵,递到他的手里。他的心微微一颤,浪花咬碎礁石,靠的是日积月累;人要在荒岛扎根,靠的是坚强的毅力。想溜号往回撤,岂不是还不如一棵海裙菜?

在东岛这块弹丸之地上，仅营里就有五人献出了生命。在宁静的夜晚，北方的那块大陆上，每一片合欢树叶都沉醉了，而小岛却时刻睁着警惕的眼睛。让别人去做合欢树叶吧，他刘傅坤昌要做一棵疾风中的劲草。

只有热爱生活的人才能热爱生命，绿色是生命的颜色，青春的颜色，他要在岛上播撒绿色的种子，种植绿树就是种植希望。广东人对于花草有着特殊的偏爱，广州花市的隆重闻名遐迩。他托人从家乡捎来了树种，一有空就扑到树林里。英国人有个幽默的比喻，说长着绿色手指的人种的花草格外茂盛。刘傅坤昌大概就长着这样的绿色手指头，可以点石成绿。像变魔术似的，十万多株树苗在他的手里培育出来了。挺拔的马尾松，婆娑的椰子树，飘逸的台湾柳，俊秀的苦楝树把他的心挠得痒痒的。他哪里是在种树，他分明是在种植希望种植信仰啊！他何尝不想上学、提干？可命运却偏偏为难他，他是全军优秀班长，因年龄超了一岁报送上大学时被卡了下来。1980年他想考军校，功课都温习得滚瓜烂熟了，谁知考试期间刚巧赶上刮台风，他望着茫茫大海就是出不了岛，他恨不得插上双翅飞到设在三亚市的考场。台风肆虐地咆哮着，没有人理会小岛上那个泪眼蒙眬的战士。

他在岛上依旧干他的水电工。水电工在岛上是举足轻重的人物，岛上每晚六点到十点半发电，这是小岛最幸福的时刻，他们在灯光球场上打篮球，在游艺室玩电子游戏机，在娱乐室看电视、下棋，可十点半一到，发电机就要睡觉了，岛上一片黑暗，再精彩的电视节目也得忍痛割爱了。遇上台风季节，小岛经常受到台风的骚扰，十二级以上的台风也曾经光顾过这里。台风前脚刚走，水电工后脚就得出门检修线路。岛上买了抽水机、柴油机、粉碎机、轧面机、碾米机，他挽起袖子就去鼓捣。慢慢地，他的心被海岛迷住了。上岛十年了，他从来没有在家过过春节，家里给他张罗着找对象，看他那股恋岛的痴情，好几个姑娘都和他吹了灯。哥儿几个人人都腰缠万贯，而他每个月却只有三十五块"光洋"。兄弟们好言相劝："坤昌，回来吧，凭你的力气，一年准能混成万元户。"

他憨厚地笑笑，固执地在自己的轨道上运行。爱神终于悄悄地降临在他的身上，1987 年 5 月，一个远在通什的姑娘从五指山飞进了他的洞房，营里给了他三十七天婚假，可是大红喜字刚刚贴了十天，他就带着新娘子回到了海岛。他离不开朝思暮想的小岛，离不开朝夕相处的战友们。

上学误了考期，提干超了年龄，十三年过去了，他至今仍然是一个大兵。他曾经立过四次功，被三总部评为全军优秀班长，被团中央评为全国新长征突击手，被全国绿化委员会评为劳动模范，在边陲优秀儿女挂奖章活动中获银质奖章，可他更看重的是他在岛上亲手种植的绿树，这块绿地毯才是一枚硕大的勋章。

沿着他亲手种植的绿色屏障，我们来到了阅览室，只有几本过期的杂志可怜兮兮地戳在书架上。战士们在岛上无私地奉献着生命，他们最难熬的不是物质的匮乏，而是精神的饥渴。难耐的寂寞撕扯着他们的心。大陆上的合欢树叶们沉醉了，可有谁想到这个小岛上的战士们在人性上作出的牺牲呢？绿色象征着青春，几十年过去了，小岛上的国防绿一茬茬由绿变白了，而这个兔子不屙屎的鬼荒岛却一点点由白变绿了。

1989 年国庆节，祖国母亲沉浸在新中国成立四十周年大庆的欢腾的热浪中，天安门城楼显得格外庄严，八盏大红灯笼流溢着幸福的笑容。符宏益营长怀着激动的心情登上了天安门城楼，紧紧地握住了王光美同志的手，郑重地说："我代表东岛的全体官兵向您报喜；我们岛已经成了南海一枝花，刘少奇主席的愿望成为现实了！"

我们来到了海滩，这里遍地都是珊瑚、珠贝。我们忘情地捡着贝壳、石子，潘教导员的眼神儿格外好，他总能捡到别具一格的海螺、珊瑚、虎皮斑贝。他和战士们总是悄悄地把好看的珊瑚、贝壳塞到我的手里。要走了，要离开这个小岛了。望着依依不舍的战士们，我的眼眶变得湿漉漉的。

接着，我又去了广州、深圳采访，很多贵重的礼物都舍弃了，却唯独舍不得丢掉这些贝壳。回到北京，我把这些虎皮斑贝和珊瑚摆在家里的工艺品柜上，每当我看到这些珠贝，就想起了南中国海上的那颗绿色明珠，想到那一望无际的椰子树，我的心海便泛起涟漪。

东方之珠

阳春三月，我来到香港采风，恰逢农历二月二，龙抬头的日子，香港阳光明媚，一派春光。这一天，李嘉诚与红颜知己周凯旋手拉手在香港中环逛街购物；这一天，台湾歌星周杰伦在香港红磡体育馆举行演唱会。

几天来，我尽情游览，认真观察，领略了香港会展中心的新奇，金紫荆广场的端庄，金紫荆花的独特，中环金融中心的气派，海洋公园的多彩，浅水湾的幽静，太平山的苍翠，维多利亚港夜景的美丽，香港理工大学的雅致，百货商店的繁华，大开眼界。

2000多年前，海上丝绸之路的开辟，是人类文明史上的壮举。如今，香港位于"21世纪海上丝绸之路"经济带上，"一带一路"倡议的提出为香港经贸以及港口航运业的发展带来机遇，香港正以务实的行动谋求在"一带一路"建设中扮演积极的角色。金融与投资、基础设施建设与航运、经贸交流与合作、民心相通、推动粤港澳大湾区建设、加强对接合作将成为香港全面参与助力"一带一路"建设的重点。

39年前，我看过一部香港电影《巴士奇遇结良缘》，当时觉得香港特别繁华。如今置身在香港，发现这里就是一个袖珍版的小世界。中环的金融中心摩天大楼酷似纽约；浅水湾的风水固然不错，但毕竟地界小了点；黄大仙庙香火很旺，又是香港首间获批举行婚礼的法定庙宇，就是摩肩接踵人挤人；太平山苍翠欲滴，比起内地的大好河山，还是显得弹丸之地过于小巧。平心而论，不是香港变落后了，而是中国大陆进步了，差距缩小了，观察问题的角度就变化了，这就是爱因斯坦的相对论。

香港仿佛一个手掌，五个指头分别是东区、南区、西区、中西区和湾仔区，横掌纹是维多利亚港湾。穿越海底隧道，我去了新界、中环、旺角、九龙、尖沙咀、太平山、浅水湾等地，据说浅水湾取名于一艘英国军舰，自 19 世纪香港开埠以来，便成为香港岛的主要泳滩。海滩上的镇海楼公园里，矗立着十几米高的妈祖像和观音像，这里有长寿桥，沙滩西面尽头的熨波洲是游艇会的俱乐部。

我喜欢香港著名的海洋公园，这里有世界最大的水族馆、鲨鱼馆及海洋剧场，有海豚、海狮等精彩特技表演，还有各种惊险刺激的机动游乐设施，有热带漂流、海盗船、海洋摩天塔、激流勇进等。海洋公园分为山上和山下，在山上可以看到海，景色优美。这里不仅有海洋动物，也有熊猫等其他动物，娱乐项目注重体验，我参观了水族馆、鲨鱼馆，观看了水母万花筒、海洋奇观和海豚表演，饱览了山海奇观，乘坐海洋列车下山，心旷神怡，这里的确是游人的天堂，儿童的乐园。

我喜欢维多利亚港，这是位于香港岛和九龙半岛之间的海港，也是亚洲第一、世界第三大海港。由于港阔水深，为天然良港，香港因其而拥有"东方之珠"的美誉。维多利亚港的海岸线很长，南北两岸的景点不胜枚举。香港岛一岸有鳞次栉比的高楼大厦和成为地标的香港会展中心新翼，九龙一岸则有香港艺术馆和香港太空馆。日间蓝天碧水辉映，小船巨轮进出，夜晚月光星光交织，霓虹灯火璀璨，一幅美轮美奂的"东方之珠"景观。

我欣赏香港的公交车，英国制造的双层巴士有空调，既美观又舒适，票价很便宜。香港岛设立的第一条巴士线，就是行走于浅水湾与市区之间，以方便前往这里游泳的人。

我欣赏香港的整洁，这里的街道、公园非常干净，没有市民随地吐痰，如果有人冒犯，马上罚款 1500 港币。重赏之下必有勇夫，重罚之下必有守法良民。

我欣赏香港的环境，据说香港的人均寿命为世界之最，男性平均寿命为 81.3 岁，女性平均寿命为 87.3 岁，这得益于医疗的先进，公民享受公费医疗，普遍有医疗保险，老年人通常不需要支付初级卫生保健的费用，就可以获得就诊的优先权。在香港 300 多座摩天大楼里，布满了利用率极高的城市公园和高质量的医院。香港是一个由陆地、海和山组成的城市，绿化率很高，距离城市几公里处，就有高山和海滩，人们可以徒步旅行、跑步、游泳和冲浪，我看到很多香港人在路边跑步。这里空气新鲜，没有雾霾，人的呼吸系统很舒服。从北京出发时我患有春季卡他性结膜炎，眼睛发红，到了香港立马就好了，这是空气清新的缘故。香港是美食天堂，居民早餐喜欢吃七谷面包，就是小麦粉、黑麦、大麦、玉米、燕麦、黄豆和小米做的面包，如此搭配，营养自然丰富。香港的海鲜和水果很棒，香港卫生署鼓励市民每天吃水果，促进身体健康。

我欣赏香港商品的货真价实，商店里贴出一个"正"字的标识，表明这家商店担保商品全部是正版正货，没有假冒商品。香港是购物天堂，在香港，商家如果卖假货，查实后要被罚得倾家荡产，不但要加倍赔付买主，而且自己和子孙后代永世不得经商。正因为卖假货成本太大，威慑力太大，所以人们不敢越雷池一步。一个社会当人们的道德达不到水准时，必须靠法律来约束。

金紫荆广场是香港回归祖国的见证，香港是祖国不可分割的一部分，香港人用的水电、肉食品和蔬菜都是大陆供应，香港回归祖国的怀抱已经 21 年了，前程似锦，"港独"分子是不得人心的。看到紫荆花开香满城，我心比蜜甜，欣然赋诗：

七律　东方之珠

龙腾二月喜抬头，欢跳香江碧浪柔。

浅水湾边寻新曲，太平山下放歌喉。

紫荆花美飘寰宇，旺角情深绕禹州。

珠灿东方今崛起，春风丝路谊长留。

茶马古道

西藏人的饮食以牛羊肉、奶类、酥油和糌粑为主，这些食物难以消化，他们就长期喝酥油茶来应对，但是西藏不产茶叶，而邻居云南却盛产好茶，成为西藏人翘首盼望之宝物。云南的茶叶要翻山越岭向西藏运输，还要给北京的皇帝进贡，西藏的良马要向云南、四川供应，茶和马的交易名曰"茶马互市"，这就是茶马古道的由来。

茶马古道是指存在于中国西南地区，以马帮为主要交通工具的民间国际商贸通道，是中国西南民族经济文化交流的走廊。茶马古道主要分为川藏线、滇藏线两路。为了了解茶文化，探寻茶马古道，我来到了位于云南西双版纳勐海县的南糯山村寨、大益庄园云南省农科院研究所茶园和位于普洱市的中华普洱茶博览苑寻访。

西双版纳的勐海县是中国普洱茶第一县，南糯山海拔 1400 多米，常年云雾缭绕。南糯山是哈尼族山寨，是历史上闻名遐迩的古茶山，在半坡老寨附近，至今仍然存活着一棵近千年的茶王树。我来到这里，只见很多哈尼族人家的屋顶上挂着党旗和国旗。村里家家户户都有自己的茶园，最少的也有 10 亩。

我跟随茶农走进茶园，发现这里云雾缭绕，遍地露水，气候湿润，小路两旁的古茶树翠绿如玉，枝茂叶繁，茶花呈黄色，鲜艳欲滴。南糯山的土地都是红壤，适合于种植果树、林木和茶叶，高山云雾出好茶，这里的茶叶一年三采，分为春茶、雨水茶（夏茶）和谷花茶（秋茶），其中以春茶（明前茶）为上品。

茶农家家户户都种茶叶，擅长自己种植、自己采摘、自己制作，这是原生态农家制茶法，茶农上山摘取最新鲜的茶叶，挑来最清冽的泉水，到土灶中生火炒青，再进行压制。南糯山上的爱尼人是哈尼族的一个支系，哈尼族在人际交往中，十分讲究待客的礼节。他们认为客人到家来是"格朗"（幸福和吉祥）来临的征兆。无论你走进哪一家，茶农首先向客人奉上亲手冲泡的普洱茶，你会闻到浓郁的茶香，品茶口感极佳。我看到这里的爱尼人家家户户都住上了砖瓦房，我和乡亲们聊天，得知茶叶是云南西双版纳农民脱贫致富的法宝。

如果说茶山上是民间在种植，那么农科院研究所里则是茶叶专家在种植。这是集科普体验、普洱茶原产地文化体验以及普洱茶品饮、茶艺茶道体验于一体的精品茶园。坐落在勐海县勐海镇大益庄园里的云南农业科学院茶叶研究所，有1500亩普洱茶科研基地的茶山，三面环湖，夏凉虫鸣，山泉为饮，青山做伴。普洱茶是浓缩了西双版纳生态精华的绿色补品，茶马古道是维系高寒地区生活必需的生命线，讲述了一个与草木有关的人生故事。

大益庄园门口灰色的影壁墙上镌刻着两行烫金的大字："普洱茶的故乡，茶马古道从这里开始。"

走进庄园，大片的茶园映入眼帘，这是中国种植大叶茶树资源圃，园区里种植有云抗10号、云抗14号、紫娟、佛香等30多个云南省自主选育的国家级、省级大叶茶良种。大叶种茶叶子肥厚，叶片在30厘米左右。茶园里有大量的有机茶，是一种无污染、纯天然的茶叶。茶叶的有机农法栽培是一种节约能源、资源循环利用、倡导物种共存的生态型农业，是为人类饮茶健康、地球环境保护的一种经营方式。

我来到了古街，满眼是明清时期云南石屏人的建筑风格，含茶农家、县长家、茶商家、关帝庙等，展示旧时生产、生活、制茶、销售的完整过程。当年古道山间铃响马帮来，如今青苔树景万花开。当地人们的生活与茶叶息息相关，种茶、采茶、制茶的传统保留至今。走着走着，马帮驿站映入眼帘，相当于现在的酒店，可以吃饭、住宿、休息。

云南的马为矮脚马，就是历史上以耐力著称的"滇马"，是茶马古道上最重要的交通工具。滇马的特征就是稳健，耐力强，适合走山路。在驿站里，我看到了马鞍和马掌铺，茶马古道因普洱茶而不断拓展延伸，普洱茶因茶马古道而名扬四海。赶马运茶人叫作马锅头，擅长骑马、驯马、牵马，昔日马锅头留下的行头，还在向后人诉说着当年的悲壮和骄傲。在茶马古道沿线，马掌铺极为常见，相当于马帮的 4S 店。马也需要保养，古老的风箱铁锤，记录了多少代马帮人的历史故事。茶叶主要靠马来驮运，马属于奇蹄动物，只有一个脚趾，不太耐磨。把马铁掌钉在马的趾甲上，马走路不会感到疼痛。但马走一段路马掌就会磨坏，需要在马掌铺里更换马铁掌，等于在 4S 店里给汽车做保养。

旧时，古道渡口为滇藏茶马古道上有名的渡口，是马帮出云南、进西藏进行商品集散的重要驿站，是一个多民族聚居的村落，以出能干的赶马人闻名。由于密切的对外联系与交往，这里的民居、生活和藏文化呈现出独特的韵味儿。进入古道渡口后，我看到了昔日茶马古道的石子路，坑坑洼洼，崎岖不平，马掌在石头上磨出了深深的凹槽，这是特意从茶马古道旧址搬来的一些原生态的石头铺就的道路，使人领略茶马古道古老石板街的艰辛。置身其中，我仿佛看到了旧时人们牵着马，从这里驮走无数茶叶，沿着茶马古道运往世界各地的情景。古街因茶盛，因世衰。古街里有观景亭，就是以前的烽火台，放哨、把守之地；还有税亭，是茶马古道的收费站，早期官方作为地方与地方交界收税的亭子。

在古街的滇西民居里，我看到了大量的牌匾，这是专门从茶马古道沿线收集来的 48 块古牌匾。分别写着"热心教育""兴隆杖国""乡饮宝""泮壁观光"等字样。"泮壁观光"的意思是赞扬教育办得好，看来，旧时的滇西还是很重视教育的。

勐海茶厂是为了换取外汇及物资支援抗战而建立，茶马古道成为抗日战争中后期最主要的国际通道，有力支援了中国人民的抗日战争。

在各类茶叶中，唯独普洱茶是既可以饮用又可以收藏的。其越陈越香的特性，已经成为爱茶人和收藏者们的珍藏对象。普洱茶以普洱冠名，产地却大多在西双版纳。普洱茶分古树茶、大树茶和台地茶三种，其中古树茶为极品。古树茶都是 300 年以上的茶树，大树茶是 100 年以上、300 年以下的茶树，台地茶是

100 年以下的茶树。

七子饼茶是中外历史上用国家法律来规定外形、重量、包装规格的唯一茶品，"七子"为多子、多孙、多富贵之意，在云南少数民族地区的儿女亲事时必送此茶，这样的习俗流传至今。七子饼茶为普洱茶传统的品种，每块茶饼直径20 厘米、中心厚度 2.5 厘米、边厚 1 厘米，净重 357 克。在西双版纳，你会看到七子饼茶上写着"班章""易武""布朗""巴达"的字样，这是指茶叶的产地。俗话说"班章王，易武后"，意思是说班章山头的茶口感霸道，像霸气的君王；而易武山头出的茶则口感细腻，像温柔的皇后。

西双版纳是驰名中外的普洱茶原产地，早在明末清初，规模宏大的古茶山就多达 15 座，古茶园面积超过 10 万亩。古六大茶山主要指澜沧江以东的易武、倚邦、蛮砖、革登、莽枝、攸乐。易武位于西双版纳勐腊县城北方，位于六大茶山东部，紧靠中老边境，据说这是普洱茶古六大茶山的发源地，也是茶马古道的起点。这里有一块雕塑牌，上面写着："马帮贡茶万里行易武——北京"。圆牌下有六根柱子，分别写着六大茶山的名字。

澜沧江以西分布的古茶山指的是：南糯、南峤、勐宋、景迈、布朗、巴达。这些茶山除了景迈在普洱市外，其余五大茶山都在西双版纳境内。

置身于普洱茶的发祥地，我进一步了解了茶马古道的起源，它兴于唐宋的"茶马互市"，盛于明清，二战中后期最为兴盛。西双版纳的紧压茶、普洱砖茶，在雪域高原居住的少数民族生活中，占有极其重要的地位。用紧压茶、普洱砖茶配制成的酥油茶，味道醇香，营养丰富，既能帮助消化又能御寒保暖，是藏族最主要的食品和饮料。普洱茶鼎盛时期，每年有一千多名藏商前来采购茶叶，还有印度、缅甸、泰国、越南、老挝、柬埔寨等国商人往来于此。滇藏茶马古道大约形成于公元六世纪后期，它南起云南茶叶主产区西双版纳的易武和普洱市，中间经过景谷、大理、丽江、香格里拉、德钦进入西藏林芝，直达拉萨。有的还从西藏转口印度、尼泊尔，是古代中国与南亚地区一条重要的贸易通道。另外一条路是从勐海、景洪、思茅（今天的普洱），经昆明运往北京，给皇帝上贡，赢得了大清皇帝赏赐的"瑞贡天朝"的金匾。普洱是茶马古道上独具优势的货物产地和中转集散地，具有悠久的历史。

西双版纳的茶叶还出口到东南亚，一条路从勐海经景洪、勐腊运往老挝；一条路从勐海经景洪、普洱、江城运到越南；还有一条路从勐海经打洛运往缅甸。

有一种蓝叫作普洱蓝，普洱的天蓝得瓦亮，蓝得纯净，蓝得耀眼。在这样清新的空气中生长，茶叶自然没有污染。长期以来我关注西部的扶贫工作，20 年前在长篇报告文学《山脊——中国扶贫行动》一书中就写过思茅（普洱的旧称）地区的全国扶贫状元田昕明帮助当地少数民族脱贫致富的故事。

普洱市的中华普洱茶博览苑是了解普洱茶的课堂，中国自古有"茶食"之说，茶和菜肴优美和谐的搭配是茶膳的一绝，这就是别具一格的茶料理。我认真观察茶膳，发现将茶叶用于烹饪是相当聪明的，茶叶蛋就是茶膳的一种，既有营养，又韵味无穷。回到北京，我尝试做茶膳，用陈年熟普洱茶炖排骨、用普洱茶炖鸡，用红枣、玫瑰、桂圆搭档冲泡普洱茶，味道好极了。西双版纳喝普洱无胖子，兄弟民族的饮食文化值得我好好研究和借鉴。

普洱茶是美容茶、益寿茶，能降脂、防辐射，熟普洱有健胃、养胃的功效。了解茶文化一定要学习茶艺，我虚心拜师了解了普洱茶熟茶和生茶的特性，学习了普洱茶的冲泡技艺和养生攻略，知晓了冲泡普洱茶的最佳时间及喝茶的最佳时间，懂得了紫砂茶具是普洱茶的最佳选择，冲泡前要用普洱茶水煮沸紫砂壶，而且应该一茶一壶。我净手燃香，先用热水温杯滴器，然后双手持茶具比翼双飞，凤凰点头，规范的沏茶动作沏出的普洱茶果然香味儿四溢。

我多想让更多的人了解普洱茶，饮用普洱茶，让普洱茶成为人们强健身体的推手，成为带动当地人民脱贫致富的法宝。茶文化源远流长，处处留心皆学问，茶香余味飘四海。

北回归线上的翡翠

肇庆古称"端州"，肇庆以出产端砚而闻名遐迩。肇庆位于北回归线，四季如春。春暖花开之际，我来到了肇庆的鼎湖山踏青。鼎湖山位于北纬23度10分，东经112度34分，接近北回归线。

宝鼎园位于鼎湖山天湖景区内，以展现中国古鼎文化为主题。走进宝鼎园，一方巨大的端砚矗立在眼前，砚台上雕刻着很多巨龙，还有上百颗石眼。黑色的砚台在黄色的菊花和绿色的植物映衬下更加显得古朴典雅。这方端溪龙皇砚堪称稀世珍宝，令人过目不忘。

站在宝鼎园向下远眺，一汪孔雀蓝色的湖水映入眼帘。湖水平静如镜，粉红的杜鹃花和黄色的琉璃瓦亭子在绿色的环境中显得格外抢眼。静谧的湖水躺在青山的怀抱中，几艘游船在湖中泛舟，湖光山色奇美无比。

鼎湖山是我国第一个国家级自然保护区，森林面积达11.3平方公里，生长着2000多种高等野生植物，有800多种动物，真是一个名副其实的活的自然博物馆。20世纪70年代末，又同吉林的长白山、四川的卧龙山一道被联合国教科文组织批准为我国第一批世界生物圈保护区。这里漫山遍野都是醉人的绿，走进鼎湖山，就仿佛走进了绿的世界。

我沿着山路攀登，空气像水洗过般地清新，还带着一丝甜味儿。我忍不住大口呼吸起来，恨不得让这些新鲜的森林气息永纳肺部，把肺里的浊气都呼出来。一棵树站在那里就像一个行者，野蕨树、银杏树、榕树、锥树、榄树等树木摩肩接踵站在一起，构成了一条遮天蔽日的凉棚，向游人招手致意。在长白山我见到的树大多笔直地插上云霄，而鼎湖山的树却不拘一格，形状千姿百态，直立的、斜卧的、躺着的，有的像一个膀大腰圆的王子傲然挺立，有的像一个国色天香的少女亭亭玉立，有的像一个练瑜伽的孩子盘旋扭曲，有的像一个风情万种的少妇婀娜多姿。

鼎湖山简直就像一个天然空调，三伏天也会清凉爽人。不知不觉来到了飞水潭，顿时觉得空气中的甜味儿加重了，原来这里的负氧离子含量为每立方厘米105600个，号称中国之最。

飞水潭在鼎湖山的天溪景区，上有观瀑亭，下有天然泳池，百尺瀑布，飞流直下、泻玉喷雪，蔚为奇观。瀑布旁有很多攀缘植物和悬挂植物，和白色的瀑布相映成趣。潭中的水清澈见底，瀑布的右侧有一块石刻，上面镌刻着宋庆龄亲笔题写的6个红色的大字：孙中山游泳处。飞水潭勾住了我的魂魄，我在飞水潭前流连忘返，拍摄了很多照片还是不忍离去。直到大伙儿催促，才恋恋不舍地离开了天然氧吧。

庆云寺位于鼎湖山的三宝峰下，古刹灰砖灰瓦，质朴宏伟，典雅肃穆，以其独特的岭南建筑风格而闻名四海。庆云寺建于明代，坐西向东，有大小殿堂一百多间，有经书、舍利子、千人镬、白茶花树、平南王座、百梅诗碑和慈禧太后的"敕赐万寿庆云寺"牌匾等。寺庙门口挂着两个古色古香的棕色宫灯，一副红色的对联上写着：莲争历劫香初地，云液飞泉响万峰。庆云寺门口有一棵巨大的姻缘树，由红棉树和龙眼树合抱在一起，树皮已经斑驳脱落了，显得饱经沧桑。两棵树干用红色的线缠住，十分醒目。旁边一块墨绿色的牌子上写着森林物语：英雄抱美人，姻缘千古传。

离开鼎湖山这块绿洲，我竟像丢了魂似地坐卧不安。我放不下鼎湖山这个岭南第一奇观，因为鼎湖山的美已经深深地镌刻在我的记忆里。

武夷山散记

2002 年暮春，作家出版社、福建省文联和《海峡都市报》邀请我参加中国作家武夷山采风行活动。我想，按照后天八卦之说，东南方向是巽卦的方位，而巽代表着万木葱茏，尤其是春夏之交时更为吉利，便欣然前往。

当晚，我们下榻在武夷山庄，据说这是当地条件最好的一家宾馆。朱镕基、李瑞环等国家领导人都曾在这里住过。晚宴很丰盛，好客的主人把当地的山珍海味都奉献了出来。见面会上，福建省文联和《海峡都市报》的同志也赶到了现场，全国各地的一些知名作家从四面八方云集武夷山，有南京的苏童，江西的陈世旭，河北的何申、谭歌、关仁山，福建的张贤华，天津的赵玫，上海的殷慧芬，陕西的叶广芩，贵州的李宽定，广州的张梅，北京的李忠效、项小米、邱华栋、革非、戴来……

第二天去武夷山自然保护区采风，我像一个上满了发条的闹钟，精神头儿倍儿足。武夷山是世界自然与文化遗产地，是国家级重点风景名胜区。武夷山自然保护区位于武夷山市、建阳市、邵武市和光泽县的交界处，东西长 22 公里，方圆 565 平方公里，与江西省的铅山县是邻居。这里群山耸立层峦叠嶂，海拔 1000 米以上的高山就有 377 座。陡峭的大山仿佛是一道天然屏障，既挡住了西北寒流的侵袭，也截住了来自东海的温暖气流的骚扰，使这块得天独厚的宝地云雾缭绕，雨量充沛，气候宜人。

我们兴致勃勃地向大山深处攀登，在书斋里待久了，猛地一投入大自然的怀抱，真有一种归真返璞的感觉。极目遥望，漫山遍野的绿色尽收眼底。这里的森林覆盖率达 96%，主要有针阔混交林、常绿阔叶林、针阔毛竹混交林、毛竹林、灌木林、高山矮林和针叶林七大类。我的眼睛四处袭击周围的植物，除了银杏、松树和杉树等植物，我似乎都不识庐山真面目。内行的武夷山市文联主席赵勇教我——辨认着红豆杉、鹅掌楸、半枫荷、木莲、香榧、天花女等 50 多种珍稀的树木。我是在中国植树节那天来到这个世界上的，对绿树有一种天然的亲情。闽西北的中亚热带气候实在太舒服了，我连蹦带跳地在山路上跑着，玩得尽兴极了。

一座红色的铁桥横陈在眼前，铁桥悬吊在崇山峻岭之间，走在上面摇摇晃晃有趣极了。这座桥有点像四川都江堰的安澜索桥，也有点像四川阿坝州羌族第一村的铁索桥，但是比它们都高。脚下是万丈深渊，男同胞们在桥上使劲儿跺脚摇晃，惹得胆小的女同胞不时发出惊叫声。我在桥上拍摄了几幅照片，又走到桥头仔细地端详着桥的造型。两根弧形的钢铁悬挂在空中，中间垂下几十条钢铁牵连着桥身。远远望去，仿佛一个"一"字上面仰面朝天躺着两个英文字母"C"。这座桥的颜色太棒了，深红色的桥身掩映在一望无际的绿荫中，显得格外醒目。看到这个景致，你就会感悟"万绿丛中一点红"的美妙。这座桥比《廊桥遗梦》中的那座桥美多了，《廊桥遗梦》的主人公如果发现在遥远的东方有这样一座桥，也许会漂洋过海到这里约会的。

继续往山上爬，便觉得空气像水洗过似的清新，肺叶也在这清新的空气中变得爽快起来。这里的空气怎么这么舒服？突然看到一块木牌上写着：氧气浴，这里的负氧离子含量极高，每立方厘米有 8 万至 10 万个负氧离子。

负氧离子浓度高对人体有很好的医疗保健作用，负氧离子的浓度与人类健康息息相关。我国的其他一些景点负氧离子也有达到这个浓度的，但方圆几平方公里的范围内负氧离子都达到这样高的浓度，武夷山自然保护区还真创了中国之最。究其原因，除了一望无际的绿树外，还跟那些瀑布、山泉和雨水有关。负氧离子的产生需要一定的条件，强烈的紫外线和宇宙射线的照射，外层电子吸收能量变成自由电子。大气中的闪电和强电场以及岩石、土壤中的射线也可以使空气发生电离。瀑布、喷泉、海浪和雨水等，可以使水与空气摩擦产生自由电子。自由电子好似一个美丽的少女，自由自在，无忧无虑。氧气仿佛是一个英俊的王子，年轻有为，充满活力。少女与王子的结合可以孕育新的生命，自由电子与氧气的结合就能变成负氧离子。绿树呼出氧气，吸进二氧化碳，所以青翠葱茏的武夷山氧气非常多，加上武夷山又有充足的阳光，大量的瀑布、山泉和充沛的雨水，在诸多因素的作用下又产生大量的自由电子。自由电子这个清纯少女经不起氧分子这个白马王子的苦苦追求，终于扑进他的怀抱，这些金童玉女的结合就会产生大量的负氧离子，武夷山是一个名副其实的天然氧吧。

空气中每立方厘米有 5 万至 10 万个负氧离子就具有杀菌作用，可以减少疾病的传播。而我们在都市中封闭的住宅里，每立方厘米只含有 40 至 50 个负氧离子，所以人就会有头疼、失眠、神经衰弱、倦怠等症状。要是长时间待在冷暖空调房间，每立方厘米空气中只含有 1 至 25 个负氧离子，人就会得病。

我曾经到过 5300 米的唐古拉山口，那里没有工业，没有大气污染，可人待在那里，肺叶仿佛是在炼狱里煎熬。人没有足够的氧气和负氧离子，再美的风景也会使人头疼。武夷山的负氧离子远远超出了杀菌、减少疾病的浓度，使人具有自然痊愈的能力。置身在武夷山的天然氧吧中，你会觉得上帝太偏爱武夷山人了。我突发奇想：要是能在这样的环境中写作，呼吸着新鲜空气，饱览着眼前美景，我一定会文思泉涌的。

我正沉醉在遐想中，突然同伴喊道："松鼠！"定睛细看，只见几只褐色的松鼠在树下嬉戏。又一只小生灵跑了过来，当地人告诉我：这是地蜥。武夷山自然保护区里的野生动物达 400 多种，光脊椎动物中的兽类就将近 100 种。这里的猕猴、短尾猴、毛冠鹿、云豹金猫、大灵猫、小灵猫、白颈长尾雉、黄腹角雉、穿山甲、苏门羚、角怪、丽棘蜥、竹鼠、地蜥、长脚鼠耳蝠、短脚鼠耳蝠、闭壳龟、蝾螈、雨蛙、棘蛙等经常出没，这些珍稀动物在全国都是罕见的。

神奇的大自然使我变成了一个忘情的孩子，我一会儿摘一片树叶，一会儿玩一玩溪水，一会儿捡一块石头，一会儿拍一张照片。由于贪恋山水走在了队伍的最后面，发现自己落队后我赶紧一溜小跑追了上去，只见先期到达的同伴们坐在石头上歇息。作家何申连呼带喘地说："孙晶岩你太幸运了。"

我诧异地问道："怎么了？"

他说："我们刚才走了一大圈冤枉路才发现走不通了，刚刚折回来你就到了。"

我得意地调侃："革命难免走错路，革命者都是在前人走错路的基础上改邪归正的。"

他说："你年轻，应该让你走错路。"

我说："谁让你偏要当革命先驱的，当先驱就要有牺牲。"

在北京爬香山总是从哪儿上去再从哪儿下来，上山的时候兴趣盎然，下山的时候索然无味。而武夷山自然保护区有一个最大的好处就是游览者不用走回头路，到处都是风景，景点四通八达。不知不觉到了自然博物馆前，伙伴们三三两两坐在那里休息。一群猴子大摇大摆地走了过来，大大方方地向人们觅食。猴子的口味很刁，逗得人们发出欢快的笑声。

一尊汉白玉石雕吸引了我的视线，这是一只华南虎和一头牛在搏斗，华南虎高高地昂起头颅，张开大嘴怒吼着向牛扑去，而牛却低着头把角顶向了虎的肚子。我端详着这尊雕塑，发现牛和虎的造型正好是一个大写的人字。昂首挺胸的华南虎仿佛是一撇，低头猛攻的牛似乎是一捺。武夷山早年是华南虎出没的地方，近年来也有人在山上见到过华南虎。这尊牛虎斗的雕塑气势恢弘，这个大写的"人"字是在昭示着天人合一，还是在预示着人与自然的搏斗与共存？

下午，我们乘车向主峰黄岗山进发。这里的植物呈垂直带谱，森林植被保存完整，生态环境得天独厚，让人大饱眼福。我们一鼓作气来到黄岗山巅，这里海拔 2158 米，是我国东南大陆的最高峰。走下汽车，一种异样的绿映入眼帘。这是一种鲜艳的绿，潮湿的绿，是典型的高山草甸特有的绿。我的目光贪婪地吮吸着高原草甸的绿，恨不得把这绿吞进肚里。

黄岗山周围有八座海拔 2000 米以上的高山，这八个仙女为黄岗山组成了一道天然屏障，所以这个地方湿润多雨，长年云雾笼罩，植物一尘不染。与这种醉人的绿形成鲜明对照的是石头的凝重。这里的石头呈黑灰色，仿佛是被天火烧炼过似的。黄岗山是福建和江西两省的分水岭，主峰上有两块豆沙色的石碑，一块上面镌刻着黑色的大字：武夷山主峰黄岗山。落款上写着江西武夷山自然保护区管理局；另一块上面也镌刻着黑色的大字：武夷第一峰。落款上写着福建武夷山国家级自然保护区管理局。江西省立的这块碑年头晚，石碑下面有一个底座，上面有一个弧度，似乎更现代一点。我站在两块石碑之间，一脚踩着江西省的土地，一脚踏着福建省的山峦，两省风光尽收眼底。

好像故意要显示出两省的不同来，黄岗山东西两面的地貌景观大相径庭。位于福建省的东面山岭连绵起伏，地势逐渐下降比较平缓，一块块黑灰色的石头裸露着仰天长啸，东南坡树木繁多生长茂盛，显得万木葱茏；而位于江西省的西面则陡坡林立，山势险峻，西北坡树木稀少，颇有些阴森的感觉。

这里有一些天女花、鹅掌楸、黄山木兰等濒临灭绝的树种。下山时赵勇指着一棵硕大的树木问大伙儿这是什么树？大家七嘴八舌都没有猜中。我觉得这棵树很像我在峨眉山见到的冷杉，就壮着胆子说是冷杉。赵勇说："你说的沾了个边，杉树是没有错，但不是冷杉，而是我们南方特有的铁杉。"

铁杉长得很粗壮，枝杈五大三粗使人想起了鲁智深。在这青翠的山岗上，铁杉就那样高昂着头颅向苍天发出了心灵的傲啸。我用敬佩的目光望着那棵铁杉，似乎感受到了一个不屈的灵魂心灵深处的悸动。汽车已经开出很远很远，我还从车窗向外眺望那棵铁杉，不由得想起了海涅的诗句："一棵松树在北方，孤单单生长在山岗上。冰雪的白被把它包围，它沉沉入睡。"

第二天，好客的主人安排我们上天游峰景区游览。这个景区有四平方公里，主要有云窝、茶洞、天游峰、雪花泉、仙浴潭、胡麻涧、天游观和一览亭。

昨天爬了一天的山，人们都感觉很累。赵勇说你们量力而行，能爬山的爬山，不能爬山的坐在茶洞里喝茶。我和李忠效、潘宪立、革非、殷惠芬等人兴高采烈地向天游峰爬去。刚走了一会儿，突然看到山岩上有个小凹陷，里面泉水叮咚。赵勇说这里是仙女洗澡的地方。李忠效调侃说，赶紧闭眼睛，里面有仙女。一路上大家开着玩笑，疲劳便跑得无影无踪。说实话，天游峰比我爬过的华山、峨眉山要好爬多了，曾经沧海难为水，除却巫山不是云。经历过华山历险的人再爬天游峰，真好比横渡过长江的人去游一条小河，不知不觉到了半山腰，突然觉得景致颇为优美。一打听才晓得到了云窝。云窝位于接笋峰西壁的岩下，周围被响声岩、丹炉岩、仙迹岩、天柱峰、更衣台、天游峰、苍屏峰七姐妹包围着。听听这七仙女的名字吧，哪一个不令人浮想联翩，心醉神迷？

云窝，天赐的名字，这是真正的云中之窝啊！云中的明珠是星星，云中的窝巢是仙境。云窝有十多个洞穴，大小不一，错落有致。每逢冬春两季的早晚，洞里会冒出淡淡的云雾，虚无缥缈，变幻多端。云窝有问樵台、聚乐洞、伏虎岩、铁象石、水月亭，依傍在接笋峰下。细细品味，似乎看到古人向樵夫问路、在洞中相聚同乐、在山岩下降伏华南虎的情景。这里是古代文人墨客云集之地，现代人到了这里，坐在水月亭、白云亭等仿古建筑里小憩，观赏着远处形似大象的石头，既领略了古典建筑的魅力，又消除了长途跋涉的疲劳。我想爬天游峰之所以不觉得累，不是因为我的身体素质好，实在是因为景色太美了。美丽的景色是一剂兴奋剂，大饱眼福后会使人有取之不尽用之不竭的力量。

终于登上了天游峰，天游峰位于六曲溪水的北部，是武夷山风景区风景最迷人的地方。站在天游峰上眺望九曲溪，美丽的溪水像一条玉带蜿蜒在山脚，一个个竹筏像甲壳虫似的漂浮在水上。山青青，水依依，青山绿水使人想起陶渊明笔下的世外桃源。难怪当年徐霞客站在这里慨叹："其不临溪而能尽九曲之胜，此峰故应第一也。"

天游峰云雾缭绕，仿佛是天上宫阙，琼楼玉宇。天游峰上矗立着一块豆沙色的石头，"天游"两个黄色的大字显得格外醒目。我站在石碑前照了一张相，心中很惬意。主人召唤大家前来合影，我调侃说这张照片意义非同小可，这是跟随毛泽东上井冈山的人的合影。

山上有一座天游观，供奉着彭祖的铜像。铜像下面镌刻着彭祖功德铭。彭祖用右手捋着胡须，左手放在左腿上，神态安详。铜像的两边是他的儿子彭武和彭夷的雕像。相传彭祖当年在这里长年累月地开山，他880岁高龄时，玉帝召唤他成了仙。临走前他把一把锄头和一副弓箭留给了两个儿子彭武和彭夷，嘱咐他们要在这里开山治水，造福人类。兄弟俩没有辜负父亲的期望，他们用锄头在这里挖了九曲十八弯，就是今天的九曲溪；用斧头砍倒了大片的荆棘，开出了今天山下的良田；用锄头种下了岩茶、稻子和果树；又用弓箭射死了野兽，捉来了野猪、野鸡让山民喂养，使老百姓过上了幸福的生活。这两个儿子死后，人们为了纪念他们，就以他们的名字来为这座山命名，所以就叫作武夷山。为了表达对彭祖父子的敬意，我在彭祖的铜像前双手合十，祝福他灵魂不死，并祝愿武夷山人永远丰衣足食。

如果说武夷山是一位美丽的少女的话，那么九曲溪无疑就是她的眼睛。九曲溪发源于武夷山主峰黄岗山西南麓，经过星村镇由西向东流去，其行程紧紧地环绕着武夷山风景区。由于这里森林覆盖率达到96.3%，拥有2.9万公顷原生性中亚热带森林植被，是我国东南大陆也是地球同一纬度保存面积最大，保留最完整的亚热带森林生态系统，所以对闽江流域的水土保持起到了不可估量的作用。九曲溪就是这生态保护的直接受益者。

我们乘坐竹筏由九曲向东漂流，两岸怪石嶙峋青山绿水，使人想起了桂林山水。江作青罗带，山如碧玉簪。桂林山水的美确实令人流连忘返，可我觉得九曲溪美在曲折，美在山重水复疑无路。当年我游漓江时，下雨使江水变得浑黄。我慨叹看不到清澈见底的翠绿的江水，当地人幽默地解嘲："想看绿色的漓江容易，看黄色的漓江难，你很幸运，看到了不容易看到的一面了。"

那次游漓江，虽然两岸风景令人心醉，但浑黄的江水总让我觉得缺少了些什么。这次游九曲溪，最让我喜欢的就是溪水的清澈碧绿。坐在竹筏上可以顺手舀起一捧溪水。那种和大自然的亲近，是坐在游艇上游览漓江的人所体会不到的。

从嶂岩附近的浅滩到齐云峰下的星村镇，称作九曲。九曲像交响乐的序曲，美在舒缓，美在开阔。乍上一竹筏，你没有感觉有什么奇美，似乎在任何一个江南水乡都能看到这种景致。但随着竹筏的移动，你会觉得自己进入了一个崭新的天地。这里峰回路转，别有洞天。清凉的溪水时而平静如镜，时而白浪滔天。坐在竹筏上，我情不自禁地唱起了俄罗斯民歌《喀秋莎》。同行的记者秦戈毕业于厦门大学艺术系，嗓音极好，他马上跟我唱起了二重唱。《山楂树》《莫斯科郊外的晚上》《我们举杯》……我们在歌声中来到了八曲。

八曲仿佛是一个天然动物园，大自然的鬼斧神工把一块块天然的石头雕刻成一个个小动物，雄狮石、水龟石、象鼻岩、骆驼峰、青蛙石、牛牯潭，真是活灵活现，惟妙惟肖。八曲的最高峰叫作鼓子峰，也叫双乳峰、并莲峰。这两座山峰远远看去像女人丰满的乳房，又似两朵并蒂莲，故而得名。鼓子峰的雅号是因为这座山的山腰有一块巨石形状似鼓，敲击起来声音酷似鼓声，相传是神仙击鼓的地方。

看完了石头动物表演，竹筏来到白花庄附近的獭控滩，这里叫作七曲。这里的三仰峰是武夷山风景区的最高峰。七曲有城高岩、琅玕岩、石城耸峙，翠竹环绕，煞是好看。

竹筏来到了老鸦滩，这是大名鼎鼎的六曲。六曲是九曲溪交响乐的高潮。上午爬天游峰，我曾在山上俯瞰六曲，有一块巨石酷似从水里正在往岸上爬的乌龟，这回来到了乌龟身边，再仰望天游峰，才发现天游峰侧面的庐山真面目。这个侧面仿佛是一块被利剑切割的巨型壁画，高达 400 米，宽约 200 米，泉水把岩壁冲刷成一道道沟壑，在太阳的照射下，颇像一匹匹悬挂在山岩上的布，故名晒布岩。抬头仰望，我看到了晒布岩上的八角亭，上午我们曾经坐在那里歇息，但我们万万没有想到就在我们歇脚的地方，竟然挂着世界上最大的布匹。横看成岭侧成峰，远近高低各不同。要识武夷真面目，变幻角度记心中。上午是登山鸟瞰，下午是水中望山，晒布岩的雄浑和六曲的静谧形成了鲜明的对照。美丽的风景开阔了胸襟，我们的歌声越来越嘹亮了。《小路》《灯光》《三套车》《深深的海洋》……歌声在青山绿水间缭绕。

不知不觉来到了五曲。五曲地势宽阔，宋代理学家朱熹创建的"武夷精舍"依稀可辨。隐屏峰、接笋峰、云窝、茶洞争奇斗妍。五曲的溪水似乎是一面明镜，山民站在岸边看风景，我坐在竹筏上看山民。不知是竹筏变成了溪流中的风景，还是山民变成了山水中的精灵。

古锥滩到了，从古锥滩到卧龙滩称作四曲。四曲旁的山崖叫作大藏峰，峰如刀削，千仞万壑，颇为险邃。黑黄相间的悬崖酷似一幅抽象派壁画，向人们发出远古的呼唤。这里是九曲溪最神奇的地方，仙钓台的飘逸，金鸡洞的神秘，试剑石的峻峭，题诗岩的浪漫，给人留下了深刻的印象。

调皮的溪水经过雷磕滩往南流，形成了一个弯弯的环，这就是三曲。三曲南边的崖叫作小藏峰，小藏峰最引人注目的就是两个古代悬棺，据说这是当年古越人凌空悬架的船棺，至今已经有 3900 多年的历史。新石器时代，这悬棺究竟是怎么架上去的？莫非是当时九曲溪水位高，古越人用船把棺材运到小藏峰旁，再凿石放棺。如今，九曲溪变浅了，棺材就悬在空中了？可为什么要把棺材放在水边，难道就不怕被水淹没吗？也许，古人认为水是至清之物，葬在水旁表明一生清白。明代初年江南水乡周庄的沈万三死后不就葬在水里吗？如果不是用船去放，当年生产工具那么简陋，古越人是怎么驮着棺材爬到悬崖上的？时隔近 4000 年，经过日晒雨淋，棺材竟然不腐烂，这个谜真够人琢磨一阵子的。

竹筏缓缓前行，突然看到前面的一座山峰颇为秀丽，走上前去，只见她足有几十丈高，在二曲溪亭亭玉立。这无疑是一个少女形象，浑身上下散发着阴柔之美。山顶的鲜花仿佛是插在她头上的花卉，光滑的岩壁似乎是她冰清玉洁的肌肤。越端详越发觉得她秀美得让人心颤。直觉告诉我：这决不是一般的山峰，应该是武夷之魂了。向导自豪地说："这就是玉女峰，她不仅是武夷山的象征，也是我们福建的象征。"

听到这里，我们不由得唱起了《万水千山总是情》，一会儿美声唱法，一会儿民族唱法，一会儿通俗唱法，一会儿中文，一会儿英文，一会儿俄文，好不热闹，真是过足了歌瘾。

武夷宫前晴川一带到了，水面变得开阔起来，这就是一曲。一曲的碧水丹山很有些阳朔山水的味道，大王峰、三姑石、铁板嶂、大小观音石形态各异。三姑石好比三个姐妹并排而立，形态逼真。大王峰歪着脑袋，他究竟在思念着什么？

据说在很久很久以前，武夷山是一片蛮荒之地。一天，一个叫作大王的小伙子从远方而来，带领大伙儿劈山造田，疏通河道。疏通的河道就是今天的九曲溪，挖出的山石就是今天的三十六峰、九十九岩，从此人们过上了好日子。

天上的玉女经过这里，被武夷山秀美的风景迷住了。她下凡到人间，爱上了英俊的大王。正当两人相亲相爱时，铁板嶂向玉皇大帝打小报告告密。玉帝龙颜大怒，派天兵天将来捉拿玉女。玉女宁死不屈，铁板嶂施了魔法，把大王和玉女点化成两块石头。看到两块石头含情脉脉，铁板嶂又自告奋勇变成了一块巨石横亘在他们中间，从此，大王和玉女永世不得相见，只好凭借九曲溪里溪水的倒影泪眼相望了。

啊，又是一段被扼杀的美好情缘，看来，追求婚姻自由向往美好生活古来有之，而铁板嶂这样的小人也是古来有之。但愿天下有情人终成眷属，但愿世界上多一些理解和宽容。

一个多小时的九曲溪漂流结束了，我觉得神清气爽，恋恋不舍地在一曲前拍摄了不少照片。九曲溪曲曲山回转，峰峰水抱流，风景各异，互补而不雷同。这是一次大自然的熏陶，这是一次心灵的放飞！

回来的路上，去了朱熹纪念馆，朱熹用四十多年的时间在武夷山著书讲学，创建了闽学体系，太令人钦佩了。北宋时期，中国进入封建社会后期，此时州县学校如雨后春笋，书院林立似百鸟朝凤。佛学、道教的兴盛加上科学技术的发展，促进了学术思想的活跃。北宋以来，建阳县的书坊、麻纱、印刷业很兴旺，很多学术著作在这里应运而生。理学是在儒学、道教与佛教相结合的基础上发展起来的。朱熹理学以孔孟之道为主干，自成体系，难怪人们用"北孔南朱"来形容孔子和朱熹。朱熹理学为封建统治者所推崇。康熙就对朱熹推崇有加。宋明理学统治封建社会后期达 700 年之久，在中国思想史上的地位可见一斑。朱熹理学也影响了严复等大教育家，学风所致，福建省历来有重视教育的优良传统。武夷山的朱熹纪念馆充满了文化韵味，是研究朱熹理学的文化宝库。

望着古色古香的院落，我不由得想起了当代福建的文人。福建是一个出评论家的地方，谢冕、刘再复、孙绍振、郑伯农、曾镇南、何镇邦、南帆等著名评论家都是福建人，他们的文章以思辨的色彩和理性的折光见长。千百年来的文化积淀对人的影响是潜移默化的，闽人的思辨能力超群，是否与朱熹哲学体系的熏陶有关呢？

武夷山，一座风景秀美的名山；武夷山，一块放飞心灵的净土！

风雪湘西路

　　平生不喜欢吃别人嚼过的馍，连游学都要游出个性来。应邀到湖南去采访，人家都说秋天的武陵源最美，而我却偏要在隆冬去拜访它。只身坐在列车上，好心的旅客关切地说："姑娘，湘西这地方解放前不出别的，光出土匪。"我莞尔一笑："土匪，我倒想看看长得啥模样！"

　　张家界、索溪峪、天子山精血融合，孕育出武陵源这个绝代佳人。采访结束，顺着弯弯曲曲的山路，我来到了索溪峪宾馆。据清代县志记载：索溪峪是因溪水状如绳索而得名。宾馆门口那条小溪仿佛是一条绿色的玉带缓缓地流淌着，潺潺流水使人想起了那首著名的《索溪情歌》。远处的青山宛若一幅巨大的水墨画，静静地漂浮在蓝天白云间。

　　好客的主人把我迎进了一间雕龙刻凤、古色古香具有浓郁湘西土家族风格的房间里，副部队长吴扬立大校、总经理刘楚元中校详细地向我介绍了武陵源的风土人情，并为我筹划好了旅游路线。

　　第二天，雪花纷纷扬扬地飘洒着，我们一行五人踏着飞雪向天子山进发。刚走到隐仙桥，就不由自主地跳起了雪上迪斯科。我们每人买了双草鞋，把草鞋套在旅游鞋上，迪斯科就变成了舒缓的慢四步了。

　　站在南天门远眺，只见飞雪中的天子山像一个披着白纱的少女，朦胧中更显出几分飘逸几分神秘。苍翠的树木、葛藤高悬着冰挂，真是玉树临风，晶莹剔透，使人飘然进入仙境。

　　从南天门上天台，一道上千米的石阶横陈在眼前，路越发险峻，天子山的原始野性也越发诱人。黛青色的石峰好像一个个长着白头发、白眉毛的兵马俑凝神伫立，忠心耿耿地守护着寂静的神堂湾。远处的御笔峰披上了银装，在银白色的世界里发出了灵魂的傲啸。

踏着厚厚的积雪，我们来到了一个小木屋。热情的主人为我们端来了炭盆，支上了火锅，野兔、山鸡便在火锅里跳着欢快的舞蹈。西北风凄厉地嘶鸣着，我们情不自禁地唱起了歌曲，仿佛整个身心都和大自然的野趣融化在一起。我们的歌声感染了主人，她们兴冲冲地走来和我们一起聊天。我说想看一下土家族的民族服饰，她们马上从箱子里翻腾出十几件衣服递到我的手里："您穿上照张相，留个纪念吧。"

土家族的服饰很漂亮，要不是因为冰天雪地，我还真想穿上留影呢。

"韭菜开花细绒绒，我爱阿哥不怕穷。只要两人情意好，凉水泡茶慢慢浓。"土家族姑娘茅小玉哼起了土家族民歌，歌声委婉、如泣如诉。土家族民歌中情歌占了很大的比重，歌词写得情真意切。我掏出笔记本，飞快地记录着这些优美隽永的歌词。也许是武陵源天然质朴的美滋润了这些土生土长的土家人，他们人人都有一副美妙的歌喉，而且擅长即兴对歌，歌词就像作"七步诗"那样招之即来。

小张大声喊道："快看，出太阳啦！"

我们兴奋地跑到云卿岩，云卿是贺龙的字，这座山峰就是为了纪念贺龙元帅而命名的。一棵棵绿树驮着积雪深情地仰望着太阳，一座座石笋浮出云雾骄傲地刺向青天。在苍翠的天子山巅，一尊巨大的贺龙铜像威武地伫立着，元帅的身旁有一匹黑色的铜马，贺龙铜像的眉毛、胡子上都挂着一层冰霜，酷似一个饱经风霜的哲人在思索着人类的命运。

桑植县是贺龙元帅的故乡，当年他就是在天子山上"两把菜刀闹革命"，点燃了星星之火。星火总要燎原，贺龙领导的红二军团在这里浴血奋战，一支红军队伍终于从天子山杀了出去。

太阳将温馨的光芒洒在雪峰之上，雪中的天子山宛如一座水晶宫泛着七色光彩。美丽的迷人的野性的深幽的天子山，在雪中自有雪中的味道。人生之路就像这雪中的天子山，只有独辟蹊径敢于攀登，才能领略到无限风光。饱览了武陵源的雪中野趣，一群文友便围着火炉侃大山。吴扬立大校送给我一本《中国民俗探微》，我们的话题就转移到民俗学上。吴大校是苗族人，对神秘文化学有着深入的研究。这座土家族建筑风格的索溪峪宾馆就是他亲自设计的。白墙、红窗、青瓦，屋檐上有两条戏珠的青龙，簇拥着"海州溢泽"四个大字。这四个漂亮的行书也是他亲手写的。他会给人看手相，还能通过鸡鸣狗叫预知祸福。我说："大雪封山，我打算 12 月 26 日启程，您帮我算算是凶是吉？"

他爽朗地说："三六九，大步走，你一定能走成！"

雪越下越大，出现了罕见的冰冻，汽车跑在路上直打滑。南方的司机缺乏在雪天行车的经验，车上没安装防滑链。车子是没有指望了，偌大个武陵源，竟然找不到一辆马车和爬犁，现代化和原始的交通工具都没有指望了。我想给北京挂个长途电话，寄封快信，无奈 90 年代初期的中国没有手机、没有网络，山区邮局雪天不通邮，长途电话也无处打，我第一次体会到湘西醉人的自然环境和落后的交通、通讯的矛盾。刘楚元总经理说："雪下得这么大，这是人留你天也留你。你是我们首长请来的作家，我们一定好好招待你，你就在这里安心住下来写文章，一旦雪化了我们立刻派车送你走。"

此番到湘西是奉命采访部队，说好了年底前回京，军人无戏言，"三六九，大步走"，难道真的走不成了吗？望着漫天飞雪，我突发奇想地说："有了，坐11 路公共汽车，步行到大庸北火车站。这种冰冻搞不好要封上一个多月的山，等是没有出路的。"

吴扬立大校接过话茬儿说："孙作家，你开什么国际玩笑，冰冻封山比大雪封山还要糟糕，这一带全是山路，路旁是万丈悬崖，人走在冰上脚下直打滑，稍不留意就要摔倒。从宾馆到火车站有 120 里，在这种情况下拎两个大旅行包步行，连大小伙子都吃不消，更何况你一个女孩子了！"

冒风险是我的性格特色，我喜欢带有野味儿的地方，喜欢带有野味儿的挑战。当新兵时我曾经一天步行过 100 里，时隔二十多年，我想试试自己的耐力。看到我执拗的样子，刘楚元找来了宾馆保卫干事小童，他是土生土长的湘西人，闭着眼睛也能摸出武陵源。吴大校一再叮嘱小童："你要绝对保证孙作家的安全，行李你帮着拿。"

热情淳朴的小童一把抢过我的两个旅行包："您一个女同志能走下 120 里雪路就不错了，哪能让您拎行李？"我说："远道无轻载，咱们有福同享有难同当。"

说来也巧，我们刚要出发，有两个国防科工委前来接兵的军人也要赶往火车站，于是，我们四个人一人背一个背包，在漫漫风雪中开始了艰难的跋涉。

小童亮开嗓子唱起了土家族民歌，小高把一个装橘子的塑料袋扣在头上挡雪，我调侃说你们两个一个像流浪歌手，一个像偷地雷的。哈哈哈，我们在飞雪中尽情地笑着，也许只有到了大自然的怀抱里，人们才能纵情大笑。也许只有这样的笑声才能归真返璞，更接近于生命的本源。

以往读沈从文的作品，总觉得有一条河在眼前晃动。置身在湘西的山水间，我才领悟到湖南这块楚文化的发祥地的独特魅力。唯楚有才，楚天湘水培养了毛泽东、刘少奇、彭德怀、贺龙、胡耀邦等一大批无产阶级革命家，也颐养了沈从文等大文豪。我在飞雪中咀嚼着湘西的山山水水，嗅到了沅江澧水溢出的芳香。是湖南的山水赋予了毛泽东等一代天骄的博大胸怀；是湘西的山水赋予沈从文文化的灵性。

不知不觉走了 50 里，我的腿有点不听使唤了，看着身边三位男同胞健步如飞的样子，不由得暗暗冒火：这些坏小子，怎么一个个都像铁打的？

前面是一个大水库，厚厚的积雪把东风水库四个字点缀得格外显眼。放学了，一个七八岁的细妹子背着书包走了过来，她一手拄着一根拐棍，一手拎着一个小炭盆，一打听，才知道学校教室里不生火，学生们必须自带一个饭盒大小的炭盆放到身边取暖。一丝怜爱涌上我的心头，我忘了劳累，忘了寒冷，和小姑娘边走边聊起来。一群细伢子、细妹子从身后围了上来，男孩子居多，村里不少女孩子因为家境贫寒而失学。一个细妹子怯怯地问道："阿姨，您从哪里来？"我笑着说："你们猜猜吧。""您拎着行李，一定是从长沙来。"

我摇摇头，他们沉默了片刻，突然一个细伢子高声喊道："啊，我猜到了，从武汉来对吧！"

当我告知他们是从北京来时，他们发出了一阵惊叹："啊，北京，好远啊！"

他们缠着我讲北京的故事，我才知道这群孩子不仅没有去过北京、广州，连武汉、长沙都没有去过。在他们幼小的心田里，武汉已经是遥远的天边了。

一只只小炭盆在我的眼前晃动，看到湘西的孩子学习条件如此艰苦，我的眼睛不由得酸涩起来。我突然觉得美丽的武陵源和这些衣衫褴褛、手拎炭盆的孩子是那样不和谐。

火箭、导弹、卫星，古道、西风、炭盆……巨大的文化落差把我的心揪得生疼生疼。看到我和孩子们打得火热，伙伴们笑着说："你就留在这里吧，这些孩子们都挺喜欢你的。"

我把随身带的冰糖柑送给孩子们，大声说道："你们好好念书，将来到长沙、武汉、北京上大学！"

孩子们拉着我的手，依依不舍。他们送给我一根拐棍，小童用它扛起了行李，确实省力多了。前面是一个小村庄，有点像林海雪原里的夹皮沟。我们走进一户农家，一位老汉热情地把我们迎进门。我们围着炭盆一边烤火一边聊天，老宋递给老汉一支香烟，他连连摆手："还是自家的旱烟抽得痛快。"

我细细地打量着这间小屋，墙皮已经被烟火熏黑了，屋里没有一件像样的摆设，唯有门口挂着的一串红辣椒格外醒目。老汉为我们沏了热茶，又往炭盆里加了几块炭，摆起了龙门阵。湘西人质朴热情的性格把我们的心烤得暖暖的。

终于走到了大庸北火车站，三个同伴一下子瘫软在椅子上，我诧异地问道："你们在路上走得那么来劲，怎么现在打不起精神了？"老宋憨厚地说："走到东风水库的时候，我的腿就不像是自己的了，可我们不敢吱声。我们一喊累，你不就更走不动了？"小高感慨地说："张家界啊张家界，你可把我们害苦啦。"

雪越下越大，我们在一家小饭馆里围着火炉等火车。望着窗外的茫茫飞雪，我不由得感谢天公。是这场大雪使我认识了湘西路的艰难，是这条风雪湘西路，使我领略到一个新的世界。

少华苍苍

盛夏，我来到少华山这座关中名山，只见雾霭蒙蒙，流水潺潺，少华苍苍，渭水泱泱，好一个人间仙境。少华山国家森林公园位于陕西省渭南市华州区东南 5 公里的秦岭北麓，总面积 63 平方公里。如果说华山是关中的英俊儿郎，那么少华山就是关中的俊俏淑女，华山以险闻名遐迩，而少华山则以秀甲天下。据神话传说，少华山与太华山（西岳华山）是天宫玉皇大帝御花园的一对使女华蓉仙子和华芙仙子下凡显形而成，因华山高五千仞被玉帝封为太华之主；少华山高四千仞，被封为太华之辅，赐号"少华"。也许因为如此，东汉著名文学家张衡在《西京赋》中写下了"缀以二华"的佳句。《水浒传》中梁山好汉九纹龙史进、汉光武帝刘秀避难等民间传说，都与少华山息息相关。

秦岭有七十二条峪道，而华州就有小敷峪、石堤峪、桥峪、东涧峪、西涧峪、箭峪六条峪道。秦岭是中国的南北分界线，岭南属于亚热带，岭北属于暖温带。夏天进入秦岭北麓，凉风习习，云遮雾绕，十分清爽。秦岭是一座富山，海拔很高的地方植物都很茂盛。草长得很优雅，不像某些地方草能划伤人的皮肤。秦岭也是中草药的王国，远志、五味子、细辛、黄芪、党参、天麻、七叶一枝花、茵陈、蒲公英、车前草、牛蒡……应有尽有，而且质量上乘。八百里秦川是上帝赐予的一块宝地，风调雨顺，当初，十三个朝代在长安建都，不是一拍脑门子就决定的事情，当权者一定考虑到气候、物产的因素。

我登上了海拔 1600 多米的少华山，只见一棵硕大的白皮松傲然挺立，枝繁叶茂，据说有千年的历史。树木能够在这样高的地方存活，需要阳光和充沛的雨水，这棵树的生命力多么顽强啊！这里林木整齐，少有荆棘，满眼是醉人的绿色，十分养眼，令人心旷神怡。少华峰由三个东西并立相连的山头组成，称为东峰、中峰、西峰，除了东峰与中峰之间有一处狭窄的连接外，其余都是笔直的岩石，酷似一座座拔地而起的岩柱。东峰有娘娘庙遗址，中峰为少华山极顶，上面有玉皇庙。站在山巅鸟瞰，东有华山巍峨，南见万山红遍，西望风烟滚滚，北瞰渭水奔腾，好一幅精美画卷。

玻璃栈道横陈在眼前，这是我国西北第一条双向悬空玻璃栈道，长约455米，其中玻璃栈道69米，宽2.5米，成为少华山潜龙寺景区险要景观长廊，增强了游客对奇难险峻的探索欲望。我第一次登上玻璃栈道，开始有点恐高，后来一想反正也走到这里，干脆潇洒走一回吧。我不看脚底，眼睛直视前方，心理障碍消除，慢慢地胆子大了起来，居然旁若无人地在上面做起了瑜伽。单腿站在海拔1600米高山的玻璃栈道上，身体向前俯冲，好险的动作，我做得很惬意。这是对心理素质的挑战，也是对意志的锻炼。无论多么艰险的事情，都需要亲身体验。行走在玻璃栈道上，右手是悬崖峭壁，左手是茫茫云海，颤悠悠腾云驾雾，风萧萧幽谷惊魂。

少华山似乎与龙有缘，景区门口的一块大石头上刻着游龙的字样，紧接着，蟠龙道、祥龙道、潜龙寺、现龙亭、龙王庙、藏龙云海……相继出现在眼前，置身其中，有游龙戏凤、与龙共舞的感觉。

山顶的潜龙寺是中国最早的皇家佛教寺院，刘秀曾经潜藏在此，重塑大汉江山。据说是汉明帝刘庄为感念其父刘秀曾经在此躲避王莽追杀而建。这座寺庙始建于东汉明帝初年，距今已经有1900余年的历史，与白马寺建于同一时期，是中国佛教史上影响较大的佛教圣地。这里林木茂盛，群山环绕，香火不断。寺庙内清印藏经有96套，寺庙里有两棵千年古树，一棵名为卧龙柏，寓意隐忍、蓄势、待发，象征事业与前途；一棵名为柏抱槐，古槐生于苍柏之中，相传是东汉开国皇帝刘秀亲手种植，树围有四米多，柏高槐低，生机盎然，寓意佛的"慈悲为怀"，象征平安、健康、幸福，非常神奇。

少华山国家森林公园由红崖湖、潜龙寺、石门峡、少华峰和密林谷五大景区组成，既有俊秀的山峰，神奇的巨石，跌宕的流水，也有多姿的瀑布，绝妙的湖潭，丰富的动植物资源。公园海拔 530—2491 米，森林覆盖率达 90%，自然风光秀美，文化底蕴深厚。红崖湖景区全长 10 公里，景区内山环水抱，湖潭相连；潜龙寺景观离西山门 3 公里，集人文、自然、历史景观为一体，登高望远，美不胜收，玻璃栈道更是险中求别致；石门峡景区距西山门 10 公里，以自然山水取胜，大自然的鬼斧神工，把少华山雕琢得雄伟神奇，鹰嘴崖、猴王峰栩栩如生，天仙瀑布、石门千姿百态。

少华山国家森林公园，自然景观和人文资源绚丽多姿，山、水、林、石、寺，弹奏着山林交响曲，野趣横生，是陕西东部绝妙的旅游胜地。仰望少华山，我不由得吟诵一首小诗：

古风　少华山感吟

佳节少华去，雾霭罩秦川。

满眼醉人绿，湖滩水相连。

登高好望远，栈道瑜伽悬。

坐观云海卷，花香扑山帘。

人在仙境里，赏景忘路艰。

华州掠影

陕西华县历史悠久，是黄河流域中华民族重要发祥地之一。县境内数十处"老官台文化""仰韶文化""龙山文化""殷商文化"古遗址，彰显着我们祖先在此繁衍生息，创造历史，创造文明的轨迹。1975年，我曾经跟随部队话剧团到这里慰问演出，第一次见到华山。

华县后来改名为华州，一晃42年过去了，旧貌变新颜。这次来华州讲课，我大清早起来晨练，走出宾馆，迎面就是巍峨的秦岭。我想到秦岭山脚遛弯儿，华州区委组织部的韩宝林副部长问我："孙老师，您想不想去看看郑桓公墓？"

我们驱车来到郑桓公陵园文化广场，拜谒了郑桓公墓。郑桓公是西周时郑国的建立者，姓姬名友，周宣王之庶弟。周宣王二十二年（公元前806年），周宣王姬静把弟弟分封到都城镐京附近的咸林，在今陕西省渭南市华州区西北一带，国号为郑，这就是历史上最早的郑国。姬友，史称郑桓公，又因为郑国是三等诸侯国，国君为伯爵，郑桓公也叫郑伯友。周幽王八年（公元前771年），西戎攻破镐京，周幽王被杀，郑桓公阵亡。战马驮尸体返回郑地，葬身于此。郑桓公墓是西周时期建立，系陕西省第五批重点文物保护单位。虽然历经2700多年风雨，仍然保存完好，接受世界各地郑氏后人的拜谒。

春秋时秦国在此设郑县，北魏孝昌二年（公元前526年）设郑县为雍州，西魏废帝三年（公元前526年）改雍州为华州，此后至民国二年（公元1913年）废除州府，改华州为华县，沿袭至今。郑桓公危难受命，回天尽力，治理郑地，井然有序。寄孥东土，救亡图存；为国殉职，英烈千古；王室贵胄，郑氏始祖。叱咤风云炎黄裔胤，播撒文明后稷传人。郑姓的血缘脉络乃炎黄二帝血统之总和，因此称为炎黄之胤，华州是名副其实的华夏郑氏之根。我急忙拍摄好照片寄给朋友郑晓燕，说我找到你们老郑家的根了。她和家族的人看到照片都非常激动，说一定要去华州寻根。

华州文化底蕴深厚，文物古迹比比皆是。快开早饭了，我们急忙向宾馆赶去，突然看到附近有一个牌楼，上面写着"勅建唐汾阳王祠"几个黄色的大字，我急忙过去拍照，这个牌楼是为郭子仪修建的。郭子仪是唐朝著名的军事家、政治家，曾经多次临危受命，率军平叛，平定安史之乱，保卫了唐王朝。唐德宗继位后，赐号"尚父"，进封太尉，系唐代四朝老臣。郭子仪是平叛安史之乱的功臣，如果没有他，大唐盛世很可能被安禄山毁掉。郭子仪是渭南华州人，中国一部分郭姓也来源于华州。

历代以来，华州贤哲辈出，涌现了以唐代著名军事家、政治家郭子仪，清末民初教育思想家杨松轩，现代著名学者杨钟健，革命先驱潘自力、高克林等为代表的一大批杰出人物，成为"人文鼎盛之区"。

1957年的一天，华县太平庄农民殷思义在村东头犁地，突然听到哐当一声响，仔细一看，原来挖出了一件像鸟一样形状的陶器，他觉得这玩意儿模样周正，就带回家做了鸡食盆。一年后，北京大学历史系考古专业师生组成了考古队来到华县，发现了著名的泉护村仰韶文化遗址。太平庄是泉护村的西邻，殷思义见到考古队员整天在忙活，就向他们讲了自己挖出陶器的故事，并将那件陶器送交考古队。考古队员望着脏兮兮的鸡食盆，擦掉泥土后眼睛都亮了，原来这是一件珍贵的国宝，叫作陶鹰鼎，是仰韶文化的珍贵文物，将鼎形器物特征与鹰的动物美感融为一体，非常惊艳。仰韶文化以精美的彩陶著称，陶鹰鼎的问世表明此时的人们不但擅长创作彩绘图案，在造型艺术上也颇有实力，既是远古时代不可多得的雕塑艺术精品，也是五千年前我们的祖先聪明智慧的结晶。

考古队员们急忙把宝贝擦拭干净，小心翼翼地包装好，千里迢迢带回北京，最终被国家博物馆收藏。亲爱的朋友，如果你来华州旅游，一定要留心周围的景观，这里三步一个景点，五步一个典故。

皮影寻踪

　　秦岭是一座富山，植被茂盛。古代长年的军事活动，使秦岭脚下的华州成为各地能工巧匠交流技艺的场所。发达的制革、竹编、铁器制造工艺、开放的艺术氛围，古老的文化积淀催生出皮影戏艺术这朵灿烂的奇葩。

　　华州皮影戏历史悠久，源远流长，已有两千多年的历史。华州是中国皮影的重要发源地之一，其渊源可追溯到汉代。皮影戏的形成和发展经历了启蒙、萌生、初步形成、繁盛、改革创新传承发展五个阶段。北宋画家张择端的《清明上河图》里就有很多表演皮影戏的场景，皮影戏以其艺术魅力，在民间广为流传。

　　皮影戏表演要在灯光下的布帐后面，由表演者操纵用兽皮雕刻的影人配以唱白完成。舞台可在巷道庭院、室内室外都可搭台演戏。室外搭台用料简单，一般可搭在两张方桌或一辆大车上，基本材料是木橼、木板、芦席等。室内搭台更为简单，只用几张方桌即可，简便灵活的演出形式，深受老百姓欢迎。

　　演出以五人组成，称为：前声、签手、上档、下档、后槽。"前声"主唱生旦净末丑各行角色，兼使月琴、手锣、堂鼓、尖板，另有帮签手之责；"签手"以操纵影人的动作为主，配合音响效果，兼填白对话；"上档"拉二弦、司铙钹、唢呐、长号，兼填白帮腔；"下档"拉板胡，兼安装拆卸影人；"后槽"司钩锣、碗碗、梆子、战锣。五人分工明确，演出时配合默契，相得益彰。

　　皮影戏唱腔早期为老腔，又名满台吼、拍板调，剧目以楚汉故事为主，腔调高昂粗犷，演至高潮时全台演员齐声吼，以猛击木板而合之。久而久之，人们厌恶战争，向往和平，碗碗腔皮影应运而生。碗碗腔又名时腔，剧情多以言情故事为主，重在一个婉字，其腔调刚柔兼济，清丽典雅，长于抒情，绕耳不绝。造型丰富优美，雕刻细腻多变，染彩绚丽多姿，唱腔婉转动听。

华州是中国戏曲皮影戏艺术最早的源头之一，有着丰富的人文景观、多姿多彩的民间艺术以及淳朴敦厚的民风民俗，这些都为皮影戏艺术的传承、发展奠定了坚实的基础。如今，华州被文化部命名为"国家民间文化艺术之乡"，华州皮影成功申报国家级非物质文化遗产，应邀参加威尼斯双年展，以民族风惊艳了世界。华州皮影戏演出传承人和皮影戏雕刻传承人大约有60余人，其中具有代表性的演出传承人12人，雕刻传承人代表6人，代表人物有潘京乐、魏振业、张华州等。我观看过华州皮影戏《卖杂货》《张连卖布》《细老汉》《招夫养夫》，对这种接地气、原生态的民间艺术十分欣赏。

皮影在中国影响广泛，我参加红楼梦艺术节时，在北京曹雪芹故居观看过皮影表演。我到母校北京市西苑小学讲课，发现母校的美术课教皮影雕刻，母校赠送给我的礼物就是学生们亲手制作的皮影，图案是两条红鲤鱼簇拥着一个福字，十分喜庆。上款写着"北京皮影"，下款写着"西苑皮影社"。

皮影是我国重要的非物质文化遗产，华州作为"中国皮影艺术之乡"享誉海内外，我喜欢华州皮影，愿中华民族优秀的传统文化更好地发扬光大。

老　腔

我曾经在陕西当过三年兵，对陕西的民间说唱艺术颇感兴趣。陕北有一个民间艺人叫韩起祥，他的陕北说书令人拍案叫绝，毛泽东在延安就特别喜欢听这个陕甘宁边区的盲艺人说书。

20世纪70年代中期，我在终南山脚下的一座军营服役。星期天休息，没有电视、电脑、手机、网络，我只好打开收音机消磨时光，突然听到一种独特的曲艺，连说带唱，我至今还记得里面的唱词："抱着个娃娃上医院，全国上下学雷锋……"

这是陕北说书，表演者就是韩起祥，他会弹50多种民歌小调，自编自演了500多个新段子，热情讴歌新人新事新风尚。他的作品生活气息浓郁，具有鲜明的时代气息和民间艺术特点。他还改革了说书的音乐伴奏，增加了梆子、耍板等乐器，并创造性地把陕北民歌信天游以及道情、碗碗腔、秦腔、眉户等剧种的曲调融于说书中，使这一艺术形式更加丰满。陕西方言属于北方语系，很好懂，我越听越入迷。我就是这样误打误撞迷上了陕西的曲艺。

我曾经在西安电影制片厂拍摄过由陈忠实编剧的电影《渭水新歌》，也曾和陈忠实一道荣获全国优秀报告文学奖，他给我的印象是朴实、忠厚，充满才气。

2006年，我到延安出席中国作协纪念毛泽东延安文艺座谈会上的讲话发表64周年活动，陈忠实热情地邀请我们会后到白鹿原做客，我以忙于回京赶写长篇报告文学为由婉言谢绝了。回到北京，我看了人艺演的话剧《白鹿原》，濮存昕扮演的白嘉轩和郭达扮演的鹿子霖演得真地道，浑身是戏。戏中出现了老腔，撼人肺腑，荡气回肠，令人过目不忘。

老腔距今已有2000多年的历史，据《华县县志》记载："皮影按其唱腔不同，分为老腔皮影和碗碗腔皮影，于清乾隆元年至十年（公元1736年—1745年）已盛行于华州"。由此可见，华州老腔的雏形源于华州皮影，这也正是华州老腔俗称为老腔影子的主要原因，被赞誉为中国戏曲的活化石。

老腔是陕西省非常古老的汉族戏曲表演形式，长期在华阴、华州广泛流传，分老腔、时腔两个剧种，表演方法和全国大致相同，先搭好台子、撑好亮子，然后借助灯火，以竹签挑拨用皮革雕成的人物进行舞台表演。流传千年的老腔是中国首批国家级非物质文化遗产，包含着中国传统文化的内涵，以其语言性强，声腔紧紧依附和模拟着字声，经常把说、念、唱交织在同一个唱段为主要特点，呈现出由说唱向戏曲过渡的明显痕迹。唱腔特点是豪放激昂、铿锵有力，具有阳刚雄浑的韵致。

老腔是一种土得掉渣儿的曲艺，自家的木凳，自制的琴弦，口耳相传了千年的唱词唱腔，表演形式独一无二、震撼人心。其声腔具有刚直高亢、磅礴豪迈的气魄，追求自在，听起来颇有关中汉子吟唱大江东去的味道，亦称黄土高坡上"最早的摇滚"。华州老腔在每句唱腔旋律中都有一个三拍的乐节形式，结构于句末处，这在全国剧种中，几乎是绝无仅有的。

华州老腔又称满台吼，一人唱，众人帮腔，一嗓子吼起来，天地就是背景，金戈铁马就是铺垫。一股苍凉高亢之气，如千军万马四面杀来，挟裹着阵阵雷声呼啸而过，直上云霄。秦人的性格是厚重朴实，老腔和秦腔特别容易抒发秦人的胸臆，听起来像喝了一杯烈酒，浑身冒汗，酣畅淋漓。如今，老腔以原生态，在大都市的舞台上绽放异彩，不仅与话剧《白鹿原》联姻，而且与摇滚歌星谭维维合作登上了春晚的舞台。

观看人艺的老戏骨飙戏，我觉得《白鹿原》这台戏如果没有老腔的融入会失去很多味道。陕北说书也好，信天游也罢，眉户也好，老腔也罢，都有陕西的音乐戏曲元素，自由自在，追求的是随兴的痛快感。老腔演员兴致所至可以扯着嗓子喊，可以拍板凳。只有懂得陕西曲艺的人才能理解老腔的韵味儿，只有懂得老腔韵味儿的人才能深切理解陈忠实笔下的陕西农村。正是这次观摩戏剧，使我想起了陈忠实，我突然意识到当年的爽约是多么遗憾，我失去了一次极好的学习机会，应该马上去白鹿原补课。2016年4月，陈忠实去世的噩耗传来，我万分悲痛。

一年之后，我应邀到延安学习书院讲课，回程路过西安，战友们陪同我去白鹿原拜访，我看到了陈忠实生活过的那片浑厚的土地，看到了他最爱吃的八大碗，品尝了白鹿原的美食，懂得了蓝田勺勺客的含义，可是世上尚有白鹿原，人间再无陈忠实。痛定思痛，我深深体会到没有陈忠实的白鹿原是缺少味道的，如果我当年赴约，一定会亲耳听到他用浓重的秦腔谈论那片厚重的土地，一定会对他的压枕之作有新的理解。

华州老腔的剧目主要有：《白鹿原》《将令一声震山川》《秦晋借粮》等，近几年，华州老腔在继承传统的基础上，大胆创新，又新创编了《渭华起义英雄汉》《桥峪精神赞》等接近时代主题的老腔剧本，为华州老腔注入新的生命力。

老腔是一种最本质、最质朴、最传统、最原生态的民间艺术，是地域文化的传承，是人民与艺术的对话。我懂得陕西方言，欣赏老腔如鱼得水。我仿佛听到了古人的吟诵，船工的号角，黄土地的呐喊，原生态的呼唤，这是秦人的呐喊，是接地气的呼唤。我爱听老腔，爱听陕西曲艺，简单纯朴的曲艺浸透着民族文化的血脉，华州老腔具有独特的艺术价值。在华州听原汁原味儿的老腔，是上苍对我的眷顾，是莫大的艺术享受。

话说药膳

我的姥爷毕业于齐鲁大学医学院，担任过威海东海医院院长。他扎实的医学功底使全家人受益，我的姥姥73岁时还是一头黑发，这就是姥爷姥姥懂得中医养生保健的缘故。

古语曰："咬得菜根，百事可做"，意思是说吃得了菜根这种苦饭菜，才能做成各种大事。其实，我对菜根还有另外的理解，我觉得它是个宝，养生用不着整天大鱼大肉，野菜、草药就是最好的佳肴。我的妹妹刚出生时患鹅口疮，吃西药总不见好，邻居带她到北京市西苑中医院，花一角九分钱买了几包草药，喝了几天就好了。我小时候生病，母亲就会用中草药祖传秘方给我治病，效果良好。所以，我从小就特别信奉中医药。我知道蛇蜕、蝉蜕是中药，萝卜根、白菜根、香菜根也是中药。

长大后我到军医学校念书，特别喜欢中医学，部队医院提倡节俭，我还和同学们一起采集茵陈、蒲公英、紫花地丁等中药送给中药房制药。去年春天我到陕西延安讲课，回程时与战友一起到白鹿原采风，突然发现一个陕北婆姨拎着一兜新鲜野菜在吆喝贩卖。我的眼前一亮，这不是我曾经采过的茵陈吗，怎么长得这么旺？我饶有兴味地打量着野菜，战友们说："晶岩，我们在陕西也很难见到这么好的茵陈。"

秦岭的中草药长得特别茂盛，植物学家秦官属就在秦岭种植中草药。我不由分说从婆姨手中买下了全部的野菜送给战友，战友们热情地教我如何做陕西麦饭。我刚回到北京，李兰香就问我做没做麦饭，任卫平还发来了麦饭的照片供我参考。看来想偷懒都不行了，我如法炮制，将茵陈洗净晾干，撒上白面、香油和少许盐揉好，上锅蒸熟，再用葱姜、酱油、醋、辣椒、香油做好蘸水，吃的时候，拌上蒜末、胡椒面，有一种野菜的清香。

三月三，野菜当仙丹。不是所有季节的野菜都好，茵陈就是农历三月最好，春季的茵陈叫作绵茵陈，适合食用。春季应该养肝，现代研究，茵陈有显著的利胆作用，并有解热、保肝、抗肿瘤和降压等作用。

野菜要挑选口感好的食用，荠菜饺子是我的所爱。中国早在公元前300年就有食用荠菜的记载。荠菜的营养价值很高，食用方法多种多样，具有很高的药用价值，具有和脾、利水、止血、降压、明目的功效，常用于治疗产后出血、痢疾、水肿、肠炎、胃溃疡、感冒发热、目赤肿疼等症。人工栽培以板叶荠菜和散叶荠菜为主，冬末春初的荠菜都不错，用荠菜煮鸡蛋味道鲜美。

作为医学世家，我家有十个亲戚从事医务工作，表妹在美国生病，告诉我病情，我就向姨妈请教，再将药品和药膳打越洋电话遥控指挥她服用。我是医学院校科班毕业，学过中医药，家人偶有小病，我经常会做药膳给亲人调理。夏天，谁身上被太阳晒得皮肤过敏，我喜欢用马齿苋熬水给他洗涤皮肤，止痒解毒；谁偶有轻微腹泻，用马齿苋煮水喝也是一绝；谁偶感风寒，我就煮红糖姜水端上；谁偶有咳嗽，我就炖个冰糖梨，根据风热、风寒加点川贝和花椒，立马见效。我儿子童年时患腮腺炎，我将仙人掌叶片捣碎给他敷在患处，很快就消肿了。

处处留心皆学问，到外地出差，我经常留意购买当地的特色食材和调料做药膳。在白鹿原，战友任康美指着辣椒对我说："这种辣椒特别棒，每次我到白鹿原，我儿子都让我买当地的辣椒。"

白鹿原位于陕西蓝田，蓝田勺勺客的意思是说蓝田人会做饭。我一看蓝田人做的油泼辣子油滋滋、红彤彤，马上买了一些，儿子酷爱吃辣，觉得我千里迢迢带回北京的辣椒味道非常正宗。

有次应邀到广东汕头市公安局讲课，从北方到南方容易口干舌燥，郑晓燕政委从家里特意为我煮了清咽茶带到礼堂，我喝着她的茶整整讲了两天课，非但没有声音沙哑，反而口舌生津，丝毫不觉得口渴。离开汕头时，我专门请教了晓燕，她将秘不示人的祖传秘方告诉我，我一试验特别爽。

到新疆采访，我发现当地的玫瑰花、红枣特别棒，就买回来尝试做药膳；到了贵州，发现当地的鱼腥草、糍粑辣椒好，就拜师学习用糍粑辣椒做辣子鸡，用腊肉炒鱼腥草；到了重庆，我利用吃饭等菜的时间跑到后厨，向厨师学习川菜制作技巧；在山东采访鲁菜大师，我趁机讨教几招儿烹饪绝技；到了海南岛，发现当地的海鲜火锅很地道，我很快学会了用地瓜酱蘸海鲜的"打边炉"技艺；到了西双版纳和普洱，我又虚心向当地人学习普洱茶的冲泡茶艺……

我家种了山楂，当山楂丰收时，我就用山楂制作冰糖葫芦和山楂罐头，朋友们评价口味 NO.1；夏天炎热，我经常给家人煮乌梅茶，乌梅、甘草、山楂、麦冬几种原料摸索着搭配，再撒上桂花，颇受家人欢迎；冬天天冷，炖肉炖排骨时我一定放一些草药调料，味道鲜美，强身健体。云南人喜欢吃野菜和植物根茎，用花卉泡茶，这都是养生的高招儿。

现在的年轻人不屑于做饭，热衷于叫外卖，根据公开数据保守估算，饿了么、美团外卖、百度外卖三大外卖平台日订单量总和在 2000 万单左右，如果一单用一个塑料袋，每天所用的塑料袋可以铺满 168 个足球场。据环保组织调研统计，每单外卖要消耗 3.27 个一次性塑料餐盒、杯，每天消耗的餐盒超过 6000 万个，以每个餐盒 5 厘米计算，摞起来的高度相当于 339 座珠穆朗玛峰。外卖不仅不环保，更重要的是不卫生、不健康。你如果总给家人叫外卖，你的家人就免不了吃到地沟油。我希望年轻人热爱厨房，回归自然，过一种接地气儿的生活。

药膳是中国宝贵的文化遗产，是中医养生学的重要内容。药膳发源于古代，兴盛于现代。出席全球孔子学院大会，我发现外国人对中国的中医中药特别感兴趣，这是一种国际大趋势。当蓝眼睛、棕眼睛、白皮肤、黑皮肤的人越来越热衷于中医药时，我们这些黑眼睛、黄皮肤的炎黄子孙千万不能妄自菲薄，把自己的国粹扔掉。回归自然就要把医疗保健与日常生活结合起来，保护非遗就要挖掘弘扬我们优秀的传统文化。

夜宿罗布泊

在塔里木东方物探指挥部，我看到了一张卫星拍摄的塔里木全貌的照片。物探队员指着一个黑点告诉我："这就是罗布泊。"

我看了一眼黑点，突然发现了新大陆："你们看，罗布泊多像一个大大的耳朵半卧在戈壁的怀抱，耳轮结节冲着东北方向，耳垂朝着西南方向。"

大伙儿围拢上来端详着照片，七嘴八舌地说："咦，真像耳朵，以前还真没注意。"

昔日一提起罗布泊，我便想起了茫茫戈壁漫漫黄沙，想起了彭加木和余纯顺。万万没有想到有朝一日我竟然来到了罗布泊，喜欢冒险是我游学生涯中的特色，西气东输管道与罗布泊擦肩而过，我决定用汽车轮子碾过八千里管道沿线的每一寸土地。

罗布泊有戈壁、有沙漠、有荒原，在戈壁荒原地段，地表是板块状的沙子形成的一层硬皮，据说一厘米厚的硬皮就需要几十年的时间才能形成。这层硬壳像皮肤，紧紧地包裹着沙子。如果硬皮被轧坏，罗布泊就会变成流动的沙漠。

罗布泊的太阳像火炉、像炭盆、像烤箱，当它悬挂在天空时，戈壁滩就被烤得直冒烟，燎得直烫人。可当太阳钻进被窝睡觉时，戈壁滩就冷得像冰窖、像雪峰、像寒宫。九月底的北京正是金风送爽的季节，可在罗布泊，太阳一落山就奇冷无比。

入夜，主人把我安排在西南角的一间活动板房里，把陪同我的王科长和王师傅安排在北边的一间板房里。王科长说："我们得离孙老师近点，万一晚上有什么动静，你可以喊我们。"

天黑得像涂了一层墨，发电机的轰隆声震耳欲聋，仿佛就在我的床头鸣响。夜深人静，发电机的声音越来越清晰，我暗暗叫苦：糟糕，要是老这么响下去，今天晚上就别睡觉了。

我躺在硬板床上，盖着两床新棉被还冻得瑟瑟发抖。索性撩开窗帘的一角，静静地望着窗外的月亮。昔日在海拔5300多米的唐古拉山，在长江源头的沱沱河兵站，我还有望月吟诗的雅兴，那时候有皮大衣、棉帽和大头鞋将我武装起来。如今在罗布泊，我没有带羽绒服，只穿了件薄毛衣，当时的温度是零下五度，可我觉得比零下十五度还冷。

我想起了沱沱河，零下三十多度我也敢出门赏雪，那里有常年驻守的军人，有暖气，有绿色的植物，有橘黄色的灯光。凡是有人烟的地方气温再冷也不会觉得冷，因为那里有人气。而罗布泊的寒冷一方面是因为自然界的温度确实很低，更重要的是因为这里杳无人烟，连自然界生生不息的味道都嗅不出，在这里我不敢贸然冲出门去欣赏月亮。

对于喜欢冒险的人来说，罗布泊无疑具有巨大的诱惑力。早在十九世纪，瑞典冒险家斯文·赫定就来过这里。看着宽阔的湖面和天上的水鸟，这位浪漫的瑞典人居然说这里洋溢着水城威尼斯的情调。意大利旅行家马可·波罗在游记中这样形容罗布泊："沿途尽是沙山沙谷，无食可觅，禽兽绝迹，行人夜中骑行，则闻鬼语。"

过去我总是对无人区充满好奇，没想到在羊年深秋的夜晚，我居然有了夜宿罗布泊的机会。尽管板房四面透风，尽管嘈杂声震人耳膜，可我还是觉得很兴奋。不知过了多久，发电机声戛然而止，我从窗户望去，整个营地漆黑一团。为了节电，发电机不是昼夜工作的。罗布泊的夜非常寂静，只有风声呼啸而过，颇有些瘆人。我掖好被角，不知不觉地进入了梦乡。

半夜，我突然从睡梦中醒来，觉得嗓子干渴难耐。晚上吃得不咸，居然会在半夜三更被渴醒，罗布泊的干燥由此可见一斑。我打开一瓶矿泉水，咕咚咕咚地灌了下去。我想起了三十多年前彭加木在这里失踪后，过了很长时间人们还在寻找他，现在我深切体会到：在这种地方，不要说饿，就是冷和渴，也会在两天之内置人于死地。

第二天早晨，我起床洗漱，怎么也拧不开自来水龙头，水龙头冻住了，只好用热开水去浇。好不容易拧开了水龙头，可水却冰冷刺骨。我刚要刷牙，突然看到东方出现一抹霞光。我急忙扔掉牙刷，跑回屋里拿来照相机，对着初升的太阳照个不停。由于时差的缘故，罗布泊的太阳比内地要晚升起两个多小时，这里的太阳似乎有点懒洋洋的，慢吞吞静悄悄地拱出天际线。

我痴痴地欣赏着罗布泊的日出，无际的苍穹天宇辽阔，苍茫的大漠浩瀚深远，产生一种摄人魂魄的美感。即将离开吐哈油建罗布泊营地了，我的心涌出了深深的眷恋。汽车就要启程了，我突然跳下汽车，对着戈壁滩又拍摄起来。绿色的板房，舞动的彩旗，花砖的甬道，一一走进了我的镜头。天空出现了瑰丽的云霞，我们迎着朝霞向东驶去。黑油油的钢管像一条巨龙，在罗布泊的胸膛上静静地躺着，灿烂的旭日给钢管抹上了一层胭脂红。遥望东方，旭日旁出现了一道半截的彩虹，在内地，彩虹宛如一道七彩拱桥，而且多出现在雨后；而罗布泊的彩虹却酷似半扇拱门，含情脉脉地用一只臂膀搂抱着太阳。奇特的天宇盛景把我的心染醉了，我们加足马力一路向东，一往情深地拥抱那轮鲜红的太阳。

呼唤阳刚

多年来对国产电影失去信心，但电影《七十七天》还是让我眼前为之一亮。该片导演赵汉唐携众主创历时三年，深入无人区腹地拍摄，他去过的可可西里、阿尔金、昆仑山、藏北、柴达木五大无人区我都去过。

我曾经在长诗《中国的男子汉哪里去了》中写道："我是一个执拗的女孩子，我不相信黄河的儿子，比密西西比河的后代矮小；我是一个任性的女孩子，我不相信阿尔卑斯山的骑士挥舞着宝刀，而喜马拉雅山的汉子却在褪褓里睡觉。于是，一双旅游鞋裹住了我轻盈的双脚，我要踏遍大江南北，去寻找、寻找。"

1992年，总后宣传部邀请我下部队撰写报告文学，在14个可供选择的地点里，我毫不犹豫地选择了去青藏高原。这是总后勤部最艰苦的一个部队，我先到青藏兵站部大本营西宁报到，再乘坐火车到兵城格尔木，然后经柴达木盆地到阿尔金山，最后从格尔木途经可可西里翻越昆仑山，经过藏北到达拉萨。在世界屋脊，我看到了一群铁血男儿。虽然条件极其艰苦，我每天面对的却是蓝天、白云、雪山、冰川、沙漠、沼泽、草原、湖泊、日出、日落和高原上皎洁的月亮，感受到大山川、大境界的奇美。

在海拔5300米的唐古拉山巅，我深情地凝视着那尊四米高的花岗岩军人雕像。从地球之巅奔泻来的冷风吹拂着他的脸颊，从浩瀚苍穹飘洒下来的雪花覆盖着他的军装。威武的军人岿然不动，眼神透着果敢刚毅。他长年累月与巍巍昆仑、皑皑白雪相伴，俯瞰着面前的滚滚铁流，雕像展现的力度使我想起了法国雕塑大师罗丹的《加莱义民》，这尊雕像的作者是青藏兵站部的军人贺凤龙，他的战友孔志毅还曾经去长江漂流。

我接触过昆仑山上的大兵，只有亲临其境的经历，才有感同身受的敬佩。日月精华孕育性灵，高山大海养育血脉。那些疯狂、那些挑战、那些激情、那些无畏、那些勇敢、那些执着、那些探索、那些坚守，那是灵魂与天地的碰撞，那是心灵与宇宙的拥抱。

电影《七十七天》的拍摄地海拔平均超过 5000 米，我探访的最高的地方是 5300 米的唐古拉山，不仅要面对极其恶劣的地形，变化无常的天气，而且还会受到狼、老鹰、藏棕熊等猛兽的威胁。在那样艰苦的环境下，连喘气都困难，我却看到居然有人骑着自行车登山。那时候中国大陆还不时兴山地车，人的行进全靠自行车。冬天寒冷的气温会将自行车气门芯冻坏，车子坏了的骑行者只能推着自行车前进。每当我看到他们，都会告诉司机："捎他一程吧，太不容易了！"

记得在当雄兵站，我和一个第四军医大学毕业的军医聊天，他的脸已经被高原强烈的紫外线晒成了黑红色。他诧异地问我："孙老师，您说这些骑自行车跑高原的人是不是神经病？"我斩钉截铁地说："不是，这是一种生存态度，他们热爱户外运动，敢于挑战极限，挑战自我，是生活的强者。"

电影中赵汉唐扮演的男主角杨在生活中迷失了自我，决定独闯雪域高原，完成在世人眼里无法完成的奇幻无人区探险之旅。出发前，他在西藏遇见了一位倔强勇敢的姑娘蓝天，她曾经在西藏的冈仁波齐为了拍摄星空不慎摔成高位截瘫，虽然全身三分之二的肢体已无知觉，但她依然乐观地生活着。她读书、演讲、热爱大自然，勇敢地开车给杨带路奔赴无人区。在蓝天的激励下，杨历经 77 天洪水、野兽、寒冷、饥饿、龙卷风、交通工具自行车毁坏的折磨后，终于顽强地走出了羌塘无人区。

《七十七天》是第一部华语极地探险电影，也是一部低成本的电影，女主角江一燕为此零片酬出演。剧组为了艺术而拼搏，历时三年在高海拔无人区实景拍摄，最高取景点在海拔 6700 米，真是太艰难了。人生是一次旅行，探险是旅行的极致，用心做事才能拍摄出感人的电影。有付出就会有回报，影片获得第四届北京国际电影节创投特别大奖，入围第六十七届戛纳国际电影节新影人论坛，获得中加国际电影节最佳影片等多种奖项。

我关注的不是电影获奖，而是这部电影展现出的阳刚之气，提倡的冒险精神。我喜欢美国的西部片，喜欢日本电影《追捕》，是因为主人公身上透出的阳刚之气和冒险精神。近年来，我们的银幕出现了太多的娘娘腔、兰花指，我们太习惯跟着洋人屁股后面亦步亦趋，追求豪华制作，越弄离中国老百姓越远。看看我们的综艺节目，对小鲜肉顶礼膜拜，在大量的黄金时间让一些很娘的艺人搔首弄姿。

最近，北京西单大悦城发生持刀杀人事件，很多人都在仓皇逃跑。前几年几个爆恐分子在云南昆明火车站滥杀无辜，几百个男人都躲了起来，使得火车站广场血流成河，不少人死于非命，这些都在拷问我们民族的血性。

影视作品对民族精神具有潜移默化的引领作用，一个国家要有志气，一个民族要有血性，一支军队要有士气，都需要阳刚之气。最近，中央军委举行2018年开训动员大会，习近平主席向全军发布训令。训令发布的信号令人深思，中国人不好战，但当战争的危险降临到我们头上时，我们必须时刻准备迎战来犯之敌。中国需要铁血硬汉，男人应该有保护妇女儿童的意识和责任。希望中国的银幕多一些《七十七天》《战狼》《湄公河行动》这样的电影，弘扬中华民族的伟大精神，时代需要阳刚之气，我热切呼唤阳刚之气！

祁连山下的沉思

2003年10月8日，当铁人王进喜八十岁诞辰的那一天，我和大庆的西气东输建设者一道来到了玉门油田。远处的祁连山上覆盖着皑皑白雪，玉门油田峡谷赭石色的皱褶在阳光下显得格外清晰。站在中国油田第一口油井前，我想到了很多很多……

应中国作家协会和中国石油天然气集团公司的邀请，我从2002年7月开始，走南闯北对西气东输工程开始了全方位的采访。从2002年7月份到12月份，我每个月都在西气东输东线工地深入生活。2003年闹非典，北京还没有解禁，我就跑到陕西延水关、郑州黄河和南京长江穿越工地，采访西气东输三大控制性工程，而后又跑到西北四省采访，累计在线上待了近5个月。

我每天都要跑工地，经常一天就要跑几百公里。尽管长途奔波累得筋疲力尽，可每到一个地方我马上开始采访。我经常和石油人在工地同吃、同住、同聊天。我曾经在三伏天深入江南水网，踏着泥泞采访一线上的工人；也曾经在大雪纷飞的冬季在陕北黄土塬上奔波。为了采访到真实素材，我三次进入延水关隧道，在隧道瀑布般的渗水中采访穿越黄河的艰难；我三次来到长江盾构现场，深一脚浅一脚地走在长江底下观察穿越长江的艰辛；为了真实地描写四川油建工人的风采，我与山地王们一道攀登陡峭的吕梁山，从90度的山坡上爬上爬下。

泥泞的水网中，茫茫的雪山上，荒凉的罗布泊，干旱的戈壁滩，炎热的焊机旁，简陋的工棚内，憋闷的汽车上，危险的隧道下，到处都留下了我采访的身影。采访克拉2气田的那一天，我在汽车上度过了19个小时。我在西气东输工地和石油工人一道度过了七一党的生日、八一建军节、教师节、中秋节和国庆节。

现在，我已经从新疆克拉 2 气田一直跑到上海白鹤镇，行程两万多里，采访了 400 多名石油人，写下了 24 本采访笔记，拍摄了上千幅照片，录了几十盘录音带和录像带。这两万多里我是靠汽车轮子一个标段一个标段丈量过来的。仅新疆我就跑了 4600 公里，有的地方去了两三次。每到一个地方，我的眼睛就四处搜寻绿色的邮局，现在我已经在西气东输管道沿线的邮局盖了上百个邮戳。

越是深入工地，我就越是感觉到石油工人的可敬可爱。在社会的转型期，有这样一批人为了国家和人民的利益无私地奉献着，他们是新时期最可爱的人，是中华民族的脊梁。作为一个作家，不为这样的人树碑立传真是失职。然而我知道，要想写好西气东输，首先就要做一个合格的石油人。我是只笨鸟，不懂管道工程，更要向内行人请教。报告文学的生命在于真实，只有深入第一线，才能采撷到生活中原汁原味的东西。只有与工人们休戚与共，才能写出具有民族魂魄的作品来。

一年半的朝夕相处，我的思想感情起了很大变化。看到下雪了，我会由衷地惋惜：这鬼天气，害得我们的工人又干不了活儿了；听到甘肃张掖、山丹地区地震，我第一个反应就是问西气东输办公室的同志："咱们的工人没伤亡吧？"

到西线采访时，经常碰上在东线遇到过的老朋友。当我问起石油人的近况时，他们赞叹我的记性好，我觉得不在于记性而在于感情，当你真的把这些建设者当成自己的亲兄弟、亲姐妹，你怎么可能记不住他们呢？由于我全身心地投入采访，把心贴在石油人身上，工人们对我的称呼也有了变化，从"孙老师""孙作家""孙记者"到"姐"，我最喜欢听这声"姐"，这是对我最高的奖赏。

采访中，石油人给了我很多很多。忘不了在陕北靖边采访时，我被暴雨浇成了落汤鸡，长庆人和大庆人给我送来保暖内衣的情景；忘不了在山西坂河大峡谷采访时，王平总经理怕我摔下山谷，拉着我的手在鲫鱼背上一步步往前挪的情景；忘不了在新疆采访时，午夜两点钟我乘坐的汽车陷进坑里，石油人冒着严寒帮我把汽车抬出大坑的情景；忘不了在江南水网采访时，我和女工程师王岩在简陌的女工宿舍里彻夜长谈的情景……

一年来采访西气东输的日日夜夜，我和石油工人建立了深厚的感情。看到石油工人被歹徒打伤，我含着眼泪到医院慰问；看到西气东输沿线贫困地区的孩子没钱上学，我慷慨解囊帮助穷孩子念书；工人们在工地上过生日，我买了礼物送上；石油人到北京出差，我热情地邀请他们到家里做客。

一年多的采访使我受益匪浅。过去我对石油天然气一窍不通，现在我可以和石油人一道探讨工程；过去我对西部缺乏了解，现在我非常关心党中央西部大开发的每一个举动；过去我对世界能源格局知之甚少，现在我格外关注世界石油风云。

读万卷书，走万里路。采访西气东输使我横穿中国，触摸到了中国能源脉搏的跳动。对于我来说，采访西气东输是一次知识的积累，精神的洗礼，思想的升华，心灵的放飞。

站在玉门油田海拔 2400 米的山上，我仰望着祁连山。祁连山脚下的玉门油田是一个狭长的峡谷，坳陷生油，隆起储油。"磕头机"默默无闻地工作着，像婴儿吮吸乳汁那样吮吸着石油。这里是铁人王进喜的故乡，是中国石油工业的发祥地。当年铁人在这里奋斗过，如今大庆的石油人又在这里建设西气东输。铁人从这里走向了大庆，走向了全国。20 世纪大庆甩掉了中国贫油的帽子，大大振兴了国威。21 世纪的西气东输决不仅仅是修建了一条管道，而是树立了一种精神，其政治意义绝不亚于当年的大庆石油会战。

起风了，狂风夹杂着树叶漫天飞舞，老君庙前那口油井早已枯竭。它从来就不是一口高产井，可它却是中国油田的发现井、功勋井。玉门油田要搬家了，空旷的厂房显得寂寞而荒凉。可我要说，我们永远不会忘记玉门，永远不会忘记铁人，他不仅是石油人的骄傲，更是中国工人阶级的骄傲！

昆 仑 颂

也许是我的名字里有个"岩"字的缘故，骨子里便对青山产生了一种依恋。我像个山的信徒迢迢千里捧着我的虔诚朝拜过祖国无数的名山大川，只要一扑进山的怀抱，我的眼睛便湿润起来，心也鲜活起来，我的灵魂终于走入归附。

莽莽昆仑横空出世，是万山之祖，冰山之父，是滋养中华文明的江河的源头。我徘徊在昆仑山脚下，只见赭石色的岩石赤条条地裸露着，几蓬黄褐色的骆驼草从石头缝里顽强地探出头来，显出苍凉和悲壮。昆仑山的额头长年白雪皑皑，白雪融化后浇灌着脚下浑厚的土地。昆仑山生长着世界上价值连城的矿脉，山崩地裂后滚落到山脚，经过河水的冲刷、生命的裂变，诞生了世界上最珍贵的玉石——和田羊脂玉。

我痴痴地凝视着昆仑山，在和昆仑目光的相撞中，我吮吸到了人与大自然亲和的力；我静静地谛听着昆仑山，在和昆仑韵律的变奏中，我感受到了人与大自然对抗的力。

昆仑山叛逆了平地，在沉默中悄悄地长高，而沉默也是一种力量；昆仑山回报了平地，在凝滞中投下了参差的影子，于是，大地失去了平庸，而参差却是一种奇美。

我爱昆仑山，更爱昆仑山脚下的援疆人。昆仑山可以做证：与自己朝夕相处的来自北京的援疆人没有一个孬种，他们把辛勤汗水洒在了茫茫戈壁，他们将满腔热血输送到遥远的边疆，他们像昆仑小草那样展现着顽强的生命力，他们在昆仑山旁创造沸腾的新生活。新疆因为有了援疆人而变得美丽富饶，和田因为有了援疆人而变得壮丽辉煌。

和田，和田

在我的记忆深处，将永远铭刻着一个地名：那里是偏远而祥和的地方，是美丽而神奇的地方，是丝绸之路经过的地方，是东方庞贝命名的地方，是青山和白云接吻的地方，是骏马和羊群奔跑的地方，是天像湖水般湛蓝的地方，是玉像羊脂般洁白的地方，是玉石之路起源的地方，是桑皮造纸发明的地方，是世界第二大沙漠盘踞的地方，是大漠佛国栖息的地方，是玄奘取经逗留的地方，是胡杨林傲然挺立的地方，是骆驼草默默扎根的地方，是红枣眼睛闪闪发亮的地方，是沙漠玫瑰心花怒放的地方，是瓜果流淌蜜汁的地方，是葡萄散发芬芳的地方，是皮雅曼石榴咧嘴大笑的地方，是艾德莱斯绸翩翩起舞的地方，是羊毛地毯堆积如山的地方，是羊肉串和烤包子四溢飘香的地方，是中国日照时间最长的地方，是早穿皮袄午披纱的地方，是富含石油和天然气的地方，是长寿老人聚集的地方，是盛产靓仔和美女的地方，是于阗乐舞盛行的地方，是西域音律诞生的地方，是民族风情浓郁的地方，是解放军徒步穿越死亡之海为人民打天下的地方，是各族儿女金戈铁马英勇奋战的地方，是西部大开发桥头堡的地方，是援疆干部大显身手的地方，她的名字叫做和田。

文化援疆，百福和田，祝和田百年树木，繁荣昌盛；愿和田福如东海，幸福万年！

胡杨礼赞

金秋时节，我来到塔克拉玛干沙漠，看到大片的胡杨林傲然挺立。胡杨叶子像金黄的火焰，胡杨树干像戟顽强地刺向蓝天，向昆仑山发出了灵魂的傲啸。秋风拂面而来，胡杨树叶发出哗啦哗啦的声响，仿佛在弹奏生命交响乐。

不到大漠不知天地之广阔，不见胡杨不知生命之辉煌。胡杨在秋天是最美的，金黄的色彩为硕大的塔克拉玛干画板描绘出一幅绚丽多姿的油画。这是一片浑黄的风景，浅黄的沙漠和金黄的胡杨浑然一体，相得益彰。我欣赏着胡杨秋韵，真是千姿百态形状各异，有的仿佛苍鹰展翅，有的酷似美髯老翁。它们每一个扭曲的姿势都在诉说它怎样在干渴中煎熬，每一根裸露的树干都在讲述它怎么在风沙中挺立，每一块粗糙的树皮都在显示它是怎样在烈日下抗争，每一片金黄的叶子都在吟唱它的生命激情与活力。有的年迈的胡杨已经死了，可至死都不肯低下高贵的头颅，不肯放下高扬的手臂。生而不死一千年，死而不倒一千年，倒而不朽一千年。千年胡杨，吟诵着生命的绝唱。

这是世界上生命力最强的植物，有的胡杨上半截已经干枯，可下半截又伸出新的枝条，长出嫩绿的新叶。胡杨的灵魂是孤独的，胡杨的傲骨是不屈的，胡杨的身影是倔强的，胡杨的意志是坚韧的，胡杨的品格是高尚的，胡杨的生命是绚烂的。特别能吃苦，特别能忍耐，特别能奉献，这就是胡杨精神。

援疆干部宛如一棵棵胡杨，北京市援疆和田指挥部就像在大漠深处拔地而起的胡杨林，胡杨不嫌弃土壤的贫瘠，不惧怕风沙的肆虐，不屈服干旱的威胁，把根深深地扎在大漠中，心手相连，根须相拥，他们心中只有一个愿望，那就是和田人民的幸福安康、新疆经济的跨越式发展和社会的长治久安。

新疆的诗乐舞

　　一部人类社会发展史就是各民族之间相互融合、相互促进的历史。新疆的史诗长卷上，描绘着多民族文化、文明融汇的悠久历史。新疆的诗乐舞便是各民族文化融合的结晶，散发着独特的民族风情。

　　在人类历史上，影响深远、历史悠久的文化体系只有 4 个——中国、印度、古巴比伦和希腊文化体系，这四大文化体系汇流的地方只有一个，这就是中国的新疆地区。

　　我去过六次新疆，离开一段时间就会想念她——新疆只要深情投入，将会勾住你的魂魄；新疆只要真心触摸，就会使你难以释怀。

　　一个秋日，我到新疆墨玉县采访援疆人员，刚刚走到十八盘水磨附近，就看到一队迎亲的人。在回新郎家的路上，这一对新人就迫不及待地下车，在乐器的伴奏下跳起欢快的麦西来甫，那份热烈和激情，令人过目不忘。这是我见到的最美丽的新娘，她的欢快幸福至今还烙在我的脑海里。

　　新疆维吾尔族妇女很少整容，清一色的大眼睛、双眼皮、高鼻梁、黑眉毛，面若桃花。接触久了我才晓得维吾尔族妇女在养护头发、眉毛、皮肤上是有秘诀的，这是一种健康的纯天然的美。

　　探究维吾尔族文化史、音乐史、舞蹈史，我发现维吾尔族是一个充满仁爱，富有乐观精神的民族，是一个快乐的民族，爱美的民族；维吾尔族人能歌善舞、热情好客，维吾尔族文化从来就不是仇恨杀戮的文化。玄奘在《大唐西域记》里这样描述古代和田人"俗知礼义，人性温恭。好学典艺，博达技能。众庶富乐，编户安业。国尚乐音，人好歌舞……崇尚佛法"。

新疆是一片神奇而美丽的土地，这块土地和我国很多地区一起，共同孕育了灿烂的中华文明。丝绸之路这架贯穿东西方的桥梁，将东西方文明交会于此，形成了独特的西域文化。在新疆采风，我的心兴奋地歌唱，我感受到了多元文化的滋养。多民族共生共存是当今世界的潮流，新疆的多民族文化正是最大的优势。有交汇就会有碰撞，有碰撞就会有融合，有融合就会有发展。一部人类社会发展史就是各民族之间相互融合、相互促进的历史。新疆的诗乐舞便是各民族文化融合的结晶，散发着独特的民族风情。

维吾尔族是一个古老的民族，历史悠久，源远流长，有文字记载的历史就有2000多年，非物质文化遗产令人瞩目。随着丝绸之路开通，西域敞开胸膛张开双臂迎接八面来风，是对外开放的前沿。

维吾尔族音乐流传甚广，音乐的兴盛必然有文学因子的支撑，纵观维吾尔族文学史，除了极少数如《乌古斯汗传说》以及19世纪毛拉·赛底克·叶尔羌地的《五卷书》外，其余几乎全部是诗歌。从某种意义上说，维吾尔族文学史是诗歌发展史。中世纪以后，维吾尔族诗人灿若群星，诗作层出不穷。我在新疆搜集了木卡姆的歌词，文字美得令人心醉。凝练的诗歌需要极强的想象力和概括力，由此可见，维吾尔族是一个具有丰富想象力和浪漫情怀的民族。

阿里希尔·纳瓦依是15世纪伟大的维吾尔族思想家和文学大师，创作过近30部著作，涉及语言、文学、哲学、传记、历史等各个方面，它们对维吾尔语言文学发展奠定了牢固基础，对维吾尔文化、维吾尔教育、维吾尔文学，甚至维吾尔木卡姆等的发展，产生了巨大的影响。

维吾尔族诗人诺比德一生坎坷，颠沛流离，直到晚年才回到家乡和田。他曾经饱含深情地写道：

"想起和田，直像蜜糖甜上心尖；比伊甸更绚丽，馥郁芬芳满园。肥沃乐土是包治百病的妙药，和田捧着姹紫嫣红荡漾眉端。仙姬的一吻啊，该有何等甜蜜，丽妹的樱唇胜过糖渍的蜜饯。容似艳阳焕发，美目盼兮星光，弯弯的蛾眉，比新月还更俏艳。世界名师，也难比她能言善辩，和田是学童百读不厌的诗篇，也是诗人梦寐向往着的花坛，将是您挥写的《五卷诗》的序篇。"

《福乐智慧》是喀喇汗王朝时期用回鹘文（古维吾尔文）写成的长诗。作者玉素甫·哈斯·哈吉甫是11世纪喀喇汗王朝杰出的诗人、学者和思想家。请听他的诗句：

"春风从东方吹来，把欢乐之路为善德的人们打开。大地欣欣向荣，尘浊消散，馥郁一片，山山水水，脱尽臃肿的冬装，重把自己打扮。春的气息驱走了冬王，欢跳的彩光，重又在四野荡漾。太阳走出鱼尾，向着羊鼻移升，高临天庭。

"枯枝披起绿衫，花红欲燃，有鹅黄墨绿缀点。大地上绿纱轻飘，中国商队运来各色珠宝。草野、山岳、平原，绵延远方，低洼、丘岗，绿衣红裳，分外漂亮……"

诗人难道仅仅是在写景吗？这是在描写丝绸之路的繁华，是在歌唱春风，播撒阳光，呼唤善德。

"姑娘的脾性，多么扑朔迷离，你就她，她偏把手儿轻轻抽起。有时是花枝招展，追你不放；有时佯装没看见，使你跟跄。""心爱，却像黄羊冷淡地走开，你想走，她又胶糖一样黏住腿。"

诗人在描写爱情时，观察如此细致，把初恋少女的羞涩、欲语还休、欲擒故纵写得多么到位，心理分析多么贴切，语言风趣，充满想象。

"要想知道爱还是不爱，总得对心的认识深刻。情人的面孔上，有一种看不透的神情，一旦眼睛凝视眼睛，才能发掘爱情的深浅。"

这难道仅仅是在写爱情吗？多么富有哲理，多么富有韵味！

《福乐智慧》的意思是给人们带来幸福的知识，这是一部用诗写成的哲学、伦理学著作，强调人人都要诚实、公正、廉洁，热爱学习，尊重知识，忠于爱情。读《福乐智慧》，我们能了解到维吾尔族在中世纪的政治、经济、法律、伦理、哲学、历史、文化、宗教及社会状况。读维吾尔族诗歌，我不仅品出了文学的芬芳，还得到了美的享受。

回鹘西迁，到了新疆地区后，吸收了龟兹、高昌、疏勒、伊州诸乐的精华，加上当时鄂尔浑河畔跃马扬鞭、能歌善舞的传统，音乐飞速发展。这是维吾尔族音乐发展的历史渊源，正如《马可·波罗游记》所言："他们这个民族能从容看待事物，最注意娱乐歌舞享受。"

和田历史悠久，古称于阗，毛泽东的名句"万方乐奏有于阗"指的就是此地。和田是著名的歌舞之乡，传说中原最早的音律就出自西域于阗。

张骞出使西域，除了政治、外交使命外，还有一项重要收获就是从龟兹带回了"摩诃兜勒"，也就是"木卡姆"，即"大曲"。早在公元 2 世纪时，摩诃兜勒这种乐曲就在南疆地区流传。在唐代，龟兹乐已经有了记谱专书。南北朝时，新疆的龟兹乐、疏勒乐、悦般（匈奴的一支）乐的乐队，先后多次访问过中原内地。五胡十六国时期，吕光率兵出征西域，降伏焉耆、龟兹，后称天王，国号大凉，史称后凉。攻占龟兹后，为了培养自己的乐队，发展皇家的文化娱乐，就把龟兹乐队迁到凉州，《大唐西域记》记载："屈支国……管弦伎乐，特善诸国。"

木卡姆是穆斯林诸民族的一种音乐形式，木卡姆在阿拉伯语里是聚会的意思，十二木卡姆就是十二套大曲。它像蒙古族的《江格尔》、藏族的《格萨尔王传》、柯尔克孜族的《玛纳斯》等英雄史诗一样，具有世界性的影响，是勤劳、善良的维吾尔族人民智慧的结晶，是维吾尔族音乐之母，是一部用音乐语言叙述维吾尔族人民生活的文化艺术百科全书，是新疆这个歌舞之乡的象征，也是流传千余年的东方音乐的巨大财富。

新中国成立后，百废待兴，当周恩来总理听到十二木卡姆这种维吾尔族文化瑰宝濒临失传的消息后，立刻从北京专门派了3位有造诣的艺术家到新疆去，拿着录音机到民间帮助新疆人挖掘整理，通过录音记谱的方法使十二木卡姆得到了有效的保护和传承。如果没有国家领导人的高度重视，我们今天所听到的十二木卡姆，至少不是完整的。

新疆和平解放以来，各民族的传统文化都得到了有效的保护、传承、挖掘、整理和弘扬。现在新疆除了维吾尔族十二木卡姆艺术被联合国教科文组织确定为"世界口头与非物质文化遗产代表作"以外，最近经中国政府申请，新疆柯尔克孜族的《玛纳斯》又被确定为世界口头与非物质文化遗产代表作。可见中国政府传承保护各民族文化遗产的态度是一贯的，措施是有力的。

有人说"天下乐器出于阗"，和田人会说话就会唱歌，会走路就会跳舞。今天的和田人对音乐舞蹈仍具有强烈的热情，维吾尔族女歌唱家巴哈尔古丽就出生于和田，如今，她的名字在新疆家喻户晓，她最脍炙人口的歌曲是那首《最美的还是我们新疆》。中国著名抒情花腔女高音歌唱家迪里拜尔是新疆喀什维吾尔族人。著名音乐人王洛宾和刀郎虽是汉族人，但他们的音乐却得到了新疆这块土壤的滋养。

虽然新疆人都热爱音乐，但是没有一个地方像和田那样拥有那么多由专业音乐家组成的小乐队。十二木卡姆共分12套套曲365首曲子4500行诗，演唱每套套曲至少需要两个小时。套曲巧妙地运用音乐、文学、舞蹈、戏剧等各类艺术形式，表现维吾尔族人民绚丽的生活和美好的追求。在和田行走，我经常听到优美的木卡姆的旋律。在墨玉县的夏合勒克庄园，几个维吾尔族人随意地坐在一张木床上，弹奏着手中的乐器，艾捷克、达普（手鼓）、萨塔尔、热瓦甫、塔西、沙巴依、阔拇子、巴拉曼、乃依、胡西塔尔、塔布拉、冬不拉、都塔尔、弹布尔、卡龙琴、纳格拉……粗粗数一下，和田的民间乐器就有十几种之多。热瓦甫是一种弹拨乐器，比较轻巧；巴拉曼是一种用芦管做成的双簧气鸣乐器，中间有几个孔，类似于笛子；都塔尔也是一种弹拨乐器，有两条弦，琴声清脆、悠扬，这些乐器有的用来独奏，有的用来合奏，有的用来伴舞和鸣。维吾尔族民间乐器不但可做伴奏的乐器弹奏音乐，还可作为一件精美华丽的工艺品来展示，经主人的手工制作和装饰的乐器，显得简单古朴，高贵典雅。

我在新疆收集了一些维吾尔族原生态音乐，古老的和田民歌极有韵味。每当写作累了的时候，我就会听一会儿新疆音乐，原版维语演唱的歌曲，时而高亢激越，时而舒缓悠扬。音乐在我的灵魂上擦出火花，我的心也变得年轻富有朝气。我还从新疆买了一些维吾尔族歌曲 CD 送给朋友，颇受欢迎。

我在和田下乡采访时有幸遇到过当地的婚礼，一位留着山羊胡子的大叔演奏着萨塔尔，用这种拉弦乐器掌控着婚礼乐队的节奏。乐手们听到萨塔尔的音响，微微闭上眼睛，用一种金属的敲击乐器拍打着肩膀，沉醉如入无人之境。乐器上的金属环跳动着，形成激情的节奏，新郎和新娘及参加婚礼的人们，就在乐器的伴奏下翩翩起舞。

我观看过和田县歌舞团的演出，民乐合奏《喜洋洋》中演员使用了艾捷克、手鼓、萨塔尔和热瓦甫 4 种民族乐器；和田民歌《肉孜兰》、哈萨克族舞蹈《多彩的和田》、维吾尔族舞蹈《胡杨情》、塔吉克族舞蹈《山鹰之恋》、集体舞《沙漠人家》《牧羊人》《绣花帽的姑娘》《刀郎麦西来甫》、歌曲《玫瑰古丽》；等等，给我留下了深刻印象。有一次，我到昆仑山采访，牧场海拔 3400 多米，可是在蒙古包里，我居然听到有人在演奏都塔尔。在南疆，戈壁越大沙漠越宽环境越荒芜的地方，新疆人的歌声就越嘹亮。

维吾尔族舞蹈继承古代鄂尔浑河流域和天山回鹘族的乐舞传统，又吸收古西域乐舞的精华，经长期发展和演变，形成具有多种形式和特殊风格的舞蹈艺术，广泛流传在新疆维吾尔自治区各地。

麦西来甫在维语中是"欢聚歌舞"的意思，在南疆已有近千年的历史，如今，麦西来甫活动更加活跃，人们通过麦西来甫的各种活动抒发感情，表达内心的喜悦。维吾尔族舞蹈的特点是开朗奔放、激情四射、幽默风趣，舞蹈中擅长运用头和手腕的动作，通过移颈、头部的摇动和手腕动作，加上昂首、挺胸、立腰的姿态，以及眼神的巧妙配合，表现出不同人物的内心情感，使舞蹈别具一格。托帽式、插花式、遮羞式、猫洗脸式、摇身点颤、移颈、平开手、横垫步、滑冲步……每一种动作都代表一定的舞蹈语言。一天，我跟随北京文学艺术家代表团到新疆慰问演出，演出快结束时，和田县歌舞团的演员们在舞台上跳起了欢快的舞蹈。新疆音乐极富感染力，远道而来的我们也纷纷上场跳起了热情的麦西来甫。维吾尔族人的艺术感很好，那一刻，我觉得他们的激情像火焰在燃烧，简直是一群精灵在舞蹈。受他们传染，我也跳得像模像样，心灵跟随优美的音乐一起放飞。

浩瀚的大漠、茫茫的戈壁和洁白的雪山，将南疆打造得粗犷而凛然。这里自古以来就是多民族聚居之处。汉唐以来，古丝绸之路的南、中道在这里交会，东西走廊，八面来风，使得世界四大古代文明在这里融合。西域文明的特点是多民族、多宗教、多文化，汉唐盛世以博大胸怀吸纳了西域文明的精华，创造了灿烂的中华文明、汉唐气象。

浙江卫视举办首季"中国好舞蹈"大赛，在选择导师时，美丽的维吾尔族姑娘古丽米娜满怀深情地说："我前来的主要目的是传递正能量，我选择代表民族大团结的金星老师。"

古丽米娜的话一下就说到了大家的心坎上，好多朋友都为这句话潸然泪下。她和蒙古族小伙子呼德勒11年前在参加"桃李杯"舞蹈大赛时相识，这次同在金星老师的舞蹈训练营训练。金星是中国现代舞的拓荒者，更是目前在世界上成就最高的中国舞蹈家之一，获得过很多国际荣誉。金星是朝鲜族人，朝鲜族、维吾尔族和蒙古族人都能歌善舞。金星从美国聘请舞蹈教练在上海舞蹈训练营精心给学员编舞，古丽米娜和呼德勒的《最爱》跳得特别好，完全融入到音乐当中，金星点评时都流泪了，紧紧地拥抱她的学员。看了这个节目我很感动，这就是多元文化交融，民族团结的范例。

2014 年 7 月 5 日，浙江卫视举行首季"中国好舞蹈"年度最受欢迎舞者大赛，古丽米娜与另一个维吾尔族小伙子买买提江合跳了一段塔吉克族舞蹈《帕米尔之情》，这对舞伴一身红衣，像精灵一样在舞蹈。买买提江用双臂表现山鹰的飞翔，古丽米娜用肢体语言展现云雀的歌唱，刚柔相济，相得益彰。这段舞蹈展示了塔吉克族人山鹰一般的意志、强烈的民族自信和乐观的生活态度。生活在帕米尔高原的塔吉克族人自称是离太阳最近的民族，为太阳的后代，他们居住在海拔 3000 米以上的高原，崇拜鹰，喜欢跳鹰舞，吹"鹰笛"，鹰舞的功夫在于男人的双臂，酷似雄鹰在展翅飞翔。这是一个民族的图腾，这是一种阳刚的气魄，这是一种生命的放飞。经过激烈的角逐，古丽米娜获得了本年度最受欢迎舞者的称号。总决赛的日子也令我回味，7 月 5 日这个日子不应该被血腥玷污。

新疆是一个出艺术家的地方，不仅是维吾尔族，哈萨克族、塔吉克族、蒙古族、柯尔克孜族、回族、锡伯族、达斡尔族、乌孜别克族……都是人才济济。最近，新疆锡伯族姑娘佟丽娅获得了华鼎奖最佳女演员，首封"视后"，我打心眼儿里为她高兴。中央电视台综艺频道主持人尼格买提就是个能歌善舞、相貌英俊、机智幽默的维吾尔族小伙子。我想，"五十六个民族，五十六枝花，五十六族兄弟姐妹是一家"。

中国是历史悠久文化灿烂的多民族国家，少数民族离不开汉族，汉族同样也离不开少数民族，作为人口众多的汉族，要好好向少数民族学习，与他们交心。维吾尔族的历史功绩是庄严伟大的，维吾尔族人民为民族团结作出过杰出贡献，包括维吾尔族在内的新疆各民族人民在中华文明建构和发展进程中功不可没。

新疆是一幅史诗长卷，描绘着多民族文化、文明融汇的悠久历史；新疆是一本百科全书，记载着古典与现代，地域与风土，诗情与画意；新疆是一部华美乐章，演奏着丰富与多彩，博大与神奇，现实与梦想。新疆的城堡、石窟、寺庙、老街、建筑给人以文化积淀的沉醉；新疆的诗歌、音乐、舞蹈、服饰、美食给人以民俗风情的陶冶；新疆之华美，灿烂夺目，丰富多彩；新疆之气韵，激情澎湃，荡气回肠！

艾德莱斯绸裙子

据《于阗国授记》记载，早先，西域是没有丝绸的，于阗国民不知道如何种桑养蚕，而中原的种桑养蚕技术又秘不外传。为了获得蚕种，于阗国王就向中原王朝求亲，迎娶汉家公主，得到允诺。公主出发前，迎亲的使臣把于阗国王想得到蚕丝技术的事情向公主和盘托出，公主就将蚕种作为陪嫁，藏在发髻中秘密带到了于阗。从此，种桑树在于阗国蔚然成风，公主教会人们养蚕、抽丝、织绸，从此，西域有了中原的丝绸，成为主要经济来源。毋庸置疑，丝绸是中原文明的产物，经过丝绸之路传到了于阗，进而传到了中亚和欧洲。

新疆和田的农作物和果树很怪，从内地引进到和田，在新的土壤上品质和味道发生变异，会青出于蓝而胜于蓝；和田的丝绸也是如此，从中原传到了西域，聪明的维吾尔族人也对其进行改良，诞生了别具一格的于阗艾德莱斯。

我走进和田市吉亚乡的艾德莱斯绸厂，仔细地观察艾德莱斯绸的制作工艺。首先是缫丝，一位维吾尔族大妈坐在锅边，将很多白色的蚕茧在一口大锅里煮沸后抽丝卷线，这是缫丝法抽丝，她先精选蚕茧，将处理不干净或畸形的蚕茧剔除，精选好的放入锅中煮沸，15分钟后蚕茧变成青色，里面渗水就算熟茧。然后用木棍搅拌蚕茧，把生丝纤维线头绞成一股，一般25—30根为一股。

第二步是染色，染色就是用绳子或塑料带将经线捆扎后进行扎染，染料采用矿物染料如绿矾、靛蓝和植物天然染料如青核桃皮、沙枣皮、柳树孕穗、红柳花等浸液着色，根据各自不同图案的需要浸入染料中，染出由浅入深的彩色图案，根据需要染几种颜色，就分别捆扎几次浸入多种染料中；对纬线只染一种底色，不需要扎染，从抽丝到染色再到编织，工艺复杂，做工精细，全部由手工完成。

它的绝妙之处在于染色时用纯天然的矿物、植物染料，不添加任何工业纺织原料，对人体没有伤害。这种工艺有 2000 多年的历史，是西域丝绸生产的活化石。

艾德莱斯的汉语意思是扎染，扎就是绑扎的意思，可别小瞧了在丝绸上绑扎的绳子，丝绸染成什么图案，关键看绳子如何绑扎。扎染的图案藏在设计师的脑子里，最大的好处就是图案不重样，层次分明。捆丝就是将木架上并好的经线按照传统的花色图案，精密排列后捆扎，捆扎仍然采用传统工艺。

第三步是纺织，将拼凑完成的图案经线及染上底色的纬线上手工织机，开始人工纺织。纺织时手脚并用，一人一天可以纺织 3—4 米。我亲眼目睹了艾德莱斯绸的诞生过程，而这被公认为是"21 世纪最后的丝绸手工制作工艺"。

维吾尔族人喜欢颜色鲜艳的服装，艾德莱斯色彩艳丽，质地柔软，大致分为四种颜色，黑、红、黄和多彩色，有大片的几何图形，立体感强，且每年的花色在不断变化。一匹丝绸有 0.45 米宽，6.45 米长，正好可以做一条裙子，颇受维吾尔族妇女青睐。我买了两匹纯天然染料染的艾德莱斯绸，还买了艾德莱斯绸围巾和帽子，围巾围在脖子上轻柔细腻特别舒服，帽子夏天戴不仅美观而且透气。做艾德莱斯绸服装最好找维吾尔族裁缝，他们懂得如何裁剪，如何拼接图案，如何缝纫。这种丝绸手感极好，穿在身上轻盈飘逸。

艾德莱斯绸有两类色调，一类色泽鲜艳，桃粉杏黄草绿湖蓝姹紫嫣红，使人想起七色彩虹，维吾尔族妇女大多喜欢这种色调；还有一类清淡典雅，淡绿乳白豆沙浅黄，显得素净古朴，适合做围巾和床单。这种古老的丝绸之所以历尽岁月沧桑而不褪色过时，是因为她融合了传统与现代的因子，货真价实的纯天然手工制作，散发着古朴的美。

这里馆厂合一，院子里竖着一块牌子，写着"北京援建"的字样。北京与和田市各出资 150 万元，打造一个现代化的艾德莱斯绸生产基地。2008 年，艾德莱斯入选国家级非物质文化遗产名录，我相信，有了北京人的支援，艾德莱斯绸这朵奇葩一定会在南疆开得更加绚丽。

2010 年，我第一次到新疆和田采访，就买了两匹艾德莱斯绸，兴冲冲地带回北京，却发现找不到合适的裁缝，两匹布料在我的箱子里睡了三年大觉。我坚信维吾尔族人创造的丝绸，只有维吾尔族裁缝才能更好地诠释。于是，2013年第四次赴和田采访时，我把丝绸带到了和田，在当地朋友的引荐下，找到了一个维吾尔族裁缝。

维吾尔族人设计的艾德莱斯裙子大多采用大V领、短袖的款式，颜色艳丽，我买的是淡绿色和白色相间的艾德莱斯绸，根据我的年龄和身材特点提出了自己的设计思路：高领、七分袖、长裙摆，无疑给裁缝设了一道难题。我问她是否可以按照我的设计缝制，她爽快地答应了，我问她手工费多少，没有讨价还价愉快地付了钱。她给我量体裁衣，我用维吾尔族语和她聊天，小屋里不时爆发出欢快的笑声。

一周后，当我到她家取裙子时，发现她不仅给我做好了裙子，而且在裙子的胸前镶上了亮晶晶的珠片。我在她家试穿裙子，对称的几何图形和闪亮的珠片将裙子衬托得格外美丽，我即兴做了几个维吾尔族的舞蹈动作，她看着我，高兴得脸上直放光，眼睛笑成了两弯月牙。原来，裁缝听她的一个朋友讲我是一个作家，六下新疆采访，去了很多贫困山区，真心实意帮助维吾尔族老百姓，于是，她以一种特殊的方式表达对我的感激，把裙子做得既漂亮又合体。维吾尔族人就是这样实在，当她知道你对她好后，她会对你掏出心窝子。

如今，天气渐渐热了起来，每当我穿上这条维吾尔族面料、汉族设计风格的裙子，周围的人总会投来羡慕的目光，这条裙子的款式在北京城是独一份儿，凉爽丝滑，不起褶子，不用熨烫，我真切体会到艾德莱斯绸裙子的诸多优点，不由得想起了遥远的新疆，想起了真挚热情的维吾尔族兄弟姐妹。

太极拳故乡游记

太极拳是中华武术的重要组成部分，是太极文化的重要载体，是人类社会发展过程中的文明成果。太极拳深刻诠释了太极文化的精髓，是中华民族智慧的结晶，是人类社会发展进程中的文明成果。经过多年的推广与发展，太极拳也成为增进中国与世界各国人民友谊的纽带，是东西方体育文化交融的重要桥梁。

为了探究太极文化，我来到河南温县，住在太极宾馆。温县的地形仿佛是一只乌龟，县城就建在龟背上。乌龟的头在县城的南方，太极宾馆在县城的东北角。走在大街上，我突然看到县城街心有一个醒目的标志，两根银色的柱子擎着一个银色的圆球，圆球下方的两根柱子之间夹着一个黑色的正方形，上面画着一个太极图。柱子的下方是一个圆形的豆沙色底座，这就是陈氏太极拳的故乡。

汽车驶进陈家沟，只见一些人家的墙上画着太极拳的招式，一幅幅太极图映入眼帘。村庄和院落十分整洁，不时看到人们打太极拳的身影。

陈氏太极拳创始人叫做陈王廷，字奏庭，是温县陈家沟人。陈氏太极拳有一至五路太极拳的套路，一路炮锤，一百零八式长拳，双人推手和刀、枪、剑、棍、铜、双人粘枪等器械武功。尤其是双人推手和双人粘枪是前所未有的。武术贵在创新，险在伤人，而陈氏太极拳以柔克刚，以弱胜强，既不伤人，又能添技，颇受习武人的青睐。

种子要有适合其生长的土壤才能发芽、开花、结果，河南人有尚武的传统，全民习武的热潮为陈氏太极拳的推广创造了土壤，尚武的民风民俗又为陈氏太极拳的创立打下了深厚的文化根基。小小的陈家沟沸腾了，家家习武，人人练拳，陈氏太极拳很快就风靡中原。

陈王廷具有创新精神，不断摸索、创新、完善，使得陈氏太极拳具有经典性的创意。他在晚年时写过一首歌词：

> 叹当年，披坚执锐，扫荡群氛，几次颠险。蒙恩赐，枉徒然。到而今，年老残喘，只落得《黄庭》一卷随身伴。闷来时造拳，忙来时耕田，趁余闲，教下谢弟子儿孙，成龙成虎任方便。欠官粮早完，要私债即还，骄诌无用，忍让为先。人人道我憨，人人道我癫，常洗耳，不弹冠，笑煞那万户诸侯，兢兢业业不如俺。心中常舒泰，名利总不贪。参透机关，识破邯郸，陶情于温水，盘桓乎山川，兴也无干，废也无干。若得个世境安康，恬淡如常，不恃不求，听其自然。哪怕它世态炎凉，权衡相参，成也无关，败也无关。不是神仙，谁是神仙？

一大早，我起床在院子里散步，清晨黄河边的空气湿漉漉、甜丝丝，沁人心脾，这没有雾霾的空气浴使我充满了灵感。我向宾馆外走去，只见一群人在聚精会神地打太极拳，那种超凡脱俗的优雅宛如闲云野鹤，那种以柔克刚的招式酷似敦煌飞天，那种全神贯注的神态仿佛少林武功……尚武的种子在一招一式中萌芽，强健的体魄在一招一式中孕育，东方雄狮在一招一式中苏醒。

练功的人中竟然还有老外，原来，陈氏太极拳声名远扬，很多外国人都慕名前来温县学习正宗的太极拳。他们有的住在温县的宾馆，有的住在招待所，有的住在农民家里。河南是中国武术的故乡，中国功夫的摇篮。陈王廷在祖传拳法的基础上，吸收其他拳派的精华，博采众长，融入了中国古人的哲学思想和传统医学原理，创造出别具一格的太极拳，使陈家沟成为世界各地武术爱好者心中的殿堂。这里每年九月都要举办一次国际太极拳年会，每当此时，温县的宾馆总是爆满，很多人只好在郑州和周围的焦作、巩义、武陟、荥阳县住宿。

武术是有感染力的，我在大学读书时跟体育老师学过太极拳，不由自主跟随大伙儿一道打起太极拳，顿时觉得神清气爽，精神焕发。20世纪80年代，陈家沟开始兴建武术学校，对外招收徒弟，中外武术爱好者纷至沓来。自从 1992 年温县举办国际太极拳年会后，吸引了几十个国家和地区的太极拳爱好者参赛，在世界范围内引起了极大的震撼。英国、美国、日本等 20 多个国家和地区的上万人前来学武，数万人来访，太极拳热浪一浪高过一浪。目前，全世界太极拳爱好者超过一亿人，各种太极拳组织上万个，温县有数千人从事太极拳研究，数百人在全国有影响，1992 年，温县被国家体委首批命名为全国"武术之乡"。

一门拳术造就了一个县城，温县的太极拳闻名遐迩，吸引了八方来宾，推动了当地旅游业的发展，带来了巨大的商机。

习武要从娃娃抓起，温县把太极拳定为全县中学体育课的必修课。全县 13 个乡镇全部成立了武术辅导站，有数十个固定的训练场和拳师教拳点，平均每三个人当中就有一个会武术。

陈氏太极拳走出了国门，征服了世界，很多国家都有了练习太极拳的身影。英国有一所陈氏太极拳学院，校长苏珊·约翰森在创办这所太极拳学院之前，在英国的一家银行供职。1999 年，在首届陈氏太极拳高级训练班上，苏珊遇到了她的师傅、陈氏太极拳十九世传人陈正雷先生的入门弟子刘勇。在刘老师的指点下，她的拳术突飞猛进。她发现自己着魔般地迷恋上了中国的陈氏太极拳，她已经离不开太极拳了。2000 年 9 月，她在英国创办了陈氏太极拳学院。

太极拳改变了苏珊的人生轨迹，她有了几百个学生，最年长的 80 多岁，最年轻的 20 多岁。现在，越来越多的英国人爱上了太极拳，开始，不少人把打太极拳仅仅当作活动筋骨、促进血液循环、疏通经络的一种健身方式，可是日子久了，太极拳的精髓潜移默化地渗透到他们的骨子里，他们通过太极拳接受了"凝神养气"的中国生命哲学，甚至有些人的性格和生活态度都在向东方人靠拢。

中医、太极等中华文化源远流长，在对外交流、中国文化走出去战略中发挥了积极作用。太极拳是太极文化的重要载体，是人类社会发展过程中的文明成果。中医、太极文化走出去，是大文化走出去战略的重大举措。外国朋友通过中医和太极强身健体，尝到甜头，要想让世界共享我们的优秀文化，首先必须让更多的人认知、认同，通过影响和改变对方观念和价值取向来获取对方对中国的理解和认同，从而达到传播中国文化"润物细无声"的境界。

美国的一位女士被陈氏太极拳的魅力吸引，千里迢迢来到温县拜陈王廷的后代学习太极拳，她在温县一待就是六年，学得非常投入，现在，她已经完全得到了陈氏太极拳的真传，回到美国后教授太极拳。

体育和文化是密切相关的，太极拳就像一座桥梁，让温县陈家沟走出了中国，也让外国人真正了解了中国。太极拳和京剧艺术、中医、中药都是中国的国粹，外国人对中国的认识是通过具体的事件、具体的门类来逐渐深化的，中国的传统文化让西方人着迷，他们觉得中国这个古老的国度有博大精深的文化，有独树一帜的拳术。不少外国人是在学习了汉字、了解了太极拳、观赏了京剧、接受了中医、中药治疗后，萌发了要到中国看一看的念头。在温县，太极拳超出了国界，成了文化的使者和友谊的桥梁。太极拳里有东方风情，太极拳里有传统文化，太极拳里有中国情怀，太极拳里有古典韵味。

告别温县那天，文物所所长听说我对当地的历史文化感兴趣，一大早儿就赶来向我讲述温县的历史典故，陪同我到温县西部的元代建筑慈胜寺游览，参观原汁原味的豫北民居，介绍温县北平皋村殷商文化的根脉。

温县是一个出名人的地方，春秋时期的文贤卜商、三国时期的司马懿、晋朝的开国帝王司马炎、北宋画家郭熙和明末清初的陈氏太极拳创始人陈王廷等都是温县人。《赵氏孤儿》中的忠臣韩厥和赵盾的墓都在温县。

汽车风驰电掣般地驶过焦作黄河大桥，我看到了伏羲当年演绎八卦的伏羲台。滔滔黄河水一往情深地向东流去，我不由得感叹：河南是中华民族的发祥地之一，早在远古时代，中华民族的祖先就在这里繁衍生息。距今1万至4000年前的新石器时代，中原人民创造了仰韶文化和龙山文化。距今4000年前，居住在河南的先民就最早跨进了文明的门槛，成为华夏文明的核心。夏商周秦汉，中国朝代的鼻祖都在河南。夏部落在豫西地区建立了中国历史上第一个奴隶制国家夏王朝。距今3500年前，商朝又在河南商丘将夏王朝取而代之。

走在河南的大地上，我发现几步就是一个遗址，几里就有一个典故。温县东面的武陟县是刘邦和吕雉结婚的地方，刘邦在武陟县住过一段时间；与温县隔河相望的巩义是杜甫故里；荥阳既是楚汉相争的古战场，也是三英战吕布的旧址；还有十三棍僧救李世民的遗址；温县西北的沁阳县是李商隐故里……

在中华民族5000年的文明史上，河南有2500多年曾经是全国政治、经济、文化的中心，河南出了很多政治家、军事家、文学家、艺术家、科学家。道家学说的创始人老子是河南鹿邑人，秦朝丞相李斯、东汉科学家张衡、医圣张仲景，唐朝诗人杜甫、白居易，画圣吴道子等人都出生在河南这块土地上。就连闽南人的祖先也是从中原迁徙过去的。

河南的地下文物居全国冠军，地上文物居全国亚军。在中国20世纪100项考古大发现中，河南占了17项，其中安阳殷墟当之无愧名列榜首。

世界上有中国人居住的地方就有武术，有武术的地方就有太极拳。目前，太极拳已经在世界超过150个国家和地区得到了开展，约有上亿人在练习太极拳，其中中国练习太极拳的人口有4000万—5000万，日本的太极拳人口已达300万。

最近，我出席全球孔子学院大会，会上很多专家学者提出要把中国的太极拳文化推向世界，找到世界对中国文化的认同点——太极文化。孔子学院的学生非常喜欢学中国的太极拳，我亲眼看到与会的外国友人对中国的太极拳文化表现出空前的热情和向往。

武术源于中国，属于世界，太极拳将助力中国文化走向世界！

享受上海世博会

2010 年上海世博会开幕后，我到世博会参观，看得兴味盎然。世博会是灵感和思想的艺术画廊。观摩世博会要有历史知识、文化积淀和艺术积累，这样见到你所心仪的展馆、展品才能引起共鸣，在心灵上擦出火花。世博会上各国都呈现出自己的文化瑰宝，观摩世博是一次极好的游学。外行看热闹，内行看门道。只有倾注情感去寻找，静下心来去品味，才能心有所悟，观有所感。只有像蜜蜂采蜜那样吮吸精华，才能视野开阔，心灵丰富，精神愉悦。观博是一种充电，一种沉醉，一种享受，一种升华。

上海世博会给我的突出感觉是世界各国都把自己的宝贝拿来与人共享。墨西哥馆有一尊 1200 多年前的多罗雷斯圣母祭坛，惊人的美丽。据墨西哥馆历史文物展品总负责人何塞厄尔提斯介绍，这个祭坛此前只出国到过纽约等地，此次是首次来到亚洲国家。由于祭坛很重，运到中国很不容易。但他们觉得圣母与中国的观音有点相似，可以作为中墨两国人民情感联系的桥梁。所以想了很多办法，最终将祭坛拆分为 63 件空运到中国。我仔细端详着圣母，她身穿紫色长袍，胸前戴着十字架，双手握在一起，脸上的表情沉静安详，给人以美的享受。

在捷克馆，我看到了布拉格查理大桥上圣约翰·波穆克雕像和雕像下面的青铜浮雕。这是捷克馆的镇馆之宝，数千名布拉格市民和游客每天都会在布拉格查理大桥上触摸这些青铜浮雕以期待好运。一尊浮雕上面有神父被人们从桥上往下扔的场面，还有一尊浮雕上是神父和狗，人物形象非常逼真。查理大桥被捷克人誉为"世界上最美的大桥"，捷克人笃信大桥上的青铜浮雕会给人们带来好运，凡是经过那里的人都要用手摸一摸。久而久之，青铜色的浮雕被摸得金光闪闪。

为了上海世博会，捷克人小心翼翼地把铜像和浮雕空运到上海，这是有史以来，首次使捷克共和国之外的人有触摸好运的机会，可见捷克人民对上海世博会的重视，对中国人民的友好。

丹麦馆的小美人鱼吸引了众多人的眼球，小美人鱼是丹麦首都哥本哈根的标志性建筑，这件国宝将安徒生童话的意境呈现在观众面前。为了让中国人能够欣赏小美人鱼，丹麦人用起重机将海的女儿塑像连同塑像下的巨石吊起来，装箱运往中国。这是小美人鱼在哥本哈根的海面上静静地坐了97年后第一次走出国门。金黄色的小美人鱼坐在那里，若有所思地望着来来往往的人群，美丽而恬静。

法国馆里有七件油画和雕塑，埃及馆里有6件法老时期的珍贵文物，意大利馆里有极其精美的雕塑作品，中国馆里有珍贵的《清明上河图》，在世博博物馆，由罗丹美术馆参展的7件罗丹的雕塑吸引了我的视线。《思想者》《吻》《巴尔扎克》《祈祷》《小丘上的睡美人》《安德罗美达》《乌戈林和他的孩子》，一件比一件美。这7件作品都是原件，也是世界美术史上的佳作。亲眼目睹，大饱眼福，我深深地陶醉其中。

世博会的历史是精彩的近代人类文明和创新的历史。1851年，中国的茶叶、丝绸和中药正是通过伦敦万国工业博览会为世人所瞩目，使世界看到了灿烂的中华文明。

上海世博会给中国人带来了这个机遇。世博会是展示新思想、新创意、新科技、新发明的舞台。电视、电灯、电话、汽车、照相机、留声机、迷你型手表等人类众多领域的新成果，都是在世博会上首先展出，或者借助世博会得以传播。世博会是全人类的国际盛会，是一次文化盛宴。

2010年上海世博会是第一次在发展中国家举行的综合类型的世博会，是有史以来最盛大的一届世博会。对于中国人来说是一个千载难逢的机会。北京奥运会曾宣言"世界给我16天，我还世界5000年"。北京奥运会办得很成功，但是中国人办奥运费了那么大劲，美中不足的是时间太短，老百姓参与其中的毕竟是少数，能够走进鸟巢，能够看奥运会开幕式、闭幕式，能够走进奥运场馆现场观看主要比赛的中国人毕竟是少数。虽然很多人在家里守着电视机也看到了奥运会的比赛，但是它毕竟和现场直接观看、现场参与有距离。与奥运会不同的是上海世博会整整 184 天，时间比北京奥运会多出很多倍。上海世博会为所有参展国家和国际组织提供了一个展示思想、智慧和创造力的巨大舞台。世界给我 184 天，我要好好珍惜这难得的学习外来文化、欣赏外国瑰宝、了解异域风土人情、与各国朋友交流的机会。

上海世博会对于中国人来说是不出国门看世界。我观看了 100 多个场馆，涵盖所有的热门馆，拍摄了 3000 多幅世博会的照片，并制作了一个小片子，仍然意犹未尽。世界文化太丰富了，我觉得每一个场馆都有其独特的魅力和丰富的内涵。这是一个多元化的时代，世界文化也是色彩纷呈。作家的硬功夫是能够去发现、去感受、去思索、去吸纳、去传播。

上海这座城市对我并不陌生，我的外公、外婆在上海居住了几十年。上海是世界上最大、最具活力的城市之一，是当之无愧的国际大都市，是中国面向世界的窗口。徜徉在黄浦江两岸，看到一座座摩天大楼，我仿佛走进了纽约的街道。如今，世界上四分之一的建筑起重机都集中在上海，这是一个美丽的都市神话。上海拥有的摩天大楼已经超过了纽约。建筑的发展与经济的发展同步进行，我希望世博会未来城市的灵感能够给中国人以启示，对城市规划做出理性的判断。我希望世博园里的城市最佳实践区能够让我们借鉴世界各国的长处，把城市打扮得更加美丽。

采访上海世博会像强行军，既需要体力，又需要智慧。我一天要走几十公里，像蜜蜂一样在各国的展馆采蜜。我在大学读的是文学，但我对艺术很痴迷，到美术系旁听西方美术史，到舞蹈系观摩舞蹈教学，拜音乐系老师学习弹钢琴，拜摄影教授学习摄影，拜建筑专家学习欣赏建筑，拜服装设计师学习服饰文化。艺多不压身，这些知识积累为我写好世博会奠定了基础。我采访了世博园馆馆长、新闻官、世博局安保部部长、上海市委宣传部副部长、建筑师、武警战士、志愿者、游客等诸多人物，完成了长篇报告文学《珍藏世博》，颇受读者欢迎。

2008 年，中国人齐心协力，在北京举办了一届无与伦比的奥运会。那是中华文明与奥运精神的融合，是中华民族与奥林匹克的拥抱。

2010 年，中国人在上海举办史上规模最大、参展国家最多、参观人数最多的世博会，这是东西方文化的碰撞，是当代中国与全球化世界的交流。

灿烂的世界文明应该是东西方文明的荟萃。当世界聚焦中国，我们应当让世界了解中国在人类经济发展史和文明史上所起到的进步作用。近年来中国的经济突飞猛进，但是中国的文化还没有很好地介绍给外国人。中国有着悠久的灿烂文化，五千年绵延不绝。中国不仅要做一个经济大国，而且要做一个文化大国。世博会是让中国人了解世界，同时，也是一个让外国人了解中国的机会。我之所以几度飞往上海，每天以强行军的速度观博，是因为我想了解这个世界，同时让世界了解我亲爱的祖国。我多想做一座桥梁，通过自己的笔，为沟通东西方文化架起一道彩虹。

亲情篇

QINQING PIAN

最忆是西部

　　我的父亲孙文芳走了，他走得那样匆忙，甚至连一句告别的话都没有来得及和亲人说。他静静地躺在鲜花丛中，躺在雄伟的祁连山下，组织上把他的去世定为因公牺牲。过去，一提起牺牲两个字，我就想到硝烟弥漫的战场，想到浴血奋战的场面，想到黄继光、董存瑞、邱少云的名字。可我万万没有想到一个七十多岁的老人，一个充满魅力的外交家，一个才华横溢的文人，也会和牺牲两个字沾边。父亲一生以进击者的形象冲锋陷阵，他没有倒在血雨腥风的战场，而是倒在了西部大开发扶贫攻坚的战场，倒在了他一生牵挂的贫穷的大西北。

　　父亲是一个充满生活情趣的人，登山则情满于山，观海则意溢于海。我出生在海滨城市烟台，两岁时父亲就带我到海边看大海，五岁时父亲就带着我到海里学游泳。父亲喜欢潜泳，有时候站在海里用脚在海底踩，踩到硬邦邦的东西便一个猛子扎进海里，不一会儿便手捧着硕大的海螺和蚌壳钻出海面。有一次，父亲抓着一个大海蜇，足足有脸盆那么大，用塑料袋装回来，撒上佐料一拌特别好吃。

　　上幼儿园时，我特别盼望父亲来接我，父亲把我放在自行车后座上，边走边给我讲故事。记得他讲过爱迪生的故事，还有很多寓言故事。父亲讲故事讲到高兴处就不由自主地提高了嗓门，惹得路人直看他。我总是悄悄拉拉他的手："爸，您小声点，我听得到。"父亲讲着讲着又提高了嗓门，我只得又拽拽他的衣袖。我就这样在自行车上听了很多故事，也埋下了我热爱文学的种子。

　　我们家有十二个顶天立地的大书柜，珍藏了很多书籍。历史的、文学的、政治的、军事的、外交的、经济的，琳琅满目。父亲年轻时患有灰指甲，大夫给他开了个偏方用中药泡脚。我们家有个祖传的梳妆台，古色古香，煞是好看。在我童年的记忆里，父亲总是趴在梳妆台前看书，把双脚泡在一个黄色的脸盆里，经常这样不动窝地一看就是半天。父亲手不释卷，我是在他的影响下爱上书籍的。

我是家里的长女，从小就必须干家务活。十岁那年，父亲要到埃及工作。吃完早饭，我像往常一样端着一盆脏碗到水房洗碗。等我端着一盆洗好的碗回到家里时，却没看到父亲的身影。我问保姆："我爸呢？"

保姆说："刚才汽车来把他接走了。"

我顿时呆若木鸡，急忙追了出去，可我连汽车的影子都没有看到。我一个劲儿埋怨保姆："我爸离开时您怎么不告诉我一声呢？"

保姆说："谁让你早不洗晚不洗偏偏这时候去洗碗？"

我的心仿佛掉进了冰窟窿，父亲要到国外了，这一走不知猴年马月才能回来？事后我才知道是母亲害怕我掉眼泪故意趁我去水房的时候送父亲走的。那一天我的心乱糟糟的，情绪就像铅灰色的天空。上课时老师讲了些什么我一个字也没听进去，心里一个劲儿地念叨着爸现在到了首都机场了，爸乘坐的飞机现在飞到巴基斯坦了……那天的天阴沉沉的，老天仿佛也懂得我那颗留恋的心。唉，我那天连肠子都快悔青了。放学了，我迈着沉甸甸的步子往家走，到了家门口时，突然听到了一个熟悉的声音。我怀疑自己出现了幻听，可侧耳细听，声音是那样亲切、那样爽朗。是父亲！我三步并作两步跑进了家门，果然看到了父亲熟悉的身影。我扑到父亲面前，拉着父亲的手问道："爸，您怎么没走啊？"

父亲开玩笑说："我没和你告别怎么能走呢？"

我说："爸，我今天一天心情都不好，像丢了魂似的。怎么妈妈说您坐飞机走了？"

父亲说："我是到了机场，可今天刮大风，我乘坐的那趟国际航班取消了。"

我高兴得跳了起来，真是老天有眼，人不留人天留人。父亲出国前的那天晚上，我和父亲愉快地拉家常，时间一分分地溜走了，我真切地感到什么叫做一寸光阴一寸金。第二天早上父亲离开家时，我再也不敢去洗碗，寸步不离地守候在父亲身边，直到把父亲送上汽车才恋恋不舍地挥手告别。

父亲是第七届、第八届全国政协委员。1990年全国政协开会期间，时任全国政协委员的中国扶贫基金会何载伯伯等几位副会长和理事邀请了三十多位政协委员座谈，介绍贫困地区的情况。那次座谈会父亲出席了。后来这些政协委员联名书写提案并在大会上发言，呼吁全社会关注支持西部贫困地区的发展，呼吁动员全社会力量，加大扶贫力度，尽快帮助贫困群众走出贫困。在这份提案的三十多个签名中，就有"孙文芳"这个名字。1992年，父亲开始担任中国扶贫基金会常务副会长。从那时起，父亲与扶贫结下了不解之缘。

中国扶贫基金会是中国规模最大、实力最强的扶贫公益机构。原国家主席李先念曾任名誉会长，副会长都是由省部级干部担任。作为中国扶贫基金会副会长兼中国扶贫开发协会副会长，我的父亲跑遍了中国的贫困地区。中国西北部的"三西"地区是有名的穷疙瘩，所谓"三西"指的是宁夏的西海固，甘肃的河西、定西，那里素有"苦甲天下"之称。这些穷地方是父亲经常去的地方。

我曾经利用寒暑假陪同父亲去过河北农村和山东农村，父亲穿着胶鞋大步流星地走在农村的田野上，对农村了如指掌。到了农民家里，农民端上热茶，我这个学过医的人看到杯子上的油渍心里直犯嘀咕，而父亲却似乎视而不见，端过茶杯喝得津津有味。他热情地和农民们拉家常，了解农民的疾苦，帮他们出致富的主意。简陋的农舍里，父亲极富感染力的笑声至今还在我的耳边回响。

父亲与新华社《半月谈》杂志社总编辑于有海是北京大学中文系的同学，老同学见面自然会谈起父亲正在从事的扶贫工作。当时，正值《国家八七扶贫攻坚计划》出台，为响应党和政府的号召，配合"八七扶贫攻坚"这一壮举，父亲和于有海叔叔商量，由中国扶贫基金会和《半月谈》杂志社共同举办全国十大"扶贫状元"评选活动。中国扶贫基金会的同志们一直酝酿着要开展评选和表彰扶贫工作中的先进人物的活动，以此来弘扬中华民族扶贫济困的传统美德，动员社会各界力量为扶贫作贡献。而《半月谈》每半月一期，当时发行量为700万份，号称"亚洲第一刊"。有中国扶贫基金会和《半月谈》杂志的强强联手，双方的优势都可以发挥出来。父亲和于有海叔叔的创意很快得到了大家的认可，于是，闻名遐迩的"全国十大扶贫状元"评选活动就在全国轰轰烈烈地展开了。父亲为全国十大"扶贫状元"的评选和表彰，倾注了许多心血。

中国扶贫基金会连续几年每年资助百万元为西北的老百姓建水窖，资助百万元为大凉山住茅草棚的乡亲盖房子，资助百万元为贵州人民搬石造地建良田，资助百万元让西部的穷孩子念书。

农民们手中缺少致富资金，中国扶贫基金会在福建、贵州、山西、辽宁、海南、湖南等省的 10 个贫困县开展小额信贷扶贫项目，累计放款 1.15 亿元，使 30 万农民受益。

农村缺医少药产妇生孩子死亡率高，中国扶贫基金会在云南、重庆、福建、宁夏等省区的 6 个县开展"母婴平安 120 行动"，投入扶贫资金和物资 2000 多万元，项目覆盖 150 万贫困人口。成功挽救了 116 名濒临死亡的产妇的生命，2 万多名孕产妇直接受益。

贫困地区的孩子考上大学没钱念书，中国扶贫基金会搞新长城特困大学生自强项目，累计募集资金 6000 多万元，每年发给每个特困大学生 2000 元生活费。资助特困大学生 3 万余名，项目覆盖我国 30 个省、自治区、直辖市的 500 多所高校。

西部医院医疗条件差，中国扶贫基金会搞天使工程，筹集资金和物资 1.3 亿元，为 2300 多位西部医院的院长提供了培训，为 216 家医院提供了医院信息管理和远程会诊系统，为 139 家贫困地区医院提供了计算机和医疗设备，提高了医院的管理水平。

中国多天灾，中国扶贫基金会搞紧急救援，累计筹集并发放救灾资金物资 1.5 亿元，使 100 多万名灾民直接受益。为了弘扬扶贫济困的美德，中国扶贫基金会设立了中国消除贫困奖，对扶贫济困的典型进行表彰……动员众多国际、国内组织、机构、企业、社会公众捐赠善款与物资，帮助弱势群体。

十多年来，中国扶贫基金会边筹资，边扶贫。迄今为止，募集了 20 亿元人民币用于扶贫，使中西部 350 万贫困人口直接受益。每当听到贫困山区脱贫致富的消息，父亲都会开怀大笑，哼起歌来。父亲的心和贫困农民紧紧相连，农民的疾苦是父亲的心病，农民的脱贫是父亲的节日。

父亲生前虽然官居高位，却当官不像官。在我的眼中，父亲更像是一名记者。他不论走到哪里，都喜欢详细地了解当地的风土人情、历史变迁、文化典故，还喜欢拿着照相机拍摄各地的风光和人物。有时开着会，他也会从主席台上走下来，拍摄几张照片。他喜欢随身携带照相机，只要是他给别人拍摄的照片，不论是中央领导，还是普通百姓，他都亲自按照人头洗好，分别给人家寄去。再比如，有时机关和扶贫基金会的工作人员来家里汇报工作或送什么材料文件，临别时他总是推着自行车，把他们送出机关大门。父亲非常好客，我们家里经常高朋满座。无论是来了省部级的高级干部，还是秘书、司机、保姆、装修工人、木匠，父亲都把人家奉为上宾，拿出家里最好的烟和茶招待客人，用浓重的山东腔和人家谈古论今。父亲从来没有为我们家的人安排工作调动单位走过一次后门，可他却帮助秘书寻医问药，帮助司机调动家属，帮助保姆解燃眉之急，帮助素不相识的人解决两地分居……十多年前家里请了个浙江东阳籍的木匠打家具，父亲亲自设计家具，和木匠师傅一起商量家具的制作。家具打完了，木匠师傅也和父亲成了好朋友，后来成了我们家的常客。我的同学朋友到家里玩，都喜欢和父亲聊天，同学们都羡慕我有这么一个开明博学的父亲。

父亲冒着炎热奔赴甘肃时，我正在西气东输工地忙得昏天黑地。如果我当时在北京，说什么也会拦着父亲不让他带病出征；如果我能够拦得住父亲，那么他老人家现在一定还健在。

父亲生前多次去过油田，70 年代他就在《人民日报》上发表过歌颂大庆油田的文章。父亲和中石油的李敬同志是战友，李叔叔邀请父亲去过冀东油田。父亲是全国政协委员，全国政协还组织他们去过吐哈油田参观。父亲曾经去过中东的很多油田和英国的北海油田，写过很多关于世界油田的文章。

我之所以在西气东输工地乐此不疲，正因为是父亲点燃了我的心灯。西部的贫穷是父亲的一块心病，西气东输是西部大开发的序幕性工程。在一个民族的重大事件进程中，在一个时代的发展战略推进时，在事关国计民生的时空现场，作家不应该缺席。正当我在西气东输工地艰难地奔波时，不幸悄悄地向我袭来。一天，我突然接到电话，说父亲在甘肃扶贫考察时因高原缺氧心脏病发作，已报病危。我含着眼泪飞到兰州，父亲看到我走进病房，用微弱的声音说："晶岩来了，你不好好写西气东输跑到这里干啥？"

我用颤抖的声音说："爸，您都病成这样了，我来护理您！"

父亲说："我没事，你去忙工作吧。"

我说："爸，这么热的天，您干吗非到甘肃来？"

父亲说："西部太穷了，我来过七次甘肃，每次来定西、河西这些穷地方都要掉眼泪。宁夏西海固我去得更多，新疆、青海、陕西、广西、云南、贵州、四川也都跑过，解放这么多年了，老百姓还过穷日子我心里不好受啊。扶贫的事我一定要来！西气东输是西部大开发的序幕性工程，我们搞扶贫也是为了西部的老百姓。你一定要好好给人家石油写好西气东输！"

三天之后，我的父亲在兰州去世。追悼活动在甘肃举办，甘肃省委洛桑书记等领导人亲自出席了追悼会，甘肃的老百姓听说后有数百人前来悼念，场面非常感人。我把自己写的长篇报告文学《山脊——中国扶贫行动》恭恭敬敬地放在父亲的枕边并陪伴父亲火化。父亲火化的那天，一向干旱的兰州突然降雨。我含着眼泪对妹妹说："这是老天在哭爸爸呢！"

我是长女，与父亲感情特别深。父亲远行后，我的母亲还不知道。母亲身体不好，我害怕母亲经受不住打击，就向她封锁了这一消息。我和妹妹一道抱着父亲的骨灰盒从兰州回到北京，见到母亲的第一面还要强颜欢笑说是刚刚从西气东输工地采访归来。家难当头，怎么去安慰年迈的母亲？我把母亲送进医院，绞尽脑汁在医生的指导下，由组织出面向母亲说出了这一噩耗。本以为母亲会放声大哭，万万没有想到泪水从母亲的眼眶流出，却没有哭出声来。母亲坚强地说："我和老孙是五十年的夫妻了，我了解他。他的全部心思都是扶贫，人倒在自己最爱干的岗位上心里是踏实的。他走了我非常难过，但是请组织放心，我们全家都是共产党员，绝不给组织添任何麻烦！"那一刻我深深地震撼了，我仿佛第一次认识到母亲的伟大和坚强。

在父亲数十年的外交生涯中，出版过很多书籍和译著，去过世界上几十个国家。他完全可以在大城市安度晚年，可他却把全部的爱献给了党和人民，献给了西部贫困山区的老百姓。父亲去世之后，我非常痛苦。看电视时我连甘肃台都不敢看，甘肃是我的伤心地啊！可当时西气东输工程正在西线大干，我把痛苦嚼碎咽进肚里，毅然决然地踏上了西线采访的征程。

我们山东老家有个风俗，人走后四十九天时要隆重祭奠一下。父亲的"七七"那天，我刚刚从罗布泊无人区采访归来，罗布泊简陋的活动板房使我的腰受了寒，一天几百里的长途跋涉把我颠得浑身散了架，可我还是咬着牙采访新疆的西气东输建设者。国庆节全国人民都在过节，而我却在日夜兼程地工作。这已经是我在西气东输工地过的第五个节日了。

半夜十二点，我结束了采访，在司机王瑞国的陪同下来到了新疆哈密的一个十字路口，我在地上画了一个圆圈，向父亲牺牲的地方——甘肃深深地跪拜。我一边烧纸一边哭，对着东方哽咽道："爸，您好好安息，我一定好好采访，一定写好西气东输！"

十月的新疆异常寒冷，狂风听懂了我的誓言，寒月看到了我的悲凄。当我回到女工宿舍时，才发现下巴和脸颊一阵阵疼痛。原来是脸上流满了泪水，寒风把脸吹绉了。第二天早上，连甘肃电视台节目都不敢看的我咬牙向甘肃进发。为了西气东输，为了西部大开发，我忍受着常人难以忍受的痛苦，踏着父亲的足迹一声不吭地向甘肃走去，天天采访到深夜。

父亲平时身体非常健康，声若洪钟，走路如风。他既要为外事工作呕心沥血，也要为扶贫工作绞尽脑汁，每天晚上都要工作看书到子夜时分。正因为如此我才把他的健康疏忽了，总觉得他是棵大树，总想在大树底下乘凉却没有想到大树也是需要有人心疼有人呵护的。父亲的牺牲对我打击很大，我的脑子变得很木，一想起父亲就不由自主地掉眼泪。有一次我在北京人民广播电台做节目，主持人问我："您为什么要写《山脊——中国扶贫行动》这本书？"话音刚落，我的眼眶就涌满了泪水。主持人以为我好动感情，他哪里知道我是想起了父亲。甘肃使我触景生情，白天艰难地采访，晚上悄悄地掉泪。我想早点离开甘肃，可西气东输甘宁段战线最长，我就那样忍着巨大的悲痛在西线采访了两个月。

这次北大同学聚会本来是父亲策划的，重感情的父亲去甘肃扶贫前曾经多次给挚友打电话商量同学聚会的事情，热情地邀请同学来家中做客。聚会中叔叔阿姨们讲的很多父亲做的善事我都是第一次听说，我看到很多人提到父亲时眼圈都红了。一位叔叔朗诵了他创作的悼念我父亲的诗：星星哭，月亮抖，大哥，你为什么在西北踏上莲花走……

情真意切的诗句催人泪下，人走后还有这么多的人发自内心地怀念他，父亲的人格魅力由此可见一斑。

2007 年元旦是父亲的 75 岁诞辰，他挑选一年中最早最红的日子来拥抱这个世界，足以看出他对生活的热爱。他知道我怕冷，挑选夏天离开，连告别世界的时辰都在心疼他的女儿。清明节到了，思念涌满我的心头，我把父亲的遗作《中国名砚揽胜》，以及我出版的新书、我和儿子的获奖证书恭恭敬敬地放在父亲的遗像前，相信他老人家的在天之灵一定会感到欣慰。

"青山处处埋忠骨，何须马革裹尸还？"最忆是西部，我怀念，我牵挂，直到永远。

我为父亲收集砚台

砚文化是中华传统文化的组成部分，砚台是中国人创造的，赋予其文化内涵。砚台，具有历史、文化、艺术、使用、欣赏、收藏等价值。砚台与笔、墨、纸一样，创造了灿烂的中华文化，传播了东方的书法绘画艺术历史，记载和传承了中华民族五千年文明史，成就了王羲之、李白、杜甫、苏东坡、米芾、颜真卿、柳公权、欧阳询、赵孟頫、郑板桥、纪晓岚、徐悲鸿、齐白石等大文学家、大书画家的传世珍品。

文人爱砚，武士爱剑，父亲生前不仅酷爱收藏砚台，还著书立说。他的藏品有100余方，每方砚台都有一段故事。父亲的书房里摆满了砚石藏品，他常邀原中央电视台副台长、著名书法家洪民生叔叔一起讨论鉴赏。父亲有一方古端砚，是珍贵的藏品，我亲眼见到他和洪叔叔在欣赏砚台时，心情愉悦，爱不释手，妙语成珠，醉心微笑。藏砚、赏砚、探讨砚是需要有知音的。

父亲历来喜欢做学问，对砚石从欣赏、发现到深入分类研究，从地质学、美学、石质、色泽、形状、雕工越讲越在行，记得他和洪叔叔讨论最多的是一方台湾螺溪砚，这方赭红色的双龙螺溪砚，长约30厘米，最宽处约20厘米，呈椭圆形，上宽下窄，好似人面。显然，这方螺溪砚的石材，是从河谷中捡来的一块扁卵石。制作者将砚面中间刻为相连的砚堂和砚池，周边镌刻着两条栩栩如生的飞龙和朵朵祥云。两个龙头一上一下面对砚池，仿佛要吐出无限文章。砚背上题诗"华国文章锦绣心，文房四宝重儒林，螺溪峡底千年璞，瑞献双龙际会吟"，还刻有民国时期的一幅中国地图。螺溪砚又称"台湾墨玉"，存世不多，父亲的这方砚台是非常难得的。

人和砚台之间是有缘的，父亲有一方长方形的铁砚，是在西安市的一个旧货摊上淘来的。他到西安出差返程时飞机晚点，他提出逛旧货摊，就发现了至宝。这方铁砚当时锈得很厉害，连卖主也认不出它的真面目。父亲却凭着直觉认定它是个宝贝，买回家亲自清洗，洗尽铅华后发现砚的图饰清晰可见，有一个"苻"字。专家鉴定，有可能为东晋末年前秦国君苻氏家族所铸。

1995年秋天，父亲作为全国政协委员到四川调研时，顺便带回了一方特别可爱的苴却砚。这方苴却砚是武警部队原司令李连秀中将在四川特意为他寻访到的。每当我看到这方苴却砚，就想到李将军的人品和友情。

那方紫褐色间杂的"易永八卦砚"，是父亲到河北易县出差时买的；那方菊花石砚，是父亲在湖南张家界买的；那方潭州谷山砚，是父亲在长沙的岳麓书院买的；那方忻州紫石砚，是父亲去山西忻州时买回来的；父亲到江西出差时，在星子县买了两方金星砚：其中一方的石色为青紫间杂，上紫下青，雕刻的图案是云龙吐水，水注在砚池上构成一座桥梁，煞是好看。

上世纪90年代初，我买了一方龟形的洮砚送给父亲，他很喜欢，受到鼓励之后，我每次出差总琢磨着为父亲购买砚台。1999年，我到广东采访，路过肇庆时，我专门跑到砚台厂寻觅，终于买到了一方上乘的端砚。

我丈夫在贵州挂职担任地委副书记期间，总想给岳父大人带点特产。丈夫跋山涉水在黔西北的大山里买到了两方造型别致的织金砚和一方思砚。当他把三方沉重的砚台搬到父亲面前时，父亲高兴地说："这三方砚台太漂亮了，这么重的东西你大老远买来，真是太难为你了。"

2002年，为了创作长篇报告文学《中国动脉》，我去西气东输工地采访，横穿中国10个省市。父亲说："你去的这些地方中，安徽宿州有一种乐石砚，山西绛州有一种角石砚，陕西延安地区有一种丹石砚。"

我在工地没日没夜地采访，无暇四处寻觅，结果这三种砚一方也没有买到。我不死心，到陕西靖边时买到两方瓦砚，到山西阳城时买了一方澄泥砚，带回北京后，父亲说："四大名砚我都有，就是缺那些犄角旮旯的地方砚，你买的这些瓦砚有点意思。"

从那儿以后，我开始留意寻访那些犄角旮旯儿的地方名砚，可我失望地发现，当地好多人只知道四大名砚，而对于身边的地方砚反而不甚了解。这是一种文化的缺失，还是一种传统的流逝？

文房四宝是文人的最爱，了解砚台，就是了解中国历史和传统文化。出于对中国传统文化的热爱，"非典"时期，父亲闷在家里完成了书稿《中国名砚揽胜》。这部书不是一般的砚台资料汇集，而是他的治学精神在砚海漫游的文化思考。他以身殉职后，望着父亲未打印完的手稿，全家人泪如泉涌，我和丈夫决定为父亲出版这本书。在最悲痛的日子里，我的妹妹强忍悲痛打印书稿，我的儿子一声不吭地为姥爷录入。我含着眼泪翻阅父亲的作品，对照书稿整理起父亲珍藏的砚台。父亲收集了上百方砚台，大的有如枕头，小的好似扑克牌，我和妹妹、妹夫及儿子花了几天的时间翻箱倒柜搬动砚台，一一清洗、擦拭、分类、编号、拍照。等我忙完这些事后，发现自己的胳膊疼得抬不起来了。且不说父亲写作这本书付出多少心血，就是把这些沉重的砚台从祖国的四面八方一一买回家，他老人家要花费多少体力啊！

爱砚台的人大多爱书法，父亲擅长书法，我的姑父高锐将军是著名书法家，每次陪同父亲去看望姑父、姑妈，都听到他们谈论书法和砚台。我练习书法就是受父亲影响，父亲读的是北大中文系，我读的是军艺文学系，爱砚台和书法艺术自然而然就对汉语和汉字充满了感情。到江西、安徽、新疆出差，看到了漂亮的金星砚，精美的龙尾歙砚，古朴的铜砚，心中一阵狂喜，刚想掏钱买又打住了。父亲不在了，我买回去送给谁？

我终于整理好父亲的遗作《中国名砚揽胜》，由中华书局出版。父亲对中国传统文化挚爱有加，对砚文化情有独钟。父亲离开我很多年了，每当我看到家里收藏的砚台和父亲的著作，就想起了父亲。小小的砚台里，凝聚着父亲对中国传统文化的热爱，渗透着我们全家对父亲深切的缅怀。

抗战中的英雄母亲

抗战年代，八路军和老百姓亲如一家。训令通常是军队下达必须执行的命令。1942年，由于日寇的封锁和"扫荡"，晋察冀边区粮食奇缺，聂荣臻司令员发布了"树叶训令"：禁止八路军采摘村庄附近的树叶，树叶要留给老百姓吃，宁可饿肚皮也不能与民争食；1939年，在平西根据地，树叶都被吃光了，萧克司令员命令挺进军战士：第一层树皮不能动，要让老乡扒，部队只能扒第二层树皮吃。第二层树皮全是木质纤维，哪里咽得下去？由于吃不饱，挺进军官兵大多十分消瘦，营养不良，面呈菜色。正因为八路军把老百姓当成亲人，军民之间是鱼水关系，根据地才涌现出千千万万个英雄母亲支前模范，她们用乳汁和生命养育了八路军，养育了革命。

蓟县的八路军之母

天津蓟县有个杨妈妈，她1887年出生于蓟县城西小刀剪营村，后来嫁到蓟县砖瓦窑村。抗战时期，她数十次冒着生命危险掩护八路军，救护伤病员，被子弟兵称为"杨妈妈"。

有一天，一个叫做陶永忠的小八路腿受伤后在杨家养伤，他不能下地活动，大小便羞红了脸，不好意思让杨妈妈给自己端尿盆，杨妈妈说："孩子，我是你妈的年龄，你就像我的儿子一样，有啥不好意思？"

杨妈妈给他洗脸擦手，喂水喂饭，端屎端尿，擦拭伤口，换药疗伤。鬼子追了过来，杨妈妈让在她家养伤的八路军伤员蒙着被子躺在炕上，脸上抹上黄酱，额头上放一块毛巾，鬼子进了家门，指着土炕叽里呱啦地问道："炕上，躺着什么人的干活？"

杨妈妈机智地回答："那是我的儿子，发高烧。"

鬼子又问："你的儿子得的什么病？"

杨妈妈用手抹着眼泪说："伤寒，怕是没命啦。"

鬼子闻讯，用眼睛瞟了一眼炕上脏兮兮的人脸，闻到一股臭酱的味道，皱着眉头用手捂着鼻子赶紧溜走了。

1945 年 5 月，在冀热辽第十四分区召开的抗日群英表彰大会上，杨妈妈被授予"八路军母亲"的光荣称号。

兴隆麻利嫂是俺们的救命恩人

在河北省兴隆县蘑菇峪乡达峪村，有个妇女叫张翠屏，她的丈夫是八路军地下交通员朱殿坤。她性格豪爽，办事利落，人称"麻利嫂"。

1943 年 1 月 21 日傍晚，正在兴隆县五指山达峪村指挥抗日斗争的八路军冀东军区司令员李运昌接到急报：七千多日伪军将八路军冀东军区司令部团团包围，所有下山的路口都已被牢牢封锁了，敌人企图将被困的三百多名八路军将士一举消灭。在这生死关头，李运昌果断地下达命令，烧毁所有文件，将电台绑上手榴弹，准备拼死突围。

天黑路险，应该从哪里突围呢？关键时刻，怀有八个月身孕、裹着小脚的麻利嫂出现在李运昌面前："司令员，你们不能硬拼，你们三百人怎么能拼七千人呢？这条道我走过，朱殿坤不在家，我领你们走。"

李运昌一看她挺着个大肚子，不同意让她带路。麻利嫂说："你还是个司令呢，别婆婆妈妈的，赶紧走吧，顾全大局要紧。"

大雪封山，滴水成冰。顶着怒吼的北风，三百多名八路军将士在麻利嫂的引领下，穿密林、过山洞，在阵阵枪炮声中，行进在崎岖的山路上。突然，数十丈陡立的悬崖挡住了去路。麻利嫂让大家解下绑腿，结成数根长绳，自己脚蹬石缝肩背长绳手拽枝藤攀崖而上。这时，战士们的心提到了嗓子眼。悬崖又陡又滑，她刚爬了几步就滑了下来，幸亏被战士们接住。李运昌不再让她攀岩，她谎称要解手，要大家背过脸去，自己却麻利地再次攀上悬崖。到达山顶后，她把长绳的一头拴到山顶的树上，另一头扔给悬崖下的将士。三百多名指战员终于揪住绳子攀上崖顶。

麻利嫂却累倒了，腹部一阵阵剧痛，她推开战士说："兄弟们都闪开。"

战士们丈二和尚摸不着头脑，突然听到一声婴儿的啼哭声。

李运昌司令员急忙说："赶紧的，打开手电，密密地围起来，给大嫂挡风。"

借着手电的亮光，麻利嫂咬断脐带。李运昌司令员脱下大衣，把婴儿裹了起来，警卫员也脱下大衣，把麻利嫂裹起来了。大伙儿继续向西北走出六七里地，到了一个小村，李运昌司令员说："大嫂，让你受苦了，感谢你。"

她硬撑着坐起来说："要感谢，老百姓得感谢八路军。你们要走了，您给这个孩子起个名字吧。"

李运昌激动地说："大嫂，这孩子生在了冰上，就叫冰儿吧。你吃了这么大苦，这孩子长大后，要让他知道日本鬼子的罪行。"

两年之后，朱殿坤牺牲了，冰儿才两岁多，麻利嫂自觉担当起给八路军送信的重任。她的家给八路军寄存了十桶子弹，底下是子弹，上面是粮食，一桶是160斤。有一次，鬼子来搜查，为了不让子弹落入敌手，麻利嫂把这些子弹一桶一桶地背到山巅，十桶就是1600多斤。

后来，李运昌司令辗转找到了冰儿，劈头就问："你妈呢？"

冰儿说："我妈1982年就死了。"

李运昌难过地说："你们吃糠咽菜，为什么不早点找我呢？"

冰儿说："我妈死前把一切都告诉我了，说老司令是国家的人，是办大事的，不要找老司令。我妈不让我找，我就不能找，我不能给您添麻烦。"

身经百战的李运昌将军感动得哭了。麻利嫂死后，人们在她收藏的小木箱里，发现了7000多斤公粮欠条，那是李运昌和八路军留给她的唯一信物。她从未想过伸手向八路军讨要，只是留个念想。

麻利嫂悄悄地走了，她没有任何荣誉，任何职务，但在人们的心中，她却永远是值得崇敬的抗日女英雄。

沙塘沟里的支前模范

在延庆县沙塘沟，有一支妇女支前队，她们做军鞋、做军袜、抬担架，无微不至地照顾八路军伤员。

支前模范高文英已经96岁，满头银发，个头不高，身材瘦小，有点驼背。她的眼睛花了，耳朵聋了，谢天谢地，脑子非常清楚。

她1919年1月16日出生在延庆，娘家是后七村慈母川，21岁那年嫁到沙塘沟，丈夫叫张华，时任昌延联合县县委副书记兼中心区区委书记的李荣旭介绍他入党，担任沙塘沟党支部组织委员、中心区青救会副主任兼沙塘沟村青年主任、自卫军队长、村公所粮秣委员。受丈夫影响，高文英也热爱八路军，仇恨日本鬼子，秘密加入了党组织，成为沙塘沟仅有的几个女党员之一，她全力支持丈夫参加抗日工作。

沙塘沟是平北抗日根据地开创初期共产党最早的落脚点，张华又是共产党开辟平北根据地在当地最早发展的党员，他的家成了开辟平北根据地的秘密堡垒，也成了八路军温暖的港湾。

昌延联合县的领导经常在张华家吃住，召开秘密会议，与会者有昌延联合县县长胡瑛、昌延联合县县委副书记兼中心区区委书记李荣旭、区委书记靳子川、县财政杨科长等人。每当他们在家中吃住、开会，张华、高文英夫妻就给他们烧水做饭，站岗放哨。

当时，高文英家很贫穷，一年中有大半年靠野菜充饥。有一次，八路军来到他们家，实在没有粮食吃，张华和高文英就到自家地里摘下刚刚长出的青玉米，剥下嫩玉米粒给他们熬粥喝。

高文英参加了沙塘沟妇救会，没日没夜地做军鞋、缝军袜、缝制米袋子，只要鬼子不来"扫荡"，她家的炕上总是摆满了做好的军装、纳好的鞋底子。延庆香河营村的孙进才是县大队的干部，敌人知道底细后四处追捕他的家属，他的妻子东躲西藏。高文英正在园家沟窝棚前忙碌，突然看到孙进才的妻子无处藏身，急忙把她请到自家的窝棚里，和妯娌、弟媳妇一道轮流照顾她几个月才躲过劫难，至今孙进才的后人都对高文英感激不尽。

有一次，鬼子突然包围了沙塘沟村，高文英没有来得及逃走，鬼子用刺刀对准她的胸膛，严厉逼问："八路军在哪里，你男人在哪里？不说，就挑了你！"

当时，高文英的婆婆刚刚去世，她刚巧脚穿白鞋为婆婆戴孝，她灵机一动说："我男人刚死，你们没看到我在给他戴孝吗？八路军在哪儿是老爷们儿的事，我一个妇道人家怎么会知道？"

其实，高文英心里很清楚，丈夫和区干部就藏在村西的山梁上。这一幕，张华在树丛里看得一清二楚。鬼子一无所获，悻悻地离开了村庄。

在沙塘沟，流传着这样一首顺口溜：张妈妈做军鞋，一做就是一整夜。不怕腰痛眼睛酸，哪管手上磨出了血。没有布拆衣裳，口粮磨面打浆浆。鞋子做得好又好，一双一双送战场。千针万线一颗心，献给亲人八路军。穿上军鞋上战场，多多歼灭东洋军。这首顺口溜是对杨妈妈、"麻利嫂"、高文英等人最高的奖赏，这些为抗日战争作出贡献的英雄母亲，永远活在我们的心中。

我的军艺同学麦家

2017 年的"八一"前夕，很多军队院校摘掉了挂了几十年的牌子，换上新的校名牌匾，我的母校解放军艺术学院也是如此，大名鼎鼎的"军艺"从此更名"中国人民解放军国防大学军事文化学院"。换牌那天，军艺大门口的新旧两张照片刷屏，唤起我对这里学习生活的无限怀念……

我是军艺文学系第三届的学员，业界戏称"黄埔三期"。军艺文学系第三届学员的蜕变是一种奇特的文化现象，入学时大家都来自基层，名不见经传，作品名气不大，很多人不看好我们，但是我们这些无名小辈每个人都认真读书，努力创作，大家憋着劲儿，向军事文学的高峰发起集团冲锋。

2006 年第七届全国作家代表大会召开时，我们一个班居然有麦家、阎连科、徐贵祥、李西岳、吴国平、石钟山、王久辛和我等 12 人参加，不仅是全军之最，也是全国之最。

入学时我们班的阎连科是领头羊，业余时间不打草稿一个礼拜一部中篇，稿子像打字机打出来那样工整，堪称奇才。他经常在杂志上发表作品，引得大家羡慕不已。在他的带动下，同学们佳作连连，陆续登上了《当代》《十月》《人民文学》《中国作家》……在文坛一片狂轰滥炸中，麦家似乎是一个例外，他总是默不作声，在一群才子中毫不起眼儿。突然有一天，他神秘兮兮地对我说："晶岩，我的一篇小说要在《青年文学》发表了，头条！"

我高兴地欢呼起来："阿浒，太棒了，《青年文学》的头条，牛啊！"

麦家的真名叫做蒋本浒，我们都叫他阿浒，我看了他的小说，构思诡谲，语言独特，觉得很震撼，断定此人日后必定会显山露水。麦家是一个智商很高的人，全部精力都放在创作上，毕业时没有在北京找到好的工作，只得转业到成都落户。

麦家曾经送给我好几本他的大作，离开大学 20 多年了，我和他还是书生气十足，见面仍喜欢一本正经地谈文学。为了不让他孤独地写作，2008 年深秋，我热情地邀请他参加我组织的烟台笔会。不知是烟台的风水好还是什么原因，就在他定下来烟台后，突然喜从天降，他的小说《暗算》获得了第七届茅盾文学奖。他给我发来短信：晶岩好友，一次突然的加冕一下挤进来诸多事，烟台我太想去了，又是你的活动更爱去。但是八号有要事，我可否不去……

我说："麦家，我邀请你时并不晓得你能够获得茅盾文学奖，我是觉得你在成都写作，没有人跟你就文学来对话感到很孤独才邀请你。"话音刚落，他果断地说："晶岩，我一定去！"

老朋友相聚，我不由得想起了在军艺读书时的往事：一天中午，我正在食堂吃饭，麦家急匆匆走了过来，气喘吁吁地对我说："晶岩，快回宿舍接电话。我吃完饭回到宿舍，一听是你的电话又返回来喊你。哼，也就是你吧，别人的电话我早就挂了。"

从食堂到文学系宿舍楼要走很远的路，我连饭都没有顾得上吃，千恩万谢后马不停蹄跑回宿舍楼拿起听筒，里面传来一个陌生的男声："喂，是郗金燕吗？"

我心里这个懊恼啊，郗金燕是我们班另外一个女生，那天根本就不在学校。麦家接电话听到的是郗金燕，想到的是孙晶岩。他的张冠李戴让我好气又好笑，粗心的背后是他的仗义。

还有一次，麦家愁眉苦脸地对我说："晶岩，你快帮我看看，我的牙怎么这么疼？"

我仔细一看说道："阿浒，你的牙床肿得很厉害，可能是牙根烂了，必须马上去医院。"

他捂着腮帮子惊叫道："学习这么紧张，哪有时间去医院，吃点止痛药行不行？"

我严肃地说："不行，你不仅是看病的问题，很可能要住院，星期五下午两点咱们在解放军 309 医院门诊大楼门口见面。"

那时候，我们军艺文学系周一至周四上课，周五周六为写作时间，因此，我把看病的时间定在了星期五。万万没有想到，那天突然刮起了 6 级大风，解放军 309 医院在北京的西北方向，从军艺往 309 医院走正好迎着西北风。我冒着刺骨的顶头风骑了一个钟头的自行车赶到医院，联系好口腔科主任回到门诊大楼门口时，只见麦家和石钟山像两只把门虎似的站在大门的两侧，不过不是像哨兵那样站如青松，而是七扭八歪，麦家还翘着腿，一个劲儿地抻着脑袋四处张望。我喊道："阿浒、钟山！"

他俩像见到救星似的望着我："晶岩，你可来了！我们还以为这么大风你不会来了。"

我说："怎么会呢？咦，钟山，你怎么也来了，是看病吗？"

石钟山憨厚地说："不是，阿浒不认识路，让我陪他来看病。"

我关切地说："今天风太大，我整整骑了一个钟头，你们俩少说也得骑 50分钟。"

我带麦家进诊室，口腔科主任说他的病很严重，必须马上住院。看完病，约好了住院时间，我们又一道骑车返回学校。那时候穷学生打不起出租车，到哪儿去都是骑自行车。那时候同学之间的感情非常真挚，这一趟折腾，石钟山整整耽误了一个下午，一个下午对于牌友也许就是几桌麻将牌的时间，可是对于石钟山，那可能就是一部短篇小说孕育的时间啊！石钟山当时的短篇小说写得很地道，他一个下午就能写好几页小说。但是为了同学，他舍弃了自己宝贵的创作时间。

那天下午，解放军 309 医院门诊部的医务人员一定见到了这两只把门虎，他们万万没有想到：麦家和石钟山这两个毫不起眼的小兵以后可以在中国文坛叱咤风云，在中国荧屏呼风唤雨。

我非常感谢军艺文学系这个文化磁场，这是一种极好的教学方式，由于师资不足，我们的老师从北京大学、中国人民大学、北京师范大学、中央民族大学、中央戏剧学院、北京电影学院、中国社会科学院等名校聘请，上世纪80年代是思想解放的好时代，各路名师的授课对我们进行狂轰滥炸，各种文学思潮对我们进行思想启蒙，一串人才链放在一起可以互相碰撞，互相启发，产生无与伦比的能量，军艺老师、同学之间时时刻刻进行的文学对话和争论，使我们思路开阔，眼界放宽。我们这些当年的无名小辈在军艺老师的教诲下，在同学们的激发下，在文学的羊肠小道上艰难地跋涉了30年，创作出大量的文学作品，把鲁迅文学奖、茅盾文学奖、卡夫卡文学奖、老舍文学奖、全国优秀报告文学奖、中宣部"五个一工程"奖、国家图书奖、金鹰奖等国家级大奖和世界级文学奖拿到手软。

麦家大学毕业时很想留在北京军队创作组，但未能如愿。大学毕业后有一次我们在总后某单位搞文学活动，麦家也来了，我问他找到工作没有，他无奈地耸了耸肩膀："我还在某部帮忙，打杂儿。"

我很同情他，祈祷上苍早一点眷顾这个怀才不遇的人。他最终到了西南一隅，脱下军装的那一天，我想他应该会流泪的。福与祸是相互依存的，看起来转业是一件坏事，其实开阔了他的视野，开拓了他的前程，成都电视台的工作机遇使他有机会把自己的作品《暗算》做成电视剧，而电视剧的火爆荧屏，使他一夜成名。

麦家是从我们大学毕业那年开始写《解密》，他说他看清了当时中国文坛"山头"林立，而自己哪座山头都不想去，立志要写部小说建立自己的山头。

麦家没有任何后台，但他坚定地依照自己的文学见解去写作。他2002年出版的小说《解密》是他十年磨一剑的产物，从此他获得"中国谍战小说之父"的称号。12年后，小说被国际出版界发现，2014年春天，英国和美国同时推出两个英语版本的《解密》，《纽约时报》《经济学人》和《卫报》发表了热情洋溢的书评。

701是麦家小说《解密》中军事单位的番号，主人公容金珍不仅要解开如天书般的密码，更要解开701的人生之密。我的表姐大学毕业后就在701这样的单位里工作了几十年，我理解这些人的工作环境和奉献精神。麦家了解军队，热爱军队，他的伟大是塑造了我军隐蔽战线一群有血有肉的人，他们为了同一个信仰和目标，努力拼搏，无怨无悔，他们是共和国的无名英雄，老百姓不了解他们的奉献，但麦家不仅写活了这批人，讴歌了共和国无名英雄的价值观，而且让这些正能量的人走向国际。能把谍战小说写到这个份儿，实属不易。

烟台采风，麦家保持了一贯的幽默。他风趣地对我说："我是因为电视剧《暗算》的热播才成了名人，电视剧先成名，小说才成名，这很正常。我也会觉得悲哀，但是现在就是这样一个时代，文学的江山大势已定，影视火了带动文学热很正常。这是一个大众文化的传媒时代，单纯的文学本来也不是生活的主流，文学不可能像当年的《高山下的花环》那样全民诵读。我写作不是为了得奖，但是得奖是一件满足虚荣心的事。同时我又要说写作是一件很孤独、虚无的事，适度的虚荣有时候可以对抗虚无。"

我觉得聪明包括观察力、思考力、判断力、理解力、记忆力，优秀的文学家必须具备敏锐的观察能力、深刻的思考能力、果断的判断能力、超强的理解能力和过人的记忆能力，麦家观察问题很细致，我们在一起吃饭，他突然对陈昭说："陈昭，你戴的这块手表不错……"我大吃一惊，陈昭就坐在我的身边，我都没有注意到他戴的手表，可麦家隔着桌子居然准确地说出这块手表的档次，这样的智商才够格写谍战小说，在他的观察力面前，我真是弱爆了，跟着打酱油都不够格。

我当过报务员，采风团的作家中只有我和麦家懂得莫尔斯电码。当我们天南海北地聊天时，麦家往往不插言，可当我们聊到莫尔斯电码时，麦家就显得快人快语，机智异常，他很像《解密》中的容金珍，在某些问题上很迂腐，很木讷，甚至有些神经质，但在关键时刻显出过人的机智，在写谍战小说上显出横溢的才华。所以，他的《解密》《暗算》《风声》等谍战小说是他生命的体验，情感的凝聚，心血的积累。几十年磨一剑，他不是天马行空的作家，更不是昙花一现的作家，他的创作有后劲儿，来日方长。

烟台笔会的主人让我们赐墨宝，大家一时想不出来好词儿，韩作荣打算用毓璜顶公园的楹联"毓秀钟灵地不爱宝，璜琮璞玉山自生辉"来题字，我觉得不过瘾，用激将法对中国作协副主席陈建功说："建功，你是北大中文系毕业的，古典文学底子好，快点想个好词儿。"建功眉头微皱，脱口而出："烟台有山有水，叫山高海阔风生水起如何？"

我说："好啊，麦家刚凭《暗算》夺冠，他的新小说叫做《风声》，风生水起里还暗含这部小说的谐音。"

韩作荣攥着毛笔说："这里到处都是绿树，还是叫山青海阔好。"

大家一致叫好，韩作荣大笔一挥，写下了"山青海阔风声水起"八个大字。我觉得不对劲，急忙问陈建功："您说的风生水起的生是生活的生还是声音的声？"

建功眨着眼睛说："当然是生活的生了。"

我抱歉地对韩作荣说："作荣，刚才都赖我，扯麦家的《风声》把您绕晕了，您还得重新写一张。"主人有点舍不得，说风声水起也行啊。建功较真地说："不行，一字之差意思满拧。"

韩作荣憨厚地说："没事，我再写一张。"他挥舞毛笔，一会儿工夫又写好一张，这一张比刚才那张更棒，我不由得对他刮目相看。麦家的重量级谍战小说都是韩作荣供职的《人民文学》杂志隆重推出的，我在《人民文学》发表的几部报告文学也是韩作荣老师拍板定稿的，早在军艺读书时，韩作荣就到我们班与大家聊天，所以我和麦家都很尊敬他。可惜，后来才华横溢的韩作荣不幸英年早逝，我珍藏的韩作荣写的这幅字就成为我们永远的怀念。

现在的麦家正处在一个男人最好的年龄，成熟、自信，他当上了浙江省作协主席，成为著名作家、编剧，真的是风生水起了。

我们在军艺上学前，麦家已从一所军队大学毕业，学的是理科，所以他的知识结构很全面，理科的脑袋瓜再加上文学的熏陶，思维就是发达。

我最欣赏的是他在杭州办了麦家理想谷，这是他为了发现培养文学人才，帮助有潜力的年轻作者实现文学理想而建设的一个公共学习平台，那里有 300 平方米的读书空间，有一万多册图书，他设立了文学写作营模式，每年亲自甄选 8 到 12 名"理想谷客居创作人"，免费到那里进行两个月的客居自由创作，来那里的青年人只看书、不卖书，这就超出了作家写书、出书的领域。麦家做的是一件功德无量的事情，他一定是想起了自己当年郁郁不得志的往事，他办麦家理想谷就是想给有为青年开创一方天地。

前一段，看到麦家在中央电视台《朗读者》节目中朗读他写给儿子的一封信，我流泪了，我知道他曾经叛逆过，大学期间他喜欢穿一件黑色的 T 恤衫，胸前有一个红色的大手，图案很诡异，也很标新立异，彰显着他特立独行的个性。他当年执意从浙江富阳考到军队大学就是想离家远远的，不受父亲约束。他多年来没有叫过一声父亲，没想到他的儿子后来也叛逆，聪明人一定要经受叛逆的痛苦吗？可喜的是面对叛逆的儿子，他选择了理解和宽容，他要帮助儿子度过属于青春期的苦闷和孤独。他的信深深地打动了儿子，缓解了冰冻的父子关系。

文学的真谛是教人学会爱，这是他热爱的文学对人心灵的滋养和拯救，祝愿麦家在文学的疆场上跃马扬鞭，风生水起。

炸酱面的故事

我的烹饪生涯始于 10 岁，那时候我的爸爸在国外工作，妈妈带着我和 1 岁的妹妹及保姆生活在一起。保姆又不太会做饭，妈妈工作又很忙，经常加班加点，做饭的重任就历史性地落在了我的肩头。

我掌勺的第一幕戏就是炸酱面，记得有一天，妈妈给我五角钱，对我说："晶岩，今天的晚饭你来安排。"

五角钱就要做出一顿饭，而且还要让家人满意，我想到炸酱面。放学后我攥着钱挎着篮子来到西苑副食商店，先买了两角钱的肉，又买了八分钱的黄酱，剩下的两角二分钱买了黄瓜和挂面。

那时候没有煤气，家家户户都用蜂窝煤炉子做饭。回到家里，我模仿着妈妈的样子把肉和黄瓜切成丁，在锅里倒上油，便开始炒肉。滚烫的油在铁锅里吱吱地唱着歌，比锅台高不了多少的我一个劲儿地躲闪着迸溅的油星。我翻动着肉丁和黄瓜丁，再把黄酱倒进锅，不一会儿就把酱炸好了。

端下酱再开始烧水煮面条，等到面条煮好后，妈妈也就下班了。全家人围着桌子吃着本大厨做的炸酱面，我心里甭提有多高兴了。万万没有想到，就是这小小的炸酱面，使我鬼使神差地迷上了做饭，整天抱着一本菜谱啃。

我这人干什么事都一根筋，做饭也要做得出类拔萃。慢慢地，我就开始琢磨着怎么把炸酱面做得更好吃。我发现炸酱里放黄瓜味道不地道，便把黄瓜丁开除了。后来又发现当时的黄酱过于黏稠，味道也太咸，便尝试着炒肉时放点糖，再往炸酱里放点水。最后，我又觉得挂面太没滋味儿了，就学着用擀面杖擀起了面条，面条切得粗细均匀。经过一段苦练，我做的炸酱面居然大受欢迎。

正当我有了四年的烹调经验，准备在家庭大厨这条道上快马加鞭时，我穿上了绿军装。当时我在野战部队当文书，军营的伙食很差，几天不见肉，几个月不见鱼是家常便饭。一个星期天，我为大家做了一顿炸酱面，谁知司务长顺手往黄酱里放了一大把盐，酱变得咸咸的，让我火冒三丈。

司务长看我不高兴，便说："孙晶岩啊，我也想把炸酱做好，可咱连每人每天就给四角六分的伙食费，咱连男兵多，都是些大肚子汉，我不往炸酱里放盐，炸酱就不够吃啊！"

听了这话我顿时觉得冤枉了司务长，巧妇难为无米之炊，低廉的伙食费怎么可能让司务长大显身手呢？我冲着司务长苦涩地笑了笑。那一刻我发誓，等往后日子好了，我一定要亲手做一顿地道的炸酱面让大伙儿好好品尝。

后来，日子真的过好了，我始终忘不了炸酱面这个老伙计。每次做炸酱面，我都去买鲜瘦肉绞成肉馅，炝锅后放上肉馅，烹上料酒炒好后盛出来，再起油锅炸酱，这酱可就大有讲究了。我喜欢用北京六必居的黄酱和天源酱园的甜面酱，炸酱的时间和火候也是我独创的。一边炸着酱，我就一边准备菜码儿，把黄瓜丝、萝卜丝、豆芽儿等菜准备好，这时候酱就炸得差不离了，便开始煮手擀面。手擀面不能煮得太软，否则就不筋道了。等炸酱面上桌时，桌上红黄绿白色香味俱全。一家人喜滋滋地围着桌子吃着炸酱面，家庭的温馨在饭桌前流淌。

改革开放后，在海外生活了几十年的三姨从美国回国探亲，对我做的炸酱面赞不绝口。我说："三姨，您就好这一口儿，干吗不在家里做呢？"

她说："美国没有卖黄酱的。"

我说："您走的时候我给您捎一些黄酱不就得了？"

她说："美国对外国生产的食品实行检疫，不让随便带吃的。"

我的心一怔，是啊，每一种食品都代表着一个国家的文化，橘子在江南即为橘，到了江北就变为枳，炸酱面只有在北京才做得最地道。就说这六必居的黄酱和天源酱园的甜面酱吧，离开北京您上哪儿找去啊？

今年3月26日，三姨又从美国回国探亲。我那天刚巧在中国作家协会开我的长篇报告文学《山脊》的研讨会。 三姨拨通了我的电话："晶岩，我到首都机场了！"

我说："三姨，我现在正在开会，晚上到饭店宴请您，您想吃啥？"

她高兴地笑着说："我啥都不想吃，就想吃你做的炸酱面！"

读书的家庭氛围

读书的环境非常重要，而最重要的阅读氛围来自于家庭和学校。我出生在一个知识分子家庭，我的父亲先后就读于北京大学中文系、中国人民大学新闻系和国际关系学院英语系。他酷爱读书，我最初的文学启蒙来源于父亲的口头文学，那时候我还不识字，父亲每次到幼儿园接我，总是把我放在自行车后座上，他边骑车边讲述《安徒生童话》《格林童话》，我听得入迷，嚷嚷着要买这些书看。

我们家有个白色的梳妆台，父亲喜欢坐在梳妆台前，脚下放着一个黄色的脸盆，一边泡脚一边看书。我家最值钱的东西就是各类书籍，有政治的、历史的、文学的、新闻的、艺术的、外交的、军事的……琳琅满目。

父亲在北京大学就读时第一外语是俄语，在国际关系学院就读时专攻英语，受他影响，我喜欢读俄罗斯文学和英国文学，托尔斯泰的《战争与和平》《安娜·卡列尼娜》《复活》，契诃夫的《变色龙》《万尼亚舅舅》《套中人》，车尔尼雪夫斯基的《怎么办》，屠格涅夫的《猎人日记》《父与子》，陀思妥耶夫斯基的《罪与罚》，阿扎耶夫的《远离莫斯科的地方》，高尔基的《童年》《在人间》《我的大学》《海燕》《母亲》，奥斯特洛夫斯基的《钢铁是怎样炼成的》，《马雅可夫斯基诗选》，《普希金抒情诗选》……莎士比亚的《哈姆雷特》《罗密欧与朱丽叶》《威尼斯商人》，狄更斯的《大卫·科波菲尔》，洛蒂的《简·爱》，艾米莉的《呼啸山庄》，伏尼契的《牛虻》……除了高尔基和奥斯特洛夫斯基的书之外，这些书在我的童年时代属于禁书，可我还是偷偷地读了很多。

读书的热情是互相传染的，父亲从来没有刻意叮嘱我要好好读书，但他手不释卷，如痴如醉沉浸在读书中的身影却永远地烙在我的记忆里。后来，父亲到中国驻英国大使馆工作，他向好朋友洪民生推荐英国 BBC 广播电视公司拍摄的电视剧《安娜·卡列尼娜》《大卫·科波菲尔》，建议他引进，洪叔叔时任中央电视台副台长，拍板购买了这些根据名著改编的优秀外国电视剧，这是改革开放以来中国较早引进的优秀外国电视连续剧，使国人大开眼界。

读书是一种家风，也是一种家学。父亲在中国驻埃及大使馆工作时，母亲的案头就摆满了《非洲风情》之类的书籍；后来，我的父母到中国驻英国大使馆工作，父亲在工作之余写书、译书，母亲就帮助父亲收集资料，誊抄、校对文稿，还在《光明日报》等报刊发表过散文，文笔清新隽永。

父母是儿女的精神导师，父母的言行是无声的命令。在父母的言传身教下，我酷爱读书，谈恋爱时，我送给先生的礼物就是前四史。那是一个寒冷的冬天，我和先生冒着大雪骑着自行车来到中国书店，买了《史记》《汉书》《后汉书》《三国志》，当我把这些散发着墨香的书籍送给先生时，他高兴得眼睛直放光。结婚时新房只有 13 平方米，可我硬是在狭窄的空间里放了两个漂亮的书架，里面堆满了书。

充满了书香的家庭最温馨，好气质是书香熏出来的。热爱读书家庭的孩子大多有良好的家教。我热衷于公益事业和志愿服务，在汶川地震时担任四川东汽中学校外辅导员，跑了八个极重灾区，义务给灾区孩子讲课、做心理疏导，资助了一些灾区孩子。我的儿子看到我经常往贫困地区跑，春节还到汶川灾区看望孩子，心里也多了一份对贫困地区人民的牵挂。他考取北京市重点中学后，先生奖励了他 200 元钱，不满 12 岁的儿子在祖国受灾时，瞒着家长毫不犹豫地把自己小金库里全部的钱捐赠给灾区人民，很长时间我们都不知道。他考上重点大学后，主动献血，热心公益，资助同学，参加全国大学生辩论赛，积极向上。

父亲把爱读书的种子播撒在我的心田里，他不仅酷爱读书，而且还写书、翻译书，他出版过散文集《雾都伦敦》，长篇历史传记《英伦今夕与帝苑沧桑》，长篇纪实文学《瓦特》，文化专著《中国名砚揽胜》，翻译过《世纪超人》《天赐洪福》《使上帝发抖的人》等著作。我曾经问过父亲："爸，您是部长，干吗还要这么苦地写书？”

父亲反问我：“晶岩，你说老百姓是能记住唐朝有几个皇帝呢还是能记住李白、杜甫？”

父亲的话使我震撼，我意识到读书是一种高贵的行为，写作是一种崇高的精神追求。喜欢读书的习惯是潜移默化的，我崇尚读书，热爱读书，读书多了就想写书，我在紧张的工作之余爬格子，出版了600多万字的文学作品。我的书受到读者喜爱，开过十多个作品研讨会和新书发布会，应邀在第五届北京国际文博会图书分会场、首届北京书市、首都图书馆、北京图书大厦、北京市东城区图书馆、人民出版社读书会、北京大学、清华大学、解放军艺术学院、解放军后勤学院、山东鲁东大学、北京市公安局监管总队、广东省汕头市公安局、新疆和田地委党校、陕西延安学习书院、陕西渭南华州政务报告大厅、四川省德阳东汽中学、北京市西单小学、江苏省无锡监狱等地演讲、讲课，反响强烈。

现在，读书与写作已经成为我生命存在的一种方式，我永远不会放弃读书和写作，因为文学是我灵魂栖息的精神家园。我从来没有刻意叮嘱我的儿子要好好读书，但我爱书、读书、写书的形象也刻在了儿子的记忆里。他在小学时的作文里写道：“我的妈妈是一个大学老师，在我的记忆里，她不是围着围裙在厨房给全家人做好吃的，拿着拖把抹布在家里打扫卫生，就是趴在书桌前看书、写书。有一次，我半夜起来上厕所，看到妈妈还在灯光下写作，我看了一眼挂在墙上的钟，已经是半夜两点多，妈妈明天起床还要给她的学生上课，可她还这么拼命，望着妈妈汗水涔涔的背影，我说不出一句话来，鼻子酸酸的……”

爱书是我家的传统，我们全家人都喜欢看费孝通先生的书，有时一起讨论他的《江村经济》《小城镇·大问题》……2000年，我应司法部邀请采访中国女子监狱，看到形形色色的女犯，五花八门的犯罪类型，心里有点打怵，费孝通先生叮嘱我：“一定要珍惜采访监狱的机会，因为监狱是观察社会的窗口。”

我按照费老教给我的田野调查方法认真调查，完成了长篇报告文学《中国女子监狱调查手记》《重绽芬芳》《女监档案》，费孝通先生亲自给拙作作序。当时，拙作荣获全国优秀报告文学大奖，30 多家报纸杂志转载，父亲看到后，亲自帮我剪贴收藏。

儿子不仅数理化成绩优异，语文成绩也很突出，小学、中学都在报刊上发表过作品，令人欣慰。读文学一定要读名著，我给儿子买了全套的世界文学名著，他从小学就开始看，受益匪浅。我让儿子读文学名著不是为了培养他当作家，而是为了让他从小得到文学的滋养，因为文学是心学、是爱学、是灵魂学，真正热爱文学的人会心灵向善。后来，他喜欢武侠小说，我就陪着他到书店，根据他的心愿买金庸、古龙的书。

我和儿子既是母子，又是朋友。我们家是能者为师，儿子的游泳、驾驶、象棋、乒乓球都是我教的，但他很快就超越了我，我们一起参加电脑班学习，他教我做数独、打电脑游戏，年轻人进步得飞快，我现在除了烹饪、写作、摄影、书法敢跟他叫板，其他真是将遇良才不敢骄。儿子擅长数学、逻辑、哲学、法学、商学，先生擅长经济、历史，我就拜他们为师虚心求教；我有了书法、摄影作品，首先请家人点评，先生喜欢打击我，我弹钢琴，他说吵死了；我练书法，他说比王羲之差远了……儿子却给我打气："我妈弹得挺好的。""我妈的书法进步挺大的。"这鼓励对我很受用，我又在儿子的赞扬声中茁壮成长了，摄影作品入选摄影展览，在报刊上发表了数百张摄影作品；多次参加书法展览，书法作品被辽宁舰的官兵、武警某部官兵和北京密云抗日根据地的乡亲珍藏。

现在，我的家里有 14 个顶天立地的书柜，装满了形形色色的书籍。我主攻重大题材长篇报告文学创作，无论是写扶贫还是写边关；无论是写金融黑洞还是写中国院士；无论是写西气东输工程还是写南海石油；无论是写监狱还是写看守所；无论是写北京奥运会还是写上海世博会；无论是写汶川抗震还是写援助新疆；无论是写北平抗战还是写服饰文化，我都会向家人讲述采访中遇到的各种人和事，讲述我读书后对选题的思考。国际上发生了大事，比如南海风云、美国大选、澜湄合作、东北亚局势、金融危机……我们都会在家庭中热烈讨论，其乐融融。

2008 年北京奥运会开幕式当天，全家人在一起猜测谁会在开幕式上点燃火炬，我说应该是李宁，儿子说怎么会是李宁，他不是个商人吗？我就向家人讲述采访李宁的细节，讲述李宁在洛杉矶奥运会上风光无限，他不是一般意义上的商人，而是一个有头脑、有追求的运动员，事实证明了我的猜测是对的。

爱书、读书、写书使我家尝到了甜头，我的家族中出了三个博士、十五个硕士，我的儿子 21 岁就开始攻读美国常青藤名校的博士，并以优异成绩毕业。儿子说："妈妈，小时候读您的散文集《海梦》，我现在都记得里面的句子。"

过去我写书，搞不懂的英文就向父亲请教；现在我写书，图书封面英文翻译就交给儿子把关。人的生命是一根链条，父亲是给予我生命的人，儿子是延续我生命的人，这是生命链条的延续，这是读书、爱书家风的传承。

女人的美是靠书香熏出来的，你的气质里藏着你读过的每一本书。作为一个女作家，作为一个母亲，我觉得最应该做的事情就是身体力行倡导读书，树立热爱读书的良好家风，为全民阅读贡献绵薄之力。

我们母与子

国庆佳节与家人一道自驾游，我们毫不犹豫地选择回家乡。望着蔚蓝色的大海，丰盛的海鲜，想起了儿子四岁时与我的一段对话。儿子用稚嫩的童声关切地问道："妈妈，您最爱吃什么？"我不假思索地说："螃蟹和虾。"儿子穷追不舍地问："螃蟹和虾爱吃哪个？"我搪塞道："都爱吃。"儿子执拗地说："必须说一个最爱吃的。"我笑着说："螃蟹。"儿子斩钉截铁地说："妈，等我长大了，挣钱了，我给您买好多好多螃蟹吃。"我紧紧地把儿子搂在怀里："好儿子，有你这句话，妈就知足了！"每当我想起这段对话，心里就会感到温暖，母亲的心总是这样容易满足。

随手整理家，发现了两样宝贝：一个是儿子4岁时亲手给我制作的生日贺卡，一个是美国人杰克·坎菲尔、马克·汉森和约翰·麦克菲尔森编绘的图书《妈妈我爱你》，思绪立马穿越到27年前的春天，感慨万千……那时，我正在海南岛采访，过生日时不在北京。儿子思念我，就把一张硬纸壳刻成了太阳状，在中间画了一个穿绿衣服的女人，再用紫色的丝线将锯齿状的边缘精心缠绕，制成了一张生日贺卡，他说妈妈总是穿绿军装，戴着眼镜，我的妈妈就是我心中的太阳。

那本《妈妈我爱你》，是儿子上中学时送给我的母亲节礼物，我不知翻阅了多少遍，每次看都会心怀感动。儿子这两件礼物，我一直细心珍藏着，让爱意在心头流淌。最近我过生日，已长大成人的儿子不仅热情地安排生日宴，还买了我最喜欢的廿一客的生日蛋糕。

孩子的爱心从何而来？母亲一定要以身作则，把爱的种子播撒在孩子幼小的心田里。我写长篇报告文学《山脊——中国扶贫行动》时，有意把儿子带到山东、河北农村。他文绉绉地说想看农作物，我说这里满世界都是农作物，你可劲儿看，我还带他住到农民家里，让他了解农民的不易和农村生活的艰难；我写长篇报告文学《中国动脉》时，专门把儿子带到油田，儿子第一次见到采油机和石油，兴奋地欢呼起来；我带他观察石油工人的工作场景，他理解了石油人的艰辛和奉献；我在部队工作，经常把儿子带到军营，他见到了军训的场景，懂得了军人的职责和使命。

1998 年，儿子考取了北大附中实验班，我奖励了他几百元钱。有一次，他说想买几本书，我说我在外地采访，先动用你的小金库吧。他说我的小金库倒闭了。我问他是不是丢钱了，他才告诉我那年夏天特大洪灾，他瞒着家长和老师，把自己所有的零花钱都捐给灾区了。听了他的话，我流泪了，我为 11 岁的儿子能有这样的爱心而感到骄傲。

有天晚上，我中学班主任傅慧敏老师给我打电话，说她的孙女患病住不上院很着急，儿子亲眼看到我撂下电话急忙赶到医院联系住院。我离开中学几十年了，每年都要去看望中学老师。儿子从国外留学归来，说妈妈我想去北大附中看看老师。我帮他准备好礼物，说你应该马上去看看袁老师、李老师、姚老师，他们对你那么好，你不能忘了人家。

汶川地震发生时，我在地震当月奔赴灾区采访，救助灾区孩子，经常接到儿子从北京打来的慰问电话。2009 年春节，我又到汶川灾区看望孩子们，儿子从国外打来电话问我灾区冷不冷，当时，什邡山区大雾弥漫，行车艰难，我却回答："不冷，这里山清水秀，非常安全。"

我亲眼看到在灾难来临的一刹那，有很多母亲勇敢地用生命救护孩子，把一线生的希望给予孩子。近年来雾霾肆虐，有人不敢说话，但很多对雾霾发出谴责声音的人都是女人。女人是柔弱的，但母亲却是最勇敢的，这就是母亲的无私和伟大。

俗话说：母慈子才孝，妻贤夫祸少。一个家庭是否祥和温馨，很大程度取决于家庭主妇。"安"字是一个宝盖头下一个女字，女人是家庭的主宰，有好女人家庭才会安宁、安定、安稳、安康。

母亲是孩子人生道路上的第一位老师，《史记·淮阴侯列传》里记载了漂母和韩信之间的故事。韩信幼年家贫，父母双亡，日子过得很艰难，只好到河边钓鱼卖钱买饭吃，钓不到鱼只能饿肚子。淮水边有一群漂洗丝絮的老大娘，各自带着饭篮子在河边干活。一位素不相识的洗衣女看到韩信快要饿死时，将自己仅有的饭送给韩信吃，一连几天都是如此，救了他的命。韩信后来封为楚王，他知恩图报，找到当年那位漂母，送给她一千金作为报答，这就是一饭千金的故事。

"慈母手中线，游子身上衣"，慈母的爱是春天的花朵，夏天的清风，秋天的硕果，冬天的暖阳，母亲对儿女的爱是无私的，不求回报的。

母亲知书达理，孩子就会品位高雅；母亲心地善良，孩子就会富有教养；母亲乐善好施，孩子就会慷慨助人；母亲体贴入微，孩子就会感情细腻；母亲热情洋溢，孩子就会人格健全；母亲胸有大志，孩子就会眼界开阔；母亲性格开朗，孩子就会达观快乐；母亲博学多才，孩子就会见多识广；母亲腹有诗书，孩子就会出口成章；母亲自强不息，孩子就会好学上进；母亲热爱运动，孩子就会茁壮成长；母亲擅长烹饪，孩子就会大饱口福；母亲懂得医术，孩子就会身体健康；母亲干净整洁，家庭就会一尘不染；母亲勤劳致富，家庭就会红红火火；母亲节俭持家，家庭就会生机勃勃；母亲厚德载物，家庭就会蒸蒸日上。男人娶了一个好女人，整个家族三生有幸；孩子有了一个好母亲，整个人生灿烂辉煌。

推动摇篮的手是推动世界的手

我曾经两次到湖南省韶山市毛泽东故居寻访，发现毛泽东对他的母亲文七妹十分敬重，他说："我母亲是个心地善良的妇女，为人慷慨厚道，随时愿意接济别人，也可怜穷人。"

母亲去世后，毛泽东一直守在灵前，并含泪写了一篇情深意长的《祭母文》，追念自己的母亲："吾母高风，首推博爱。远近亲疏，一皆覆载。恺恻慈祥，感动庶汇。爱力所及，原本真诚。不作诳言，不存欺心……"

我曾经到江苏省淮安市驸马巷周恩来故居寻访，发现周恩来对他的几位母亲感情极深，这几位母亲就是他的生母万冬儿、嗣母陈氏、八婶母杨氏和乳母蒋江氏。万冬儿是个美丽善良、知书达理的女人，她于1998年3月5日生下长子，取名"大鸾"，给了他宝贵的生命。大鸾的小叔父周贻淦患肺病，为了给病人"冲喜消灾"，周劭纲夫妇把不满周岁的长子过继给小叔父为子。小叔父去世后，幼年的大鸾就由小婶母陈氏养育。大鸾三岁师从母教，嗣母陈氏是一位才学出众的女子，爱好诗词、戏曲、小说和绘画，大鸾幼年时就是跟从她学会念方块字和古诗。陈氏擅长诗文书画，在思想上、文化上给予继子良好的启蒙教育。大鸾五岁进入家塾，取名恩来，字翔宇。六岁时，周恩来与嗣母陈氏、乳母蒋江氏一起随生母万氏移居到清江浦（今淮安市）外祖母家，进入万府家塾就读。

1907年春天，生母万氏去世，刚满9岁的周恩来失去了亲生母亲。秋冬之交，嗣母陈氏也不幸去世，他带着弟弟恩溥、恩寿回到驸马巷旧居，在八婶母杨氏和乳母蒋江氏的照顾下独立生活。

蒋江氏出生于一个劳动人民家庭，勤劳而善良，在周恩来幼年时，乳母就经常带着他到后院的空地上种瓜浇菜，讲述春种秋收等许多农耕知识，培养了周恩来从小就热爱劳动的优良品质。周恩来的几位母亲对童年和少年周恩来的教育和影响很大，不论是否亲生，她们都以纯厚的母爱对周恩来倾注了全部心血，在自觉和不自觉中以不同的方式和性格影响着他，而这些影响，对周恩来的成长是至关重要的，也是刻骨铭心的。周恩来故居庭院里有一株高大的观音柳，传说是观音老母净水瓶中的圣洁物，蕴含福禄吉祥。观音柳具备松柏之质，枝条细长柔软，有杨柳之态，茎叶熬水能治疗麻疹，亦称积善柳。这株观音柳躯干苍劲，生命力极强，历经百年沧桑仍然生机勃勃，似乎是他的几位母亲积德行善的印证。

母亲是孩子人生道路上的第一位老师，列宁八岁的时候，有一天，跟着爸爸到姑妈家去做客。表兄弟表姐妹见到列宁都很高兴，拉着他一起去玩。他们在房间里捉迷藏，追的追，逃的逃，热闹极了。列宁跑得很快，不小心碰了桌子，桌子上的花瓶掉在地上打碎了。

孩子们正玩得起劲，谁也没有注意，还是互相追赶着。姑妈听见声音，跑进来一看，花瓶碎了，就问："谁把花瓶打碎的？"

表兄弟表姐妹都说："不是我！"

列宁也低声说："不是我。"

姑妈笑着说："那一定是花瓶自己打碎的。"

大家都笑起来，只有列宁没有笑，他心里很难过，因为他说了谎。回到家里，列宁躺在床上哭。妈妈问他为什么哭，列宁把打碎花瓶的事告诉了妈妈。妈妈叫他写信给姑妈，承认自己说了谎。

过了几天，邮递员给列宁送来了姑妈的回信。姑妈在信上说："你做错了事，敢于承认错误，是个诚实的好孩子。"

纵观世界上众多优秀人物的成长史，我发现很多人都对自己的母亲感情很深，比如列宁、毛泽东、周恩来、朱德……这就是母亲的伟大。

我曾经采访过中国十几所女子监狱，十几所看守所，我发现如果丈夫犯罪关进监狱，妻子往往艰辛地拉扯着孩子，等待丈夫回归；而如果妻子犯罪关进监狱，丈夫往往离家出走，孩子流落街头，很容易学坏；所以 21 年前，我到陕西三原县采访儿童村，写过报告文学《寻找回归的世界》，就是在讲一个母亲创办儿童村，替罪犯代养孩子的故事。这些被社会拯救的孩子有的成了画家，有的成了大学生，有的成了工人，成为社会的有用之才。

如果一个母亲整天酗酒、吸毒、打麻将，她的孩子怎么可能热爱读书，潜心学习？

如果一个母亲整天工于心计，自私自利，她的孩子怎么可能助人为乐，阳光向上？

如果一个母亲整天饱食终日无所用心，只会化妆整容打扮自己，她的孩子怎么可能有家国天下的大情怀？所以，从某种意义上说，推动摇篮的手是推动世界的手，母亲的素质决定着人类和民族的未来。好母亲是最好的家庭教师，最棒的精神导师。

母亲节到了，让我们向天下的母亲问好，恭祝她们节日快乐！

母亲节到了，让我们每一个女人热爱读书，加强自身修养，努力做一个好母亲，向世界播撒爱的种子！

陪　伴

　　狗年春节，我们全家到海南岛过春节。我每天都要围着围裙给家人做饭，并在弹奏锅碗瓢勺交响曲中感受到无穷的乐趣。

　　又接到在北京市讲课的邀请，其他的讲课者都是大腕儿，我的压力很大，丈夫和儿子看到我忙碌地写讲稿，立刻成为我课件的第一个读者和批评者。

　　儿子在院子里放飞无人机，我围着围裙从厨房跑出来，羡慕地望着他。他马上把飞机交给我，热情地鼓励我："妈妈，您试试，特别好学！"

　　在他的鼓励下，我无师自通地学会了用遥控无人机拍摄照片；我说想训练自己的逻辑思维能力，儿子耐心地教我做数独；我说想逛逛风景区，儿子、儿媳陪同我游览观澜湖华谊电影城。碰到可口的小吃，儿子总要递给我："妈妈，您先尝尝。"

　　看到舞蹈排练厅的把杆，儿子陪我一同压腿练功；看到好的背景，儿子高兴地喊："妈妈，我给您拍张照片。"

　　我每天有散步的习惯，儿子默默地陪同我散步，我们边走边回忆他童年时我陪同他游览，边走边作七步诗的往事。看到海南岛的风景，我给他讲南渡江的流域、海口骑楼的往事、万绿园的美丽、五公祠的来历；文昌宋庆龄祖居的宁静、东郊椰林的壮美；琼海万泉河红色娘子军的故事、千年渔港潭门镇、海的故事的景观；博鳌亚洲论坛会址；万宁山钦湾的原生态；万宁兴隆热带植物园的多姿；保亭的七仙岭、温泉；陵水的猴岛；三亚的亚龙湾、热带天堂、天涯海角、呀诺达热带雨林、南海观音、槟榔谷、鹿回头；东方新发现的海上大油田；五指山的民族风情……讲海南食品中的四宝：文昌鸡、加积鸭、东山羊、和乐蟹……

亲人间不需要甜言蜜语，默默地陪伴就是最大的孝心。每当与儿子告别时，我都会默默地注视着他的背影，直到望不见尽头。我想起了我当兵第一次探家时的情景，部队的伙食极差，我饿得像只馋猫，母亲做好了鱼、大虾、鸡蛋和排骨，默默地注视着我，一个劲儿地叮嘱着："晶岩，多吃点！"我狼吞虎咽地吃着，母亲默默地注视着我，眼神里流淌着慈爱的光芒，脸上露出了欣慰的笑容。每逢我要回部队，母亲总是亲手给我包山东大馅饺子，那是世界上最好吃的饺子，我包饺子的手艺就是母亲传授的。每次离开家，父亲和母亲都要目送我的背影，我走出很远了，猛回头，看到远处向我挥手的人影越来越小，泪水立刻溢满脸颊。如今，我也是变着法儿地给家人做好吃的，女人是家庭的磁铁，爱的源泉，家庭主妇在烹饪中把自己对亲人的爱融注在食物里，用舌尖上的美味给亲人以爱的温暖，用智慧把家凝聚在一起。

我给儿子朗读了我写的诗歌《年》：

年，就在主妇点石成金的巧手下悄悄地来了；年，就在儿女脚步匆匆的归程中悄悄地来了；年，就在阖家团圆的磁铁上悄悄地来了；年，就在香飘四溢的餐桌上悄悄地来了；年，在哪里过不重要，重要的是全家人在一起；饭，吃哪种口味不重要，重要的是母亲的厨艺永远是儿女亲切的怀恋。几亿人的流动，只为了一个年的团聚；几亿人的迁徙，只为了一个年的庆典。年，是中国人亲情的热喷泉；年，是亲人间交流的加油站。陪伴是最长情的告白，目送是最深情的思念。我用亲手做的饭菜，亲手写的春联，亲手做的挂历，亲手拍的照片，亲手弹的乐曲，亲手写的诗篇，送给你新春的祝福，美好的乐园！

我想亲人间的缘分就是今生今世不断的目送，不断地在一起吃饭，聊天，切磋，不断地学习、奋进、自强不息，这是家的味道，也是爱的味道。

同为女人

六一儿童节前夕，我应邀出席由文化部主办，文化部艺术司、中国东方演艺集团承办的谷建芬"新学堂歌"音乐会，走进北京国家图书馆艺术中心，迎面是一幅谷建芬先生的巨幅海报，她身穿灰色的中式服装，张开双臂，仿佛要拥抱每一个向她走近的人。

谷建芬先生是中国当代著名作曲家，中国音乐"金钟奖"终身成就音乐艺术家称号获得者。她亲手培养了毛阿敏、孙楠、那英、解晓东、苏红、李杰等著名歌手。毛阿敏于1987年以谷建芬老师作曲的《绿叶对根的情意》，参加第四届南斯拉夫贝尔格莱德国际流行音乐歌曲比赛，获得演唱、观众和作曲三个奖项，使之成为我国首个在流行音乐国际大赛中获得创作与演唱奖的作品。

谷建芬老师是一位闻名遐迩的音乐家，音乐素养很高，曾经创作出很多脍炙人口的歌曲，我是听着她的歌曲长大的。她的代表作有《滚滚长江东逝水》《年轻的朋友来相会》《那就是我》《绿叶对根的情意》《思念》《烛光里的妈妈》《今天是你的生日》《歌声与微笑》《世界需要热心肠》《二十年后再相会》……这些歌曲陪伴了我整个的青年时代，我几乎每首都会唱，她是我们这代人的音乐偶像。谷建芬老师也是我的威海老乡，我觉得她的音乐受到海的滋养，她的歌曲中既有海的开阔坦荡、也有海的温柔静谧；既有款款深情，也有清雅境界；既有大江东去，也有小桥流水；既有阳刚之气，也有阴柔之美。格调高雅，扣人心弦。

如今，她已经82岁高龄，却宝刀不老，再创辉煌。当我认真地聆听谷建芬老师的新学堂歌时，心情特别愉悦，我完全被她的音乐语汇征服了，跟着她一起欢笑，一起悲愤，一起雀跃。最后一个节目，谷建芬老师身穿一件黑色中式服装走上舞台，与孩子们一起演唱唐诗《春晓》，她一边拍手一边高唱，把音乐会推向高潮。看到这个场面，我的眼眶湿润了，最可爱的人恰恰是有着一颗童心的人，谷建芬先生是在用心演唱启迪少儿心智啊！古典诗词难以记忆，她用音乐将古诗诠释得贴切完美，通俗易懂，朗朗上口，使人在吟唱中记住古诗，留住经典，这组歌曲是古典诗词和音乐的联姻，特别适合孩子们学唱，是对中华传统文化的传承，对古典诗词的现代解读。新学堂歌是传统文化和现代生活之间的共鸣，本次鉴赏大赛则是专家学者艺术家和广大传统文化爱好者对《新学堂歌》的高声呼应，这是一次集众智、聚众力，跨界合力打造中华优秀传统文化传承发展品牌的有益尝试。

同为女人，我知道谷建芬老师为了传播中华优秀传统文化付出了多么艰辛的努力，82 岁不是女人的黄金季节，这个年纪应该颐养天年，安享太平，可她却呕心沥血，创作生命像喷薄欲出的红日，出现新的井喷，这是她跨越了自我，上升到一个新的境界的缘故。她在作曲上已经有了很高的威望，82 岁再创作很难超越自己，她每往前走一步都要冒很大的风险，可她却义无反顾。近年来她失去了丈夫和小女儿，在最痛苦的日子里，她看到了雍和励写的一首歌词《有无歌》：有种幸福叫放手，有种苦难叫占有。有种快乐叫善予，有种痛苦叫贪求。无私有福，无欲长寿。有就是无，无就是有。这首歌词充满哲学意味，太对谷建芬的心思了，她马上把这首歌词谱曲，反复吟唱。慢慢地，她记住了这些人生哲理，从歌曲中得到顿悟，从压抑中解脱出来，她一生热爱音乐，最后，是音乐帮助她把失去亲人的痛苦嚼碎咽进肚里，顽强地扼住命运的咽喉。我觉得 40 岁以前女人的相貌主要靠遗传，而 40 岁以后女人的相貌主要靠修为。谷建芬心中有大爱，脸上有善缘，她慈眉善目，热衷善予，无私就快乐，无欲就长寿。她不仅创作了 50 首《新学堂歌》，而且亲自组织排练，她是在用真心浇灌祖国的花朵，用真情传播优秀中华传统文化。

在当今，女人要想在事业上打出一片天下，就要付出比男人多几倍的努力，因为女人是家庭的主宰，在事业上风光无限的背后，还要含辛茹苦撑起一个家庭。

我是中国采访女子监狱和女子看守所最多的女作家，即使对于女犯人，我也在人格上尊重她们。在汶川灾区救灾，我最关心的是女孩子。我采访援疆干部家属和扶贫干部家属时经常会流泪，因为我当过扶贫干部家属，对于女人几年来独自撑起一个家的艰难感同身受。同为女人，我主张同性相爱，同性相惜，同性相赏，同性相敬，同性相扶，从谷建芬先生身上，我看到了女性智慧的光芒，也看到了自己的人生榜样。作为一个女性，我们完全可以像谷建芬那样挺起腰杆特立独行活着，我们完全可以不依附男人，努力学习，勤奋耕耘，撑起事业的一方天。

最近，一大批以"新学堂歌"为鉴赏对象的古典诗词、现代诗、散文、书法、绘画、篆刻、木雕作品应运而生，经过专家评审和网络投票，选出了古典诗词、现代诗、绘画、书法、乐评的各类奖项，并将其中的优秀作品汇集成册，广为传播。来自祖国各地的百名文化学者、诗人、画家、书法家、音乐家、记者欢聚一堂，在北京举办了谷建芬先生"新学堂歌"鉴赏大赛揭晓仪式暨中华优秀传统文化融合发展研讨会。在这次助力谷建芬先生新学堂歌的活动中，我担任散文乐评组评委组长，认真组织投票，为了一个素不相识的中学女教师写的乐评入选，我三番五次地给组织者打电话，人家问我为什么这么认真，我说因为这是一个老区的女教师，她没有任何背景，但她确实写得很好，我必须为她说话。在我的努力下，终于使这位女教师获奖。几年前我曾和女作家毕淑敏、李小雨一道在长沙岳麓书院担任散文大赛评委，同为女人，我们也一道力挺素不相识的女作者，正因为现在的文学评奖有太多的不公正，甚至有权钱交易、权色交易，所以我才要出以公心，力主正义。

我还担任颁奖嘉宾，亲手撰写了古典诗、乐评，拍摄了照片，制作了视频片，写了报道，在研讨会上做了演讲。我为什么要力挺谷建芬先生？因为她是在用音乐竭尽全力弘扬中华民族优秀传统文化。她做的是一件善事，善事就要力挺，善事就要动员全社会来做。

如果生活是海洋，音乐就是波浪；如果生活是飞鸟，音乐就是翅膀。在谷老师优美的歌曲中，我看到了弘扬中华传统文化的吉祥鸟在展翅飞翔。

一碗姜汤

1970年9月，我正在北京101中学念书。突然有一天，体育老师宁重君对我说："孙晶岩，国庆节毛主席要在天安门城楼检阅游行队伍，咱们学校选派你和一些同学去跳舞，和其他学校一道组成红绸舞方队。"

听了这话，我高兴得蹦了起来。那年头，见到毛主席是最高的荣耀，这回被选到游行方队，既能跳舞，又能见到毛主席，真是太好了！

我兴高采烈地参加了舞蹈队，每天放学后在学校的礼堂里练习红绸舞。红绸舞是一种技巧很高的舞蹈，舞者要将红色的长丝绸在空中来回飞舞。我认真观察老师的示范动作，卖力地跳着。不知流了多少汗水，湿透了多少次衣衫，我的舞蹈终于得到了老师的称赞。我那时候真是走火入魔，走在路上都情不自禁地跳几个甩绸子的动作。

正当我们练得如痴如醉时，宁老师又对我说："孙晶岩，别练红绸舞了。"我的心一下子凉了半截，以为自己被淘汰了，不甘心地问道："为啥？"宁老师说："刚接到通知，红绸舞改成了丰收舞。"我悬着的心终于放了下来，好奇地问道："改成丰收舞，是不是想突出一下农民的形象？"宁老师说："受毛主席检阅，当然是工农兵的形象更好啦。"

我们赶紧重打锣鼓另开张，汗流浃背地练起了丰收舞。这个舞蹈中有很多割麦子、挑担子、扬场等劳动场面的动作，也许是当时我们经常参加夏收劳动的缘故，我很快就掌握了丰收舞的要领。在母校的大操场上，我们头戴草帽手拿镰刀腰系丝绸跳着丰收舞。舞步很好学，关键是要跳得整齐。

离国庆节越来越近了，我们来到了北京市19中集中训练。丰收舞方队由北

215

京市好几所中学组成，19 中没有那么多的宿舍可以盛下众多人，因此我们全都在 19 中礼堂打地铺睡觉。深秋的北京之夜寒气逼人，地铺上铺着稻草，稻草上铺着一层薄褥子，遇上刮风下雨天，我们只好蜷缩在被窝里瑟瑟发抖。

1970 年 9 月 28 日晚上，所有的游行队伍到天安门广场彩排，那天晚上的气温异常寒冷，我们穿着单薄的丝绸服装在天安门广场尽情地跳舞，宁老师一遍又一遍地叮嘱我们："动作要优美，队伍要紧凑，千万不能超过规定时间。"

我们顺利完成了彩排任务，回来的路上，风越刮越大，我紧紧地抱着肩头，冻得上下牙齿直打架。回到大礼堂，我匆匆洗漱完毕，一头栽倒在地铺上，望着空旷冰冷的礼堂，心中涌出了浓浓的委屈，我想起了妈妈，要是妈妈在身边，她一定会为我熬一碗姜汤。唉，千好万好不如家好，现在不在家里，想什么都是做梦。我紧紧地裹着棉被，想快点睡个踏实觉，大后天铆足了劲儿到天安门广场跳舞。

我闭上眼睛，朦胧中听到宁老师喊道："大家快起来，到饭厅打姜汤喝。"

姜汤！我一骨碌爬起来，拿着饭盒来到了饭厅，盛了一碗姜汤，咕咚咕咚地喝了起来。姜汤热辣辣甜丝丝麻酥酥，一碗姜汤下肚，我的额头冒出了热汗，身上顿时暖和起来。我悄悄地嘀咕着："这是谁啊，想得这么周到？"

宁老师走过来，大声说道："同学们，你们知道姜汤是怎么来的吗？"

"不知道！"我们嚷嚷着。

"是周总理让学校给大家熬的。"宁老师的声音有些颤抖。

"周总理，他怎么会知道我们今天晚上冷呢？"我不解地问道。

宁老师提高嗓门激动地说："同学们，今天晚上周总理到天安门城楼观看整个游行队伍彩排，他对咱们丰收舞方队非常满意，说咱们跳得很好，还说咱们经过天安门城楼时没有拖延时间。彩排结束后，他对有关人员说：'今天晚上天气很冷，要给所有的彩排人员熬姜汤喝，别冻坏了。'"

听了这话，我的眼泪夺眶而出，周总理日理万机，毛主席外出视察，他经常去打前站，蹚一遍路子，确保毛主席安全。这回国庆游行，他事无巨细，样样过问，生怕出一点纰漏。他不但亲自观看游行队伍彩排，而且连姜汤这样的小事都想到了，只有心中时刻装着人民的人才可能对老百姓体贴入微。

我穷追不舍地问道："宁老师，周总理说没说咱们丰收舞方队有啥毛病？"

宁老师说："说了，他说咱们脖子上搭的那条白毛巾太臃肿效果不好，让立即换成白纱的。"

两天之后，我们一大早就来到天安门广场，参加游行的人真多啊，每个人的脸上都洋溢着欢快的笑容。那天的太阳很热烈很妩媚，我们上穿红色的丝绸衣裳，下着绿色的丝绸裤子，腰间扎着一条黄色的丝绸带子，脖子上搭着一条白色的纱巾，头上戴着画着绿边的黄草帽，手拿一把道具镰刀，显得英姿飒爽，朝气蓬勃。

队伍经过天安门城楼时，我跳得格外欢快，我终于见到了敬爱的毛主席，可我却没有见到周总理。因为是在跳舞，我一会儿要弯下腰，一会儿要甩身上的黄丝绸，不可能集中精力盯着天安门城楼看。就这样，我跳着舞用两分多钟的时间经过天安门城楼，却始终没有看清周总理的模样。

1970 年国庆节，是毛主席最后一次在天安门城楼检阅游行队伍，如今 40 多年过去了，我虽然一直没有见过周总理，可我却始终忘不了 1970 年那个国庆前夜，忘不了那碗热辣辣的姜汤，忘不了和人民心连心的好总理。

永远的经典

应邀参加第八届曹雪芹文化艺术节暨 87 版电视连续剧《红楼梦》开播三十周年纪念活动，心中感慨万千。14 岁时，我在部队当新兵，恰逢中国四大古典文学名著再版，妈妈从内部书店给我淘了四套书，这些书里我最喜欢《红楼梦》，虽然是竖版的，可我却读得如痴如醉。最近，人民出版社邀请我向读者推荐图书，我推荐的是《红楼梦》《契诃夫短篇小说精选》和《雾都伦敦》。我认为《红楼梦》是中国古典小说中思想性、艺术性最强的一部伟大著作，作者描写了几百个人物，塑造了众多的艺术典型。作者以宝黛爱情悲剧为线索，通过对贾、史、王、薛四大家族兴衰过程的描述，揭露了封建家族的荒淫腐败，显示出封建社会必然灭亡的命运。作者善于通过大事件和大场面，把人物放在矛盾冲突的旋涡中表现其性格，心理刻画细腻，语言生动形象，准确洗练，文学性强，结构宏大，情节曲折，脉络清晰。

87 版《红楼梦》是中央电视台和中国电视剧制作中心根据中国古典文学名著《红楼梦》摄制的一部古装连续剧。由王扶林先生导演，周汝昌、王蒙、周岭、曹禺、沈从文等多位红学家参与制作。该剧前 29 集基本忠实于曹雪芹原著前八十回，后 7 集夏金桂撩汉、司棋之死、海棠花开、贾宝玉丢玉、林黛玉焚稿、薛宝钗出闺、惜春出家、获罪抄家、宝玉出家等主体剧情仍根据前八十回的伏笔，结合红学研究成果，对香菱之死、探春远嫁、贾母之死、巧姐获救等情节进行了修改，又重新创作出狱神庙探监、凤姐死于狱中、湘云流落风尘、贾府家亡人散等剧情。该剧播出后引起全国轰动，得到了大众的一致好评，重播千余次，被誉为"中国电视史上的绝妙篇章"和"不可逾越的经典"。

　　经典不需要自吹自擂,经典是观众发自内心的推举,是经过历史考验的。这部戏为什么会有如此强大的生命力,关键是主创人员用心做事,用一个词来形容就是"死磕"。拍摄这部戏时,剧组在圆明园举办了两期学习班。如果说新兵要在新兵连里集训的话,那么这些演员也经历过军营式的集训生活。演员是从全国各地挑选来的草根演员,基本没有看过《红楼梦》,剧组就发给演员人手一册。开始,王扶林导演不给演员分配角色,而是要求所有演员每天必读《红楼梦》,研究原著,体会书里的人物关系,学习琴棋书画,增强艺术修养,然后将人物互换角色练表演。演员早晨不许睡懒觉,一律起床跑步锻炼身体。王立平老师潜心做了《枉凝眉》和《序曲》的音乐,演员们每天都聆听这些曲子练形体,久而久之,身心被音乐浸染,心灵被名著熏陶,一招一式一颦一笑都是那个年代的味道。

　　因为喜欢这部戏我还买了这部戏制作的挂历,记得演林黛玉的陈晓旭是辽宁鞍山姑娘,她冰雪聪明,爱使小性子,眼角眉梢都是泪,一颦一笑都是情,活脱脱一个林黛玉,真是千古绝唱;演王熙凤的邓婕是个川剧演员,将王熙凤的风情万种精明干练心狠手辣演得惟妙惟肖,非常出彩,这两个人物是不可复制的,很难超越;演贾宝玉的欧阳奋强是四川小伙儿,浓眉大眼,仪表堂堂,为了让他的性格贴近贾宝玉,导演特准他可以在剧组里随便和他人开玩笑,搞恶作剧,使他的表演收放自如;演薛宝钗的张莉特别漂亮,雍容华贵,温文尔雅,为了剧情需要刻苦学弹古筝;演探春的东方闻樱才华出众,有女中豪杰的阳刚之气,她远嫁那场戏令人肝肠寸断、过目不忘;演晴雯的张静林灵气逼人,撕扇子、深夜补裘衣、怒斥王善保家的几场戏把她的天真无邪、至情至性、洒脱泼辣、敢作敢当的性格特征展现得淋漓尽致;演妙玉的姬培杰,好像是个工人,眉宇间有一种出家人的超凡脱俗……

　　最近,我听王立平老师谈 87 版《红楼梦》电视剧音乐的创作,非常感动。现在的创作讲究短平快,一首歌曲立等可取,这是违背艺术规律的。王立平老师有着极高的艺术修养,他对《红楼梦》的人物关系了如指掌,对《红楼梦》的深刻内涵顶礼膜拜，对《红楼梦》的诗词歌赋烂熟于心，他对曹雪芹和红学怀着一颗敬畏之心，把自己整个的心血都浸泡在《红楼梦》的音乐创作中，费时四年，呕心沥血，绞尽脑汁，把自己写残了，掏空了，经常趴在钢琴上为人物的命运哭泣，他自己吃透了曹雪芹原著的文学精髓，所以他创作的《序曲》《引子》《枉凝眉》《葬花吟》《紫菱洲歌》《红豆曲》《秋窗风雨夕》《晴雯歌》《聪明累》《分骨肉》《叹香菱》《题帕三绝》《好了歌》这13首歌曲，才那样打动人心。

在人民大会堂，我聆听了87版电视剧《红楼梦》开播三十周年再聚首纪念音乐会，无论是陈力还是吴碧霞，无论是王洁实还是黄华丽，都完美地诠释了王立平的《红楼梦》音乐，我觉得每个音符都浸透了他的血汗，其中仅一首《葬花吟》就写了一年零九个月。这种创作态度令我敬畏。是啊，慢工出细活，《红楼梦》的音乐创作不是白开水、顺口溜，必须与曹雪芹的文学境界相对应，那是一坛陈年老酒，香气扑鼻，历久弥新。

我和先生到人民大会堂听《红楼梦》音乐会，一路上他总是调侃我是红迷。进入大会堂时，看到前面有一个高个小伙子，先生说这小伙子个子真高，我信口说了句"山东大个"，小伙子回过头来说自己真的是山东济南人。我问他你在北京工作，今晚专程来听音乐会？他说自己在山东工作，利用周末专程坐火车来北京听音乐会，来回车票加音乐会票和住宿花了1500元钱。我问他值吗？他斩钉截铁地说："值！"

我对先生说："看到没有，这是真正的粉儿，跨省来听音乐会。"

走进人民大会堂，我还见到了比这个小伙子还牛的粉儿，他们从美国和加拿大打飞的来北京，听完音乐会再飞回北美，不耽误周一上班。

我看了印度电影《摔跤吧，爸爸》，感动得几度流泪，这部电影根据真人真事改编，讲述印度曾经的摔跤冠军辛格培养两个女儿成为女子摔跤冠军，打破印度传统的励志故事。我一直很喜欢印度电影，当年的《流浪者》如今还历历在目。《摔跤吧，爸爸》中的演员的表演多么朴实自然，感情真挚，增肥50斤对一个演员是一件多么残酷的事情，但是为了艺术，阿米尔·汗就能这样做，这叫做为艺术献身。

好作品不是自诩爷和腕儿的人就能创作出来的，经典不是靠花银子雇水军吹捧自己就能得到承认的，为什么捉襟见肘的经费出了精品？为什么一群不是腕儿的演员演出了精品？为什么大腕儿云集的《红楼梦》电影和耗资巨大的新翻拍的《红楼梦》电视剧超越不了87版《红楼梦》电视剧？就因为这个团队是用一颗敬畏之心对待文学名著，王扶林导演是一个大将，懂得用人之道，善于调教演员，他珍惜演员的青涩、率真，启发他们观察体验生活，激发演员的创造性，把表演艺术发挥到极致，我始终认为陈力在《红楼梦》中的演唱是不可复制的，她声音中的青涩、情感的真挚是很多大腕儿音乐家所不具备的，在王立平的调教下非常出彩。王扶林率领剧组全体成员为艺术拼搏，680万元拍摄了36集，平均每集才18万元，还不够现在一个女星一集片酬的零头。

值得一提的是，87版《红楼梦》剧组有一个强大的顾问团队和编剧团队，这是剧本的灵魂。近日，我应邀和87版《红楼梦》剧组成员在一起聚会了一天，亲眼看到他们认真走红毯，冒着烈日开座谈会，情真意切地与观众交流，中午吃完饭顾不上休息就赶往人民大会堂走台，化妆，准备演出节目，表演时全神贯注十分敬业。当年整个剧组成员不浮躁，耐得住寂寞，入戏很深，用心做事，不靠替身，不找助理，编剧、导演、作曲、摄影、服装、化妆、道具、配音拧成一股绳精心打磨；如今，他们更是时刻把观众放在心上，有十几位艺术家专程从海外赶回参加87版《红楼梦》电视剧30年再聚首活动，他们的真诚感染了观众，全场15000名观众和演员一道同唱《枉凝眉》，场面感人至深。

这是一群真正的艺术家，为艺术呕心沥血，这才是中国艺术创作的未来！

那过去了的

又来到了后勤学院，又见到了西南角那栋灰色的二层小楼。20世纪70年代，我在这栋小楼里当兵；后来，我在这栋小楼旁的一座教学楼里当大学教师。仿佛是一场轮回，一切都是瞬间，一切都将过去，而那过去了的，将会变成亲切的怀念。

我当兵时只念完了初一，来到驻守在这栋小楼里的总后通信团八连后，我尝到了中断学业的痛苦。14岁的娃娃兵是多么渴望能够吮吸到知识的乳浆啊！恰在这时，北京人民广播电台开办了英语讲座。我上街买了一本英语书，又从旅行包里翻出了久违的袖珍型收音机，专心致志地学起英语来。在当时的连队，不仅学英语是件大逆不道的事，就连拥有一台半导体收音机都是很不雅观的。所以，我只能偷偷摸摸地学。

就在这时，首长看我会摇两下笔杆子，便把我调到连部当文书。当文书的最大实惠就是拥有一间属于自己的办公室。每当业余时间，我就躲在办公室里插上门，悄悄地打开收音机。我的两只耳朵，一只听着收音机里的讲座，一只听着外面的动静。我的办公室南边靠着水房，北边毗邻机房，是一个人们经常出入的地方，所以我总是格外谨慎，生怕走漏了风声。

学外语的人有一种朗诵欲，一次，我不知哪根筋转了向，竟然忘乎所以地大声朗读起英语课文来，我完全沉浸在英语抑扬顿挫优美的韵律中，突然响起了急促的敲门声。我急忙把英语书塞进抽屉里，匆匆打开了门，住在对门的刘建国分队长走了进来，好心地说："文书，你轻一点儿，让别人知道还了得？"

我感激地看了他一眼，又捧起了书本。没有不透风的墙，尽管我一再谨慎从事，我学英语的消息还是不胫而走。晚点名时，指导员紧紧地板着铁青的脸，操着浓重的浙江口音说："连队嘛就要像个连队的样子，可咱们连有的同志学习英语是想当翻译，学习数学是想上大学。都像这样，我们还能打仗吗？"

话音刚落，全连人的目光"唰"的一声射向了我，在那个特定的年代里，学文化是件很不光彩的事情，以至于我的入党问题竟因为学英语而搁浅。我心里不服气，觉得指导员冤枉了我，说实话，我从来没有想过要当翻译，况且想当翻译，想上大学不是什么罪过。我没有因为这些压力半途而废，而是改变了对策，一是将英语书包上一层牛皮纸书皮，用毛笔在书皮上写着《国家与革命》五个大字，二是改用耳塞听英语。

我们连队有一批从宣化通信学校毕业的老兵非常好学，他们对我的"执迷不悟"持宽容态度，特别是我的连长张洪学、副指导员郑振起非常关心我，悄悄地保护我，使我在那样一个文化的沙漠里坚持学习。尽管我有那么多不务正业的罪名，在战友们的保护下，我还是在 18 岁那年入了党。

那时候，北京六部口有家内部书店，销售一些名著。我记得有《朱可夫回忆录》《第三帝国的兴亡》《六次危机》《你到底要什么》《多雪的冬天》《角落》……每次回家，我都要往连队带回一些内部书籍。后来，我的母亲给我买回了刚刚再版的《红楼梦》《三国演义》《水浒传》《西游记》，我悄悄地把这些书带回了连队，战友们像久旱的秧苗喜逢甘霖。因为这些书是从内部渠道购来，市面上买不到，所以我的这四套书就变成了公用书籍，在连队传阅。这套书籍是竖板的，有些繁体字我不认识，但还是看得津津有味。

我们连的李海、郝建才、刘建国、丁义军等人，古典文学的底子十分扎实，他们不仅对三国、大观园里的人物很了解，能精辟地阐述自己独到的见解，还写得一首好诗词。当时，人们写诗往往是"东风吹，战鼓擂"的句式，可郝建才写过一首歌颂报务员的诗"手腕起伏春雷炸，手指一弹万道霞。珍珠撞金银击玉，马跑青石扬蹄花……"这样的诗句今天看来都很有新意，当过报务员的人，一定会理解这些诗句。

当时，我们的宿舍是一间大教室，两边是两排大通铺，中间是长长的两排桌子，颇像谈判桌的模样。每天晚上，我们围坐在桌子前，热烈地讨论着《三国演义》《红楼梦》《水浒传》，每个人的眼睛里都迸发出渴求知识的火星。这时，总会有人悄悄地为大家的搪瓷缸子倒满开水，总会有探家归来的战友把从四面八方带回的家乡特产拿出来"共产"。侃《红楼梦》最上瘾的是我和刘晓娥，我们后来一个当了大学教师，一个当了作家；侃《三国演义》最上瘾的是钱晓红和潘凌亚，她们不仅对《三国演义》的情节倒背如流，还声情并茂地表演。我至今还记得潘凌亚把军帽往桌上一甩，大吼一声："吾乃燕人张翼德也！"她的高智商在那时就显山露水，后来，她考取了医学博士，成了中国著名的妇产科肿瘤专家。钱晓红也成了我军著名的药学专家、博导。几十年过去了，我永远忘不了那一个个充满温馨的夜晚，窗外北风呼号大雪纷飞，而屋里却温暖如春其乐融融。

讨论《三国演义》《红楼梦》极大地调动了战友们对中国古典文学的兴趣，我们的学习从地下转到了地上。我像一只闯进青草地的小马，贪婪地咀嚼着能够搞到的每一本中外文学名著。有一次，总后图书馆向我们连队借人帮助整理图书，我被选中，拼命工作，也趁机近水楼台先得月借了不少名著看，在这种如饥似渴生吞活剥的阅读中，我执着地寻找着自己精神的导师。有时看着书，突然就被书中的某个情节点燃了激情，一种朦胧的艺术构想就在我的心中萌生。于是，我拿起笔写起了诗。于是，诗歌、散文、报告文学、影视剧本便像涓涓细流，从我的笔下流出。

今天，我站在讲坛上讲授着文学课程，眼前飞扬着一个个历史人物鲜活的面容。我又想起了几十年前这栋充满欢歌笑语的小楼，想起了才华横溢的战友们。

亲　情

赤日炎炎似火烧，我惦记着参加期末考试的儿子，下班后飞也似的冲进商店，买了他最爱吃的酱鸭、点心后，急匆匆地登上班车向家里赶去。汽车在繁华的街市上行驶着，路上熙熙攘攘，车水马龙，好不热闹。走到西三环时，骄阳似火的天空突然变了脸，充满了浓重的忧郁。

在七月流火的日子里，即使只有浮云一朵，也会给人们带来喜悦。我庆幸老天的变脸，把脸扭向车窗外，悠然地欣赏着都市风景。突然，一声炸雷打断了我的遐思，顿时狂风四起，暴雨倾盆，窗外的人流纷纷撑开了雨伞，披上了雨披，五颜六色的雨具在一片白蒙蒙的雨水里竞相开放，仿佛一只只五彩斑斓的帆船，在茫茫雨海里搏斗着。

风越刮越猛，雨越下越大。坐在车里，感到身边的冷气嗖嗖地直刺骨髓。狂风夹杂着寒意袭进车窗，我不由得心中暗暗叫苦：糟糕，今天没有带伞，肯定要被雨水浇成落汤鸡了。唉，平时行车怕堵车，这会儿却盼着堵车，堵车至少可以在车上避雨啊！时间嘀嗒嘀嗒地流淌着，班车缓缓地到站了，只见班车站的甬道旁站满了一堆送伞的男女老少。

"亲人们哪！"不知是谁大喊了一声，车上顿时爆发出一阵大笑。大家以羡慕的目光望着那些有人送伞的幸福的人们。

"妈……"一声稚嫩的童音清脆地撞击着我的耳鼓，只见九岁的儿子磊磊穿着一件黄色的雨衣，举着一把黑色的雨伞冲到车门前。雨水发疯似的倾泻着，我一把将儿子拽上车，一股暖流顿时涌上心头。

"家住南二院和南区的乘客就不要下车了，我负责把大家送到家。"司机师傅和蔼地说。

窗外狂风怒吼，暴雨如注，班车缓缓地启动了。我坐在车上，透过车窗望着外面的世界，突然看到一把紫红相间的花伞，绽放在茫茫雨海里。定睛细看，我的母亲正吃力地用双手撑着一把雨伞，默默地伫立在雨幕中。狂风吹歪了她的雨伞，雨水呈45度角斜着砸向伞顶，灌进伞下，把她那件豆沙色的真丝衬衫打湿了一半。也许是由于寒冷，她的背微微驼着。她站在甬道上，用欣慰的目光注视着我和儿子坐着班车向家里驶去。

回到家里，儿子的衣服和胶鞋已经湿透，母亲的真丝衬衫也是雨迹斑斑。我一边帮他们换衣服，一边心疼地问母亲："妈，怎么还得两个人送伞？"

母亲平静地说："磊磊看到下雨就嚷嚷着要给你送伞，他出来时雨还不大，后来打雷了，我怕他害怕，就也出来接你，想让他早点回家。他说啥也不肯，正推让着，班车就来了。"

泪水模糊了我的双眼，多好的亲人哪！在这场暴风骤雨中，我的身上没有沾一滴雨水，可我的年迈的母亲和年幼的儿子，却为了我饱受雨水的袭击。孩提时代，母爱就像一股春风萦绕着我；今天，我已经成长为一名大学教师、军旅作家，母爱仍然像一团温馨的云彩紧紧地包围着我。我那九岁的儿子磊磊在姥姥爱心的感召下，也开始懂得关心别人，真令我怦然心动。

我给母亲和儿子冲了两包板蓝根，关切地看着他们慢慢地喝了下去。我不由得想起了我的童年，那时候尽管家庭生活并不富裕，可我的母亲却经常把我和妹妹都很难吃到的点心、水果送给早已离开我们家的生病的老保姆。我那时也曾经给母亲送伞，也曾用母亲给我的零花钱去帮助家境贫寒的同学。我之所以在童年就懂得关心他人，爱护他人，那是因为在我的家庭里，始终萦绕着一种强烈的亲情。在那个单颜色的年代里，亲情使我的心灵深处，保留了一份单纯和宁静。

现在的世界变得越来越花哨了，在经济大潮的冲击下，人们在讲究个人价值的同时，变得越来越复杂，越来越精明，越来越实用，越来越自私。在这种社会风气的浸染下，就连孩子都变得越来越以自我为中心，不懂得关心他人，一切都要别人围着自己转。诚然，从单颜色到五彩缤纷是社会的进步，从压抑自我到承认自我是人性的苏醒，但是在社会的转型期，我们总还需要一点亲情；在物欲横流的年代，我们总还是要寻找精神的家园。一个不懂得关心亲人、关心他人的人，怎么可能去关心祖国的前途、人类的命运呢？注重亲情正是健全人格的体现，学会关心正是精神文明的缩影。

暴风骤雨像变戏法似的隐退了，窗外的大树上又响起了喧闹的蝉鸣声。遥望窗外，雨过天晴，水洗过的天空突然出现一道七色彩虹。那红橙黄绿青蓝紫的七色光彩，照耀着大地，辉映着人间，折射出社会关心的温暖，昭示着世上强烈的亲情。

啊，亲情是中华民族的传统美德，亲情是人类社会的至真至纯！

手心里的宝

五姨走了，走得平静安详，她紧紧地拉着丈夫的手，微笑着离开了这个世界。

我姥爷家是医学世家，姥爷以优异成绩毕业于齐鲁大学医学院，这是一所由美国、英国、加拿大三国基督教会建立的大学，是中国近代西医教育的源头之一。齐鲁大学医学院与私立湘雅医学院有"南湘雅、北齐鲁"之称，又与私立北平协和医学院有"先齐鲁，后协和"之誉。齐鲁大学医学院的毕业生虽然不多，但质量较高，为近现代中国医学的发展作出了突出的贡献。

姥爷大学毕业后先到香港行医，后来回到家乡威海创办东海医院，担任院长，他慈悲为怀，悬壶济世，在他的影响下，我的四个姨妈都选择医学作为终身职业。姥爷姓高，高家人有个特点是崇尚学问，追求知识，六姨考取大学后，我的母亲和大姨、五姨一道轮流给六姨寄学费和生活费，资助她念书。

五姨长得漂亮，在青岛学医，年轻时有很多优秀的男人追求她，她选择了一个姓赵的同行，步入了婚姻的殿堂。姨夫是江苏江阴人，虽然出身大户人家，却对妻子体贴入微，他是医院的科主任，不仅业务精湛，而且擅长烹饪，经常给家人变着法儿地做各种好吃的。

五姨是医生，左邻右舍经常来找她看病，她总是有求必应，热情相助。就连我在美国的表妹生病，我都打电话向五姨求教，她就在电话里遥控指挥治疗方案。医生的工作十分繁忙，长期的劳累把五姨拖垮了，五姨夫心疼极了，承揽了全部家务，让五姨在家里当甩手掌柜。老两口相濡以沫，陋室里经常传来欢快的笑声。他们不仅培养了三个优秀儿女，而且还把三个孙辈培养成人，山东高考竟争相当激烈，五姨的三个孙辈全部考取大学，两个又到国外攻读硕士。

超负荷的工作连金属也会断裂，五姨夫不幸得了癌症，老两口在一起商量谁先走，五姨夫说："秀荣，我先走，你要多活几年。"

五姨含着眼泪说："耀祖，我先走，谁先走谁好受，你要是先走了，我得难受死。"

老两口也讨论归宿问题，五姨夫说："你在海边出生，我死后，你把我的骨灰撒向大海吧，以后你就到海里找我。"

五姨执拗地说："我不去海里，海里太冷了。"

五姨的话对于五姨夫来说就是圣旨，他像哄孩子似的哄着妻子："好，听你的，不去海里，咱们到山上吧。"

光阴荏苒，老两口在救死扶伤的岗位上比翼齐飞，日子过得比蜜甜。淄博离风筝城潍坊很近，表弟从潍坊带回家一只巨大的风筝。如果说五姨夫是一只天上飞翔的风筝，那么拴风筝的线就掌握在五姨手里。他疼她、恋她、念她，怎么爱都爱不够。年迈的五姨不再苗条不再漂亮，可五姨夫依然把她当成手心里的宝贝，五姨夫在医院住院输液，中午拔掉针头执意回到家里给妻子做饭，他做的饭特别对妻子的胃口，五姨劝他："耀祖，你不要回来了，我自己能做饭。"

五姨夫摇摇头："秀荣，我能行！"

本来五姨夫的病比五姨重，应该走在前边，可他记住了妻子的话，答应人家的事情一定要做到。2015 年 7 月份，五姨在爱的包围下走完了她 78 年的人生路程，失去爱妻，五姨夫痛不欲生，他看着妻子的遗像热泪盈眶，辗转反侧，夜不能寐，整宿整宿地望着天花板发呆。家里的摆设他一样都未改动，害怕妻子回家不认识了。两个月后，五姨夫撒手人寰。

噩耗传来，我赶到淄博看望两位老人，发现家里挂着很多油画相框，那是当年我母亲送给五姨的礼物。五姨家有一些瓷器工艺品似曾相识，原来我们家的瓷器工艺品大多是五姨送的，因为淄博出优质瓷器。桌子上摆着五姨和五姨夫的照片，他们甜蜜地笑着，相亲相爱。

在陵园，我们满怀悲伤地送别五姨、五姨夫，一个不知名的妇女来到他们的墓碑前，恭恭敬敬地鞠躬，嘴里一个劲儿地念叨着："高大夫、赵主任，你们是大好人，经常给我们治病，我们忘不了你们！"

陵园坐落在山上，苍松翠柏环绕，风水很好，这对伉俪默默地站在山冈上，望着淄博这座生活了 50 多年的小城，恋恋不舍。五姨这辈子只爱过一个男人，五姨夫这辈子只爱过一个女人，一个人能够这样爱着真是一种幸福，我想爱情就是和心爱的人一起慢慢变老，就是相濡以沫，心心相印，就是你头发白了，眼睛花了，他仍然把你当成手心里的宝。

博物馆何时能够成为一个大课堂

不热爱博物馆的民族是悲哀的，世博会给中国人开了一扇天窗，但是很多中国家长没有利用这个机会，宁肯让孩子死背书、泡网吧，也不带孩子去参观博物馆。

30多年前，我的父亲在英国不列颠图书馆查阅到中国古代报纸《进奏院状》，他逐字逐句记录后，拍摄了原件的照片，寄给我，让我火速交给中国人民大学新闻系的方汉奇教授。当时，我并不晓得这份资料的重要，可是方教授凭着深厚的专业素养敏锐地意识到，这份罕见的古代报纸实物将对我国古代报纸起源研究，产生极为重大的意义。后来我才知道，《进奏院状》是英国人斯坦因从我国窃走的7000件敦煌文卷中的一件。这是一份唐僖宗光启三年的官方报纸，也是现存的世界上最早的报纸，并由此证明了唐代是中国开始有新闻事业的朝代。现在方教授写的《中国新闻事业图史》中用的《进奏院状》的照片，就是我父亲当年亲手拍摄的。这件事对我触动很大，是父亲对我进行的热爱博物馆、热爱图书馆的启蒙教育。

博物馆是人类终身的学校，它可以透视一个国家、民族、地区的历史、文化、科技、政治、军事和艺术。人的生命是一根链条，父亲是给予我生命的人，儿子是延续我生命的人，我把父亲遗传给我的爱图书馆、爱博物馆的基因，用来培养和教育我的儿子。我看到现在的很多家长只把眼睛盯着孩子的分数，但我觉得人的创造性思维比金子更珍贵。20多年前，父亲送给我两张博物馆年票，我带着年幼的儿子把北京主要的博物馆一网打尽。那时候，我还没有私家车，外出参观博物馆时都是抱着儿子挤公共汽车，我领着他到中国美术馆看画展、到音乐厅听音乐会、到首都剧场看人艺著名演员演的话剧……兴致勃勃、意犹未尽。

另外，我还觉得一定要对孩子进行绿色生态道德教育，儿子光有一颗绿色的因子还远远不够，他还应该在大自然的母体内再一次孕育。于是，我利用寒暑假带着儿子去亲近大自然，我们一起到北戴河、烟台海滨游泳、赶海，到海南岛潜水，到香山、植物园踏青，到北京动物园、秦皇岛野生动物园观察动物，到黄河入海口、三亚、黄果树瀑布采风，到孔府、孔庙、孔陵、国子监参观，到泰山之巅观日出，到坝上草原采野花……我喜欢带着儿子到郊外散步，教他辨认植物、观察山水，我们边走边作"七步诗"，每天给他讲一个故事，其乐融融。绿色的种子是诗意的种子、爱的种子和希望的种子，在大自然的怀抱里，在图书馆、博物馆的熏陶中，儿子插上了想象的翅膀，创造力大大增强，不仅连续3年被评为三好生，还获得了数学、写作、航模、象棋、计算机、书法等一系列奖项。

儿子5岁时，我带他参观了体育博物馆，他开始迷恋体育。我与儿子一道游泳、滑雪、参加北京国际小马拉松赛……图书馆、博物馆教育和户外运动非但没有影响儿子学习，反而丰富了他的知识结构，开发了他的国际视野，强健了他的体魄。他学习成绩优秀，21岁就考取了美国常青藤名牌大学的博士，美国的入学考试不是死背书，更注重考核人的创造性思维。从儿子身上，我尝到了亲近图书馆、博物馆和大自然的甜头。

中国孩子的创造性在世界排名倒数第五，是中国的孩子不努力吗？不，世界上没有一个国家的孩子像中国孩子读书这么苦，5岁的中国孩子已经会算很多算术、背几十首唐诗，琴童更是苦不堪言。5岁的美国孩子基本上不会算术，他们是在玩中学习。美国的孩子很会利用博物馆和图书馆，把学习当成快乐的事。中国是世界最大的电脑、手机生产国和使用国，却不是发明国，难道不应该引起我们的反思吗？

我写过一部长篇报告文学《放飞的生命》，讲的是中国黎氏院士三兄弟成才的故事。男孩子的心理年龄和生理年龄比女孩子晚两年，在小学时往往不太用功、贪玩、喜欢看杂书、学习成绩普遍不如女孩子好。我们的家长和老师不要把这些淘气的男孩子打入另类，男孩子的淘气正是创造性的表现。成年人不能要求孩子都变成"百分加绵羊"的学生，题海战术不是产生天才的摇篮，而创造性思维才是成才的关键。黎氏三院士小时候都淘得没边没沿儿，但他们博览群书、敢于冒险、注重游学、有创造性思维，在玩耍中锻炼了素质。家长和老师要重视对孩子创造性的培养，给孩子一个美好、快乐的童年，让孩子从小就插上想象的翅膀。

我喜欢博物馆，到外地出差，不论多忙，一定要抽空看看这个省市的博物馆。我到上海世博园参观，看得津津有味。世博会是灵感和思想的艺术画廊，是万国建筑博览会、现代科技大比拼、文化艺术大交流、各国瑰宝大荟萃。

十几年前，当世界有3万座博物馆时，欧洲和北美就有1.7万多座，经济文化越发达的国家，博物馆就越繁荣。求知欲的增长刺激着博物馆的诞生，随着物质生活的丰富，人们对精神生活的渴求日益强烈，近年来，世界各国博物馆的数量以每年5%的比率递增。西方发达国家很重视博物馆教育，到英国伦敦旅游，一日游、两日游的内容基本上全是博物馆；美国很多博物馆是免费的，要想了解一个国家的历史和文化，最好的课堂是博物馆。不热爱博物馆的民族是悲哀的，世博会给中国人开了一扇天窗，可以让中国人了解世界各国的历史、文化、科技、文艺，但是很多中国家长没有利用这个机会带孩子参观，他们宁肯让孩子死背书、泡网吧，也不带孩子去参观博物馆，我觉得特别遗憾。

在世博园里，我变成了快乐的大孩子，贪婪地吮吸着知识的乳浆，每次参观都是一种享受。我之所以每天以强行军的速度观博，是因为我想了解这个世界，同时让世界了解我亲爱的祖国。我多想做一座桥梁，通过自己的笔为沟通东西方文化架起一道彩虹。于是，我潜心创作了长篇报告文学《珍藏世博》，其中专门用一章来写能够给孩子带来欢乐的场馆。我还把自己写的《珍藏世博》《五环旗下的中国》《震不垮的川娃子》等图书捐赠给中国下一代教育基金会，希望我的书能够给没有看过世博的中国人以美的享受和启迪，让中国的孩子理解奥运精神和世博精神，懂得博物馆和图书馆的价值，能够读活书、培养创造性。

曾经当过兵

十四岁的花季，我离开了母校北京 101 中学，来到北京房山的一座军营，半壁山在我的眼前巍然耸立，漫水河在我的脚下静静流淌。从走进军营的那一刻起，没有人把你当成娃娃。伴随着嘹亮的军号声，我们站在操场上走队列，趴在雪地里练瞄准，戳在烈日下垒猪圈，坐在教室里背电码……一晚上搞三次紧急集合已经习以为常，缺油少盐的伙食俨然家常便饭，营养不良使我瘦得像根豆芽菜，一米六六的身高，体重只有九十斤。超负荷的训练使我筋疲力尽，可我仍然依恋部队，因为军营里有关爱，有友谊，有信仰。

我的左手无名指上至今还留有四十五年前在军营修猪圈时被石头砸破的伤疤，可我忘不了当年手受伤后，战友曹雪琪、马玲玲帮我洗头、洗衣服的情景；我酷爱体育，参加过北京小马拉松赛并跑完全程，可我忘不了当年众多战友给我当陪练，使我获得了有生以来第一个冠军——总后通信团女子八百米中长跑冠军；我们要强，为了把被子叠成豆腐块，我们用板凳拼命压，愣是把发面卷似的棉被叠得有棱有角；我们认真，打扫卫生争先恐后，内务检查戴着白手套都摸不到一丝灰尘。

忘不了老兵说我的手指过于修长，适合弹钢琴不适合发电报，为了让我成为科学的千里眼、顺风耳，台长、分队长手把手地教我练发报，手指磨起了厚厚的茧子，莫尔斯电码倒背如流，我的发报技术有了长足进步；忘不了在一片文化的沙漠里，我们渴望知识，台长李海告诫我要多读点历史和文学，我从家里把刚刚再版的中国四大古典文学名著和《中国通史》带回军营，大家争相传阅、畅谈感受，我就是在战友的激励下拿起笔开始写诗歌和散文，文学的种子在直线加方块的韵律里破土而出。

我们真挚单纯、热情似火，帮助老乡收割庄稼，增强了我的群众意识；我们积极向上，充满阳光，徒步行军野营拉练，锻炼了我的意志体魄；我们真诚无私，乐于助人，一个月六元钱的津贴费还想着给生病的战友买慰问品，每次探家妈妈都给我装好多家乡特产，说拿到部队和那帮"馋丫头"共享吧；部队是一座熔炉，把我炼成了合金钢，从一个文弱书生成长为一名刚强的战士，军营不相信眼泪，只相信磨炼，我本来五谷不分，首长却赋予我生产组组长的重担，带领一群女兵去种菜，使我拿起锄头能种地；我本来只有初二文化水平，首长却让我担任文书和宣传干事的角色，使我拿起笔杆能写文章；我本来臂力极差，对枪的构造一窍不通，首长却把军械员的重任撂在了我的肩上，使我能熟练使用枪支，获得了部队冲锋枪、步枪、手枪三种枪射击总分冠军。

光阴荏苒，我对部队的感情与日俱增。几个月前，作为总导演，我们组织了一次总后通信团首批女兵入伍四十五周年纪念活动，微信群成了我们排练节目的风向标，所有的构思、策划、组织、排练全是微信搞定。一声令下，八十多名战友从祖国的四面八方汇集到北京，相聚在半壁山下、漫水河畔，寻找四十五年前梦开始的地方。这支队伍里有我国著名的妇产科肿瘤专家、画家、作家、摄影家、医生、公司老总，还有许多普普通通的人。我们搞了两个单元：第一天是联欢晚会，军中百灵任抗美、小常宝郝满珍的独唱，舞神曹雪琪、李红英、尹真爱、王叶新、殷建明、孙雪戈等人的舞蹈，邵锦华、刘晓丽、周中慧等人的时装模特表演，张念伊的手风琴独奏，高占云、田侠等人的军旅舞蹈，李兰香、方春丽等人的方言集锦，张琳的诗朗诵……节目多姿多彩美不胜收，从下午四点半一直演到晚上九点钟，仍然意犹未尽，还有很多战友一再要求我这个报幕员增加节目。节目中，我还设计了几个催泪点，展示来自四十五年前的礼物，当大家看到战友们至今还保留四十五年前互赠的礼物时，忍不住潸然泪下。大洋彼岸的战友刘晓娥和潘洁还从美国和加拿大发来视频向大家问好。

第二天是回军营搞军中快闪，通往营区的道路是那样熟悉，又看到了那排高大的白杨，四十五年了，白杨见证了我们的成长。我设计了一套方案，在军营里走队列，老连长张武忠洪亮的口号声一下子就唤醒了我们久违的记忆，大家步伐整齐，口号嘹亮，很多人的眼睛都涌出了泪花，这种情感只有当过兵的人才能体会到。快闪开始了，郭晋林现场督战，我们歌声悠扬，舞姿优美，战友们多才多艺，还有人把舞蹈跳到维也纳金色大厅的呢。这哪里是通信兵，分明是一群撬行的文艺兵嘛。最后，我们和通信团新战友一道演出《强军之歌》，新兵唱歌，老兵伴舞，老兵涌出泪水，新兵贴心地为老兵擦拭泪花，场面十分感人。

我们还参观了团史馆，重温了通信团精神"无限忠诚，无关不克，无私奉献，无名英雄，无上光荣。"

最后，我设计了一个心形造型，八十多名战友摆成一个大大的"心"形，战友郭晋林、杨小青身为著名摄影师，扛着"大炮筒子"为大家拍摄了很多精彩的照片。

通信团聚会结束，尽管第二天我就要到江苏领文学奖，需要收拾行装，可我还是自告奋勇尽地主之谊给外地战友当导游，陪同他们游览颐和园，请他们吃烤鸭，忙活整整了一天。家人问我为什么这么卖力，我说因为我们是战友，西安战友千里迢迢给聚会带来了家乡的酒，我们喝的不是酒而是情谊。

前一段我到延安讲课路过西安，战友曹雪琪到火车站接我，20多位战友为我接风，很多人是专门从咸阳赶来；任抗美即兴演唱歌曲，给聚会带来了欢乐的气氛；于爱萍专门从咸阳带来了美酒，酒香情更浓；田侠和孙慧兰平时很少参加聚会，听说我来了，特意把孙辈交给别人带，专程赶来看望我。战友们还陪同我游览曲江池、大唐芙蓉园、大雁塔、开元广场、钟楼和白鹿原，大家一路欢笑，心旷神怡。

在西安的日子里，战友们把我奉为上宾，热情招待，请我吃各种西安美食，教我用野菜做麦饭，任卫平还把我们聚会的照片做成了视频发给我，令我感到特别温暖。回到北京，她们还关切地问我是否学会了做麦饭，带回的油泼辣子家人是否欢迎。我走南闯北走遍中国，在很多地方都会遇到战友，只要有战友的地方就有亲情。战友是一群没有血缘关系的亲人，是曾经在一口大锅里搅饭勺的人，是曾经在一个大通铺上打过滚的人，是曾经在一条战壕里休戚与共的人。

我庆幸自己在人生花季走进军营，学会了爱和奉献。曾经当过兵不是一段可有可无的历史，而是一种独特人生的经历，一种刻骨铭心的情感，一种生命感悟的体验，一种至高无上的荣誉。曾经当过兵是一种信息流，参加汶川抗震救灾，我想去救助高山上的地震婴儿，虽然素不相识，可是曾经当过兵的我和成都军区一四九师的老兵一道自发地组织起来，驱车数百公里为彭州银厂沟的灾民送衣、送粮、送菜。曾经当过兵不是索取的资本、享受的权利，而是一种责任，一种使命，一种信念，一种素养。

老区的八一建军节

八一佳节，我和几位解放军将军专家一道应邀赴陕西省渭南市讲课。渭南，我对你并不陌生，20世纪70年代中期，我在西影厂拍摄的电影《渭水新歌》中扮演一个农村姑娘，影片讲的就是渭河流域农村的故事。渭南就在渭河之南，第一次到渭南是1975年，我作为演员兼报幕员跟随部队话剧队到渭南华阴的一座军营慰问演出大型话剧；第二次到渭南是1997年，我作为作家到渭南五里铺采访全国扶贫状元雷仁义，撰写长篇报告文学《山脊——中国扶贫行动》；第三次到渭南是2017年，我作为学者前来讲课。

八一当天，渭南华州的上空艳阳高照，我们参观了渭华起义纪念馆、渭华起义旧址、西北工农革命军司令部旧址，凭吊了烈士陵园。摘下发白的军帽，献上素洁的花圈，轻轻地、轻轻地走到你的墓前。秦岭的杜鹃花已经凋谢，我们千里迢迢赶到八百里秦川，手捧黄菊花向你走来，用军人的忠诚把你祭奠。秦岭的风吹拂着你的头颅，渭河的水滋润着你的笑脸，巍然屹立的烈士纪念塔，擎起了一片湛蓝的天。大地为之匍匐，红旗为之招展。

渭华起义纪念馆由渭华起义指挥部旧址、陈列大厅、中心广场和烈士纪念塔四部分组成，是陕西东大门最大的红色圣地，被中宣部列为国家级爱国主义教育基地，1928年5月，在中共陕西省委领导下，渭华起义爆发。在斗争中建立了革命武装——陕东赤卫队。国民革命军新编第三旅（许权中旅）根据陕西省委指示，在唐澍、刘志丹等人的率领下，易帜赴义，挥师渭华，挺进高塘，成立了西北工农革命军。工农武装相结合，先后建立了48个区、村苏维埃政府。红色革命风暴席卷渭华大地，地方反动政权土崩瓦解，迅速形成了以渭南塔山、华县高塘为中心、方圆约 200 平方公里的红色武装割据区域。面对蓬勃高涨的革命浪潮，国民党反动当局调集重兵镇压，起义军民同仇敌忾，与反动派进行了艰苦卓绝的斗争，终因寡不敌众等原因而失败。渭华起义是大革命失败后中共陕西省委领导的、工农群众与军队相结合的，在全国有重大影响的重要起义之一，沉重地打击了敌人，锻炼了陕西的党组织和人民，为以后建立西北革命根据地积累了斗争经验，培养了干部。邓小平、徐向前、习仲勋等老一代革命家都曾为渭华起义纪念馆题词。

共产党员陈述善、李维俊带领学生用青砖鹅卵石在地上铺砌了标语："同志们，赶快踏着先烈的鲜血前进啊！"这是镶嵌在渭华大地的特殊标语，这是革命前辈的人生宣言。这句标语属于国家一级革命类珍贵文物。滔滔黄河发出悲壮的咆哮，铮铮铁骨源自坚定的信仰。

南昌起义、秋收起义、广州起义，是中国共产党直接领导的武装斗争，是创建人民军队的伟大实践；渭华起义是中国北方最大的一次起义，虽败犹荣，彪炳史册，风起云涌。巍巍井冈山，革命的摇篮；高高宝塔山，红色圣地堧。陕西是中国共产党的上马地，延安是中国工农红军的落脚点，养育革命的人不能被革命所遗忘，老区人民渴望旧貌变新颜。

在去渭华起义纪念馆的汽车上，我看到肖裕声将军一直在用电脑写作。头天晚上，他准备讲稿整整写到半夜两点钟，今天下午我们要面对 300 多名听众讲课，习主席上午发表八一讲话，下午人民网的记者就要发表对肖将军的访谈，几件大事情都赶到一起了。兵贵神速，我们参观纪念馆时，肖将军静静地坐在休息室里，目不转睛地盯着电视机聆听习主席讲话，他就那样一边听报告一边记笔记，整理答记者问的提纲，等到下午我们去礼堂时，人民网已经发表了他的访谈，真是战地报道的快手啊！

肖将军是军事科学院世界军事研究部原副部长，博士生导师，国家重大革命历史题材影视创作领导小组成员，他主编的六集同名大型文献电视纪录片解说《选择》，讲历史和人民为什么选择中国共产党，荣获全国科教电视党史党建节目一等奖；主编的十八集同名文献电视纪录片解说《忠诚》，荣获全军党史军史研究优秀成果特别奖、全国科教电视党史党建节目评析一等奖。查金路将军是中国军事文化研究会副会长兼军事理论研究中心主任，岳思平老师是军事科学院原军事所抗战组长，国家重大革命历史题材影视创作领导小组成员，八路军研究会首席专家，他们三位专家每人都有自己的高招儿，我应邀同这样三位重量级人物一起讲课，既是幸运，也有压力。

八一前夕军人比较忙，我们每个人都有自己的重任，查金路将军在陕南调研，岳思平老师在国家重大革命历史题材影视创作领导小组审片，肖裕声将军在撰写书籍，我在撰写散文集，还要制作在首都图书馆讲课的课件，但是为了老区人民，我们义无反顾冒着高温在渭南相聚，受到了当地人民的热烈欢迎。日程安排得很满，36摄氏度的高温，上午参观、下午讲课，连续几天没有睡午觉，头有些发晕，但每个人都笑脸相迎，把最好的精神状态呈现给听众。本以为自己很勤奋，可是看到周围三位专家的工作状态，自愧弗如。梅花香自苦寒来，没有人可以随随便便成功，从他们身上，我看到了自己努力的方向。

当务之急是把课讲好，虽然心中忐忑不安，却一遍又一遍认真准备讲稿，连做梦都在琢磨讲课。我想每个人都有自己的强项，比讲党史、军史我不是他们的对手，但我有写重大题材长篇报告文学的经历，有出版的600多万字的文学作品垫底，有扎扎实实的田野调查素材，有多年大学教师的讲课经验，这就是我的强项。真刀真枪的较量开始了，是骡子是马拉出去遛遛。在烈士鲜血染红的热土，在习近平总书记的家乡渭南，在解放军建军九十周年纪念日，我们在政务中心报告大厅侃侃而谈。宽阔的报告大厅座无虚席，300多双眼睛充满了企盼，报告大厅里传来振聋发聩的声音——从十四年抗战到北平硝烟，从弘扬渭华精神到共铸中国梦想，从习主席八一讲话到重温我军宗旨，话题很宽泛。我从自己写北平抗战的长篇报告文学《北平硝烟》讲起，谈到自己做田野调查的经历，以及对挺进军知识分子团英雄形象的塑造，继而谈到我三下渭南的经历、军民关系、渭南老区的扶贫，又从自己六下延安的所见所闻，讲到养育革命的人不应该被革命所遗忘，收到了出人意料的好效果，赢得了全场听众热烈的掌声。

　　人民出版社是中国共产党创办的第一家出版社，是中国共产党坚定的喉舌。人民出版社党委副书记王彤亲自带领我们来到老区传经送宝，播撒革命火种。我和三位解放军军事专家不负众望，圆满完成了任务。除了讲课，我还就中印边境、中朝边境国土周边安全问题请教了三位军事专家，他们的真知灼见使我受益匪浅。大家一致称赞：一个正能量的出版社，团结了一批正能量的专家学者，到革命老区传播正能量，过了一个极有意义的八一建军节。

生活处处都是诗

　　20 世纪 70 年代末期，我从军医学校毕业分配到解放军总医院南楼工作。解放军总医院是全军医疗条件最好的医院，而南楼又是这所医院条件最好的病房，在这里当白衣天使真是太幸运了。可我当时不知道哪根筋转了向，整天"身在曹营心在汉"，手里拿着听诊器和注射器，心里却总是依恋着文学这个"灰姑娘"。记得有一天，魏传统同志住进了我工作所在的病房，魏老既是我军著名的高级干部，又是大名鼎鼎的诗人、文学家、书法家。

　　一天，我坐在病房的学习室里看书，魏老走过来问道："小孙，你看什么书呢？"

　　我爽快地说："看《诗话》，我在琢磨怎么把诗写得有意境。"

　　他笑眯眯地说："这本书写得好，诗贵意境，从初境、拓境到凌境，就是诗不断锤炼的过程。"

　　我困惑地说："写诗要有灵感和氛围，可我现在这个工作环境除了听诊器就是注射器，一点诗意都没有！"

　　魏老嗔怪地说："谁说一点诗意都没有，生活中处处都是诗！"

　　我执拗地说："魏老，茉莉花的芳香能够引发人的诗兴，难道来苏儿的味道也能勾起人的诗兴吗？您看这病房里，除了白大褂就是白病号服，哪里有诗呢？"

　　他认真地说："哎，你可别小看了白大褂！当我看到你穿着白大褂匆匆走进病房时，就好像看到一只小燕子飞了过来。你的白大褂下的裙边呼扇呼扇的多像小燕子在翩翩起舞啊！"

过了几天，刚巧赶上我值夜班，夏日的病房很燥热。我认真地在病房里巡视着，来到魏老的房间时，发现他有些烦躁，坐立不安。我关切地问道："魏老，您不舒服吗？"

他恼火地说："这病房太干燥，湿化器又不灵了，真把我干热得憋坏了。"

我一边安慰魏老，一边绞尽脑汁地想如何能使他安静地度过这个燥热的夜晚。我曾经学过医学心理学，知道怎样根据病人的特殊心理安抚病人。一个癌症病人因为化疗倒了胃口，什么饭也不想吃，别人怎么劝他都不听。我就跑到食堂抓了一条活鲤鱼给他看，当他看到活蹦乱跳的鱼时，一下子就来了食欲，我急忙让食堂给他做成糖醋鲤鱼，那顿饭他居然把一条鲤鱼都吃了进去。想到这里，我走进洗手间，用一个黄色搪瓷脸盆接了满满一脸盆凉水，放在魏老的床头柜上，热情地对他说："魏老，湿化器我不会修，等天亮马上请工人来修，现在我把这盆凉水放在您床头，您就想着凉水，心静自然凉，今儿晚准能睡个好觉！"

我轻轻地走出了病房，当我再次来到魏老的房间查房时，发现他已经发出香甜的鼾声。

第二天，我正在病房里忙活，魏老突然站在门口喊我："小孙，你过来一下！"

我急忙走出办公室，他却拽着我的手向他的病房走去，一进门就迫不及待地说："小孙，你不总是说病房里没有诗吗？你看我新写的一首诗怎么样？"

我捧起桌上洁白的信纸，只见上面用铅笔写道："一盆水如镜，作为驱燥热。白衣使者心，皎皎超明月。"

他感慨地说："昨天晚上你走后，我看到这盆水，真的觉得凉快了很多。躺着躺着，突然，一行诗就涌上心头，就爬起来写下了这首诗。你拿走吧，这首诗送给你。"

我看着信笺上龙飞凤舞的字迹，心中涌出了许多感动。从那儿以后，我开始热爱医务工作，在救死扶伤的岗位上发现了一种境界，这就是以人为本的协和精神。医学的真谛是爱人，文学的真谛也是爱人，医学和文学本身是相通的。我就这样穿着白大褂走上了文学之路。现在，我不但出版了 600 多万字有影响的文学作品，还在全国多次获得文学奖。当年那个不知天高地厚的小女兵已经长大了，可是还始终保存着魏老给我的这首诗。他告诉我文学从生活中来，文学家必须热爱生活，热爱生命。

把书桌搬到田野上

人在年轻时遇到一个好老师是最大的福分，冯骥才当之无愧是我文学上的领路人。如今 20 多年过去了，我已经出版了 16 部重大题材长篇报告文学，可我忘不了在我蹒跚学步时大冯对我的扶植和鼓励，他永远是我精神上的导师，激励着我走向田野，走近人民，挚爱真善美，关切天地人。

第一时间到过地震灾区的人一定熟悉这个镜头：出入灾区必须喷洒消毒剂。中国文联副主席、著名作家、画家、教育家冯骥才也不例外。每次进出灾区，都要经历一次这样的"药浴"。为这样一位身高 1 米 92 的大个子喷药，工作人员打趣地说他比别人费药水。汶川大地震对古老的羌族文化造成毁灭性的破坏，大禹的故乡沉在堰塞湖底，羌之殇，国之痛，冯骥才立即成立紧急抢救羌文化专家小组，赶赴灾区。冒着余震，收集编写了《羌族文化学生读本》。

我也曾在汶川地震时到四川 8 个极重灾区采访，深知余震、泥石流和疫情是如何危及人的生命。我等小兵在灾区打拼理所应当，可冯骥才是中国屈指可数的文化泰斗，是第一时间奔赴汶川灾区年龄最大的作家。在我的心目中，文化泰斗远远胜过一打不作为乱作为的达官贵人。他在天津有舒适的住宅和优越的生活，他原本可以穿着高档的时装悠闲地坐在书斋里边看书边喝咖啡，可他却经常往穷乡僻壤跑，足迹遍布祖国 20 多个省区，风里来雨里去，一身汗水一身泥泞，他为此还获得了一个"丐帮首领"的绰号。

有一次他冒雨到河北武强县考察，汽车滑下路面陷入松软的麦地，他们只能步行。一路泥泞积水，尽管当地的同志为他们准备了胶鞋，但他的脚太大，鞋子太小。一位同伴急中生智，叫他用装胶鞋的塑料袋套在脚上。这样，他们一行人走在烂泥路上，行同一伙乞丐。由于脚底太滑，走起路来左歪右晃，大家笑着叫他"丐帮首领"。

在国家危难之际，大冯以进击者的形象时刻准备冲锋陷阵。他是上苍赐给中国人的珍贵礼物，是一个满腹诗书的大才，他颇像费孝通先生，在中国的大地上扎扎实实地做文化学、民族学、人类学、社会学、民俗学的田野调查，抢救中国文化遗产，保护老城和古村落，这样的知识分子乃是中国的脊梁。

冯骥才的父亲是浙江宁波人，母亲是山东济宁人，他身上有两种文化基因，既有浙人的聪慧与细致，又有鲁人的豪爽与激情。他是吴越清香的绿茶与齐鲁刺鼻的烈酒的混合体。与他相处，你既能感受到他的清雅灵秀，也能感受到他的古道热肠。

我是在 28 年前的一次文人聚会上认识大冯的。他热情地问我最近在写什么，我告诉他在写一部关于服装的长篇报告文学，我说这个题材必须从服饰文化的角度去开掘，才能写得深刻。也许是文化这个词汇触动了彼此的神经，我们第一次见面就聊得很投机，他思维敏捷出口成章，谈话就像做演讲，充满了智慧和幽默。我觉得他是一个天生的演说家，能言善辩，适合当律师。

拙作在《当代》杂志发表后，《人民日报》《新华文摘》等刊物相继转载，在文坛引起关注。当我告诉大冯一家出版社的编辑想出版《服装交响曲》时，他欣然为拙作题词"服装百器齐奏，改革大潮颂歌"。他的字龙飞凤舞，充满文化气息，题词的内容很对我的心思，令我爱不释手。我当时是一个刚刚走出大学校门的毛丫头，脑子缺根弦，既没有把他的题词拍照，也没有复印，就满腔热情地把书稿和题词交给那个编辑，结果对方不但没有为我出书，还把题词弄丢了。祸兮福所倚，福兮祸所伏，鸡飞蛋打之际，素不相识的读者沈宝祥老师找到了我，热情地把拙作推荐到中共中央党校出版社。

开印之际，我犯了难。我很崇拜冯骥才，特别喜欢他给我的题词，可人家那么大的腕儿辛辛苦苦给我赐墨宝，却让不负责任的编辑给丢失了，怎么好意思再张口呢？这是我的长篇报告文学处女作，每一个母亲对自己的第一个孩子都格外看重，我鼓足勇气向他说明原委，本以为毫无希望，谁知他却爽快地说："晶岩，你放心，我马上再给你写一幅字。今后，你每出版一本书，我都会给你题词。"

他不仅寄来了题词，而且送给我一张照片，这张照片摄于他的书房，他的家俨然是一个民俗博物馆。不仅有众多的藏书，而且有名家字画和文物。书柜里装满了从世界各地淘回来的古董。他的脚下是八双形态各异的三寸金莲，他身体微微倾斜，拿了一只红色的小鞋与自己白色的大球鞋相比对，脸上露出风趣幽默的笑容。他左手的食指指着前方，我仿佛听到他在妙语连珠地谈古论今。很快，他的题词和照片就随着拙作出笼了。我的第一部长篇报告文学由冯骥才题词，第一部散文集由冰心题词，一个青年作家在刚出道时能够得到这些文学大师的提携是多么幸运啊！从那以后，我每出版一本书，都会给冯骥才寄去。他写信鼓励我："晶岩，我不断地看到你的新作，感觉就像一架飞机一飞冲天。"

滴水之恩当涌泉相报，我感恩于他对我的帮助，总想为他做点什么。长期的伏案写作使他积劳成疾，有一年开政协会，他来电话说自己有糖尿病，开会期间经常与朋友聊天到深夜，饿得难受，想吃点炸花生米。我立刻炸好花生米，撒上细盐托正在开政协会的先生带给他，他夸奖了我的厨艺，我心里甜滋滋的。

大冯是一个至真至善至纯的人。2008年，我撰写长篇报告文学《五环旗下的中国》，有关人文奥运一节想请几个名人谈谈观点，恰逢韩美林在人民大会堂搞《天书》发布会，我和大冯应邀参加。中午吃饭时我见缝插针与大冯聊奥运，他说："晶岩，你大胆写，你让我怎么说我就怎么说。"

这是他对我极大的信任，可我非常较真儿，我觉得自己编几句说是大冯的话固然很省力，但这是在糊弄读者。再说我的思想根本无法与他的深度比肩，我的语言也无法与冯式幽默媲美，于是我执拗地刨根问底，我的执着打动了他，他侃侃而谈，逻辑清晰，打开录音机一个字不落地记录下来就是一篇好文章，最后他关于人文奥运的高论就出现在拙作里，醍醐灌顶，振聋发聩。

冯骥才是一个鬼才，小说是他的强项，散文匠心独运，诗歌信手拈来，他的报告文学《一百个人的十年》，令我这个报告文学作家为之汗颜。能够把文学和绘画同时做到极致的人在中国并不多见，但我更敬佩的是冯骥才做文化遗产保护和教育。如果说他弄文学和绘画主要靠天赋的话，那么他做文化遗产保护和教育则更多是源于社会责任感。

2012年9月，我应冯骥才之邀来到北京画院观看"四驾马车——冯骥才的绘画、文学、文化遗产保护与教育"展览。古人云"诗画相生"，诗是无形画，画是有形诗，绘画是文学的梦，冯骥才的画是典型的现代文人画，一是追求意境，二是再现心灵。欣赏他的画，我能品味到浓浓的诗意。我觉得他的《树后边是太阳》《照透生命》《期待》《步入金黄》《往事》等画作堪称精品，画的题目都充满诗意。无论是《树后边是太阳》里折射在雪地上的树影，还是《照透生命》中两棵粗壮的树干间映照的阳光；无论是《期待》里半开的栅栏门对光影的憧憬，还是《步入金黄》中天空朦胧的光晕；无论是《往事》里摇曳的凄凄荒草身披的霞光，还是《生命》中五彩缤纷的色彩的井喷，都是他心灵真切的外化。他已经身陷时代文化的命运中，逐渐离开自我的绘画，重新回到责任的事业中来。这一次不是文学的责任，而是文化的责任。

人为了看见自己的内心才画画，每幅画都有一个故事。而我最想看到那幅《老夫老妻》，一幅承载大冯夫妇几十年风雨同舟的作品，但却没有找到。后来才得知他为了保护文化遗产，卖了一百多幅画作为启动资金，带领一帮人拍照、录像、收集文物、请原住民口述历史。他还在天津估衣街当众演讲，说老街是城市的动脉，一定要保护老街。当他从法国讲学归来，看到天津的老街被拆除后，忍不住泪如泉涌。画作是画家的心血，在他卖掉的众多画卷中，就有这幅《老夫老妻》。

整整看了一个上午，我拍摄了很多照片。大冯问我展览怎么样？我说棒极了，如果您只拉一驾马车，保管比现在干得出色，一定是行家里手，是中国的NO.1，但是这四辆马车并驾齐驱名列前茅在中国无人企及，这不仅需要才华，更需要社会责任感和使命感。

大冯头上有很多美丽的光环，他是著名作家、画家、民间艺术家、天津大学文学艺术研究院院长、博导、中国文联副主席、全国政协常委、国务院参事……可我从来没有把他当成官，在我眼里，他是一个杰出的思想家，一个才华横溢的文化学者，一个学富五车的教育家，一个充满激情的社会活动家，一个可亲可敬的朋友。他曾忧心忡忡地告诉我：从 2010 年至今，每天有 80 至 100 个古村落从中国的版图上消失，为此，他大声疾呼并践行：一定要保护古村落！

人的名字里总是包含了父母的精神向往，他叫骥才，骥是好马的意思，比喻贤能。他的名字里有两个马字，他出生在马年，他的人生就像他的名字那样跃马扬鞭，他不是四匹马拉一辆车，而是一匹马拉着四辆车在不停地奔跑——文学、绘画、文化遗产保护和教育这四件事是他的最爱，非做不可。文化的传播是心灵的传播，不是演了几部戏、唱了几首歌就叫艺术家，中国的文化大家才是真正的艺术家，是社会的栋梁。老骥伏枥，志在千里，冯骥才把书桌搬到田野上，他最大的愿望是保护好中国的文化遗产，把中国文化做细、做深、做精，让中国文化走向世界。

《穿山甲丛书》诞生记

20世纪90年代初期，我出版了长篇报告文学《服装交响曲》。《中国青年报》副总编马役军对我说："晶岩，你这本书出得真漂亮，能不能帮我也出一本书？"

我灵机一动：对啊，小说界有一套《布老虎丛书》，在市场上非常火爆，我能不能联络一群报告文学作家策划出版一套报告文学丛书呢？我把想法向中共中央党校出版社的领导和蔡雨龙编辑汇报了，他们兴奋地说："晶岩，你的想法很好，我们社可以出版报告文学丛书，但前提是要在全国选择叫得响的作家，一定要保证作品质量。你先找几个获得过全国优秀报告文学奖的作家试试。"

我一寻思，想到当时在全国有影响的报告文学作家是胡平、张胜友、马役军等人。我做事情的原则是一定要双赢，既然蔡编辑委托我来策划，我一定要确保中共中央党校出版社这套报告文学丛书社会效益和经济效益能够双丰收。

于是，我把喜讯通知了胡平、张胜友和马役军三位老兄，让他们每人选择30万字的作品。那年头能够出版报告文学集不是一件容易的事，就连大名鼎鼎的张胜友都攥着一摞报纸上发表的电视政论片解说词无法成书。听了我的话他们自然很高兴。说干就干，我们马上分头整理书稿，很快就准备好了炮弹。

张胜友的书名是《穿越历史隧道的中国》，是一部电视报告文学集；胡平的书名是《你的秘密并不秘密》；马役军的书名是《看着天堂的黑眼睛》；我的书名是《女作家眼中的世界》。

编辑觉得每个人的书名都不错，可这套丛书究竟叫什么名字好呢？张胜友献计献策："叫'新浪潮'吧，咱们的作品代表了报告文学创作的新浪潮。"

我投了反对票："不好，法国有新浪潮电影，报告文学丛书也叫这个名字，容易混淆。还是叫'新大陆'吧，寓意着我们这些报告文学作家特立独行，敢于创新，勇敢地走向新大陆。"

我的建议也不理想，马役军调侃道："干脆叫'不倒翁'，意思是咱们这些报告文学作家骨头硬，打不倒。"

大家用笑声否决了马役军的建议，我觉得几个名字都不满意，又不愿意将就，抓耳挠腮不得要领。

过了几天，胡平到北京出差，我们几个人在北新桥一个朋友家聚会，胡平的艺术感觉很好，我急忙向他求教，把自己的想法和盘托出。原以为他也无计可施，没想到胡平听完了我的话，眨着眼睛想了三分钟，突然问我："孙晶岩，你看叫'穿山甲丛书'怎么样？"

我的眼前一亮，拍案叫绝："胡平，太棒了，你起的这个名字真是说到我心里了，咱们报告文学要有穿透力，就是要讴歌光明，抨击黑暗，穿山甲有坚甲利爪，既有毫不留情同假丑恶作战的意思，又有匍匐在祖国大地的意思。你真不愧为老大哥，脑袋瓜就是灵，怎么能想出这么好的主意？"

听了我的夸奖，胡平的脸上掠过得意的微笑，张胜友不屑地看着我："孙晶岩，看把你高兴的，'穿山甲'有什么好啊，我看还是'新浪潮'好。"

我把头摇得像拨浪鼓："胜友，你不懂，胡平的'穿山甲'比你的'新浪潮'和我的'新大陆'高明多了，根本不是一个重量级，不信咱们让马役军来评判。"

第二天，我给马役军打电话，我刚说出"穿山甲"三个字，马役军就在电话中喊了起来："太棒了，穿山甲对应布老虎，有新意，就是它了！"

三比一，尽管张胜友不以为然，但我们以多胜少，丛书的名字就这样敲定了。下一步就是请谁写序言的问题，三位老大哥一致建议请张锲写序，张锲既是中国作协的领导，又是优秀的报告文学作家。我急忙与张锲老师联系，他认真地说："我一定要看到你们的作品才能写序。"

那是一个温馨的傍晚，几位作家先在我家集合，吃了我亲手烹饪的饭菜，又带着各自的作品一齐来到了张锲老师家，张锲的夫人鲁景超身穿一件大红的丝绸服装，热情地沏茶倒水，张锲笑眯眯地看着我们，我们你一言我一语毫无顾忌地诉说着自己的想法，坦诚相见。张锲老师听了我们的话，翻阅了一下我们的作品，立刻爽快地答应了。

书稿很快就通过了三审，万事俱备只欠东风，就等着张锲的序言了。一天早晨，我正要去上班，突然接到了张锲老师的电话，他激动地说："孙晶岩，我的序写好了，我今天早晨起得很早，一气呵成。我在写你和马役军那段时流泪了，我念给你听啊！"

张锲老师是个性情中人，说着，他就大声地朗读了起来，我攥着听筒，心里满满地感动。张锲时任中国作家协会书记处书记，白天工作繁忙，一个上了岁数的人，大清早爬起来为一群中青年作家写序，这里面包含着多么深厚的感情和殷切的期望啊！

那时候，张锲老师不会使用电脑，他的总序是用手写的，题目叫做《在祖国的大地植根，和改革的时代同步》，这篇文章很快就刊登在《光明日报》上。他认认真真地评价了胡平、张胜友、马役军和我的创作特点，热情地给我们打气。

我清楚地记得他的这段文字："这套反映社会热点问题的报告文学丛书，是由一批活跃在我国当今文坛上的荣获全国优秀报告文学奖的中青年作家联袂创作出来的。中共中央党校出版社的同志们，为它起了个耐人寻味的名字《穿山甲丛书》。因此，从它在进行策划和编辑之日起，就已经引起一些文学界朋友们的注意。我想谈谈《穿山甲丛书》这个名字，我觉得，中共中央党校出版社的同志们，用'穿山甲'为这套丛书命名，既是贴切的，又是很有深意的。穿山甲是国家级保护动物，它貌似丑陋，却坚甲利爪，一生掘土挖洞不止。在当前的文学创作中，尤其要提倡这种穿山甲式的精神。不管社会上出现多少纷纭复杂的变化，我们的作家就是应该一如穿山甲那样坚韧不拔，始终紧贴着我们伟大祖国这块神圣的土地，叩击着、亲吻着这块土地，劳作不止，奋斗不止。在祖国的大地根植，和改革的时代同步，相信我们许多怀有远大抱负、充满理想、充满热情，又在沸腾的生活中充分汲取了营养的作家们，一定会不辜负时代和人民大众的重托，创作出一批又一批优秀作品，为繁荣中国文学作出新的贡献。"

这套丛书于 1995 年年初正式出版，反响强烈。我的大学同学肖思科看后赞叹道："晶岩，你怎么想出的'穿山甲'？这名字太厉害了。"

我老老实实地回答说："我哪有这个本事，是老大哥胡平想出的，我一下子就认准了，太贴切了！"

丛书出版后，很多朋友向我们表示祝贺，我担心丛书的经济效益，深谙出版门道的张胜友对我说："晶岩你放心吧，这套丛书不仅社会效益好，经济上也赚钱了。"

这件事一晃就过去了整整 23 年，当年为我们写序的张锲老师已经驾鹤西归，张胜友成了全国闻名的出版家；胡平在大学耕耘，桃李满天下；马役军做了多年的报社领导，我还一如既往坚持写作。今年春节的一次文学界聚会，我见到了张胜友和马役军，我们又谈起了《穿山甲丛书》，我想不管社会怎么变化，我们永远不会忘记穿山甲精神，不会忘记热情扶持我们的张锲老师。我们将不负众望，深情地根植在祖国的大地，为人民奉献出优质的精神食粮。

好气质是书香熏出来的

在我的青年时代，首都有两所最棒的中学，一所是我的母校北京101中学，一所就是北京四中。这两所学校以师资水平高、教学质量好、学生考分高风靡京城，有不少赫赫有名的毕业生成为国家的栋梁。如今，四中每年有98%的毕业生能够考进全国重点大学，成为京城名校佼佼者。

2016年岁末，我应邀作为开奖嘉宾到北京四中参加由人民出版社和四中联合主办的"芬芳四季阅读中国——第二届全国微书评大赛颁奖仪式"，在众多的获奖者中，书评组特等奖获得者引起了我的注意。这是一个身材高挑的年轻姑娘，文静端庄，气质优雅，她就是来自北京四中初二（8）班的江山。她觉得行万里路，读万卷书才是读的真谛。读书，读人，读事，读自然。观大智若愚，我笑；看云起龙骧，我敬；见大义勇为，我赞；品风流倜傥，我仰；视众生沧桑，我叹。俯仰山水城府，俯仰天下士人。

听了她的话，我掩饰不住对她的欣赏，一个劲儿地向身边的人夸奖她。好气质是书香熏出来的，在当今这个浮躁的时代，人人迷恋手机，看帖子，玩游戏，刷朋友圈，很多人不屑于读书，江山这个潜心读书的女孩儿是怎样培养出来的呢？

我想起了我的中学时代，我们北京101中学的老师大多毕业于名校，文化底蕴深厚。我踏进中学不久，语文老师王景峰就让我当语文课代表，还让我上讲台讲语文课；王英民老师把我选调到学校宣传组，办校报、出板报、写广播稿，还带领我到北京大学广播台学习交流。历史老师刘占武把我们带到圆明园被八国联军烧毁的大水法前，给我们讲述中华民族那段屈辱的历史，至今我的耳畔还回响着刘老师讲课时抑扬顿挫的声音；还有地理老师蒋守则，博士级的老师把地理课讲得妙趣横生，至今我都忘不掉他"天似卵壳，地似卵黄"激情四射的授课。还有我的班主任傅慧敏老师，她详细地给我们讲述了细胞、胚胎、嫁接等生物学知识，培养了我对园艺、生物的热爱，以至于我后来在军医学校学习生物学、生理学时有一种莫名其妙的亲切感。毋庸置疑，我对于读书的热爱，对于知识的憧憬，除了我的父母，就是我的母校老师影响了我。我第一次登台给同学们讲课是在中学时代，我后来当上大学教师，在众多大型场合讲课不怯场，得益于中学老师的培养。读书一定要有氛围，四中上至校长，下至初一孩子，处处都有好读书者的身影。北京四中国际校区校长石国鹏提出大阅读的概念，他要求四中高一学生阅读量达到 5000 页中文，5000 页英文，一年要阅读 20 本中英文书籍。他说："没有足够的阅读量，出去就是两个字'作死'。"这次微书评活动，北京四中的语文老师以通知的方式，面向全体同学，鼓励积极参加，同学们整理自己的平时作业、读书分享、推荐交流等，自主自愿参与其中。

奥地利作家茨威格曾经这样回忆自己的中学时代："在年轻人中间，热情从来就是一种互相感染的现象。它在一个班级里就像麻疹或猩红热一样会从一个人身上传到另一个人身上。由于那些新参加的人都怀着天真的虚荣心，想尽快地使自己在知识方面拔尖，所以他们往往是互相促进……我偶然进入到一个对艺术具有狂热兴趣的班级，或许正是这件事决定了我一生的道路。"

北京 101 中学崇尚知识的氛围影响了我，我想江山的好气质一定也是北京四中热爱读书的好氛围熏出来的。为了证实我的判断，我决定对四中做一次细致观察，感受一下这所名校的校园文化。我看到校园里一块豆沙色花岗岩石头上，雕刻着一顶八路军军帽、一副手套和一簇鲜花，中间镌刻着一个圆形浮雕，上面写着"北京市第四中学，1907."浮雕的左边有几行绿色的字："谨向为民族解放事业和祖国建设事业献身的北京四中学友致以崇高的敬礼！"

还有一块豆沙色的花岗岩石头，也叫情系奥运石，这块石头采自中国泰山，左上角镌刻着"现代奥运之父"顾拜旦的头像及他的生卒年月：1863—1937，中间镶嵌着一块正方形的黑色的大理石，外侧碑文是 2001 年 2 月 22 日国际奥委会评估考察团考察北京四中时全体成员的签名，中间为 2007 年 8 月 6 日国际奥委会主席罗格先生在北京四中的题词。

两尊教师铜像引起了我的注意，铜像下的鸡血红大理石上分别镌刻着金色的大字：一代名师张子颚；一代名师刘景昆。这两位德高望重的老师是四中的物理、化学前辈，桃李满天下。

在教学楼前面，我又看到一尊体育特级教师韩茂富的雕像，韩老师右手扶着胸前挂着的哨子，左手抱着一个篮球，显然是在给同学们当篮球裁判。他的身下刻着三行字："有来生，我还为同学们喊操。"

下面恭恭敬敬地刻着一行大字："怀念我们爱戴的韩老师！北京四中校友敬立，2014 年 8 月。"

在校园里，我还看到了一些碑文："天行健，君子以自强不息；地势坤，君子以厚德载物。"

参观了四中校园，我觉得自己已经找到了四中为什么能够培养这么多优秀人才的金钥匙。四中的校园文化令我敬佩，为普通的人民教师塑像，我的母校 101 中没有做到。我的母校有施光南的铜像，却没有一尊老师的塑像。施光南的音乐天赋是在中学时代启蒙发展的，在母校 35 周年校庆时，我亲眼看到施光南在学校舞台上演奏。如果没有 101 中老师的培养，人民音乐家从何而来？

一本本书是一扇扇将学生引向外面广阔世界的门，老师要做的就是给学生们打开这扇门，在合适的位置，预见到外面的世界。如果每一位老师都能做一个爱读书、善求索的人，并将这种乐读、善思的好习惯传递下去，那我们的教育必将生机勃勃，我们的人生也会无比宽广。

为北京四中的校园文化喝彩，向北京四中的园丁致敬！

腹有诗书气自华

春节期间，中国诗词大赛吸引了许多国人的眼球，我每天晚上都要守在电视机前观看。决赛那天，我判断冠军应该在彭敏和陈更之间产生，没想到 16 岁的上海女孩儿武亦姝拔得头筹。"飞花令"开始了，这是诗词大赛的点睛之笔，看得人眼花缭乱，武亦姝气定神闲，战胜老将彭敏。

高一，正是很多家长和学生都把精力放到应试、准备迎接高考的阶段，参加中国诗词大赛要背很多诗词，起码要会背《唐诗三百首》，这要花费很多精力，在应试的夹缝中，武亦姝难道不知道要集中精力准备高考吗？这使我对她的母校产生了兴趣，她来自上海复旦大学附中，她的母校有一位语文特级教师黄荣华，他从十几年前就开始在学生中推广《传统文化课本》。我翻开了他们学校自己编写的《中华古诗文阅读》课本，发现有《论语》《文心雕龙》《诗经》《楚辞》的内容，有的学生不解地问："老师：我们又不考中文系，背这么多古诗文干什么？反正高考语文默写才 6 分，我们多做练习题，分早就挣回来了。"而黄荣华老师却说："身为中国人，文化在我们每个人身上的烙印终归会显现出它的力量。而高中阶段是人生观、价值观形成的关键时期，每个学生在高中阶段都应该对中华传统文化有初步的认识。"

武亦姝是化学课代表，她将来考大学很可能不报考中文系，但她对古诗词的热爱是发自骨子里的，是没有功利性的。她很幸运，在中学碰到了一群好老师。她的语文老师王希明是复旦大学中国古代文学专业硕士，在职攻读博士，博览群书，对古诗词驾轻就熟。老师对学生有直接的影响，她文理均衡不偏科，学习兴趣广泛，擅长书法，还代表学习小组讲解《浮生六记》，每周都要读一本中外文学经典作品。

在与女博士对"飞花令"时，碰到"月"字，经过十几轮回合，她念了一句诗，被告知对方已经说过了，选手一般碰到这种情况就会乱了阵脚，可她却不慌不忙，马上吟诵《诗经·七月》："七月在野，八月在宇，九月在户，十月蟋蟀入我床下。"

她之所以反应神速，是因为这段诗就收录在他们学校自己编写的《中华古诗文阅读》第一册，编写人之一就是黄荣华老师。不仅是武亦姝，上海中学的姜闻页、上海文来中学的侯尤雯也都在这次诗词大赛中表现不俗，姜闻页在首次进入个人追逐赛中全部答对九道题，侯尤雯是百人团杀入挑战赛中年龄最小的选手，可见上海中学语文教学的厉害。

好气质是书香熏出来的，腹有诗书气自华，我想起了北京四中初二（8）班的江山，在最近人民出版社与四中联合举办的"芬芳四季阅读中国——第二届全国微书评大赛"中夺得特等奖，除了个人努力的因素，主要原因是北京四中的语文老师重视语文教学，认真组织，鼓励同学们多看课外书，丰富自己的知识结构。名师出高徒，名校出高才生，江山应该感谢北京四中的语文老师，武亦姝应该感谢上海复旦大学附中的语文老师，姜闻页应该感谢上海中学的语文老师，侯尤雯应该感谢上海文来中学的语文老师。

语文教学在中学阶段尤为重要，十几岁的年轻人记忆力最好，这时候多读多背诵一些古诗词，会终生受益。不管你将来从事什么职业，语文知识都是不可或缺的，你搞科研，如果没有好的语文功底，论文都不可能写好；你当律师，如果没有好的语文功底，辩护词都写得词不达意。

总觉得这样的大赛比什么"好声音""好才艺""跑来跑去"等综艺节目要高明得多，既有知识性、趣味性，也有竞赛性、高雅性。电视节目对国民素质有潜移默化的作用，武亦姝们满足了人们对古代才女的想象，中国的年轻人就应该向知识靠拢，向文明靠拢，向中国传统文化靠拢，向腹有诗书气自华靠拢。

为什么现在那么多年轻人削尖脑袋也要参加电影学院、戏剧学院的考试，因为明星挣钱多啊。科学家的地位不如明星高，这是不正常的社会现象。作为解放军红叶诗社《中华军旅诗词研究》研究员、大学中文教师，我热切地呼唤中国应当重视中华传统文化的复兴，中学应当重视语文教学，中国应该多一点彭敏、陈更、白茹云、武亦姝、姜闻页、侯尤雯、江山这样的人，这是对时代精神的引领，也是对中华文化的传承。

文化的警觉和文化的自觉

人文精神是人类文化的最根本的精神取向，体现着人类对真善美的追求，其目的是提高人的素质，提升人的精神境界。不同文化类型所体现的人文精神各有千秋，中国的人文精神主要是指"天人合一""以人为本""刚健有为""崇尚和谐"等。

平昌冬奥会上，"北京八分钟文艺表演"震撼全场，高科技展示中国元素惊艳了世界。2022年，第24届冬奥会在北京召开，北京将成为世界上唯一的既举办过夏奥会又举办过冬奥会的城市。世界几十亿双眼睛聚焦北京，我们究竟要让世界看什么？难道仅仅是看中国取得了几枚金牌吗？

诚然，我们有了鸟巢，有了水立方，有了四通八达的新地铁，有了现代化的新航站楼，可是这些硬件并不能完全证明中国的强大。一个国家真正让人刮目相看一是要有经济实力，一是要有文化实力。

在世界四大文明古国中，古埃及文明中断了，古印度文明中断了，古巴比伦文明中断了，唯有中华文明没有中断，经过五千年绵延不绝的传承，保留至今。

一个国家的文化，最主要的是语言和文学。现在的中国不是一个文化大国。更加令人担忧的是：中国人缺少一种文化的警觉和自觉。对我们老祖宗留下来的宝贵文化遗产不珍惜，不爱护。

在中国人的心目中，端午节有双重意义。一是为了祭祀屈原，为屈原招魂；二是为了躲避兵鬼，制止瘟疫的驱邪禳灾日。端午节明明是中国人为祭祀屈原而定的节日，却被韩国人抢先申遗了。我们的儒学鼻祖孔子、孟子、药学家李时珍、军事家诸葛亮、诗人屈原，韩国人都说是他们的祖先。王羲之的《兰亭序》，韩国人说是用高丽纸写的；中国的书法，韩国人竟然大言不惭地说要改称为本国的书艺。对于这种明晃晃的文化侵略，我们不但没有一种文化的警觉，反而肆无忌惮地引进了大量的韩国电视连续剧在黄金时段播出，一个韩国艺人在中国娱乐活动中出场30秒，就可以轻而易举地拿到100万元。中国的少男少女们，哈韩、哈日，如痴如醉地迷恋韩国欧巴，就连中国的春晚，也以请韩国欧巴出场为荣。上海世博会期间，哈韩的中国年轻人为了围观韩国艺人，居然把韩国馆的台子挤塌了，真是丢人丢到家了。

在国外，编剧的地位和待遇很高。而中国的电视剧制作却由影视公司投资，制片人中心制。制作费用和剧情一切由制片人说了算，演员要天价薪酬，编剧的地位和待遇很低，这是造成中国影视不景气的根本。尽管中国的大牌导演煞费苦心，但还是跟着洋人的屁股后头转悠，按照好莱坞的模式亦步亦趋，这怎么可能闯出一条中国电影的新路呢？

奥斯卡获奖者未必都是大片，越是民族的东西越是世界的，我们为什么不能拍出中国的《克莱默夫妇》《魂断蓝桥》《简·爱》《拯救大兵瑞恩》《泰坦尼克号》《摔跤吧，爸爸》这样震撼人心的艺术片呢？

有人对中国青年做了个调查，题目是"你心目中的十大文化名人是谁？"不少人回答：王菲、张国荣、刘德华、赵薇、周杰伦、张学友、黎明、郭富城……竟然连鲁迅都没有提到。在某些人眼里，文化名人就是港台明星，就是韩国欧巴。多少小青年疯狂追星，为了一睹歌星风采，可以一掷千金去买演唱会的门票，在体育场大声疾呼"某某某，我爱你！"为了一睹球星风采，可以大清早在体育场门口等候。当球星坐的汽车经过体育场大门溅了她一身泥时，她竟然可以亲吻衣服上的泥泞来显示与明星近距离接触的荣幸。

当某些外国人对我们老祖宗留下来的宝贵传统文化遗产垂涎三尺虎视眈眈时，我们不但不警觉，反而几十名院士联名上书说中医是愚昧落后的东西要取缔中医。真是长他人威风，灭自己志气。茶文化、书法艺术、饮食文化、药膳文化、围棋、针灸、太极……明明是中国老祖宗发明传承下来的，现在韩国人却贪天功据为己有。

当我坐在玉龙雪山前聆听纳西族民间艺术家演奏古乐时，感受到的是心灵的震撼。纳西族古乐这种原汁原味儿的中国文化，是未经污染的天籁，在人的灵魂上能敲出火花。

一个民族之所以成为这个民族而不是其他民族，就在于对本民族文化特色内涵的传承和坚守。犹太民族之所以能够影响世界，绝不仅仅是因为他们诞生了马克思、爱因斯坦和弗洛伊德等世界名人，而是因为这个民族两千年来执着地恪守犹太教的教义教规和风俗习惯，以色列建国前后，甚至复活了消失千年之久的古希伯来文。

中华文明没有断裂的根本原因是和而不同，让不同的文明各美其美，美人之美，美美与共。中国文明受儒家传统和佛教、道教思想的影响，多少中国的名山，都是佛教、道教和平共处。

中国文化的核心是什么？和谐、和气、和睦、和平。早在 2500 多年前，中国人就提出"天人合一"的观点。中国故宫的太和殿、中和殿、保和殿，万变不离其宗都有一个"和"字。某国的世界警察形象体现了西方强势文化的扩张，这种自我中心主义是不得人心的。中华文明绵延不绝是因为中国从来没有，将来也不会以自我为中心，把自己的价值观强加于人。当今的时代是一个和平与发展为主题的时代，中国人不仅要把 GDP 搞上去，而且要把文化建设搞上去。一个国家，一个民族，不但要有实力，而且还要有魅力。历史文化要代代传承。

中国传统文化"以人为本"的人文精神是相对于基督教文化、伊斯兰教文化、印度文化等"神本主义"的特征而言的。它以人为中心，认为人是集天地灵气而生成的，天地之间人是最为尊贵的，最值得关爱的。现在，西方社会之所以有人对"藏独"分子表示同情，对中国政府的政策横加指责，就是因为中国曾长期处于半封闭状态，中国文化根植于小农经济的基础，专制制度延续了数千年。我们在相当长的时间里关闭大门，世界各国不了解中国的国情，不了解我们的文化理念。不了解就容易造成误会和曲解，听信一面之辞。奥运会给中国提供了展示自己的机会，也给外国人提供了一个了解中国的机会。这是千载难逢的历史机遇，中国人要学会展示自己、宣传自己，让地球村的人了解自己。

我们要珍惜老祖宗留下来的宝贵文化遗产，要有自己的风格和个性。中国人乐善好施，有朋自远方来不亦乐乎，馈赠朋友金山银山都可以给予，但老祖宗留下来的宝贵文化遗产不能拱手相送，否则就是败家子！

所以，2022 年北京冬奥会，我既想让中国多拿金牌，更想让来自五湖四海的朋友到孔庙、国子监走一走，理解孔子思想的核心"仁"，领略中国传统文化崇尚和谐的恒久魅力。我还想让外国人听到中国的国粹京剧，游览我们的故宫、长城、颐和园、圆明园等名胜古迹，寻访最美北京中轴线；欣赏到我们的民间古乐、仿唐歌舞；聆听到中国的信天游、花儿等民歌；品尝到北京烤鸭、饺子等地道的中国美食；体验到中医的神奇疗效；观看到中国的太极拳、抖空竹、木兰扇等全民健身项目。

奥运会是一个世界性的文化聚会。世界各国运动员和游客将来到中国北京，带来各国文化，也将感受中国文化魅力。奥运会之所以迷人，重要原因之一就是主办国把他们的文化留在了奥运历史上。中国作为东方文明古国，也一定要把中华民族的文化和民族精神、气质留在奥运历史上。奥运会实际上是一个民族集体努力的机会。通过这样的努力，民族的精神会得到升华。中华民族的仁爱之心、博大胸怀、尚礼精神，都要通过举办北京奥运会体现出来。

中华文化是人类文明的重要组成部分，文化上的反侵略刻不容缓。2022 年北京冬奥会正在向我们走来，当世界把目光聚焦中国时，我们应该打好文化这张牌，牢记费孝通先生的教诲：要有文化的自觉，把灿烂的中华文化世世代代传承下去。

以奥运的名义雅聚

2016 年盛夏，人民出版社组织了别开生面的读书会活动，建立了一个"8·27"奥运情怀微信群，要求大家赋诗，主题是"奥林匹克精神与中国传统文化在现代的共同发展"，希望大家用诗歌表达对奥林匹克精神和中国传统文化的思考。

哇，群里的人太有才了，个个出口成章，诗歌、绘画、书法、篆刻作品如潮水般涌来，令人目不暇接。不会吟诗作画都不好意思在这样一个艺术群里待着。尽管里约奥运会正在如火如荼地进行，每天我都在观看精彩的比赛，可琴棋书画吟诗作赋是有传染性的，中国传统文化博大精深，每天耳濡目染，我也忍不住写起诗来，还不知天高地厚地在群里晒了书法作品，引来一片叫好声。

奥运情怀座谈会开始了，应邀嘉宾是奥运冠军陈一冰、北京体育大学副校长田麦久教授和我。

2007 年我采访中国体育健儿备战北京奥运会时见过陈一冰，他外形帅气，肌肉结实，五岁学习体操，却大器晚成，二十二岁首次获得世界冠军，二十四岁第一次走上奥运赛场，夺得北京奥运会吊环冠军，被誉为"吊环王"。他担任中国男子体操队队长，在 2012 年伦敦奥运会男子吊环单项比赛中，动作娴熟，姿态优美，无懈可击，却以 0.1 分之差输给了巴西选手夺得银牌。观众们都在替他打抱不平，有人质疑裁判不公，可他始终保持着微笑，热情地拥抱对手，赢得了世界的尊重。

我仔细地打量着坐在我身边的陈一冰，发现他和赛场上叱咤风云的模样判若两人，他的微笑透着真诚，特别阳光，每一个和他照相的来宾，他都热情相待，丝毫没有明星要大牌的感觉。我赠送他一部我描写北京奥运会的长篇报告文学《五环旗下的中国》，他用双手郑重地捧着书与我合影，诚恳谦恭，从内心深处表达对作家的尊敬。望着他的脸庞，我不由得想起了体操王子李宁，我采访他时也是这样彬彬有礼，有问必答，一个劲儿地问我您还有什么想问的尽管问，我这样回答您行吗？采访结束我们合影留念，他热情地微笑着。他公司的CEO张志勇也想与我们合影，我让李宁站在中间，他说什么也不肯，一定要我站在中间，说您是作家，您应该站在中间。陈一冰身上颇有李宁的风范，这次聚会合影，他总是把田教授和我推到中间的位置。饱满的谷子低着头，干瘪的谷子才扬着头，陈一冰是我的山东老乡，他的言谈举止体现了良好的道德修养，彰显着齐鲁文化的浸润。

田麦久教授是我国现代运动训练理论的创始人之一，是新中国成立以来第一位留洋体育博士，他就职于北京体育大学，后任北京市人大常委会副主任，虽然身居高位，却为人谦和，博学多才。

开场由诗人以PPT的形式展示自己的诗作，再朗诵并做简单讲解。北京诗词学会理事、原《中华诗词》编辑部副主任张力夫先生写了一首女子跳水奥运感赋：十米台高迥，亭亭立玉娥。腾空比飞燕，入水不惊波。艰苦青春路，昂扬义勇歌。中华当崛起，未必用干戈。

接着，书法家和画家展示自己围绕奥运主题创作的书画作品，并将书画作品赠送给现场嘉宾。职业画家刘树海先生画的《丙申奥运二十六金图》，诗人成思行配诗："柿柿如人意，妍若奥运金。喜鹊绕庭户，声声报捷音。"

这是一幅国画，一棵茂盛的柿子树硕果累累，二十六个金灿灿的柿子格外引人注目，两只喜鹊一只站在树枝上，一只围绕着柿子树欢快地跳跃着，二十六个金黄色的柿子代表中国体育代表团在里约奥运会上荣获的二十六枚金牌，柿子取其事事如意之意。刘树海把这幅画送给陈一冰，陈一冰端详着画心花怒放，他们微笑着合影留念。

熊盛荣先生才思敏捷，作了一首《七绝》诗："军姿飒爽亦多情，铁笔一支风雨惊。著作等身书世界，班昭是否托荣成？"

他说这首诗是为我量身打造的，我祖籍荣成，班昭是女中豪杰，他的意思是班昭托梦给荣成，希望荣成出一个大才女。他用隶书将诗作写好赠送给我；老书法家张毅先生将诗人安洪波写的一首诗用行书写成书法作品馈赠给我；书法家赵增福先生说我是作家，别出心裁地为我用篆书题写了"室雅兰香"的横幅，令我爱不释手。

高国普先生多年来一直做佛教、道教古籍文献编辑整理工作，平时喜欢诗词、楹联、篆刻，他买了一块青田石，整整花了两个月的时间打磨，再打稿精心篆刻了三尊 20 厘米 × 20 厘米的佛像，一尊是释迦牟尼，一尊是四臂观音菩萨，一尊是大智文殊师利菩萨。他很用心，将观音菩萨的拓片送给了陈一冰，将文殊菩萨的拓片送给了我，因为文殊菩萨主智慧，文人与文殊菩萨相感应。我们高兴地接受了他的馈赠。

田麦久先生虽为体育界人士，却热爱诗歌，与一群体育界挚友成立了浣花诗社，他们给每个奥运冠军都写了一首诗，还将浣花诗社成员写的三卷《奥运冠军风采诗集》现场赠送给陈一冰。浣花诗社张贵敏教授为陈一冰填《谢池春》一曲："圣火京城，多少健儿逐鹿。竞刚柔，依环劲舞。臂撑人定，在天托雕塑。美无瑕，众夸翘楚。迟成大器，奋力策鞭长弩。二十秋，朝朝暮暮。少年立志，步步成功路。吊环王，盛名当副。"

我和陈一冰、田麦久教授分别演讲，陈一冰主讲奥运冠军拼搏路，我讲了老女排精神回来了和奥林匹克精神的内涵，田麦久教授讲了《奥运冠军风采诗集》的出版过程，会场爆发出热烈的掌声。我站着演讲，每一个听众的表情都逃不过我的眼睛，陈一冰坐在第一排，目不转睛地盯着我，当我激情地讲起对奥运会的感受，他不停地点头，发出会心的微笑。

最后，书画家现场进行书画创作，大家挥毫泼墨抒发情怀。陈一冰的身上还带着里约奥运会的风尘，我抓住时机和他聊奥运，非常开心。午餐时田麦久教授坐在我的身边，我见缝插针向他请教体育问题，从体质人类学探讨世界各国运动员擅长的奥运项目以及中国奥运应该走的道路，真是酒逢知己千杯少。我说今天来的听众太好了，是他们激励了咱们。他说咱俩去敬敬他们。于是，我俩举着酒杯逐个房间向每一个与会者敬酒，田教授的和蔼谦逊令我非常敬重。

与会者一致称赞我的演讲非常棒，雅聚收获颇丰。我说："每个人的成长都离不开亲朋好友的激励，热爱奥运会的人都有一颗充满阳光的心，是你们热爱奥运会那颗金子般的心给了我良好的信息流，使我的演讲赢得了听众，我也从大家身上汲取了营养。尤其是与陈一冰聊奥运会，与田教授聊中国体育现状和未来，受益匪浅。我衷心地感谢参加会议的每一个朋友，感谢每一个向我赠送诗歌、书法、篆刻作品的老师！"

老女排精神回来了

观看里约奥运会女排决赛可谓惊心动魄，塞尔维亚队不愧为强手，意志极其坚强，技术发挥出色，对中国队形成极大的威胁。能够杀入奥运会女排决赛的队员没有一个孬种，强手相争，必有好戏，比分始终犬牙交错，你得一分，我就要夺回一分，这样的比赛太刺激。经过激烈角逐，中国女排终于以3：1拿下了这场比赛。最后一个球刚刚落地，我不由得跳起来鼓掌欢呼，丈夫一个劲儿地笑我："晶岩，你怎么像个小孩儿？"

我说："我太激动了，今天中午咱们得喝酒庆祝！"

女排刚刚获得冠军，我立刻在朋友圈发布祝贺的短文：老女排精神回来了，王者归来，祝福中国女排！

我还发布了一个图像，一只小猫拿着人民币昂首挺胸边走边说："买酒去！"

我又抑制不住激动的心情连夜写诗祝贺。

多么熟悉的场景啊，女排在奥运会上三次夺得冠军。我不由得想起了1981年11月16日女排世界杯大赛，那天晚上北京下着小雪，天气奇冷，我刚巧在北京解放军309医院病房值班，病人在走廊里观看女排决赛，我听到他们震耳欲聋的欢呼声："漂亮！""盖了帽了！"

我忍不住利用查房之机跑到电视机前瞄一眼激动人心的场面，然后急忙回到办公室值班，救死扶伤是我义不容辞的责任，可我人在办公室，白衣天使的耳朵却总是寻觅着电视机发出的声响。欢呼声一浪高过一浪，不知过了多久，终于听到大家炸开锅似的欢呼："啊，赢了！赢了！"

那时候电视台不可能反复转播体育比赛实况，这场激动人心的女排世界杯大赛，我是用耳朵听来的，却刻骨铭心终生难忘，一来那天是我妹妹的生日，二来那是中国女排以七战全胜的成绩首次夺得世界冠军。

改革开放之初的中国人，多么期盼振奋人心的喜讯啊！这个胜利举国沸腾了，中国人扬眉吐气了！就是在那一刻，我记住了铁榔头郎平，最佳二传手孙晋芳，最佳拦网周晓兰，还有杨希、陈招娣、张蓉芳、曹慧英、陈亚琼、杨锡兰、梁艳、朱玲……

我所工作的单位与国防大学只有一墙之隔，八一体工队就在国防大学的院子里，我有幸见到了杨希，颇像山口百惠，皮肤白白的，个子高高的，长相甜甜的。

我含着眼泪读了鲁光老师在《当代》杂志发表的报告文学《中国姑娘》，我清楚地记得作者在篇首写的话："忠诚，就忠诚自己的土壤；追求，就追求自己的理想。这是一曲振奋人心的搏斗之歌，它的主旋律，就是祖国的荣誉高于一切。"

这篇报告文学迅速走红中国大地，转载的报刊达数十家，毫无悬念地夺得了第二届全国优秀报告文学奖头奖。当时，我们最爱说的话是振兴中华，女排精神就是无私奉献，团结协作，艰苦创业，自强不息，顽强拼搏。

女排精神是那个时代的产物，女排精神激励了一代中国人。1984 年洛杉矶奥运会女排冠亚军决赛是在中美之间进行，中国转播时间是在一个周末的中午，好像是星期天，我们一边吃午饭一边观看比赛，记得美国队有两个很有实力的运动员，一个叫做海曼，一个叫做可罗克特，海曼是世界头号主攻手，打得非常棒，那是一场惨烈的角逐，每一分都伴随着汗水和泪水，当中国女排 3∶2 夺冠时，我扔掉饭碗欢呼起来，把嗓子都喊哑了。那时候的中国人真是言必称女排，那是中国人的骄傲，是 80 年代中国人美好的记忆。后来的中国女排不负众望取得五连冠，真是群情激奋啊！

我始终觉得中国女排姑娘才是真正的女神，是我学习的榜样。由于对女排的关注，我开始了体育报告文学的创作，采访正是从邻居八一体工队开始，我利用业余时间采访国脚贾秀全、朱波、李富胜，创作出反映中国足球队的体育报告文学《冲出亚洲的坎坷》，以高票荣获全国优秀报告文学奖。

2008 年北京奥运会，我又荣幸地被奥组委选为采访北京奥运会的作家，完成了全景式描写北京奥运会的长篇报告文学《五环旗下的中国》，该书的出版居然上了中央电视台《新闻联播》节目，荣获三项文学奖，鲁光老师亲自参加了我的新书发布会和研讨会。

我有着强烈的奥运情结，2008 年北京奥运会期间，中国作家协会领导让我在中国作家网上开办一个"晶岩天天说奥运"栏目，胡殷红主编要求我每天写一篇稿子，必须根据当天的赛事临时写，中国作协对我要求很高，不能像记者那样只报道赛事，必须是快手，还要有独立思想、有独特视角，原以为很难完成，没想到 16 天奥运会，我居然写了 53 篇稿子，每天更新，从不间断，平均一天写 3 篇以上，交稿后我忐忑不安，胡殷红告诉我："晶岩，反响很好，金炳华书记说你蛮有思路的。"

这种澎湃的激情源于我对奥运会的热爱，对体育精神的推崇。后来，我发现"晶岩天天说奥运"里的文章被很多报刊转载，有的还收录到中学读本。四川某大学的试卷居然有一道试题："发表在《人民文学》杂志的报告文学《用梦想跨越障碍》是哪位作家写的？"我偷着乐：这道题让我答就好了，作者是鄙人啊！

里约奥运会，尽管人们不断吐槽，可我还是尽量看人家的优点，我觉得人家的开幕式就很不错，节俭办奥运会开幕式，主题是环保，展现巴西的历史，把开幕式和闭幕式办成一个全民狂欢的大 party，太给力了。我不是唯金牌论者，傅园慧没有拿到金牌，可我依然喜欢她，多真实透明的姑娘，享受奥运会带给自己的快乐，说的都是大实话，朴实可爱。

这次女排决赛，中国女排打出了士气，压住了对方的气势，在比分落后的情况下不气馁，不手软，这就是顽强拼搏，在这些年轻姑娘身上，我看到了老女排精神的回归，没有人可以随随便便成功，这就是体育比赛的魅力，这就是奥林匹克精神的魅力！

这块金牌是中国体育代表团在里约奥运会上拿到的分量最重的奖牌，我爱中国女排，我敬重这样的女神！

爱使人心中有力量

  16 天的赛场拼搏，16 天的山呼海啸，奥运会把生命在 16 天里浓缩，把精彩在 16 天里呈现。这日子说走就走了，第 29 届北京奥运会落下帷幕，在这场人类体育盛典中我大饱眼福，看到了世界一流的体育竞赛。诸多赛事究竟什么最令我感动？不是金牌，不是荣誉，而是赛场上体现的人性之美。

  开赛第一天，射击比赛吸引了我的眼球。在女子 10 米气步枪决赛中，捷克姑娘卡特琳娜·埃蒙斯沉着应战，越打越好，最后居然以 503.5 环的好成绩夺得本届奥运会首金，创造了新的奥运会纪录。射击比赛对运动员的心理素质要求极高，一个雅典奥运会与奖牌无缘的人为什么今天发挥这么好？走出赛场，当我看到她和丈夫深情对望、热情拥抱亲吻时，答案自见分晓。

  雅典奥运会男子 50 米自选步枪决赛中，排名第一的美国选手马修·埃蒙斯遥遥领先。就在人们期待他打出卫冕冠军的最后一枪时，赛场上的局面发生了戏剧性的变化。一颗子弹神秘地从他的靶纸上消失了。经裁决，他的最后一发子弹脱靶了。射击王子无奈地马失前蹄，这不是埃蒙斯一个人的悲哀，奥运会上有实力夺冠的运动员，到最后没有夺冠的比例竟然高达三分之一。

  塞翁失马，焉知非福？正当马修·埃蒙斯在酒吧里痛苦地喝酒时，他邂逅了捷克美女卡特琳娜。卡特琳娜的父亲是射击教练，她在父亲的指导下练习射击，因此她崇拜有着射击天赋的马修·埃蒙斯，在他最失落的时刻极力安慰他。赛场失意，情场得意，马修·埃蒙斯失掉了金牌，却收获了爱情。

  射击是联结马修·埃蒙斯和卡特琳娜爱情的红丝线，女人是感情型的动物，女人对爱格外敏感。女人的天性是渴望柔情，再能干的女人也渴望有一个可以替自己遮挡风雨的胸膛。当卡特琳娜站在靶场上时，她感受到背后有着强大的后盾。她说："有他看着，我能更集中精力，我们是在一起战斗。"

爱使卡特琳娜心中有力量，所以她能够超水平发挥。更令人感动的是，马修·埃蒙斯在射击比赛中重蹈雅典奥运会的覆辙，在最后一环中打了 4.4 环，痛失金牌。当他哭着扑进妻子怀抱时，卡特琳娜像母亲似的安慰失利的丈夫。此刻，母性的一面在卡特琳娜身上体现得淋漓尽致，她是一个真正懂得爱的女人。

令我潸然泪下的还有苏联、独联体女体操运动员丘索维金娜，1992 年，她代表独联体在巴塞罗那获得奥运会女子体操团体冠军。25 岁应该是体操队员的极限年龄，李宁就是在这个年龄退役的。丘索维金娜本来也该退役了，可她的儿子不幸患了白血病。她没有足够的钱给儿子治病，母爱使她毅然决然东山再起，加入德国籍，并以 33 岁高龄在北京奥运会上获得女子体操个人全能第 9 名，在跳马比赛中勇夺银牌。她复出的初衷是赚钱给儿子治病，谁能说这初衷不饱含着深厚的母爱和人性之美呢？体操运动员李宁深深地理解这种母爱，也深深地懂得一个 33 岁的女体操队员夺得跳马银牌要付出多少汗水。他捐款 2 万欧元给丘索维金娜，为她患白血病的儿子治病，谱写了一曲爱的颂歌。

德国举重选手施泰纳在北京奥运会上获得了男子 105 公斤以上级决赛金牌，当他站在领奖台上时，他把亡妻的照片亮给全场观众。他曾经与妻子相约来北京看奥运会，可他的妻子却不幸遭遇车祸。他强忍悲痛顽强训练，如今，他完成了妻子的遗愿。他要用这种形式告慰妻子的在天之灵。

美国游泳运动员菲尔普斯在泳池里创造了人间奇迹，每获得一枚金牌后，他都要深情地拥抱他的母亲。菲尔普斯说："我要寻找内心的勇气，内心自我超越。"当别人都指责他是多动症、没出息时，是母亲给了他勇气和力量，陪伴他练习游泳，鼓励他超越极限走到今天。

当我看到孙海平在刘翔退赛后失声痛哭时，我强烈地感受到深深的父爱。刘翔的脚是旧伤，我在长篇报告文学《五环旗下的中国》中描写刘翔和孙海平的交往，就是从孙海平找专家为刘翔治疗脚伤写起。有了这种如天般的爱，我相信刘翔一定会治好脚伤，从头再来。

当我看到杨威对着 40 亿电视观众大胆地喊出"我非常非常想你"时，我的心震撼了。杨威是个内向的人，不善于在众人面前讲话。可他的爱情宣言居然如此大胆。这说明中国更加开放了，更讲究以人为本，更尊重人性的传承。

时隔八年，我又在里约奥运会赛场上见到了体操老将丘索维金娜，她已经变成了 41 岁的体操奶奶，代表乌兹别克斯坦参赛，仍然顽强拼搏，为了儿子，她不敢休息，不敢懈怠，她说："儿子就是我的全部生命，只要他还在生病，我就一直坚持下去！""你如果未能痊愈，我就不敢老去。"她连续参加七届奥运会，创造了体操史上的纪录，这是爱的力量支撑着她创造人间奇迹。

里约奥运会，我又见到了"飞鱼"菲尔普斯，他已经做了父亲，他每一次夺冠，都要亲吻母亲、女友和出生刚刚两个月的儿子。在爱的包围下，他走出了吸毒、抑郁的阴影，在里约奥运会上大爆发，创造了游泳奇迹，他的精神后盾就是慈祥的母亲、漂亮的女友和襁褓中的儿子。

孙杨在男子 400 米自由泳中夺得银牌，他难过地失声痛哭，母亲立刻发微信鼓励他："孙杨，你哭了，因为没有夺得金牌，我和你爸在看台上也落泪了，因为被你感动。你付出了多少，我们看在眼里，疼在心上。擦干眼泪，去迎接新的挑战！"有其母便有其子，孙杨在男子 200 米自由泳中夺冠，这是对祖国、对母亲最好的回答。

杜丽在里约奥运会上摘得射击比赛两枚奖牌，当她在赛场上嫣然一笑，真是倾国倾城，她的丈夫也在赛场，是爱的力量支撑她宝刀不老，永远年轻，发挥出色。

在羽毛球男单决赛中，谌龙击败马来西亚选手李宗伟夺得金牌，大胆地亲吻女友王适娴，贤惠的王适娴在赛事期间每天给男友煲鸡汤，谁能说谌龙的夺冠没有王适娴的功劳呢？

中国跆拳道第一次在奥运会上夺得奖牌，获奖的赵帅和郑姝音是一对情侣，两人相互鼓励，相互支撑，为中国在跆拳道上的奥运之旅，实现了零的突破。

在跳水女子单人3米板决赛中，施廷懋与何姿包揽金银牌，颁奖仪式后，秦凯当众向何姿求婚，全场热烈鼓掌。

里约奥运会，中国人变得越来越真实洒脱，乐观包容，敢于表达自己的爱，敢于讲真话，这是人性的进步！

人世间的爱有各式各样，有亲情之爱，友情之爱，爱情之爱。爱像翅膀，也柔软也坚强。爱是种坚定承诺，爱使人心中有力量！

郎建扎西，你在哪里

汶川大地震发生后，我的心一下子就揪了起来。仿佛一个知青得知他曾经插过队的农村发生了灾难，我的脑海里立刻浮现出那一个个熟悉的地名：汶川、映秀、漩口、都江堰……八年前我在那里生活过、采访过，那里的一山一水一草一木都给我留下了深刻的印象。我想起了一个人，他叫郎建扎西，当时任四川省阿坝州国税局局长。为了我的到来，他大清早三点钟起床从马尔康赶到漩口迎接我，燃放鞭炮，敬献哈达和青稞酒，还在我的身上撒了很多祝福吉祥如意的风马旗。

扎西是一个优秀的藏族干部，为阿坝人民做了很多好事。他本科读的是中文，研究生读的是税务。他是个阿坝通，给我讲了很多阿坝州的历史和风土人情。他是个性情中人，歌唱得棒极了。由于他的鼎力相助，我在阿坝州的采访顺风顺水。

我和他都是双鱼星座，我是 3 月 12 日出生，他是 3 月 13 日出生，所以我叫他弟弟。结束采访时，他热情地邀请我到九寨沟游览。我得知国家税务总局很快就要开表彰会，谢绝了他的好意，执意回北京赶写歌颂他们的报告文学。他说："远的不去到近的，我陪你去趟卧龙吧。"

我酷爱旅游，更喜爱大熊猫，尽管卧龙和映秀只有一山之隔，可我还是以赶稿子为名婉言谢绝了。帮人帮到底，送人送到家，我知道我的报告文学对他这位模范基层干部很重要，我必须尽快离开阿坝，把他闪光的精神世界告知天下。

告别阿坝的那个晚上，郎建扎西谈起了我的长篇报告文学《山脊——中国扶贫行动》。我惊讶地问他怎么还看文学作品？他说我学中文的不看文学书看什

275

么？我向他讲述了我在中国上百个国家级贫困县的所见所闻，讲述了温家宝 20世纪 90 年代初期在贵州毕节贫困山乡访贫问苦的事情。他激动地说："孙作家，你心里装着穷人，我们愿意交你这样的朋友。你一定要来阿坝，我陪你去你想去的地方。"

那天晚上，陪同我的十几位朋友喝了很多酒。他们给我唱了很多动听的歌，说了很多掏心窝子的话。我和扎西合唱了一首《青藏高原》，他浑厚的男高音可以和歌唱家媲美。我永远忘不了那个美丽的阿坝之夜。

我们就这样匆匆分别了，临行前扎西真诚地对我说："你着急回北京赶稿子我不拦你，咱们俩说好了，写完报告文学你就回来，我到成都机场去接你。我要给你讲阿坝的历史，找几匹马陪着你在草原上纵横驰骋。去九寨沟我给你当导游，讲的比那些导游小姐强一百倍。"

回到北京我很快就写完了歌颂四川省国税局的报告文学《国脉》和《一条吉祥的天龙》，在报纸杂志上发表了。

也许是我做的这些事起到了推波助澜的作用，扎西被评为先进工作者，很快就提拔为州领导。他三番五次地来电话邀请我，可我统统谢绝了。我没有去赴他的约会，之所以爽约不是因为我不喜欢旅游，而是我深知他是个热心肠，我要是真的来，他肯定会从马尔康驱车到成都来迎接我。他会用款待贵客的方式来对待我。我知道九寨沟的美丽，可我更知道阿坝州的贫穷，在阿坝州的 13 个县中有 5 个草地县，海拔都是 3000 多米。我不愿意给贫困地区的人民添丝毫麻烦。

我的母亲教导我："你为别人做过的事情，你要很快把它忘掉；别人为你做的事情，你要永远地记在心里。"我很快就把我做的这些事忘掉了，我迷上了写作，八年来我写了 8 部长篇报告文学，一部长篇电视连续剧。我搬了家，新的电话号码又忘了告诉他，我似乎把扎西淡忘了。

谁知一场汶川地震，勾起了我尘封已久的记忆，我突然醒悟到路的距离不代表心的距离，少有电话不代表少有牵挂。不常通信不代表没有想念，汶川对于我不是一个陌生的领地，那里有我珍藏在心底的藏族兄弟。我不知道扎西是死是活,一遍遍打他的电话全都不通音讯。我的心一阵惊恐,难道他真的……

他是个拼命三郎,关键时刻是个玩命的主儿。我的心悬在了半空中,含着眼泪写了散文《郎建扎西,你在哪里》,发表在《文艺报》上。我玩命地赶写报告文学《五环旗下的中国》,我向中国作家协会领导反复申请:我要到汶川抗震救灾第一线去!

出发的那天上午,我在机场办理登机手续。突然手机响了,里面传来一位女士陌生的声音:"请问您是孙老师吗?"我以为又是哪家报刊来约稿,礼貌地问道:"对,请问您是哪位?"她说:"我是扎西的爱人小贾。我看到您写的文章了。"我兴奋地问:"扎西还活着吗?"她说:"活着,活着。孙老师,我看了您的文章掉泪了。"我诧异地问:"你怎么能看到《文艺报》呢?"她说:"我的一个朋友从中国作家网上看到了这篇文章,告诉了我,我赶紧上网查,一下就查到了。"我急切地问:"扎西现在在哪里?"她说:"在映秀镇,他是阿坝州抗震救灾副总指挥,主要负责映秀小学和中学的抢险。"我说:"怪不得怎么打他电话打不通,真巧,我马上就上飞机去汶川。你赶紧把他的手机号码告诉我。"

几分钟后,她发来了这样的短信:

孙大姐:您好!

我是扎西的爱人,非常感谢您的牵挂。他一直在映秀指挥所,电话139×××××××××。我也是在5月22日《四川日报》特别报道上看到他的照片,一直联系不上。才知道他在负责指挥映秀小学的抢救现场上,好几天未合眼,人都虚脱了,让人心痛不已。非常感谢您能去看他,他们真的需要你们的帮助,尤其是精神上的,他们的心在滴血。实在太惨了!小贾。

到了成都我马上拨打郎建扎西的电话,他在电话里兴奋地说:"孙作家,我老婆把您写的文章传真给我了,哎呀给我感动的,我们指挥部的人都传着看了。"

我说:"扎西,你还好吗,我马上到映秀去看你。"

他说:"你先别来,这几天太忙,过几天我通知你。"

我着急看灾区全貌,理县和茂县由于道路断了很难进去。我托成都军区的朋友杨景民帮我联系好了陆航团的直升机航拍。景民兄说："小孙，你做好准备，你不是想拍摄理县和茂县吗，今天刚巧有到理县的飞机。你不要外出，随时准备出发。"

说来也寸，一向急性子的我那天偏偏对他说："景民，不着急出发，我今天要给《十月》赶一篇稿子。最好是晚点飞。"

景民说："哎呀，你回来再写也一样。赶紧过来我请你吃饭，有飞机就走。"

我执拗地说："不，我现在灵感全来了，你别打搅我，写完再走。"

我终于赶完了稿子，手机又响了，来电显示是景民兄。我端起照相机整装待发。谁知手机里传来了景民低沉的声音："小孙，别去了，刚掉下来一架飞机。就是到理县那架。"

我惊讶地叫了起来："真的吗？"

他说："真的，都赖你不上去。你是颗福星，你上去了飞机就不会掉下来了。"

我的脊梁骨冒出了冷汗，立刻在第一时间把飞机失事的消息报告了北京有关领导，并报告了遇难飞行员的名字。在灾区，危险就是这样时刻和我们相伴。如果那天我不赶稿子，我上的就应该是那架飞机，因为我要去理县航拍。我沉浸在悲痛中，突然又接到郎建扎西的电话："孙作家，您先别来，我们这儿出事了。"

我说："我知道，掉下了一架飞机。"

他说："你怎么消息这么灵通？飞机掉在了映秀，胡锦涛总书记指示我们必须不惜一切代价搜救。"

阿坝州抗震救灾指挥部设在映秀镇，扎西是副总指挥长，组织搜救飞行员遗体的任务非他莫属。我到了四川不能与他相见，索性又去绵阳、安县、德阳、绵竹、什邡、彭州、都江堰等地采访。

搜救杳无音信，我当机立断马上去映秀。扎西说："你先别来，这里危险，我们在爆破。"

我急了："不危险我到你这儿干啥子来了？我明天必须去！"

他知道我的犟脾气，只好说："好，我在映秀等你，你一定要注意安全！"

第二天早上又是瓢泼大雨，他一大早又打来电话："孙作家，你不能来，到处都是泥石流。"

我仰天长叹，废墟上的相遇为什么这样艰难？我见缝插针采访了敢死队员火线上的婚礼，雨稍停就向映秀赶去。我和扎西终于在废墟上相遇。我简直不敢相信自己的眼睛，这就是那个风度翩翩谈吐幽默的扎西吗？穿得破衣烂衫，脚蹬一双圆口布鞋。人整个瘦了一圈，皮肤晒得像黑非洲。我说："扎西，你怎么变样了？"

他说："变成什么样了？像民工是吧？"

我说："就是像民工。哎，我给你看样东西。"

我拿出了八年前他撒在我身上的风马旗递给他，他用藏语喊着"隆达，隆达"（隆达就是风马旗的意思），眼泪夺眶而出。我把带来的鸡肉、牛肉递给他说："扎西啊，我不知道你们藏族吃不吃猪肉，没敢买猪肉。"

他幽默地说："不吃猪肉是回族的风俗，你怎么记到我们藏族头上了？"

我像变戏法似的拿出大量的猪肉火腿递给他："哈哈，我跟你开玩笑呢！"

我把大包小包的礼物一股脑儿塞给他，他问我为什么要带这么多的礼物？我说："因为你是我的弟弟。"

他激动地连声说："我就是你的弟弟！就是你的弟弟！"

我觉得自己想得很细，带去的东西除了食品还有手电筒、蚊香、花露水、防晒霜、避蚊油、消毒纸巾、消毒棉球、话梅、果丹皮、山楂糕、薄荷、金银花茶、圆珠笔、毛巾、洗发水、浴液、梳子、刮胡刀……可我万万没有想到扎西会拿着一把牙刷对我说："哎呀，这个东西太需要了！"

我问："你没有牙刷？"他说："没有，地震整个映秀全震毁了，路又不通，外面来的人别的都想到了，就是没人想着给我们带牙刷。"我问："你怎么洗澡？"

他说："我在路上捡了一块雕牌肥皂，到河里洗了澡。"我说："我要去看映秀镇。"他递给我一个口罩说："映秀镇早就封了，坐我的车去。"

我们乘坐指挥车冲过封锁线进入映秀，美丽的映秀已经是一片废墟。他指着一栋倒塌的房子对我说："姐，这里就是八年前我陪你采访过的映秀税务分局。"

我们俩在废墟前合了影，他又指着另一片废墟说："姐，那里就是咱们吃过饭的电力宾馆。"

泪雨在我的脸颊上流淌，我问道："扎西啊，你怎么能瘦得变形了呢？"

他向我诉苦说："姐，我在这里6天没吃到一粒米，有一天竟然4个人分一瓶矿泉水。第7天一个灾民给我送来了一盆米饭，我真饿啊，可还是说谢谢你，你们也不容易。"

我说："该，谁让你打肿脸充胖子，饿成那样了先吃一口再说呗。"

他说："有一天我去枫香树村找水源，看到一个农民在做腊肉。他给了我两片，我馋极了，吃完腊肉把手上的油还舔了舔。"

我说："映秀的清洁水源是你找到的吧，我就知道你是个阿坝通。这回地震对阿坝的旅游真是个重创。"

他说："姐，我们阿坝好的时候怎么请你你不来，现在我们惨成这样，怎么拦你你偏来，你让我拿什么招待你？"

我调侃道："我们汉族有一句话叫做不求锦上添花，但求雪中送炭。"

他的眼眶湿润了，他说："姐，你放心吧，三年之后，我扎西一定会给全国人民交出一个美丽的阿坝。我们阿坝要比原来建设得更好！"

我说："扎西，姐相信你，到时候姐一定来！"

当我把找到扎西的消息告诉朋友们时，朋友们纷纷表示祝贺。高洪波发来这样的短信：太好了，见到扎西一大胜利。

中国式幽默

在汶川大地震中，"可乐男孩"成了风靡中国的新闻人物。在一派悲伤的气氛中，他给了国人一种乐观的精神。他的率真洒脱机智幽默，使人们看到了中国人自强不息的民族精神。他叫薛枭，1990 年 8 月 12 日出生在德阳绵竹市汉旺镇，是汉旺镇东汽中学高二（6）班的学生。这位阳光男孩儿总是给人们带来欢乐。

2008 年 5 月 12 日下午，薛枭和同学们一道坐在教室里听唐三喜老师讲化学课。突然地动山摇，同学们不由得惊叫起来。唐老师大声喊道："大家不要慌，赶紧躲在桌子下面。"

薛枭急忙钻进桌子底下，两秒钟后，教学楼就垮塌了。东汽中学教学楼是一栋四层楼，每层有七间教室。左边的三间教室和右边的第一间教室顷刻间完全垮塌，从四楼坠落到一楼。薛枭所在的班级位于三楼，等他醒过味儿来，已经跌落到一楼一个黑洞洞的空间里。他斜着身子仰面躺在瓦砾上，右前额顶着一块预制板，后脑勺枕着破碎的桌椅，肚子前顶着一根钢筋，脸上身上布满灰尘。除了左臂能活动外，全身所有部位都被卡得死死的。他的左腿被板凳夹住了，右腿被桌子残骸压住了。他用尽吃奶的力气把左脚抽出来，又用左手把压在右腿上的碎木板挪开，使劲儿抽出了右脚。

周围传来一片哭叫声，他觉得右臂钻心地疼痛。伸手不见五指，他看不到任何人，但凭声音能够清楚地听到周围压了 20 多个同学。为了消除恐惧，同学们开始大声聊天。他问道："你们出去后都想干啥子？"

一个同学说："我出去以后再也不上学了。"

另一个同学说："我要是能活着出去，再也不到汉旺镇了。全国哪儿都不地震，就咱们汉旺地震。"

还有一个同学说："渴得恼火，我出去以后要喝6瓶矿泉水。咦，薛枭，你要是能活着出去，你最想干啥子？"

他说："我先跑到咱们学校食堂自来水管子前，痛痛快快地喝个饱。"

说曹操，曹操到。李春阳同学从废墟里摸到了一瓶矿泉水，七八个同学轮流传着喝两口，谁也舍不得独吞。传到薛枭手中时只剩了个瓶底，他喝完了那口宝贵的水，猛地一收腹，把塑料瓶盖垫在了肚子前的钢筋上。

大家在断断续续的聊天中度过了寂寞的第一夜。5月13日凌晨，薛枭躺在废墟里清清楚楚地听到吊车的轰鸣声和家长悲切的呼唤声。借着外面的一丝光亮，他渐渐看清原来自己被压在了一楼的最底层。他不觉得饿，只觉得特别渴。有人从废墟外给他递进来矿泉水，他用左手接过瓶子，用牙齿咬掉瓶盖，咕咚咕咚地喝了起来。还有人给他送来一瓶葡萄糖水，他的心渐渐踏实起来，有水喝就不会死去。被埋一天之后，他才解了第一次小便，把裤子都尿湿了。

不断有同学被救出，到了5月14日，只有他和同班同学李春阳还留守在这一侧的废墟里。李春阳是坐着被压住的，脚不能动弹。薛枭的右臂被预制板压住，预制板的另一侧，压着马小凤等三个同学。他们声息相闻，相互开玩笑鼓励着。

5月15日夜里，广东边防六支队的救援人员开始营救薛枭。他对救援队员说："叔叔，里面还有三个人。"

救援队员发现了另外三个孩子，一个女孩儿压在下面，两个男孩儿压在上面。他们立刻把上面的两个男孩儿救了出去。废墟下只剩下薛枭和马小凤了，两个孩子展开了激烈的争执。马小凤说："薛枭，你的情况严重，先救你。"薛枭说："我比较难救，你是女生，还是先救你。"

此时此刻，他们已经在废墟里被埋了79个小时。命悬一线，两个少年不约而同想到的都是先救别人。余震不断袭来，废墟摇摇欲坠，稍有不慎就会重新垮塌。救援工作非常艰难，消防武警打通了一个出口，夜里10点多，马小凤被营救出来。她一边向救护车走去一边大声喊道："薛枭，记住四个字。"

薛枭有气无力地问道："哪四个字？"马小凤说："坚持到底！"

马小凤走了之后，废墟里只剩下薛枭孤零零一个人。他已经整整被埋了80个小时，在生死极限面前，最关键的是要让他保持清醒的头脑。为了避免他晕厥，消防武警一个劲儿地跟他聊天。一位姓何的叔叔问道："薛枭，你最喜欢吃什么水果？"

他迷迷糊糊地说："不知道。"

何叔叔说："我最喜欢吃菠萝蜜，你吃过吗？"

他说："没有。"

何叔叔又问："出去以后你想喝什么？"

他说："可乐。"

他是个懂事的孩子，虽然平时酷爱喝可乐，却舍不得买。在汉旺镇，买一听可乐要花两元多钱。他平时渴了都喝白开水，只有在每周一次的体育课后，才舍得买一听可乐喝。可乐是他的奢侈品，是他的节日礼物啊！

何叔叔说："你出来后我给你买可乐喝。"

他说："叔叔，我的钱包掉了，您帮我找一下，找到后我出来给您买雪糕吃。"

何叔叔说："不用你买，我买就算你买的了。"

一个救援队叔叔钻进废墟对他说："薛枭，你把右胳膊伸出来。"

他说："不行，我的右胳膊一点都动弹不了。"

那个叔叔就拽着他的左手往外拖，开始没拖动，他猛地一使劲，终于把薛枭拖到一块板子上，然后拽着板子把他拖出了废墟。救援队员把他放在担架上，医生过来给他包扎受伤的右臂。当医护人员要把他往救护车上抬时，他对救援的武警说："叔叔，我要喝可乐。"

救援队员说："好好好，拿可乐！"

薛枭说："记住，要冰冻的。"

一句话把大伙儿逗乐了，大家含着眼泪望着这个勇敢的男孩儿。

5月15日半夜11点多，薛枭被送到绵竹市救护中心。简单处理了一下，于5月16日凌晨被送到成都华西医院急诊科。医生诊断为右手气性坏疽，需要高位截肢。

5月16日上午，主刀医生严肃地对他说："薛枭，你的右臂必须截肢，如果不截肢可能有生命危险，做不做手术你自己拿主意。"

父母不在身边，他坚定地说："医生，我签字做手术。"

他的左手写字不便，就用左手大拇指在手术单上郑重地按下了鲜红的手印。

手术成功了，可是我们的薛枭却永远失去了右臂。这个喜欢体育、喜欢篮球、喜欢科比的阳光男孩儿再也不能去打篮球、玩游戏机、用右手写字。当爸爸薛兴国和妈妈谭忠燕来到儿子的病床前时，妈妈哭成了泪人。薛枭却指着脖子上戴着的玉观音安慰妈妈："妈，多亏了您给我买的这个玉观音保佑了我。没有胳膊怕什么？我还有左手，我还要上学，我还能写字。"

薛枭住院期间，美国可口可乐公司副总裁专程从美国赶来看望他，给他带来了有姚明签名的篮球和白色的11号运动衣。可口可乐公司副总裁动情地说："薛枭，我们会尽所能帮助你。"

现在，薛枭每周一至周五做两次康复治疗，每周六和周日做一次康复治疗，每次做三个钟头。既锻炼左手写字、握东西，还锻炼右臂肩关节。

我带着水果和可乐到医院去看望薛枭，发现他的精神状态很好。我问他最大的愿望是什么？他说："做一个有用的人。"

他的妈妈对我说："我最大的愿望是薛枭能够重新读高二，考一所好大学。"

我问她："您希望儿子考哪所大学？"

她笑着说："听他的吧，反正能读书就行了。"

我开玩笑说："您儿子这么聪明，您可别由着他的性子来。"

她扑哧一声笑了："孙作家，您不知道，我这个儿子啊，从小就和我唱反调。"

我逗薛枭："老实交代，你怎么跟妈妈唱反调？"

他说："比如我正在玩游戏机，妈妈让我去买盐打酱油，我总是磨磨蹭蹭，从来没有痛痛快快去过。"

我说："这就是你们狮子星座的人的个性。"

他的妈妈问我："狮子星座的人是什么特点？"

我说："狮子星座的人主意大，张扬个性，有领导才能，不轻易听别人的。"

他的妈妈笑着说："没错，我们薛枭就是这样。"

我说："您儿子属马，狮子星座的千里马谁驾驭得了？谁让您当初给他起名薛枭，不叫薛乖？"

一句话逗得大伙儿哈哈大笑，病房的气氛顿时活跃了许多。

我对薛枭说："美国可口可乐公司副总裁亲自来看你，还要帮你安装假肢，你感觉挺好吧？"

他说："那有什么啊？你不说，我给他们做了多大的广告啊！"

这个嘎小子，都什么时候了还不忘幽他一默。"可乐男孩"不仅是一个称谓，而是一种精神。他是镇定、勇敢、乐观和毅力的代名词，是中国式的幽默。

薛枭告诉我："我们班有 45 个同学，有 32 个同学和一个班主任遇难了。"

我说："我在你们学校采访了很长时间，担任你们东汽中学的校外辅导员，你们班这排教室垮得最惨。你能够活着出来真是万幸。你要好好学习，替死难的同学考上大学。"

他点点头。过了几天，薛枭到北京参加全国抗震救灾英雄少年表彰大会，我从汶川赶回北京采访，发现薛枭总是穿得干干净净，谈吐彬彬有礼。我陪同他们一起参观了天安门城楼、人民大会堂、鸟巢和水立方，和薛枭在天安门城楼上合影。

颁奖晚会上，英雄少年们一个劲儿地鼓掌，坐在薛枭旁边的张强拍巴掌拍得格外起劲，薛枭头戴花冠一动不动地坐在那里，冷静地看着台上的演员。我开始埋怨他的矜持，猛地一下想起他失去了右臂，心中一阵酸楚。他头戴花冠的样子很酷，眉宇间有一种超凡脱俗的气质。他的数学很好，喜欢学理科。

2009 年春节，我又到汶川灾区看望孩子，在武都板房里找到了薛枭，他的家里很简陋，我穿着羽绒服坐在板房里都不暖和，他已经安装了假肢，学习非常刻苦。他问我将来到哪里上大学好？我说你好好努力，争取到北京和上海上大学。我写可乐男孩儿薛枭的散文《中国式幽默》刊登在《文汇报》上，在社会上引起关注。上海人热爱这个勇敢幽默的孩子，上海的高校向他抛出了橄榄枝。他选择到上海财经大学读书。大学毕业后，他进入可口可乐公司成都分公司工作，负责处理消费投诉等事务。

望着薛枭脖子上绿色的玉观音，我衷心地祝福他一生平安。

我与河北老区人民

战国时期名医扁鹊是河北任丘人，廉颇是战国时的赵国将领，蔺相如是战国时的赵国大臣，刘备是三国时蜀汉政权的创立者，张飞是猛将，他俩都是河北涿县人；赵云是河北正定人；发明圆周率的科学家祖冲之是河北涞水人；北魏地理学家郦道元是河北涿县人；宋太祖赵匡胤是河北涿县人；元代著名画家刘贯道是河北定县人；元代戏曲的奠基人关汉卿是安国人（今属于河北）；诗人郭小川是河北丰宁人；新文化运动的倡导者李大钊是河北乐亭人；英雄董存瑞是河北怀来人……河北真是地灵人杰，人才辈出。

我与河北的缘分始于青年时代，我 14 岁在北京房山县当兵，房山毗邻河北省，北京就是被河北省像包饺子一样包起来了。我新兵时来过河北保定、石家庄地区拉练，到过清苑县冉庄、石家庄、平山县西柏坡，后来还去过易县狼牙山和白洋淀抗日根据地。

河北清苑县冉庄在抗日战争和解放战争时期，积极开展地道战，神出鬼没打击敌人，致使敌人"宁绕黑风口，不从冉庄走"，被誉为模范村。民兵们飞檐走壁，神出鬼没消灭敌人。抗日战争和解放战争时期，冉庄的民兵和老百姓利用地道和日伪军、国民党军队进行 17 次地道战，进行伏击、追击战 55 次，配合地方武装出村作战 85 次，其中规模较大的地道战，消灭敌人 163 人，冉庄成为冀中地道战的一面红旗。

我当时在部队担任文书，负责宣传工作，经常要到大队广播站念新闻稿。我住的那个村子叫做三角村，我每天都抢着给房东大娘挑水、扫院子。一天晚上，我听到驻地的门"吱扭"一声响了，房东大娘手捧小油灯走进来，悄悄地给我们盖被子。她没有开灯，生怕惊醒我们的睡梦。我的心一颤，体会到大娘的仁爱和慈祥。我经常和她聊天，得知她的丈夫参加八路军离开家再也没有回来，她带着遗腹子孤独地生活着。她问我："姑娘，你说他是不是不要我了？"

我知道此事有两种可能，一种可能是她的丈夫已经牺牲了，一种可能是她的丈夫进城后另娶了妻子，不再回来了。但是我没有说这种可能，一个劲儿地说："大娘，您这么好，又怀了他的孩子，他不会不要您的，他一定是牺牲了。"

她诧异地问："牺牲了组织上怎么不告诉我一声呢？"

我故意说："战争年代什么情况都有，也许是被敌人的乱枪击中，也许是不幸坠崖，部队搞不清楚他的家在哪里，无法通知家属。"

她说："姑娘，你这么说我心里好受些了。"

过了几天，我们要离开这个村庄了，首长要求我们早晨六点出发，不要惊扰老乡。我们早晨5点钟爬起来洗漱打背包，悄悄地打扫好卫生，悄悄地出发。离开村庄时正值暮春柳絮飘飞的季节，我突然看到村口的一棵老槐树下站着我的房东大娘，她一边朝我招手一边抹着眼泪，我站在卡车上向她挥手，泪水濡湿了眼眶。我们乘坐卡车来到下一个村庄，入住时我既没有去抢水桶挑水，也没有抢扫帚打扫院子，而是坐在老乡家的炕头上，在背包上铺上一沓信纸，一口气写完了长诗《伟大的心——致平原的母亲》。我的战友刘晓娥看到我写的诗歌后斩钉截铁地说："晶岩，你以后可以当作家！"

我问她为什么？她说："你爱激动，别人和老乡告别没有什么感觉，而你却特别动感情，走在路上就构思好了诗歌，这么快就写出来了。"

晓娥当时还不会说心理气质这个词汇，后来我走上作家之路后，才深切体会到作家的确需要具备独特的心理气质：机敏、善感、沉静、深刻，才能对别人司空见惯见怪不怪的事情有特殊的感悟。

后来我们一路向南到了石家庄，凭吊了石家庄华北烈士陵园，这里安葬着新中国成立前牺牲的229名团级以上的烈士以及新中国成立以后牺牲的500多名烈士，其中有马本斋、赵博生、董振堂纪念亭，还有白求恩墓、柯棣华墓、爱德华墓、白乙化墓等，白乙化是我写北平抗战尽力歌颂的八路军英雄。

河北还是晋察冀军区司令部所在地，抗战时期，聂荣臻率领八路军 115 师一部，在山西五台和河北阜平一带，建立了晋察冀根据地，积极开展华北敌后游击战争，使阜平县成为模范抗日根据地。晋察冀军区司令部曾经在河北张家口第六中学和阜平县城南庄设立过。

1939 年，阜平县城南庄是中共北方局及北岳区党委机关所在地。我写北平抗战时专门写到了中共地下党的城工部，大本营就在河北阜平县。

1947 年，城南庄又成为晋察冀军区司令部所在地。就是在这里，聂荣臻主持召开土改、财经、军政会议，组织指挥了解放石家庄等战役。1947 年 11 月 12 日，晋察冀边区人民解放军解放了石家庄，这是我军在华北解放的第一个重要城市。1948 年，毛泽东从陕北经过山西来到河北，住在阜平县的城南庄晋察冀军区司令部大院里，聂荣臻把自己的住处腾出来给毛泽东住。毛泽东当年就是在阜平县的城南庄接见爱国教授蓝公武的。

我写北平抗战时走访了河北涞水、赤城、兴隆等地，住在老乡家里挖掘平西、平北抗战素材，涞水县野三坡的山南村是冀热察挺进军成立时的大本营，蓬头村是《挺进报》创办的地方。现在北京门头沟和房山都是平西抗日根据地，门头沟和房山都挨着河北，河北涞水县的野三坡翻过山就是房山的蒲洼乡。

赤城县是平北抗日根据地所在地，平北抗日根据地纪念馆就在那里，那里有一座大海陀山，山的南面是北京的延庆，山的北面是河北的赤城；兴隆县蘑菇峪村有中国最大的"人圈"，我到那里采访日寇在中国制造的惨案。

我的母校北京 101 中学的前身就是张家口市立中学，来自于晋察冀边区，是中国共产党在革命老区创建，迁入北京的唯一一所中学；河北邯郸的涉县还是刘邓大军司令部所在地。我当新兵时带我的台长、分队长都是河北兵，台长李海是河北阜平人，分队长杨新水是河北衡水人。我觉得河北人民风淳朴，为人厚道，好学上进。我们当新兵时读马克思、恩格斯的书，母亲给我买了《共产党宣言》《国家与革命》《反杜林论》《唯物主义和经验批判主义》《法兰西内战》《哥达纲领批判》等书籍，还有一本厚厚的《马克思传》，我读《马克思传》时还照着书中的燕妮·马克思的照片画了素描。

1974年我就去过西柏坡参观，这次我又来到了西柏坡，44年过去，弹指一挥间。当年我坐在岗南水库前写诗，今天，我又见到了岗南水库，这里的水特别清亮。我参观了西柏坡纪念馆，观看了珍贵的资料片，瞻仰了毛泽东故居、周恩来故居、刘少奇故居、中国共产党七届二中全会旧址、中央军委作战室，看到中央军委作战室里有一部电话、两张地图、三套桌椅、四间小房，心中感慨万千。毛泽东就是在这样简陋的环境里运筹帷幄，指挥三大战役，西柏坡的李家庄是中共中央统战部旧址，附近还有中组部旧址。当年的中国共产党紧紧地依靠人民，才能不断走向胜利。西柏坡是中国共产党的福地，新中国从西柏坡走来，中国革命从西柏坡走向全国胜利。所以，河北省当之无愧是养育革命的地方，河北老区人民当之无愧是我们的榜样，我们不能忘记养育了革命的老区人民，忘记过去就意味着背叛。

青年时代与河北人民的交往像一粒种子埋在了我的心底，只要你真心实意深入生活，热爱人民，这粒种子就会生根、发芽、开花、结果。20多年前我自费走访众多中国贫困县，创作出版长篇报告文学《山脊——中国扶贫行动》；10年前我自愿到汶川灾区当志愿者，给孩子们当辅导员讲课，救助灾区孩子，创作出版长篇报告文学《震不垮的川娃子》；3年前我在平西、平北、冀东抗日根据地住了3个月，创作出版长篇报告文学《北平硝烟》，都源于当年心中埋下了的那粒种子。我的散文《抗战中的英雄母亲》，就是根据河北和北京的英雄母亲而创作，荣获第七届"漂母杯"全球华文作家散文大赛一等奖，也是源于心中埋下的那粒种子。

北京与河北是你中有我，我中有你的关系，2022年北京冬奥会就是在北京市区、北京延庆区与河北张家口举办，京津冀一体化是国家战略，我爱河北老区人民，我爱美丽的河北。

策　　划：杨松岩
责任编辑：徐　源
封面设计：胡欣欣

图书在版编目（CIP）数据

蓝色畅想 / 孙晶岩　著 . — 北京：人民出版社，2018.9
ISBN 978 - 7 - 01 - 019650 - 3

I. ①蓝…　II. ①孙…　III. ①散文集 - 中国 - 当代　IV. ① I267

中国版本图书馆 CIP 数据核字（2018）第 179905 号

蓝色畅想
LANSE CHANGXIANG

孙晶岩　著

人民出版社 出版发行
（100706　北京市东城区隆福寺街 99 号）

石家庄联创博美印刷有限公司印刷　新华书店经销

2018 年 9 月第 1 版　2018 年 9 月北京第 1 次印刷
开本：710 毫米 × 1000 毫米 1/16　印张：18.5
字数：200 千字

ISBN 978 - 7 - 01 - 019650 - 3　定价：48.00 元

邮购地址 100706　北京市东城区隆福寺街 99 号
人民东方图书销售中心　电话（010）65250042　65289539

版权所有·侵权必究
凡购买本社图书，如有印制质量问题，我社负责调换。
服务电话：（010）65250042